# 日夏耿之介の世界

Kimie Imura
井村君江

国書刊行会

光風館版『轉身の頌』特装本と見返しに記された銘

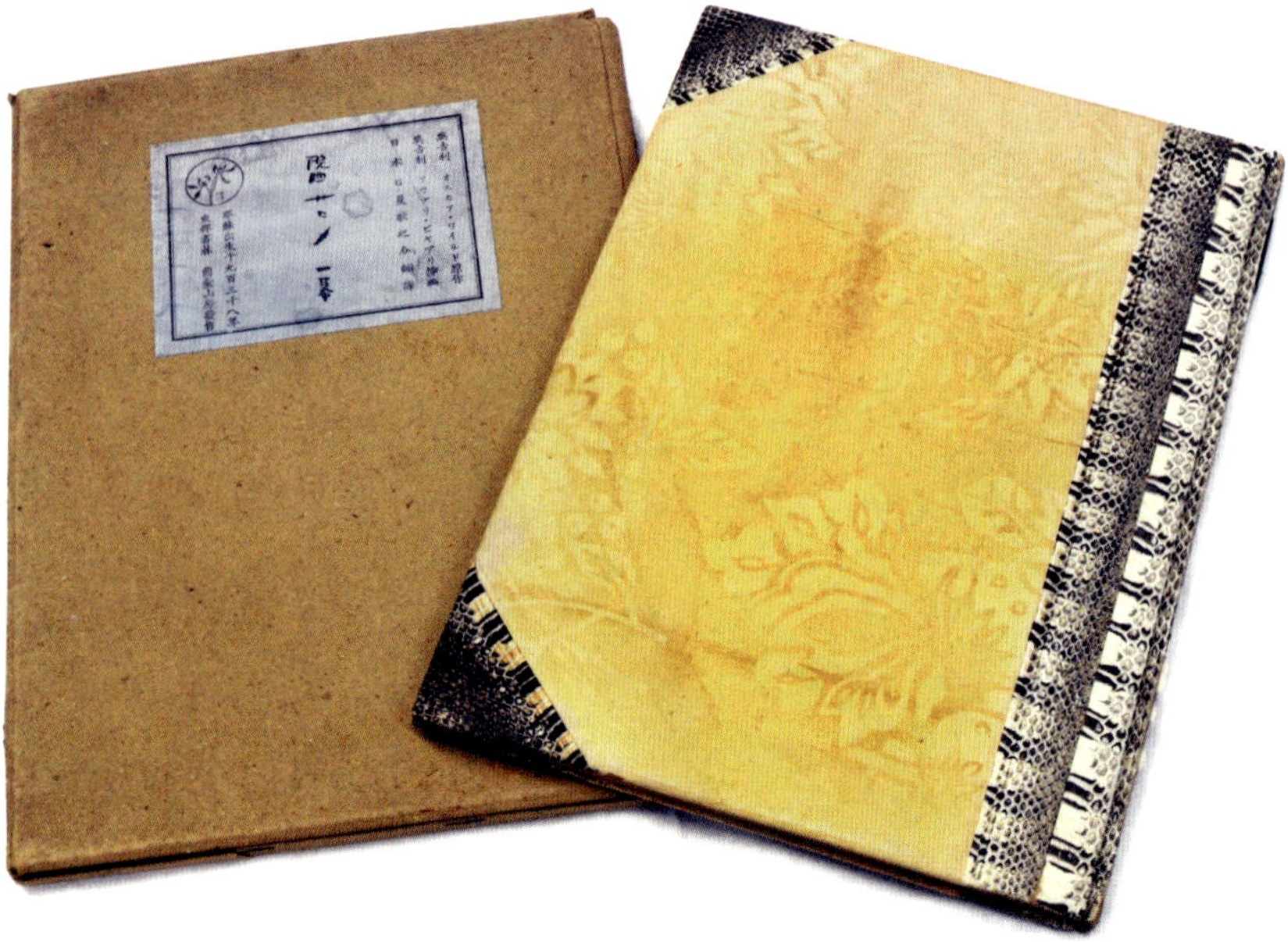

蘭臺山房版『院曲撒羅米』（上）と野田書房版『大鴉』（下）

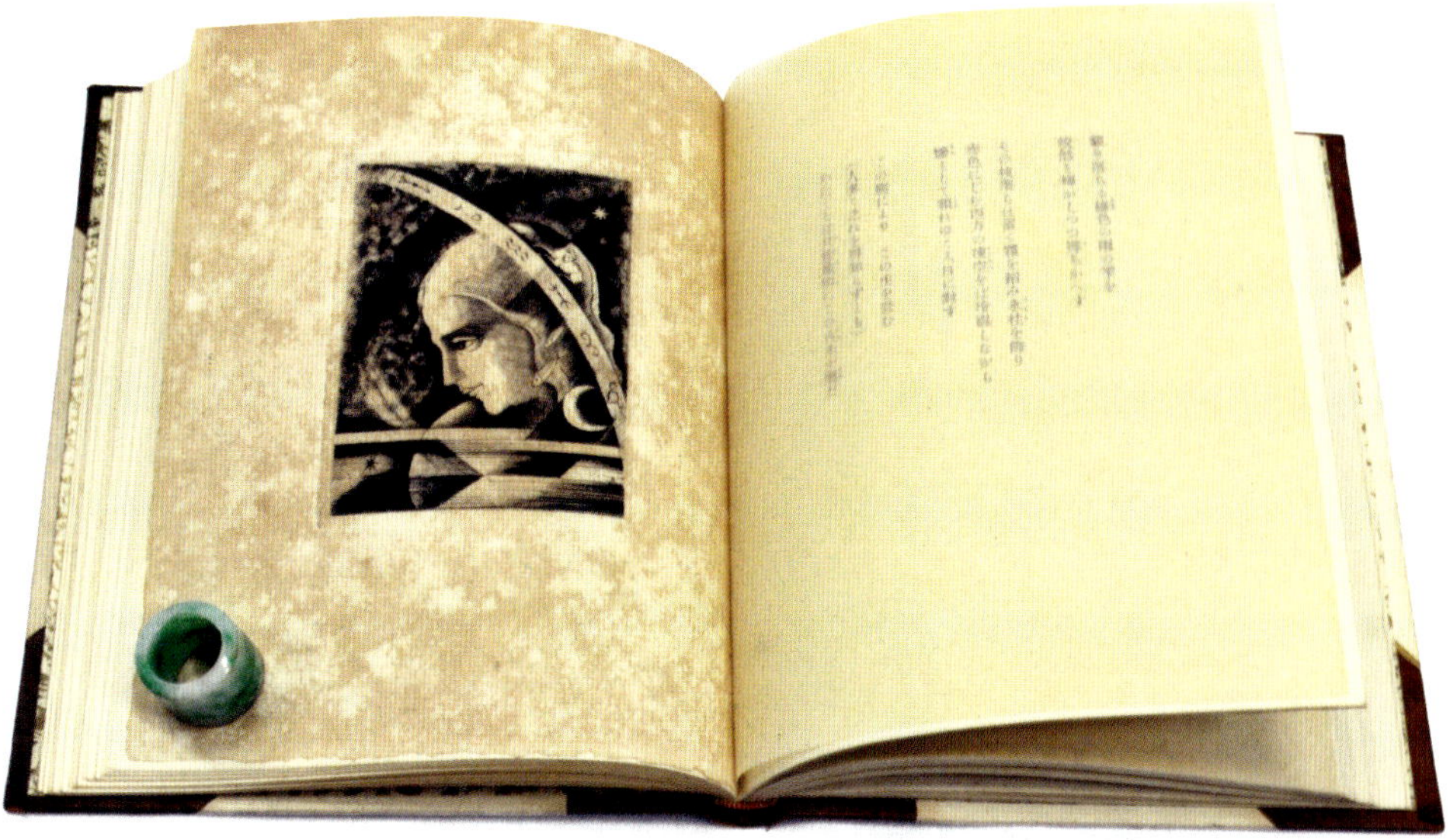

定本詩集の『黄眠帖』（長谷川潔挿絵）

日夏耿之介定本詩集
全三冊

定本詩集『轉身の頌』『黑衣聖母』『黄眠帖』（左より）

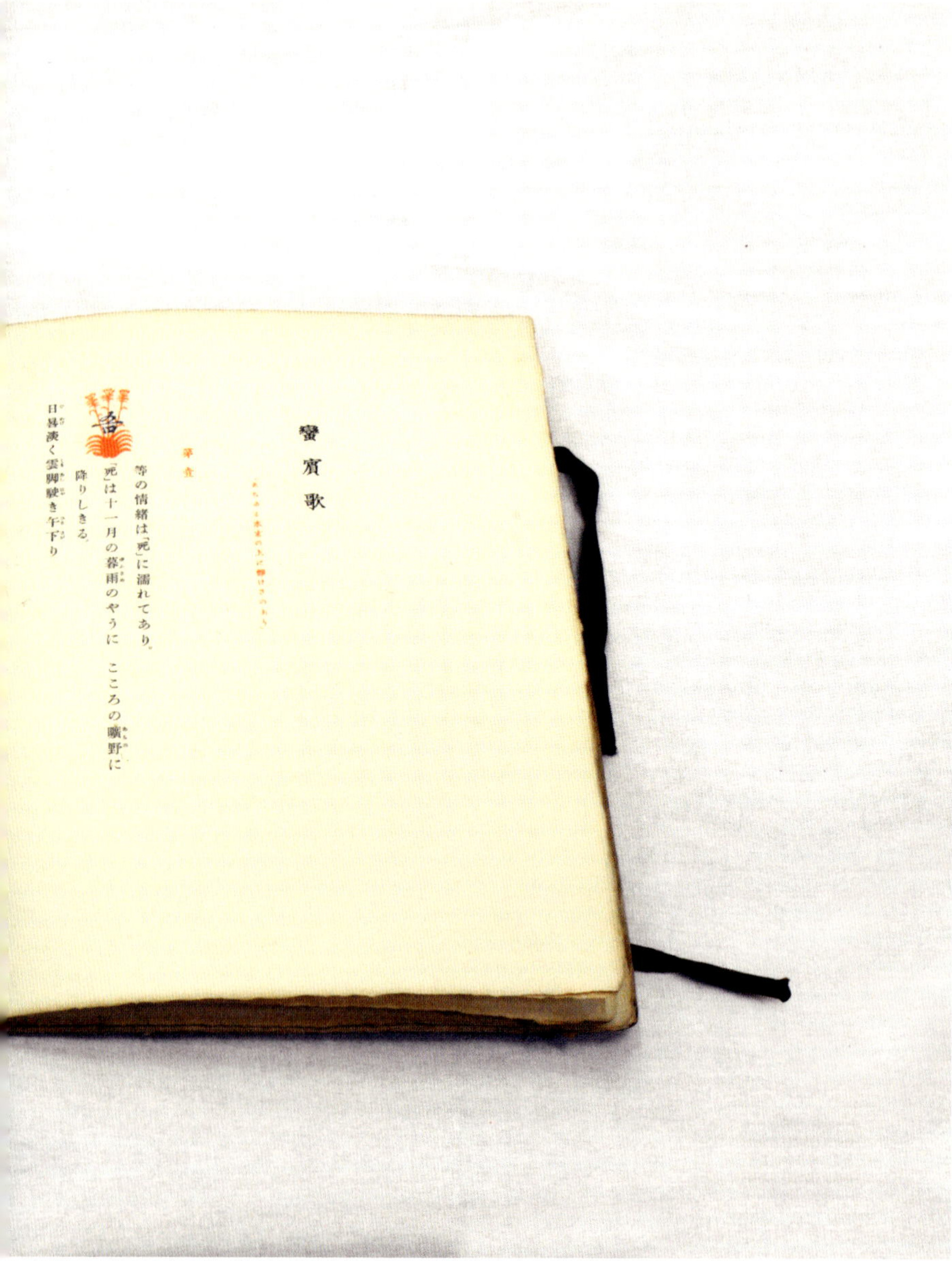

靈賓歌
等の情緒は「死」に濡れてあり。
「死」は十一月の暮雨のやうに　こころの曠野に
降りしきる。
日昇淡く雲脚駛き午下り

土に起ち　犇き合ひ　うち慄ひ
泪を垂れ　こころも直に
われら　この蠻賓を邀へむと心構へた。
第貳
呼呼　この宵さり　幾山阪ふりさけ見れば
數數の稚き惶懾畏をかさねて來たが
その物怖ぢはつねにつねに
一个の黝い透影を作ふた心おぼえがある。
その翳のあいろの裡に

戯苑発售処版『咒文』本文

アルス版『黒衣聖母』特装本

目次＊日夏耿之介の世界

## 第二章　日夏耿之介に関する随筆

カバー・表紙装画―長谷川潔画「日夏耿之介定本詩集」挿絵より

本扉―日夏耿之介遺愛の硯（飯田市美術博物館所蔵）

# 序章　日夏耿之介先生との思い出

# 樋口國登《くにと》先生との出会い

日夏耿之介先生に、初めて出会ったのは昭和二十九年である。宇都宮という地方の高校生であった私が、高校の美術の先生であり英語クラスの恩師であった川上澄生《すみお》先生に憧れ、川上先生の母校である青山学院大学に入学して五年目、大学院生になったときであった。樋口國登教授の「比較文学」の講義に登録したが、これが詩人日夏耿之介の本名であると知って驚いた。講座登録者は教授から許可の下りた者だけが三名選ばれ、講義は阿佐ヶ谷の自宅書斎と発表され、学生たちはその許可を待った。選に漏れた者たちが、涙を流して悔しがっていたのを覚えている。

私たちの前に現われた日夏先生は、羽織袴の瀟洒な和服姿、白足袋に草履、黒縁眼鏡、整った高貴な顔つきの、いかにも「学匠詩人」といった方であり、話しぶりにも魅力があった。大学へは車で送迎されていたが、外に出るときはこの上にインバネスの黒いマントを羽織り、黒ソフト帽をかぶって茶色のマフラーをつけ、黄皮に漆で虎の絵の描かれた手提げをさげておられた。この中には薬と称したウイスキーの小瓶と煙草が入っている。この姿でご一緒に「銀ブラ」できるとは思ってもみなかった。「ここでいいよ、降ろしておくれ」と、運転手に言い外に出て、家への帰り道をご一緒に銀座を散歩したのである。

先ず第一回目は、長谷川潔氏の版画展を、「サエグサ画廊」に見に行った。長谷川氏はマニエール・ノワールという特異な版画の大家で、日夏先生の『定本詩集』の装丁をされた先生のお親しい友人だった。私は後年に長谷川氏と奥様とにフランスで数回お会いすることになる。長谷川潔氏の版画は、フランスでレジヨン・ドヌール勲章やフランス文化勲章などが与えられたほど素晴らしい作品であるが、私は銀座の展覧会で魅了されてしまった。後に黄眠會の関川左木夫氏のお勧めもあり、作品を入手することになる。

　二回目は三越劇場に、泉鏡花の『天守物語』を観に行った。「おい、おい、薬が切れたよ。買ってきておくれ。」幕間にそう言われ、私は急いで地下売場まで走ってウイスキーを買い、銀の小瓶に移して手渡した。何回目の時だか忘れたが、当時流行っていた名曲喫茶に行って見たいとおっしゃるので、「ウエスト」（銀座二丁目並木通角）という喫茶店で、ご一緒にコーヒーを飲み、音楽を聴いたのは忘れがたい。この店では三時と七時にレコードをかけて聴かせていた。このときの曲はバッハとシューベルトで、我々の話題は文学、特にゲーテだったとの記憶がある。

「映画は、視覚的な技法が優れているよ。メフィストフェレースがドロンと消えて、またパッと現われる。こういう瞬間的技法は、映画だからできるのだね。いつか大伴黒主《おおとものくろぬし》を主人公にこんな映画を作ってみたいね」と先生は言われた。「月今宵　黒主の歌　玄《くろ》からめ」と歌われたが、これは黒主が歌を書き足した草子を小野小町が水で洗ったという能の「草子洗小町《そうしあらいこまち》」のような、薄墨色の雲がかかった空と月という句なのであろう。黒がお好きのようですがとお尋ねすると、黒の文字を「黝」「黮」「黟」など沢山示され、最後に黒でも「玄」という字は、「ものの本質、基本を顕わす言葉だよ。いわば根本《こんぽん》かね」と言われた。レストラン月ヶ瀬で「マロン・シャンテリ」をご馳走になり、ある時、資生堂の近くの柳の下で、背広にリボン・タイを花に結んだモダーンなお爺さんと、「やあ、やあ、しばらくだったね」と挨拶を交わされた。その後で「あの人、誰だか知らないんだよ」と言われた時の笑い顔は今でもはっきり覚えている。「大田《おおた》黒元雄《ぐろもとお》（音楽評論家）かな」とのちに言われた。

　いつもコーヒーやアイスクリームやマロン・シャンテリなどをご馳走していただくので、そのお礼に何かお返しをしようと思い、贈り物は何がいいのかと考えた。先生の服装や雰囲気を壊さない持物はと考えた挙げ句、

「パイプ」が似会うと思った。ちょうど先生が熱海にいらっしゃるというので、お見送り方々持参した。先生は熱海の双柿舎《そうししゃ》から、お礼のハガキを下すった。「見送ってくれて難有ウ。けふも山田耕作夫妻、林房雄夫妻と魚を啖べてさかんに例のパイプをふかした。すてきなブライアだ。愛用品也　草々」。ハガキは熱海で購入されたものらしく、写真の下に「春の海、秋の月に　詩情をさそふ横浜海岸　熱海名所」と入っている。パイプの材料として、高級なものは「ブライア」といい有名であることを、先生は知っておられたのだ。あるとき、英国のケンブリッジにある十八世紀創業の煙草老舗の店員にブライアと言ったところ、「お前は外国人なのに、ブライアを知っているなんて珍しい」と褒められたのは、そのはがきにあったのを覚えていたので、日夏先生のおかげだと思って感謝している。十五年後のことである。

日夏先生を青山学院大学に呼ばれたのは、豊田実学長であろう。芥川龍之介が共通の友人だからである。豊田実学長は、「或る時の自分のこと」という文章で、東大の教室で芥川龍之介とともにロレンス先生の英語の授業を受けたことを書いている。日夏先生は早稲田大学出身であるが、芥川は文壇の親友であった。しかし直接の交渉にあたったのは、当時、青山学院大学の教授であられた向山泰子先生であったことが、向山さんの随筆から分かった。「私は二十四年に青山学院からの依頼を受けて、先生の青山学院大学就職の内意を伺いに行った。（略）〈青山へ行ってやろうな。〉と受けて下さったのは信じ難い程で、ただ有難いことであったと繰り返えし当時を偲ぶのである」とある（「真にして美なるもの」『詩人日夏耿之介』昭和四十二年、新樹社）。

私が送迎の車に付いていることは、豊田実学長は承知していた。帰りはご自宅まで、電車でお送りしたこともあったが、この時初めて、電車には特別車両のあることを知り、座席のソファーもまた特別製で、我々学生の身分では乗れないなと思ったことを記憶している。「黄眠會」という日夏先生の弟子の方々の会の席上で、この「銀ブラ」の模様を話したところ、「信じられない。あんな厳しい怖い先生が」と、みなに言われた。先生にとって私などはとるに足らぬ小娘であり、孫のような存在だったのだろう。甘えたくなるような優しい、いいお爺さんだった、晩年までそうであった。

だが、確かに授業の時は、厳しい先生だった。三人の学生に、共通の問題を配られる。ある時はライオネル・ジョンソンの詩「黒天使《ダーク・エンジェル》」を書いた紙が配られ、「この詩を読んで、思うところを書きなさい」と言われた。一時間先生は黙られ、我々は筆を動かすのである。ある時は、天明期の俳人である松岡青蘿《まつおかせいら》の句「蘭《らに》の香は薄雪の月の匂ひかな」「らにの香や碁盤の面打かすり」を読んで感想を書けという問題であった。ある時は、床の間の掛け軸から中国の山水の話となり、桃源郷の話にいったり、硯を水にいれた観賞の仕方や、小さな白い玉石の茶わんでの玉露の飲み方、抹茶の入れ方などへも話が及んだ。難しい比較文学の理論を述べられる傍らに、実物に触れながら教えて下さったことの方がより強く印象に残っている。授業の一時間半が過ぎる頃、「ゴーン」と黒塗りの小机の上の赤い枠に下がる銅鑼《どら》を鳴らされ、先生が、「おい、おい、添子、お茶持っておいで」とおっしゃると、奥様がお茶とお菓子を運んでいらっしゃる。毎水曜日午後の緊張が解ける、解放の楽しい瞬間であった。毎回変わるお菓子が楽しみだった。

解放時のある時のこと、漢詩の話になり、「漢詩というと、日本人は大方、難しい決まりのあるもの、端正なものと思うだろうが、そうでなく粋な都々逸ふうな小唄ぶりのものもあるんだよ。いま訳している十六字令体という漢文だけど、一字決まりで、とても端唄《はうた》ふうなんだよ」と言われてその詩を見せられた。白楽天や李白の漢文詩、『長恨歌』などの漢文物語を女学校で暗記させられていた者にとり、「間。」の一字を「らよんのまに」と訳され、「愁。」の一字を「しんきくさやの」と訳されているのを目にしたとき、感嘆の声を上げてしまった。目にしたのはこんな風なものだった。

いくひらひら
しんきくさやの。
いくひらひら、
小間のまへを花がちり候。
エーモウモ
　春は逝んだかェ。
イヽエサ
　青柳の梢のささきに
ありあんすわいの。

春望　清　堵霞　閨秀

愁。幾片花飛過小樓。
春歸否。尙在柳梢頭。

「そんなに感心するのなら、君に原稿あげるよ、写してくれればね」と言われたので、即座に家で清書して、原稿を全部いただいた。数日後、日夏先生の奥様が慌てて訪ねてこられ、もう一度原稿を清書して欲しいと頼まれた。編集者があの原稿を紛失してしまったのだという。私は徹夜で清書を仕上げ、ご自宅に届けた。「第一草稿を惚れるとて自ら抄寫して日に保持した一閨秀の抄本ありしに依り――」と、この時の紛失事件のことを、先生は『唐山感情集』の序文に書いてくださった。そのときの原稿は『唐山感情集』とその拾遺『零葉集』になっている。

　昭和の作家で、漢詩の訳詩集を出した人は多くいる。佐藤春夫の『車塵集』がとくに有名だが、春夫訳は端正な訳詩になっている。それをもっと砕いて都々逸ふうに仕立て、いわば崩した漢文の翻訳は、日夏先生の

『唐山感情集』をおいては他に見当たらない。小唄「鎌倉四季」を花柳徳兵衛に振付けさせ、武原はんの地唄舞を愛し、「飯田古意めいぶつ唄」を作詞して綺麗どころに踊らせ、赤坂で芸子衆と遊んだ昔の体験が、粋な訳調に生かされているのだ。「江戸でも明治でも、男性と知恵や藝で太刀打ちできるのは、〈おいらん〉だけだったんだよ。〈かむろ〉や行列の男衆を組織し維持できる能力もあったんだ」と言われた。永井荷風と同じく、硬い漢文調だけでなく柔らかい花柳界を思わせる江戸情緒を粋に文学へ生かしている日夏先生の、こうしたさばけた面も見る必要があろう。先生の最初の奥様は美しい芸者さんであった。「亡くなった時は、ボイボイ泣いてたんだよ」とは、谷崎精二先生（潤一郎の弟）の言葉である。日夏耿之介賛美論ばかり言っていた私への、戒めの言葉だったのかもしれない。

しかし花柳界のそれ者（芸者）ばかりではなく、日夏先生は女性の美を判断される的確な感性をもっていられた。「サロメの役は、今日子ちゃん（女優岸田今日子、岸田國士の次女）がいいよ」と言われ、「作家の綺麗な茉莉さん（森鷗外の長女）と食事をするよ」と私も誘われ、「文《あや》さん（幸田露伴の次女）が今日は来るよ」と言われた。私は文さんの着物姿には見惚れたが、こうした自分の才能を発揮している美しい女性を、先生は次々と紹介してくださった。ある時、短冊に書かれた歌を下さり、「女はこうでなければ駄目だよ」と言われたが、そこには「子めかしさ夕顔の上を出《いづ》るべし、明石《あかし》の上のおぎろなき目と」とあった。夕顔も明石も『源氏物語』に登場する女性である。〈子めかしさ〉とは可愛らしさであり、〈おぎろなさ〉とは賢さである。「可愛らしさ」と「賢さ」の二面を持つことが女性には大切ということなのであろう。この言葉はいつも私から離れなくなった。

日夏先生が、このようにして周りの人に与えた全集未収録の歌や句が沢山あると思う。「粋《いき》で、こうと（高等）で、人柄で」という先生の人物評の言葉も忘れ難い。（城左門氏もこの言葉を日夏先生から聞いていたのであろうか。『夜のガスパール』の共訳覚書に、「僕が、故上田敏氏の飜譯に依つて、その粋で高尚で人柄でと云ふ底の浪曼的な藝術にすつかり魅惑され……」とある。）人間は、物事をうけとめる感性が洗練されて粋であり、高等で上品であり、人柄がいいのが好ましいというのであろうか。ここに現実味が加わったのが、再婚なさっての日夏夫人（マダム・イブー。大学院の学生間での渾名。仏語で〈ふくろう〉の意）であり、先生は日常生活をぜんぶおまかせになっていた。先生が机上でお仕事に専念出来たのは、この奥様のお陰ではないかと思っている。引っ越しの時などは、先生の膝に電球だけを持たせて先に送り、あとはぜんぶ奥様がいつも片付けていられたそうである。阿佐ヶ谷から飯田への引っ越しの時、お手伝いに上がった私の膝の上には中国の高価ないくつかの硯（端渓水巌硯《たんけいすいがんけん》、洮河緑石太史硯《とうがりょくせきたいしけん》、黎渓石《れいけいせき》など）があり、汽車で慎重にそっと運んだ。奥様のご命令であった。

昭和のある時期までは、作家が中心の文壇が存在しており、日夏先生の家でも年末や新年になると、弟子や親しい者たちが集まった。（黄眼會の人たちは、いつも土曜日に集まっておられた。）私が知る佐藤春夫先生や堀口大學先生の家もパーティ会場と化し、有名人が集まっていた。「酒豪と酒仙は違うんだよ。いくらでも酒が飲めるのが酒豪だが、酒仙は飲むほどに面白くなっていく人のことをいうんだよ。」日夏先生のこの言葉には、なるほどと頷かされた。

日夏先生のお宅で開かれた会は、いつしか書を競う場となり、黄眼會の方も墨をふくませた筆を宗不旱《そうぶかん》の作硯になる台湾の黎渓石の墨につけて振るっていた。なかでも中央公論社の松下英麿氏の書が素晴らしく、半紙に書かれた書は今でも私の手元にある。日夏先生も筆を振るわれたが、恐れ多くて下さいとは言えずにいた。しかし、いつ戴いたのかは不明だが、先生の書がひとつだけ私の手元にある。後年お倒れになってからは、左手で書かれるようになったが、これは右手で書かれた書である。

大学では「樋口國登教授休講」という張り紙が多かったが、あるとき先生が学部の講義に出られている、と大学院生の我々にわかり、覗きに行ってみようということになった。青山学院大学の英文学部の大きい教室は、五十人ばかりの学生たちがワヤワヤガヤガヤと話していて煩さかった。時間になり日夏先生が入ってこられたが、和服の上に黒ビロードの筒袖の仕事着を羽織られて恰好よかった。真っ直ぐに黒板にむかわれ、「しぐれは見るか、聞くものか、月寂《さ》び、鐘細《ほそ》く、思ひ重ねて人ゆかし」と板書された。その間に、学生たちは入られた先生に気づき白墨の字に見惚れ、次第に静かになっていった。先生はおもむろに口を開かれ、この詩の意味や今様の意義や象徴のことから、西洋の詩に及んだ。窓の方を黒ビロードの筒袖で指されたとき、なぜかその黒服姿にポオの『大鴉』の翼が重なり、「またとなけめ《ネヴァーモア》」という語が浮かんできた。

日夏耿之介先生との「出会い」はこのように青山学院大学の大学院であったが、私のもう一方の恩師に出会えたのも、この大学院であった。「比較文学」を講じていられた東大の島田謹二先生である。当時まだ青山の大学院は修士課程のみで、博士課程は申請中だった。博士課程に進みたいのなら東京大学大学院を受けなさいと勧められた。当時の私は研究室に残され、いわば先生方のお茶酌みだった。未だ学びたい私は、東大を目指して勉強し入学を許可された。将来の青山学院大学教授の道を捨てて、一学生に戻ったのである。島田謹二先生の下で五年間比較文学を学び、日夏先生の没後はその全集作成に我を忘れたが、もう一度学び直したいとの思いにかられ、全集の完成を機に、日本を脱出して英国ケンブリッジに渡ったのである。

2. 青山学院大学の教授時代（昭和二十九年頃）
3. ［次頁］著者プレゼントのパイプを咥えて（昭和三十年二月十日）

4. 青山学院大学での講義（昭和三十年頃）
5. ［次頁］阿佐ヶ谷の聴雪廬にて（昭和十四年頃）

6. 書物に囲まれた耿之介
7. ［次頁上］書庫にて（昭和四十年頃）
8. ［次頁下］書庫にて（昭和三十三年六月二十日）

9. 聴雪廬にて骨董文具とともに
10. ［次頁］壮年期の耿之介

11. 愛飲する信州飯田の「喜久水」とともに（昭和二十九年頃）
12. ［次頁］黒いマントを羽織り黒ソフト帽と茶色のマフラーを着けた耿之介

13. 上京中、阿佐ヶ谷宅にて（昭和三十三年一月十九日）
14. ［次頁］愛玩の硯に触れる耿之介（昭和三十九年）

金石索

15. 飯田自宅の門前にて（昭和三十三年四月六日）
16. ［次頁］愛宕稲荷神社境内にて（昭和四十三年）
17. ［次々頁］昭和三十六年四月二十三日

## 『日夏耿之介全集』の編集

「こんなに先生の本が、集まりました。」本の一冊ずつについて万年筆で書いたカードを、数十枚作ってお目にかけると、「そうかい、そうかい、よく集めたね。そのうち、わしのぜんぶの著作目録を、君が作っておくれね」と日夏先生は言われた。私は「はい、そうします。いつか、完成させます」と、即座に答えてしまった。

このとき、日夏耿之介の全作品目録の作成を、先生とお約束してしまったように思った。この言葉を守って、私はせっせとカードを増やしていったのである。あの本は随筆集だからこの本には同じ原稿が入っているわけだ、この原稿はあの雑誌の何巻何号に載っていても先生はこの時期主刊者と喧嘩していたから今度はきっとこっちの雑誌に寄稿だろうとか、探偵まがいの推定をしながら探り当ててゆく。そのカードをお持ちすると、「ああ、よく見つかったね。忘れていたよ」とニコニコされるお顔が優しい。その笑顔見たさと、どんな作品を書かれているかの興味だけで、カードを作っていった。飯田時代の最初期のことだが、小箱に保存しておられた小学校時代の作文や筆書きの習字半紙のなかから、「これは君が持っていていいよ」と、茶色の線で仕切られた四百字詰めの原稿用紙二枚に書かれた作文（むろん活字になっていない）と、筆書きの習字一枚を頂いたこともあった。

私の作品目録作成が完了しないうちに、先生はこの世を去ってしまわれた。しかし、完成の約束は果たさねばと心に決めた。まだコンピューターなど存在しない時代のこと、まとめは原稿用紙を長く貼って繋げ、細長い一欄表を作り、年代順に万年筆で、内容・ページ数などを並べて書き、凡例も自分で立てて分類して作っていった。早稲田大学や東京大学の図書館、国会図書館や関西の図書館と、毎日さまざまな図書館に通い詰めて作品を探しまわった。探偵の捜査のようでもあり、根気と忍耐もいる仕事で、自己との戦いでもあった。早大図書館の地下二階でこうした調べものをしていると、「占領したから出ろ」と言われて、ヘルメットに手ぬぐいの覆面姿の学生達と、もみ合いになり引っ張りあげられたこともあった。密室の図書室は、当時はクーラーもなくて換気が悪く、窒息状態で倒れてしまったこともあった。仕事に集中していた心の中には、兄ウィリアム・ワーズワスの仕事を尊敬し、自分では結婚もせずに身も心も捧げ尽した妹ドロシー・ワーズワスの姿があった。日本の文学にとって、日夏耿之介は大切な詩人であり、それに較べると私なぞは価値なき存在だから、身を賭しても日本文学のために日夏先生を生かすべきだと思ったのである。この時期に採ったカードを年代順に並べて、清書して作った長い著作目録一覧表がある。二十回ほどの引っ越しのたびに、他の資料がみな始末されたなか、これだけはもう二度と作製できないと思って、どうしても焼くことができずに今でも手元に残っている。何年もかけて夢中で作った成果であること、ボールペンなど無い時代の青インク書きであることなどを思い、手元に残した唯一の私の手書き原稿である。

日夏先生が亡くなって一年余り経った後、この目録を風呂敷に包んで胸に抱え、「全集」の出版を頼みに各社をまわって歩いて下さったのが、本田安次先生であった。早稲田大学英文科を卒業ののち、民俗芸能を専門にされた方だ。小柄な先生が風呂敷包みを抱え、「井村さーん」と下の玄関から声をかけられて、二階の書斎から私が顔を出して返事したのがつい昨日のことのように思われる。「早稲田の同僚で日夏さんを知っている印南喬《いんなみたかし》君の関係で、早稲田出身の編集長のいる河出書房新社に全集出版が決まったよ」と本田先生が言われた時の、うれしそうな笑顔はいまでも鮮明に覚えている。

本田先生を中心に全集の準備会議が始まった。早稲田大学の印南喬氏、河出書房新社の藤田三男編集長、黄眠會からは岸野知雄氏、関川左木夫氏と私が、ある時は早稲田大学近くのレストランで、ある時は当時河出書

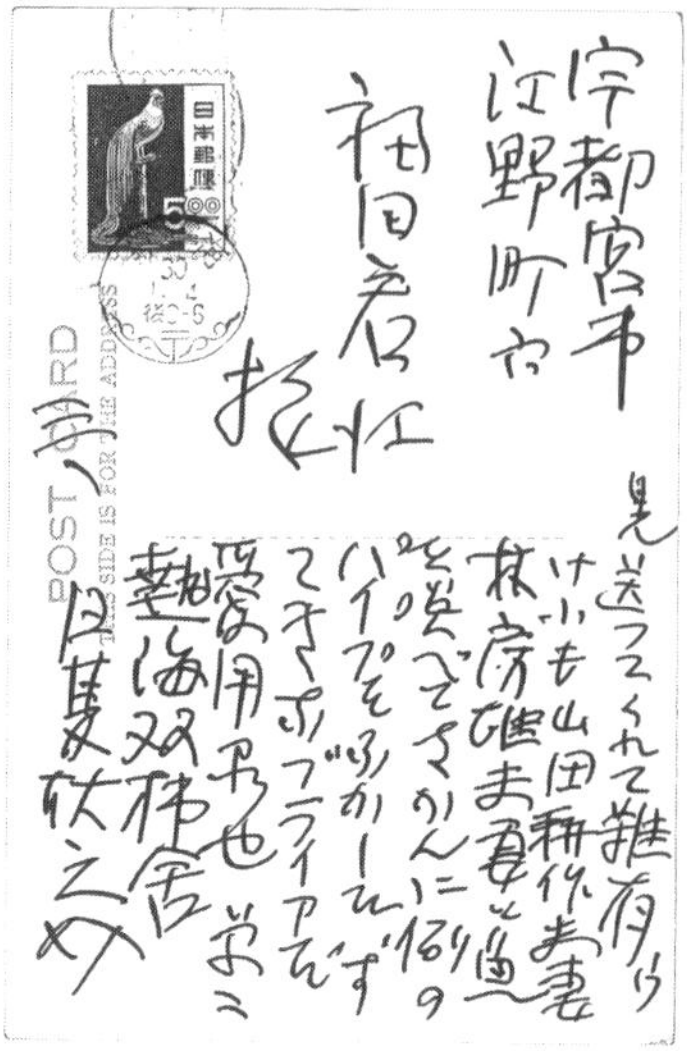

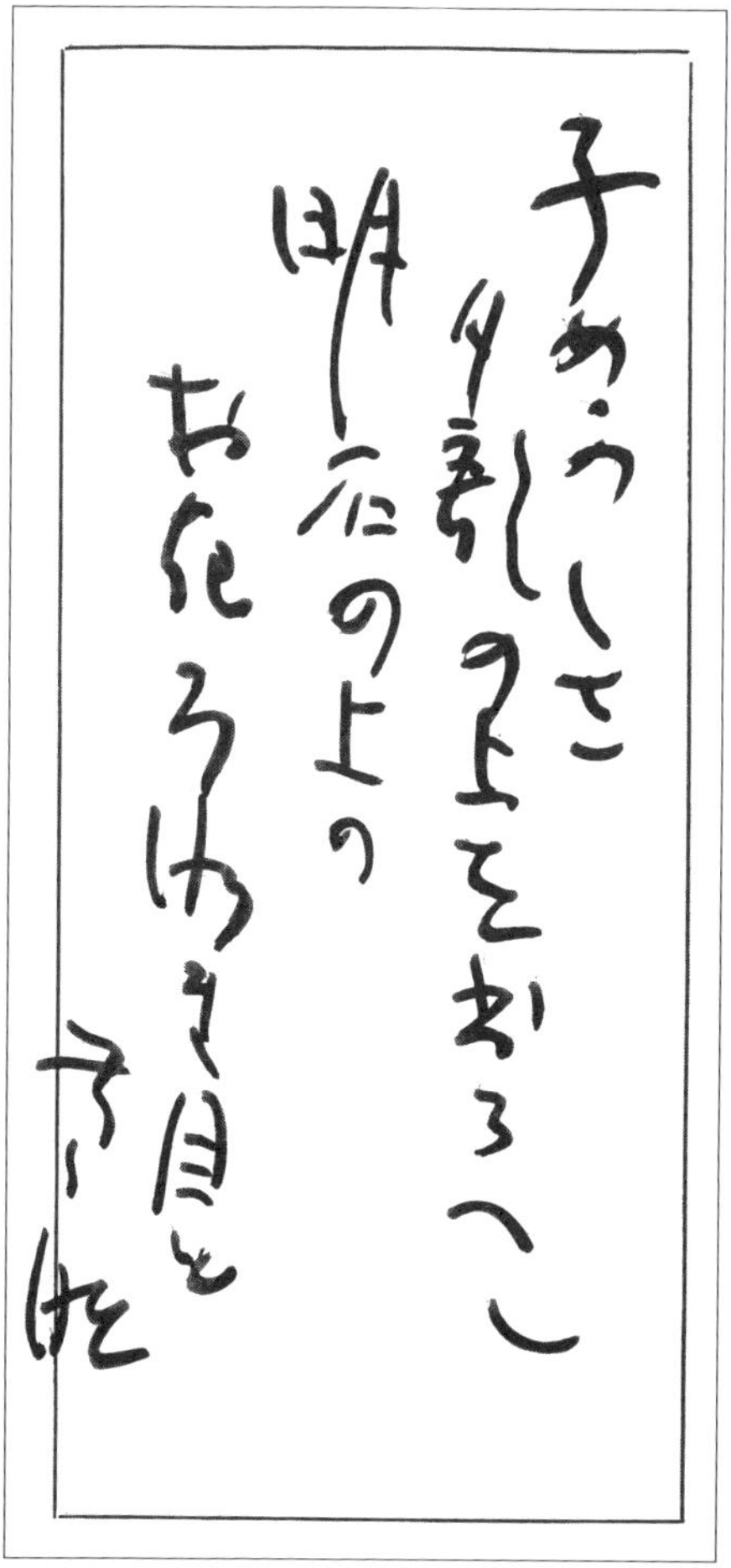

耿之介が出した著者宛のパイプの御礼状（右）と
「子めかしさ～」の歌が書かれた自筆短冊（左）

房新社のあった神田の料亭に集まった。全集は全何巻、収録内容はどうするか、新聞記事はどう扱うか、誰が何巻を担当か、月報執筆者を誰にするかなど、大まかな計画が立てられた。それから、吉田健一氏、矢野峰人氏、山内義雄氏の三方を監修者に立て、全集八巻の編集の仕事が始まった。担当編集者として加わったのが河出書房新社の岡村貴千次郎氏で（「きっちゃん」と呼んだ）、助言者としてしばしば意見を頂いたのが齋藤磯雄先生であった。助言を惜しまなかった由良君美氏や島田謹二先生、編集面で実際の助力を頂いた無名時代の池澤夏樹氏、手伝いの学生たちなどのことを思い出すと、その日々は今も忘れ難い。

　河出書房の仕事部屋のよろい戸が下りると、神田のレストランで食事となり、その後は喫茶店「ラドリオ」などでまた仕事、それから齋藤磯雄先生に意見を聞くため、バー「アクネ」（アクネ大学と言っていた）に行って飲みながら話をまとめ、閉店近くになると、未だ終電には時間があると言われ、私の家に仕事を持っていき、翌日の大学の講義を気にしながら「きっちゃん」と仕事をつづける様な日々だった。齋藤磯雄先生は、日夏先生の弟分ともいえる方で、拙宅にお招きしてはしばしばお話をうかがい、ご意見をたまわった。齋藤先生の漢文の先生であった阿《あ》藤伯海《とうはくみ》先生と日夏先生はお親しい仲で、よくお二人で漢文学の話をされたとうかがった。あるとき、齋藤先生と阿藤先生はボードレールの話になり、ちょっと原文を見ると言われて阿藤先生が家の押入を開けると、夥しいボードレールの本が出てきたので齋藤先生は驚いたそうだ。日夏先生もボードレールをたいそう好んで読んでいられたこと、マルセル・シュオッブなどもお好きで、城左門氏のルイ・ベルトラン訳『夜のガスパール』などを褒めていられたこと、日夏先生が上田敏の訳詩やフランス文学にどれだけお詳しかったかなどを説明された。島田謹二先生の、「『海表集』などの訳詩集をよく読むことだね。日夏さんは、ポオやワイルドだけでなくホイットマンも読み、ダヌンチオだけでなくダンテもよく読んでいる。興味が耽美主義の幻想派から高踏派、古典派まで時代が幅広いからね」との言葉も忘れ難い。

たしかに日夏先生は、著作『美の司祭』(キーツのオード研究)で英文学博士となったが、イタリアの作家ダヌンチオの研究が早稲田大学の卒論であった。「黄眼會」の一番弟子だった石川道雄氏はドイツ文学者であり、親しかった原久一郎氏はロシア文学の大家。先生はホフマンやハイネやリルケなども深く読まれ、トルストイやドストエフスキーにもお詳しかった。日夏先生から頂いたものを入れた箱の中より深尾須磨子氏の直筆創作原稿「ギリシヤの雪」が出てきたが、一九四七年という日付けが入っている。このサッフォーのような女詩人から、日夏先生は古代ギリシア文学にも入られているのであった。私はよく中世ペルシャのサアディーの『薔薇園《ゴレスタン》』のお話を聞いた。先生が『ゴレスタン』にこだわられたのは、当時流行していたオーマー・カイヤムの『ルバイヤート』(蒲原有明訳)に対抗されていたのかもしれない。日夏先生は『アラビアン・ナイト』も訳され、吸血鬼の研究書も翻訳されている。病気がちであった先生は、病床では読書三昧であり各国各時代の想像の世界に遊ばれていたのではないだろうか。

『日夏耿之介全集』第一巻は当然詩集の巻であった。岸野知雄氏、関川左木夫氏という、お二人の黄眼會の高弟が存命中に、全詩に眼を通していただけたのがたいへん幸いだったと思っている。日夏先生は二十七歳で処女詩集を出され、四十三歳で最後の詩集を出された。それで詩の世界を完成されたかのように、以後いっさい詩作品は書かれていない。したがって散逸している詩作品は皆無であろう。ただ短歌、俳句の類は相当数全集に未収録であろうと思う。折にふれて先生が色紙や短冊に書かれた類いの作品は収集不可能である。飯田にはこうしたものが、掛軸となってたくさん存在している。

全集の奥付けに赤い判子を押さねばならず、この仕事をするため、「きっちゃん」は右の手に豆ができるほど一人で押しまくり、これを終わらせるために一晩社の机の上に毛布を敷き寝たという。その熱意に打たれ、私も仕事に夢中になり、『全集』を中心に世界は回っている」とさえ思える毎日だった。「全集」の仕事、大学の講義、出版社経営、育児生活と目まぐるしく、眠る暇も無い日々だった。主人はすでにこの世になく、子育て（一人息子）に追われ、夫の母親を看るだけで精一杯、自分の時間は、みな「全集」の仕事に捧げていた。だが一体これでいいのか、研究は、大学の講義は、日常生活は、と行く手を思うと混沌とした気分になり、震えの出るような状態だった。私はもう一度自分を立て直さねば駄目だと思いたった。この時、いままで自分に重ねていた、兄に献身的なドロシー・ワーズワスの映像は消えた。私がよい仕事をして知られれば、その私が推薦する日夏先生はもっと知られるのだとの思いに変わった。勉強をやり直すため、ケンブリッジの客員教授に応募してみた。ルーシーキャベンディシュ・（シニア）カレッジに配属されたので、セント・ポールに住居も借りて、十歳の息子を連れて日本を脱出しようとした。全集の仕事は最終巻の八巻目、すでに校正の段階で、ほぼ終っており、手が抜けると思ったのである。「きっちゃん」はこのことを知ると、全集完結まで日本に居て欲しいと思ったらしく、「飛行場の滑走路に寝て阻止する」と言った。しかし出発の当日は何事も起こらず、飛行機は無事に羽田（まだ成田は無い）を離れ、モンチッチのぬいぐるみを抱えた息子は、助手として一年間連れて行った鶴見大学四年生の林さんに寄りかかり、無事にケンブリッジに着いた。しかし仕事は海をこえて追いかけてきた。半年ほど英国でも「日夏全集」の校正をする羽目になった。

三年のあいだ日本に一度も帰らず、勉強し直すために腰を据え、ケンブリッジ大学でさまざまな先生方の講義を聴き、本やノートの前に座る毎日であった。全集完結の日には日本にいなかったので、どんな打ち上げパーティがあったのかは知る由もない。留学は三年間であったが、日本とのくさびはすべてたち切った。このことは『日夏耿之介全集』の編集に打ち込むあまり、自分を見失いかけていた私にとっては幸いであった。そのまま、鶴見大学には十八年在職し、その後、明星大学に移って二十年間勤務した。

留学から帰国後、気になっていた「全集」編集室の状態を見に河出書房新社を訪れ、使った資料をいくつかの段ボール箱にまとめ、飯田を訪れて日夏先生の墓前に挨拶し、町の図書館の先生の著書がずらりと並んだ脇に資料箱の保存をお願いした。全集の月報には、「雅号」など四つの記事を私は書いたが、日夏耿之介論は「私情を挟まず、客観的に書け」と言われた関川左木夫氏の言葉がいつも脳裏にあった。関川氏のその言葉は今でも離れず、日夏耿之介論を書くときはいつも私の頭に出てくるようである。その後、「黄眠會」会員として、三度ばかり講演会の講師に招かれ飯田に伺った。飯田には日夏先生にまつわる多くの思い出があるが、このことは、本書の第二章の最後で、思い出ふうになろうが、記しておきたいと思っている。

# 第一章　日夏耿之介に関する評論

# 日夏耿之介の詩の世界

日夏耿之介が八十一年にわたる生涯に築いた文学の世界を鳥瞰してみると、その業績は各方面に及んでいる。八十余冊二千数百項目にのぼる著作を前にするとき、数多くの郭門をもつ鬱蒼たる堅固な城都を思わせる。詩人として英文学者として評論家として随筆家として翻訳家として創作家、俳人、歌人として、その活動は多角的であった。まず詩人として大正詩壇に地歩を固め、処女詩集の『轉身の頌』から『黒衣聖母』を経て『咒文』に至る諸詩集によって「ゴスィック・ローマン詩體」、あるいは錬金抒情詩風といわれる独自の詩的小宇宙《ミクロコスモス》を築いた。また英文学者としてはキーツのオードに関する厖大な研究論文『美の司祭』によって博士号を得るかたわら、主として十九世紀の浪曼派や象徴主義、神秘主義に関する多くの評論を書き、『英吉利浪曼象徴詩風』二巻はそのうちにブレイクやイエイツ、ロセッティ、シェリー、バイロン、トムソン、ワイルド等に関する細心精緻な味解にもとづいた論考を収めている。翻訳家としてもポオやワイルドの詩の全訳をはじめ、その趣好から選ばれた東西古今の詩歌は、おおむね『海表集』『東西古今集』『巴里幻想集』に収められている。李賀や李白、李清照や李商隠をはじめ数十人に及ぶ漢詩の日本語訳は『唐山感情集』や『零葉集』に集められた。ワイルドの『院曲撒羅米《サロメ》』の翻訳が独特の訳調によって古代オリエントの美の世界を再現させ日夏のサロメを作りあげたように、これら十六字令や竹枝調の漢詩訳は、詩人独自の詩質を濾過されて、多かれ少なかれ創作の域にまで到達している作品群といえよう。また批評家としてすぐれた鑑賞眼を発揮し、とくに明治や大正の文学作品や詩歌に関しては数多くの評論をものしている。一つの史観にもとづいて論を展開させれば『明治大正詩史』全三巻にわたる厖大な近代詩史論となり、また『明治浪曼文學史』や『明治文學襍考』となる。一方、文学の原理論として詩に赴けば『日本近代詩史論』や『神祕思想と近代詩』『日本象徴詩の研究』となり、芸術一般に向かえば『日本藝術學の話』となる。作家個人に集中してゆけば、天明の俳人「松岡青蘿《せいら》の象徴句風」という青蘿の俳諧の世界がもつ感覚的空想世界と俳境の妙味とを象徴の原理から説いたきめの細かい作家論をはじめとして、『鷗外文學』『荷風文學』『谷崎文學』『露伴と鷗外』等の作家論の諸冊に凝結する。また随筆家としても『瞳人閑語《どうじんかんご》』『殘夜焚艸錄《さんやふんそうろく》』『風塵靜寂文《ふうじんせいじゃくもん》』『サバト恠異帖《かいいちょう》』をはじめとして二十余冊に及ぶ随筆集があり、これらには折ふしの随想のあいだに鋭い審美眼で捉えられた古美術・骨董・文学作品などにたいする本質を衝いたものの見方が独自の文体のなかに示されている。俳人としては『溝五《みぞご》位《い》句《く》藁《こう》』や『婆羅門誹諧』があり、歌人としては『歌集文人畫風』がある。また小説にも『竹枝町巷談《ちくしちょうこうだん》』という『たけくらべ』風の美文調で描いた自伝的作品があり、戯曲にも千姫を主人公とし愛と美の極致を描いた象徴劇「美の遍路」がある。というように、日夏耿之介は各方面にわたり独自の仕事を数多く遺している。

　このようにして郭門のいくつかを点綴したのみでは、その広大で奥深い城都の一部を垣間みさせるだけで、全体を網羅した日夏耿之介の本体に入ることはもちろんできまい。ただあえてここにそれを行なったのは、一般に日夏耿之介というとき、人は詩人の面しか思い浮べない。もちろん詩人としての位置が際立っていることは確かである。しかし「形象と音階との錯綜美」とその「黄金均衡《ゴールドウン・アベレイジ》」を目したその詩風と、漢字の多い独得の措辞が往々にして日夏耿之介をして、頑迷で難解な孤高の詩人と思わせ、その世界へ踏み込むことを躊躇させているように思える。この詩人の場合、先に述べたような他の面の業績を知ることによって、詩人としての面もより深く味解できるような詩人であり、また難解に見える学者としての面や批評家としての面が、かえって詩人としての諸作品と連関をもっている。それはこの詩人にあっては各方面の営為は、たんなる知性の実験的な試みではないからであり、いいかえればそれらは知性の普遍性を知っていたための多角的な現れともいえよう。この点で森鷗外と軌を一にしている。「わたしは心が飢ゑると鷗外を讀んだ。自信を喪ふと鷗外を讀んだ。四面楚歌のおもひがすると鷗外を讀んだ[1]」といっているように、この詩人にとって森鷗外は文学上の審美綱領そのものであり、また文学道における心の支柱でもあった。たしかに知性によって人生の出来事や体験を客観的に摑み得る人にとって、泥にまみれる現実経験の量は必ずしも問題とはならない。こうした知性主義は生れつき病弱だった耿之介にとり、必然の道であったといえるかもしれない。したがって彼の詩作品も、この知性によって構築された世界に外ならないのである。

　日夏耿之介の全作品を総合的に検討し文学史上にその位置と意義とを定めてゆくことは今後の仕事であろう。ただこうしてその全貌を包括的にでも見てみるとき、この詩人の位置は日本古来の文学の線上からだけでは捉え難いことがわかる。外国文学からの要素を摂取することによって、従来にはない新しい独自の世界を形成しているからである。そうした目で各詩集に付けられた序文を見るとき、藤村の序文のようなこれまでの多くの序文にみられる感情的な詠嘆調の抒情はない。そこには一人の詩人が経てきた具体的経験にもとづく心性史を内省し、それとの連関において詩の道における求道者としての精進が克明に記される。したがってこの序文はそのまま詩人のマニフェストになっており、詩論ともいえよう。さらに深く読んでいくと、その根底にあるのは、イギリス浪曼派の詩人達シェリーやワーズワス、コールリッジ等と共通の考えであることに気づく。それは十九世紀浪曼派の霊感説であり、汎神論的な自然観であって、そこにまた東洋や中世の神秘説をからめて、独自の詩論を展開させたものである。しかし一見、古い伝統に拠った詩論とみえて、じつはそこには現代のあたらしい詩の問題へと展開し得る要素がさまざまに含まれている。このことを見ても、英文学者としての日夏耿之介がたんなる海外文学の媒介者として紹介や翻訳の労をとったというのではなく、創作者として詩人として自らの世界を創ってゆくその過程において、こうした外来の要素を必要としたことがわかる。

　このように外来の要素、外国文学というものは、つねに日夏耿之介の詩作態度の根底にあり、また文学作品に対したときの見方にも現れている。キーツのオードを研究すれば漢詩の賦や日本詩の韻律の比較韻律学となるし、シェリーの「西風賦」を扱えば自ずと漢武帝の「秋風辞」や白居易の「秋風引」等との比較となるし、ポオの「大鴉」論は賈誼《かぎ》の「鵩鳥賦《ふくちょうふ》」や孔臧《こうぞう》の「鴞賦《きょうふ》」との関連で考察するというように、東西文学を連関させつつその本質にせまろうという姿勢が見られる。また日本の近代文学を取り扱うときでも、そこに加わった外来要素によって変貌し近代性を獲得してゆく過程を重視しているので、その批評はおのずと比較文学ともいえる方法や精神や見方を示す結果になっている。明治・大正の時代に自らを形成していった日夏耿之介の文学の世界において、いろいろな意味で外来の要素は重要なものであるといえよう。こうした見方に立脚して焦点を詩人の面にしぼり、その独自の詩の世界を、とくにイギリス文学との連関においてみてゆきたい。まず初期の外国文学との出会いを大正期の早稲田大学時代からクロノロジカルに辿ることからはじめて、次にこの線に沿い、処女詩集『轉身の頌』から『黑衣聖母』『咒文』に至る全詩集に考察を及ぼしたい。そのとき浪曼主義、神秘主義、象徴主義とよばれるものがあるいはその中心となるであろう。

## 一、同人誌と耽美派の文学

日夏耿之介本名樋口國登《くにと》の詩作品が活字になるのは早く、明治三十七年（十四歳）飯田中学校時代のことである。続いて三十八、九年と「風峽韻士」「萍翠」などの筆名で校友会誌などに詩作品を発表しているが、それらは習作時代のものとみられよう。大正元年（二十二歳）早稲田大学在学中に同人誌『聖盃《せいはい》』を創刊し、意図して詩作に専念しはじめた大正三年ごろに、詩人としての出発点を置いてよいと思う。処女詩集『轉身の頌』の刊行が大正六年であり、この一巻にそれまでの詩篇が集大成される。この期のいわば形成時代を重点的に辿ってみよう。

樋口國登は十四歳のとき郷里の飯田より上京し、社会学者で評論家の叔父樋口龍峽《りゅうきょう》の家に寄宿し東洋大学附属京北中学に通うことになるが、病身のため三年で退学する。大学に進学するなら三高に入り「京大に進んで上田敏の講筵に陪する傍、加茂川祇園のそぞろ歩きを樂し」みたいと考えていたが、中学校中退ということで官学系の受験資格は得られなかった。それなら「早稲田で『囚はれたる文藝』を説く島村抱月の講席に侍する傍、武蔵野の夕逍遙を繰返し」たいというもう一つの意図が実現して私学に学ぶこととなり[2]、明治四十一年早稲田大学高等予科に入って学部に進学する。英文学の教授陣をみると坪内逍遙をはじめ島村抱月・片上伸・増田藤之助・高橋五郎等がいた。当時は予科一年三箇月、本科三年という制度で大正三年に英文科を卒業するわけであるが（一年病のため休学している）、そのあいだ逍遙の講筵に列することはあっても、直接の師と仰ぐまでには至っておらず、抱月の方も休講の貼紙が多くて講義はあまり行なわれなかったが、時おり課外に文学活動の面で意見を聞くことはあったらしい。片上伸は浪曼英詩の翻訳などが上田敏に認められるほどの英文学者であったが、そのころにはロシア文学に転じていた。彼は教鞭をとるかたわら、社会文芸の批評家として活躍していたが、耿之介が「感情の偏一性がつよすぎて公正の態度を持さんと心掛けつつ常に一方に片寄りすぎてゐた點で理想の批評家ではなかつた」[3]と回顧しているように、彼を師と仰ぐには躊躇があったようである。

この早稲田時代にもっぱら文学の師として親しく接したのは、フランス文学者吉江《よしえ》喬松《たかまつ》（孤雁《こがん》）博士である。博士はもともと「英文學に現はれたる自然美の研究」を島村抱月に提出した英文学科出身であり、早くから比較文学研究および各国文学の総合研究を強調していた。周到精緻な学者としての面と峻鋭透徹な芸術家としての面をかね備えた氏に、出身が同じ信州であることもあって、昭和十五年長逝されるまで教えを受けた。吉江博士は明治四十三年からアイルランド文学の講義を行なっていた。この吉江博士を中心として大正三年頃に「愛蘭土《アイルランド》文學會」を定期的に持ったことは、文学者を志していた耿之介にとり大きな出来事であった。もう一つは早稲田の仲間たちと同人雑誌『聖盃』（のちに『假面』と改題）を発行したことである。この二つが耿之介の文学生活にとって、早稲田時代の注目すべき出来事であったといえよう。

「愛蘭土文學會」は耿之介と早稲田で一級下であった西條八十、それに東大の山宮允《さんぐうまこと》と彼が連れてきた芥川龍之介、松田良四郎を加えた六名が主なメンバーで、時おり『假面』同人の森口多里《もりぐちたり》や矢口達などが加わった。芥川龍之介はこの時のことを次のように回想している。「當時の僕は彼等以前にも早稲田の連中と交際してゐた。その連中もやはり清淨なる僕に惡影響を及ぼしたことは確かである。その連中と云ふのは外でもない。同人雑誌『假面』を出してゐた日夏耿之介、西條八十、森口多里の諸氏である。僕は何度か山宮允と一しよに

（僕を『假面』同人に紹介したのはイエエツ研究家の山宮である。）赤い笠の電燈をともした西條氏の客間へ遊びに行つた。其處には日夏君や森口氏は勿論、先生格の吉江孤雁氏も大抵缺かさずに顔を出してゐた。[4]」ここで芥川は『假面』の人々といっているが、この西條八十宅での集りはおそらく「愛蘭土文學會」の人々の思い違いであろう、吉江博士も芥川も『假面』には直接参加していないからである。毎月一回集まって、イエイツ等を中心にしたアイルランド文芸復興運動の気風に習って、わが国にも新しい文学運動をという熱気に燃え、様々な文学論を戦わせたらしいが、この会は直接雑誌を発行することはしなかった。しかしこの時期の同人誌『聖盃』に「イエエツの古傳」（七号）とかイエイツの訳詩あるいは「愛蘭土文學研究書目」（七号）などを日夏が発表しているのは、そうした吉江博士の講義や研究会での刺激と気運をうけているものであろう。また大正十三年に出された『東邦藝術』（翌年『奢灞都《サバト》』と改名）や昭和四年に発行された同人誌『游牧記《ゆうぼくき》』などに掲載された評論や同人の人々の論文にアイルランド文学関係のものが多いことは、もちろん当時の文学界の流行や趣好を反映してのことであろうが、同時に耿之介の場合、この「愛蘭土文學會」で得たものがのちに様々な形で出ているのであると思うし、なかんずくイエイツへの関心は生涯持ちつづけていた。

『聖盃』（『假面』）は早稲田の仲間たち、矢口達や西條八十、森口多里、瀬戸義直、伊東六郎、松田良四郎などとともに発行した同人雑誌である。創るに際してジョン・ミドルトン・マリイ等の『リズム』誌に体裁と印刷美とを学んだという。[5]ピカソの習作画があり、クローチェの美学を論じたものがあり、ドビュッシーの音楽論があるというように、文学作品に限らず幅広い芸術全般にわたる総合的な豊富な内容と方形型の瀟洒な『リズム』誌の外形に海外の新鮮な近代味を感じ、こうした雑誌をわが国でも出そうという意気込みだったらしい。内容よりもむしろ外形に憧れたといっているように、表紙や挿画には心を配り大正元年の創刊号は石井柏亭が扉画を描き、のちになると矢口達の友人永瀬義郎がムンクばりの版画を表紙に彫ったり、また長谷川潔が独自のマニエール・ノワールの古雅な画風に至る前の実験的な手法を様々に見せた着色版画の扉画を作るなど、当時としてはもっとも斬新で豪華な同人誌となった。八号から『假面』と改題され、二十九号まで来て前号の発売禁止事件があって廃刊となる（大正四年）。発刊に先だって同人たちが連れ立って、当時の文壇の中心者たる島崎藤村に同人誌創刊の意向を語ったところ「そうした金があるなら著作をした方がよい」といわれるが、「著述をすると等しい勞力を此小冊子に費して一般著作と少しばかり變つた結果を雑誌上に得て見たいと思つてゐる」(6)ことを答えて辞してきたという。この挿話はこれまでにない文学を作らんとする同人たちの気概と、大正期が同人誌中心にあたらしい文学を作ろうという風潮の盛んであったことを示して興味ぶかい。

「實際生活卽ち思想生活と言ふ様な點に就て、我々はまだまだ歐州の藝術に學ぶべき餘地が充分あると思ふ」と編輯後記に書かれてあるように、創刊と同時に海外文学の評論や紹介・翻訳を多く載せて啓蒙的な面を多く持っている。日夏耿之介も翻訳や評論の筆をとり、とくにダヌンチオ、イエイツ、ワイルド、ロセッティ、メーテルランク、ホーフマンスタールなどへ興味を持っていたことがうかがえる。こうした耽美派の作家たちが多く扱われているが、このほかドストエフスキー、チェーホフ、ガルシン、ソログープ等ロシア文学が多い。大正期の外国文学の流行には様々な制約もあり、その摂取のされ方には急なところもあるためか、こうした紹介の仕方にも各々の外国作家たちの共通を捉え、それらを同一の系統としまとめて見る傾向がみられる。たとえばダヌンチオやワイルド、ポオ、ユイスマンス、メーテルランク、ニーチェといった文学者を、その作風や考え方から耽美派、唯美主義者といった大きな枠の内に一括してくくってしまうのである。

この時代の英仏独伊の詩潮について耿之介は自ら『明治大正詩史』のなかで詳しく扱っているが、そのうちにも、当時の紹介者である片山孤村《こそん》にしても安藤勝一郎（無書子）や島村抱月、岩野泡鳴《ほうめい》にしてもデカダンス文学と浪漫主義や象徴主義の文学とを同等のものとして見ていることに対する指摘がある。明治三十八年に片山孤村は「神經質の文學」を『帝國文學』に連載している（六月から九月迄）。これはドイツ近代文学の紹介をヘルマン・バールの「近世文学評論」にもとづいて行なったものであろう。(7) そのなかのデカダンスとサンボリスムに関する個所に拠った孤村の一文は、当時の日本文壇に流行していたこうした外国文学の傾向や見方をよく示している。特色の第一を「神経のロマンチック」とし、第二を「人工的」とし、第三を「神秘への渇望」としている。またさらに末期の形勢を三分して、一を衰微派、女性的（ボードレール、ヴェルレーヌ）、二をディオニソス的・超人的（「ツァラツストラ如是説」とニーチェ式抒情詩との模倣者）、三を神秘的・原始的（メーテルランク）と説明しているが、先にあげたダヌンチオ、ワイルド、ポオ、ニーチェは程度の差こそあれ、デカダンス、サンボリスムを代表する作家として同じ派のなかに掲げられている。大正期にはこれらの作家はわが国に紹介されて広く読まれ、その芸術観や人生観は芸術至上主義を唱える作家たちが自然主義派に対してかかげる反抗の旗幟とされ、また自らの美の世界を守る防波堤の役をつとめさせられていた観がある。日夏耿之介をはじめ『假面』の同人たちもそうした線上で見ていたわけである。こうした唯美主義の外国作家にさらに「況是青春日将暮。桃花乱落如紅雨」と謳った唐末の耽美派の詩人李長吉《りちょうきつ》（李賀）も加えられ、同じ気分のうちに愛誦されていた。これら世紀末の唯美主義・耽美主義的傾向をもつ外来の作家たちが、大正期の作家たちとくに日夏耿之介や芥川龍之介、佐藤春夫らの趣好に合って共通のものとして受けとられていたことは、時代背景に置いてみたときよく頷けよう。明治より大正に移っての外国文学を摂り入れる方針の著しい変化を佐藤春夫は「時代の遠い大物よりも走りの新奇なものを求める傾向」(8) と言っているが、これはまた当時の外来思想への文学者たちの態度を示した適切な言葉かもしれない。

前に見たように、耿之介が早稲田時代に外国文学の教えを直接に受けたのは吉江喬松である。また書物の上での師は上田敏であった。その外は同人誌の仲間たちと当時流行の風潮のなかにあって自らの趣向に合ったものを広く読んでいたらしいが、それには自ずと一つの傾向がみられたわけで、それらは卒業論文に結実した南欧イタリアの官能的な作家であるダヌンチオであり、また、イエイツ、ワイルド、ロセッティなどのイギリス世紀末の浪曼主義の詩人たちや唯美主義・芸術至上主義の文学であった。大正六年に単行する詩集『轉身の頌』の序文には数々のイギリス浪曼派の詩人や神秘主義派の詩人たちの名が散見する。キーツ、ロセッティ、ブレイク、エミリ・ブロンテ、ワーズワス、カーライル（この他掲げられている名前はジェフリーズ、ダヌンチオ、エマソン、モンテーニュ、スピノザ）。これらは当時、日夏耿之介が好んで読んでいた作家たちであったことがわかる。大正十一年から母校で英文学を講ずるようになり、こうした詩人に関する専門的な研究を発表してゆくが、それらはのちに『英吉利浪曼象徴詩風』二巻にまとめられ、とくにキーツはそのオードの創作心理過程の研究が『美の司祭』として博士論文となる。総じてイギリスでも浪曼派の詩人たちへの傾倒をみせているわけである。「英文學史は大體に於て浪曼主義文學史であると言つてもさう過言ではない」、耿之介はこういう考えを英文学にたいして持っていた。その浪曼主義の所産は「美の愛」と「超自然的耽湎」と「神秘主義」という考えであると説いている。こうした説の基にはH・G・ドマールの『近代英国浪曼文学史』の英文学論があるようだ。一九二〇年以後大きく変化した英文学の見方のなかにあるこうした浪曼主義中心の論は、現代の研究者から見ると一時代前の観があろうが、上田敏、平田禿木《とくぼく》の英文学観の系統をそのままひき、これらを踏まえながら厖大な洋書により自らの見解を縦横に出していった英文学論は、耿之介独特のものになっているといえよう。このほか愛読したものには、バイロン、ブラウニング、コールリッジ、テニソンがあり、また形而上学派の詩人たちジョン・ダンやヘンリー・ボーン、クラッショーなども愛読した。トムソンはラティニズムで古典的であるが「神秘的な新加特力詩の世紀末に於ける代表的傑作」として「天上獵狗」の全訳を試みている。『英國神秘詩鈔』と題する訳詩集を十一年に編んでいるが、ここには神秘的思惟に立つ作品ということからトムソンも入れ、形而上学派の詩人たちはもちろんのこと、浪曼派の詩人たちも同じく神秘詩人であるとしてブラウニングやイエイツ、ロセッティ、ワイルドまでも入れた編集の仕方には、詩人としての審美眼や趣好とともに文学者としての独自の英文学への解釈がうかがえる。

先の同人誌『聖盃』ではじめて雅号「日夏耿之介」が用いられ、短歌・戯曲・随想・翻訳・詩作品と各ジャンルにわたる作品が発表されたが、それはあたかも自らの才能の開花を待ち試すもののようであった。詩作品は第十号の「たそがれの寝室」を皮切りに「王領のめざめ」「密會」「古風な月」「無言禮拝」「神領追憶記」「春宵秘戯」「紙上戀情」「喜悦《よろこび》は神に」など、処女詩集『轉身の頌』に収められたものを中心に六十四篇という大部分の詩篇がこの同人誌『假面』誌上に発表された作品であった。（このうちの二十三篇は単行詩集には収録されなかった。）これらの詩篇は先に掲げたいくつかの表題からもうかがえるように大別して二つの傾向がある。一つは「内なるものが、未だ覺めなかつた稚醇時代の追憶の片身」（「轉身の頌序」）と詩人自ら呼ぶ「古風な月」や「王領のめざめ」「羞明」など、自らの心を外界に解き放ち自然万有の深奥にわけ入って合一をはかり、そこに生ずる宗教の法悦にも似た融合の恍惚感をうたった一群の詩である。

野にいでゝ
しとやかに
呼吸《こきう》すれば
天は沈《しづ》み
地は臥《ふ》して
落日《らくじつ》のみ

きらきらと
全世界《ぜんせかい》に膨《ふく》らむ

（「紅宵」『假面』十五号、大正三年）

もう一つは「官能の理想主義者ガブリエエレ・ダヌンチヨに傾倒した」青春の渦中より生れた官能の狂躍と耽美と焦燥と絶望をうたった「密會」「わが愛人」「新しき戀人に就て」「聖性交」「黄金戀慕曲」など一連の作品である。

織き手を卷き卷きて Baiser す
よろこびは靈《たましひ》を搖り四肢をして搖かしむ
小心の內なるもの虔みふかく生命《いのち》の牕窺《まどさしのぞ》けば
さやけき月ぞ射したる
のどかなるかな　たのしきかな
心おきなく爾《きみ》を他界に訪はむ

（「他界消息」『假面』二十六号、大正四年）

大正四年この同人誌の廃刊を機に、『早稻田文學』『文章世界』『水甕《すいおう》』『卓上噴水』など他雑誌への詩と評論の寄稿がはじまる。また次の同人誌『詩人』を富田碎花《さいか》・白鳥省吾・西條八十・柳澤健・山宮允等と発刊し（大正五年）、詩作品を次々と誌上に発表する。当時の大正詩壇の大勢を、日夏耿之介は次のように二大別している。すなわち「民主的思想に立脚する「民衆詩人」と「人道詩人」」という「現實派」の一団と、「詩感の自由性と普遍性とを信じる超然的傾向、耽美的、主情的、頽廢的、新浪曼的、象徵的、神祕的、藝術至上的等あらゆる他の特質傾向に在るもの」という「藝術派」のもう一団である。これに拠れば日夏耿之介・西條八十等は後者に属し、富田砕花、白鳥省吾等は前者の一派であろう。こうした集団、用語、詩想の面から対立的ともいえる二派の代表的詩人たちが一時でも同じ同人誌上に作品を並べていたということは興味ふかい。この誌上の耿之介の作品は『假面』時代のものとはやや傾向がかわって、即興的な印象詩ともいえるどちらかといえば律動的でかろやかな作風である。海辺の明るさと対照させて病める身の暗さを謳っているのに、数ヵ月前の「黄金エロス」の官能も重苦しい焦燥もそこにはない。

あたたかい日あかるい日
この晴れた秋空たかい由比ヶ濱
いさごの上に臥しまろぶ
身は熱に口乾き
心は遠き神の伊吹きに口かはく
あたたかいいさごのこまやかさやはらかさ
めぐみふかい太陽は
ふか海にぴかぴか光る寶玉をばら撒いて
空に眩しい銀線をいつぱいに張りつめ
波にくちつけいさごにまろぶ
あまりに暗い肉身と病めるこゝろと

（「抒情即興」『詩人』一巻一号、大正五年）

情感もあかるく、なにか素直でのびやかであり用語も平明であり、自然の万有に分け入らんとする独自の詩境のひろがりがある。病後の静養のために鎌倉に転地療養していた解放感にもよろうが、詩語の平明さには民衆詩人など口語自由詩を主張する詩人たちへの意識も、そこには働いていたかもしれない。大正六年になると「詩話會」が生れ、耿之介も参加するが大正十年にはその会を脱退して「新詩會」を設立し、詞華集『現代詩集』を刊行する。このときの顔ぶれは北原白秋、三木露風、茅野蕭々《ちのしょうしょう》、竹友藻風《そうふう》、山宮允、西條八十、柳澤健である。同人誌に拠って詩壇への登場を待っていた時期は短く、多彩な形象と古雅な詩語と独自の詩想をもった世界と、高邁で鋭利な詩論とを有する芸術派の詩人として、大正期の詩壇の中心にいつのまにか座を得ていたのである。

## 二、「黄金のエロス」から「羞明」「默禱」へ

『轉身の頌』の部立てを見ると、「轉身」「默禱」「晶光詩篇」「AB INTRA」「羞明」「古風な月」「哀憐」の七つであるが、心性史を跡づける分け方に並べ直せば次のようになる。一「古風な月」、二「羞明」、三「默禱」、四「轉身」の四期である。詩人みずから「轉身の頌序」で解説をほどこしているように一期は「稚醇時代」、二期は「青春時代」、三期は父の死を契機とした「默禱靜思の時代」、そしてそこから詩人として「轉身」する四期の生活がはじまる。第二期の青春時代に詩人は一度その現世的な逸楽に身を浸した。これは「官能の理想主義者」ダヌンチオへ傾倒した「十八歳より二十三歳に及ぶ數年間」といっている。感覚の悦楽と耽溺に心の触手を向けて「自己狂歡」の渦に身を入れた「黄金のエロス」時代であり、「心性史」の上からは「暗黒時代」とよばれるエポックである。生れながらの病弱に加え、歓楽の論理と実際の相反の大きいことに驚く理想

主義者的な心のあり方とから、このヘドニズムの仮象世界での狂歓は束の間のものとして消える。とはいえこの時期は詩人の精神の変容にとっては、必須の自嘲と焦燥と苦悩と「羞明」とを残した。さらにこの期に父の死という大きな打撃が重ねられて、轉身への大きな機会が訪れるのである。したがってこの時期は『轉身の頌』への変容のあり方を見る上で、重要な意味をもつというより、この時期があってこそ轉身の意味が重要になってくると見るべきであろう。

「予の詩作は一九一一年春の頃に高まる」と詩人は書いているが、それはちょうど「黄金のエロス」時代であり、早稲田在学中で『聖盃（假面）』発行の前年となる。現世での青春のさまざまな目くるめく体験が、かえって詩心をあおり詩作活動も盛んになっている時代である。「たそがれの寝室」が『假面』（十号、大正二年）へのはじめての発表作であった。

午後五時の寝室は赤く爛れて沈黙す
　扉の青さ！
いま街頭の暴君は
　あらく冷たき黄昏の空氣をば
慘ましき灰銀色にかきにごす

まつ白な寢室に凭れつゝ
　燃ゆる緋のカアテンをしぼりあげ
三人の處女らは

愛の王子が跫音をかぎつゝも
ひたすらにリンデンの
甘く狂ほしき馨に悩む
（四八行詩のうち一一行）

けだるい感覚の悦楽と官能の惑溺の漂いを感ずるこの光景には、ダヌンチオの作品の人物と情調とが重なってくるようである。ダヌンチオの『巌の処女』に登場してくるような、三人の処女と愛の王子とが織りなす官能に赤く爛れた午後五時の寝室の幻想とでもいえようか。またそこにはメーテルランクのメルヘンふうな劇的場面やらワイルドのまぶしい色調と美への偏愛といったものがない交ったような、エキゾティックな耽美的情調の漂いがある。「夜《よる》は縞蜥蜴《しまとかげ》の艶《えん》なる寂寞《じやくばく》にくだちて／女《をんな》よ　きみが火の吐息《といき》は／炭素《カアボン》の妖氣《えうき》を虹《にぢ》はく」（「春宵祕戯」）とか「花苑にわれらの散歩／こゝろ火の觸覺を延び延び／焼け爛れたるその唇よ」（「戀人等の散歩」）、「纖《かほそ》き足にいさかひ接吻する白砂《びやくさ》のむれよ／あゝ嬉《うれ》しく臥せる柔《やさ》しき草の葉よ／月光は戀人のこゝろを鍍金す」（「青玉ある金冠」）といった調子の作品は、連作に附せられた「黄金のエロス」という題名に代表されるような、まぶしいばかりの官能の美と青春の昂揚した気分を直截に謳いあげたものである。のちの端正な形而上的思念の世界とは違って、生の情趣がじかに伝わってくるようなこれらの詩篇は、それなりの魅力を持っている。冴えた感覚や官能を通して精神の美へ達しようとする、いわば官能美と精神美の渾和がそこにはあるともいえようか。こうした「黄金のエロス」一連の作には、D・G・ロセッティの霊肉一致の考え方に通ずるものも感得できる。詩人の言葉でいうなら「官能的ロマンティシズム」であり、有明とか明星派の詩人たちもこれと似通った情調のなかで謳っていた。

『聖盃』の創刊号に掲載された日夏耿之介の作品は詩ではなく戯曲であった。「美の遍路」と題された一幕もので、耿之介の唯一の劇作品であるが、単行本には収録されていないため一般には知られていない。『牡丹咲く夜』といふ二幕劇が耿之介の手によつて二月號に現はれる」と消息欄は伝えているが発表されなかった。晩年には笙《しょう》や篳篥《ひちりき》を伴奏に、大伴黒主《おおとものくろぬし》を主人公にしたオペラの舞台の構想も練っていたが実現せず、劇作はこの一つである。当時「劇の會」というのをカフェ「鴻の巣」などで開いて木下杢太郎の『和泉屋染物店』を研究したり、ワイルドの『サロメ』を帝劇で観てその合評をしたり、劇評を書いたりして舞台への関心をつよく持っていた。「美の遍路」一幕はそうした時代の結実であろう。それとともにこの劇作品にはこの時期の特色がよく示されていると思われるので少し立入ってみたい。

　戯曲「美の遍路」は美しい天樹院尼公千姫を主人公として、そこに年若い小間物屋與吉と侍女竹尾とをからませた時代ものである。恋の理想というもの、霊肉合致の状態をあくことなく求めつづけ、次々と関係した男を古井戸に投げこんで亡きものにしてゆく妖しく美しい女性に魅いられ、同じ運命を辿らねばならぬ美少年與吉と、彼を慕い生命を救いたいとけなげに努める竹尾の微妙な心のあやが展開される。最後に竹尾は古井戸に身を投げるが、與吉はなおも千姫の美の呪文からぬけることができず、言われるままに用意のととのった宴の席へといそぐところで幕となる。見方によればこの千姫は作者の理想的な性情を象徴しているし、與吉と竹尾とはそうした心の表に浮遊する映像を仮託されていると見られよう。この三つがからみ合い交錯しながら、一つの理想の至上境、翳りを帯びた美の極致へと高まってゆく。三人の心の状態をわりに長い台詞で語ってゆくのが主体で、劇的な事件の進展はあまりない。本質は詩劇のような象徴劇である。その台詞の調子や情調に当時流行していたベルギーのシェイクスピアといわれたメーテルランクを思わせるものもあるが、このときの詩人の脳裡では、美しい千姫の映像には現実のある女性の俤が重なっており、ワイルドのサロメの姿がまたその上にオーバー・ラップしていたと思われる。

耿之介はちょうどその頃帝劇で外国人劇団が上演した「サロメ」を観ており、「ウアッツ孃の解釋したサロメはわたしの頭に這入つてゐたのと餘程色相が違つてゐた」という経験をしたり（芥川龍之介「ゲイティ座のサロメ」参照）、「サロメ」を入念に訳し上げビアズリーの挿画を入れて出版したいという（「Green Room」『聖盃』創刊号）計画を企てたりしていた。「そちの戀は春の淡雪のやうに美しい、けれども我世を飾る力強い戀ではなくて、影のない夢の國の戀ぢや」、こういう台詞の言葉使いや調子には、後年訳出された『院曲撒羅《サロ》米《メ》』（昭和十三年）にそのまま響くものがあるし、容艶で神秘的な千姫、古井戸に愛した千人の男たちの屍を投げ入れるこの情炎の姫君たる運命の女《ファーム・ファタル》の姿には、たしかに古井戸のヨカナーンを求めるイスラエルの姫君サロメの俤がオーバー・ラップして浮んでこよう。また妖しい凄絶な姫の美しさには泉鏡花の『天守物語』（大正六年）の富姫の俤も揺曳してはこないか。だが耿之介自身はこの劇を作った背景を「わたくしは道成寺文獻を博捜して、それを骨子として、それにホフマンスタアルとダヌンチオの意匠を用ゐて自分の精神の假りの形態として喜んだ」[9]と述べている。蛇になってまで恋する人を追う女の執念を描いた日本の伝統的な物語「道成寺」を骨子として、ドイツ的な世紀末的象徴主義の情調と、イタリア的官能と耽美の世界とを混淆させて、独自の舞台を作りあげようとしたという意味であろう。「願はくば吾等の尊崇する新しきシバキ者等よ。寂しく薄ら寒く且つ素直なる事去勢せられたる若き百萬富豪の胸のやうな現代舞臺を毀ちて爛れたる神經と奔激する情熱との紅く美しき燈をとぼせ」という劇評の言葉は、耿之介自らの劇作品について語っているように思われる。

大正九年に天佑社の『ワイルド全集』の一巻として、ワイルドの全詩を訳出するが、これらは数年前から折にふれて『早稲田文學』誌上に発表されていた。ワイルドに関しては独自の見方をしており、たとえば彼の詩人の面を重視し、現代における芸術課題として興味ふかい問題を種々ふくむことを指摘していること、また、美とデカダンの徒の面ばかりではなくクラシックの面のあることを見逃すべきでないとして、歪んだワイルド観を是正すべきことを説いていることは、ワイルドを正統にみようという当時としては公平を期した卓見であると思う。しかし早稲田大学での卒業論文はワイルドではなくイタリアの文学者ガブリエーレ・ダヌンチオである。「僭越にも d'Annunzian として自ら任じ、日夜手許から一時もその作物を放さなかつた十九歳より二十四歳に及ぶ間」(10) と言っているように、当時生活していた神楽坂の下宿の部屋には、香山藤碌の描くところのダヌンチオの肖像を掲げ、その額の下で先に述べた戯曲をはじめ詩作に専念していた。また佃島の海水館の宿にとじこもり、日夜ダヌンチオととり組んだ時期もあった。はじめてダヌンチオを読んだのは上田敏訳『みをつくし』のなかの「鐘楼」であり「艶女物語」であり「樂聲」であった。そしてその艶麗な文章と鋭い心理解剖による作品に魅せられたのである。もちろん自ら原文で『死の勝利』を読まんと志してイタリア語を学び、その語学力によってダンテの『神曲』の一節「銘文」の訳出を試みたこともあったが（ロセッティの英訳にもよっている）、学術的というほどのダヌンチオ論としてまとまったものは残っていない。『假面』同人に依って「近代評傳叢書」が計画されダヌンチオを耿之介が担当すると書かれてあるが、実現をみず惜しまれる。ダヌンチオに向ったのは、耿之介の年齢的なもの気質的なものが当時の外国文学の流行のなかから汲みあげたということもあろうが、先のように上田敏のかずかずの名訳がそのきっかけとなった。そしてこのダヌンチオとワイルドの二人の作家が、劇作品のみならず初期時代の同人誌の諸作品に強く響いていたことがうかがえるのである。(11)

「エロティシズムと生の倦怠と頽唐と畸怖性と官能の解放と情緒の氾濫と反平俗と排道義とあらゆる反逆と破壊と回憶と陶酔と——これらは『新しき戰慄』の創成を機會として、色彩よりも色調へと志し、暗示を要義として、詩語錬金 Alchimie du Verbe を旨とした象徴派の表面的外形だが……」(12)。これは耿之介のワイルド論の一節であるが、そのまま「黄金のエロス」時代の自らのあり方、詩法のあり方をよく示している。一方では外界からの反応に感覚も神経も官能も解放して、そのリアクションである情調の戦慄を受けようという経験を満喫していた時期であったといえよう。また一方では官能美と精神美との渾和を願う必然から、かえって詩語錬金を志す象徴詩の技法に赴いていった時期でもある。

くらやみの空《そら》たかきより
裸形《らぎやう》の女《をんな》落《お》ち來《く》
髮《かみ》　微風《びふう》に亂《みだ》れ
もろ手《て》は大地をゆびさす
劫初《ごうしよ》の古《むかし》よりいままで
恒《つね》に落《お》ちゆくか

（「墜ちきたる女性」『假面』十六号、大正三年）

黒い空から緑の髪をなびかせ大地を指しつつ永遠に落ちてゆく裸の女――髪を森に見たて体を大地として示しているように、自然との照応のうちに女体のもつ摩訶不思議な魅力を象徴的に現わしている。女性の宿命としてぬけ出ることのできない暗い業《カルマ》を、劫初より現在に至るまでの無限の落下で現わしている。あるいは高みへと向う男性をつねに罪の淵へと誘う姿なのかもしれない。ダンテの『地獄篇』を連想させる映像である。ここでは自然と女体の魅力とが重層的に照応され象徴的に示されている。いわば現実にある謳わんとする直接の対象が普遍化され、生の情感は自然物や物象に仮託されて混然とした世界を現出させるというように、また詩句の重層性から来る間接化を試みるというように、じかの情感にフィルターをかけていわば詩的変容を行なっているわけである。これを詩人の側からいえば「ある時ある所で經驗した情趣」を一度濾過させて「想像力を束縛してスタイルの變化を來さしめ、かの疾走する人にも似た精力的な節奏を想像力の全體集成の間に覓めて、ひたすら實在を美を凝視する」わけである。これは耿之介の說く象徵詩論の一節であるが、そのままこの時期の作詩法を自ら說明したものといえよう。そしてこの手法をおしすすめていったために生じたといえる詩作品における興味ある特色は、耿之介の詩作品の光景のなかに年を経るにつれて人影がなくなってゆくということである。「黃金のエロス」時代に呼びかけられた愛人や新しい恋人の息吹きはなくなり、三人の処女の肉感も消える。『轉身』期になるとそれらは「生命の僚友」や「狂ひ死したる女兒」とか、囚人、売女、朽尼、神学教授といった一般的な呼び名で登場してくる普通名詞しかない。さらに『黑衣聖母』以後にはそうした人影も見えなくなり、世界の中心に詩人は枯座し、その世界に交渉をもつため現われてくるのは青面美童であり骨丘の鬼であり黑衣聖母だけとなってくる。見方をかえれば、詩人は人と人との間に生ずる現実次元での体験から生じた情感を謳うことを意義ありとせず、自らの内面に展開される世界にしか住まず、そこでの消息をのみうたう方向に、一筋に向っていったということであろうと思う。

第二部　『轉身の頌』から『咒文』へ

## 一、轉身の意味――神秘思想と浪曼主義

愛や美への謳歌から一転して、万象の内奥の消息を象徴的に謳おうとする轉身の必然は、二期の「黄金のエロス」時代に作られた作品の随所に見られるものであった。しかし、「躍り狂ふ官能と樂欲の世界」での陶酔は長くはつづかない。一方には生来の病弱の枷があり、ためにもともと「享樂は徹頭徹尾概念的に終始」せざるを得なかった。また一方には「眞の L'amour」は対象との死別ということによって諦観せざるを得なかったし（前妻死別）、父の死という峻厳な出来事がそれにもまして大きな終止符となった。地方の旧家のしきたりの内に育って、生来ストイックな性癖をもつこの詩人は、快楽と官能の世界にあっても、その歓楽の論理と実際の相抗のはげしさや肉霊の乖離からくる疑惑と自嘲に、つねにつきまとわれていたのであった。「あらゆる陶酔はその胎内に覚醒の苦い味ひをもつてゐる。[13]」この詩人は、とくに長いこと人為的陶酔に酔うことはできなかった。快楽のなかに苦悶する自我を掘りあてたとき、そして他者からくる陶酔に酔いきれなかったとき、ボードレールは自己の意志をもってする「忘却」に向ったし、ダヌンチオは生の快楽を極限まで追いつめたとき、自我と世界とを一つとして捉える至高性をもつ存在を、自己の外に発見しようとした。耿之介の場合はその志向は外へと向わず、あくまで自己内部へ沈潜してゆき、その内面を凝視することによって宇宙実在の基本精神を感得するという、いわば汎神論的心境へ向うことになり、そこに自らの思念の世界を築くことになって

ゆく。

前の二期に見られた二つの傾向、即ち一つには現象界での新しい戦慄と恍惚とをうたい、一つにはそこからの離脱としての実相の内奥に存する一者との合一の法悦をうたうという、この対蹠的な心の境位を象徴的な手法をもって謳いあげた詩作品が、『轉身の頌』には集約されているわけである。この時期は未だ才能の開花の途上にあり、自己にふさわしい詩型を模索しているためもあり、さまざまな手法を見せている。たとえば自己の内部に沈潜し「夜の思想」や「神領追憶記」をうたったものもあるし、また一方では自然界の事象を「大氣《き》澄み　蒼穹《そら》晴れ　野禽《とり》は來啼《な》けり」（「かかるとき我生く」）というように即興的に謳いあげたものや、「飾窓《かざりまど》銀にさんざめけば／甃石《しきいし》のアスファルトもバスす也」（「悲劇役者の春の夜」）といった、都会の近代美を印象画風にうたった作品もあるわけである。そのうち特色ある傾向は、漢字と仮名の組み合せによって独自の詩語を造るという㈠独特の詩語を用いはじめたこと、㈡内容の象徴化であろう。たとえば「かかるとき我生く」の初出と決定稿とを照合してみると、「氣」という語は「大氣《き》」となり「空」は「蒼穹《そら》」と代わり、「鳥」は「野禽《とり》」と代えられている。漢字のもつ視覚的な要素と大和言葉の音の響きによる聴覚的なものとを一つの詩語から同時にひき出し、言葉の重層的な魅力的効果を得ようとしているのがわかる。この手法にはのちの「ゴスィック・ローマン詩體」へ向う端緒がみられるのである。

秋の日　黄《き》にただれ墜ちて
靈《こころ》　まんまろく踴躋《かが》みたり矣
萬象《もの》の光亡《ほろ》びはて
呼吸《いき》だに陰影《かげ》もなきに！

（「晶光詩篇」）

そして㈡の例としてこの詩をみると、「光」という物象、「秋」という現象が「亡び」たり「ただれ」たりと生体化され、「霊」という精神的無形のものが「かがむ」というように具象化され、「呼吸」という肉体的生理的な動作が「陰影がない」というように物象化されている。こうした物象・精神・肉体というものが混然と融合され、ここでは「秋」の本質が心象と映発させられて、一つの形而上的存在の象徴と化している。「普天《ふてん》にうごく神のおもみをわれ感《かん》ず」(「空氣上層」)とか「細微《すくな》い水量《みづかさ》は恆に神の黑瞳《ひとみ》のやうに澄み勝《まさ》る」(「心を析け渙らすなかれ」)、「あはれ　萬有《すべてのもの》の稟性に光《みひかり》あれ」(「愛は照る日のごとし」)といった詩句にもうかがえるが、一切万有たる自然のなかに神性が内在することを謳おうとした。この詩人の態度はさらに、現実という実用的功利的な組織にある社会とか人間という現象界の「常識」の世界を脱出しようとの意図をみせており、超自然界の因果律を自らのうちに建てようという方向へいっている。こういったいわば汎神論的な自然観を基にもって、その外界を内奥の生命に還元して表現するという象徴的詩法が、この時期の耿之介のとった詩法の特色とみられる。日本の近代詩における象徴主義がフランスからその手法をとりいれる際に、その方法をないがしろにして気分のみを学び、ために朦朧体が象徴詩の本体と見るような誤謬をおかしていたのは、日本文学史上で一つの定説となっている。そうした時代にあって、「詩は藝術である。巧藝は表現である。表現の生命はかたちにある。」(「黑衣聖母の序」)として表現手法・技術を重んじ、そうした面から象徴的詩法を指向していった耿之介は、もっとも西欧の象徴主義の本体に近かったといえよう。これは耿之介が詩人としてばかりでなく、学者として象徴主義の本質をよく理解していたことにも拠るのであろう。

「詩壇の趨勢が三十三年二十世紀の聲をきいて今又更に西歐詩想の移植に急となり、十九世紀西洋詩歌史の縦列に近づかうとして來て、ロゼッティ、キイツ、シェリ、バイロン、ゲエテ、ハイネ等浪曼時代の詩人の詩が輸入されて、更に一轉してフランス象徴詩及びパルナッシヤン詩が同時にとり入れられて、詩壇の象徴詩時代が現出するに至る……」(14)。明治末期に入ってきたこうしたイギリス浪曼派やP・R・B(ラファエル前派)の詩人たちとフランス象徴派と高踏派の詩人たちの作品を、耿之介は原文で味読していた。フランスの詩人ではボードレールとマラルメにとくに多くを学んでいるが、ヴェルレーヌ、シュオッブ、ベルトランの詩などは自ら訳出し、『巴里幻想集』一巻にまとめているほどである。こうしたイギリス、フランスの詩人から象徴理論を学び、自らの理論に結実させているし、実作でもこの象徴詩の手法をもとに独自の詩風を築いてゆくのである。

浪曼主義や神秘主義にはじまった耿之介のイギリス文学への興味は、P・R・B派やイエイツ、ワイルド等の耽美的な傾向をもったものにゆき、象徴主義的な文学に集中される。また一方ではグリアソンの神秘説を端緒として形而上学的なものへ溯ってゆき、十七世紀のダンやマーベルの世界に遊ぶとともに、一方ではプラトン、プロティノスなどギリシアの文学へ溯り、またライモンドゥス・ルルスやパラケルススなどの錬金術や占星・接神への興味となり、またオッカルティスムと巫道へと分け入る。また浪曼主義からさかのぼって、十八世紀の怪奇恐怖東方譚のウォルポールやラドクリフ、ベックフォードなどのゴシック・ロマンス文学へ向いた興味は、モンタギュー・サマーズの吸血鬼や妖魅美への探求ともなる。大ざっぱな鳥瞰ではあるがこうしてみると、耿之介の英文学への興味の集中の仕方がある程度うかがえよう。こうしたものにさらに東洋のもの、とくに支那文学および日本文学への造詣が加わるのである。後年のいわゆる「ゴスィック・ローマン詩體」といわれる「感情の縷を辿つて想念の奧底なる摩訶不思議界の小宇宙起伏を明らかにする」詩風とこうした知識とは無関係ではないと思う。

「凡そ、詩篇は、所縁の人に對して、實在が、そのまことの呼吸の一くさりを吹き込めたものの、或る機會の完き表現でなければならぬ。それは、選ばれたものにも儘ならぬ、選ばれぬものへの宿命的示唆である。媒靈者のない自動記書《オートライティング》である。また言へば、天來の『智慧』である。詩家は靈感の浮橋に依つてのみ、しばしば、神の御國に歡遊する。」これは『轉身の頌』の序文の書き出しであるが、この短い一節のなかにも、詩論の中心たる霊感説がよく示されている。詩人は天来の霊感の力によって、不可視的な世界の実在を表現させられるという。ここに実在と呼ばれるものは、詩人が深い直観から捉え得る森羅万象にひそむ神霊であり、「スピノザの汎神論の萬有觀を凝視した」と書かれているが、これはワーズワスやブレイク、シェリー、イエイツらイギリス浪曼主義者たちのもつ汎神論的な神秘的な絶対者にたいする考えに近いようである。したがって、これらイギリス浪曼主義者たちの詩観にある霊感説《イマジネーション・シオリー》との共通性が見られるのである。そしてさらにこの説には、プロティノスの分出論《エマネイション・シオリー》も介在している。詩人はフランシス・グリアソンの『近代神秘説』をこれより以前すでに熟読しており、大正十一年には全訳刊行している。このうちに「全神秘思想の鳥瞰景」と題した論文が収録されている。それに依ればプロティノスの分出論は、万法を神よりの分出と見て個心にも神性のあることを肯定し、そこから物の障害を払いのけて、見神を体験し得る神秘説の根本に連なるものと見ている。ここには視点をかえれば、超自然界を直視する象徴派神秘家ランボーの〈見者《ヴォワイアン》〉としての態度に到る道がひらけている。「凝視の心眼」とか「透視力」とか序で書かれている言葉はこれであろう。プロティノスの分出論（ヌース説）はプラトンと錬金術とから来たものと先の論文では説かれているが、この序においても、この二つは名前は明記されてはいないものの詩論の重要な要素として織り込まれていることがうかがえるのである。『轉身の頌』に附けられた序文は、前節の「黄金のエロス」時代から「羞明」を経て「默禱」に到る轉身のあり方を跡づけた心性史を物語る「自傳的要素」と、詩人としてのマニフェストである独自の「詩論」とが同時に展開されている。「詩論」では主として、不可視的な世界の実在を万象の背後に感得する汎神論的な神秘主義的な自然観と、才ある詩人は突如として下る霊感によってオートライティングに詩を書き神人合致の法悦《トランス》にひたり得るのだという詩人観とが述べられる。繰り返しになるが、この二つはともにイギリス浪曼主義の詩人たちのもっていた自然観と霊感説《インスピレーション・シオリー》がその基にあろう。「早くエマスンに刺戟されてスヱデンボルヂアナの諸文獻から、獨逸英吉利の古神祕説を漁り、ミスティシズムに於ける官能主義の藝術的有用にも心牽かれてゐた……」と言っているごとく、古い神秘説に関する書物をかなり早くからひもといており、そうした考えにもつよく影響を受けている。また東洋の白毛道衣派《スーフィズム》哲人の法悦感なども述べられているが、これらは神秘説との類似の例としてもってきたようであり、かえって東洋思想のうちでは古神道や道教の考え方への共鳴のほうが強いように見える。このことは次の『黑衣聖母』の世界になると顕著に出ている。神秘思想と浪曼主義的汎神論は耿之介にあっては一つに重なる。また詩人は神に選ばれたものであり、霊感の神馬《ペガサス》に鞭打って天界に徜徉する者であるとして、詩人に「謙仰篤實な實體本體への媒者《メディアム》」としての高い位置を与えている。「まことの詩は詩論でなくして詩人其のものである」といっているが、これはそのまま個人崇拝を基にした浪曼主義者たちの詩人観であろう。

ところがこの詩人や霊感を重んずる説が、三年後の『黑衣聖母』の序になると、言葉、表現技巧を重んずる詩論へと変わってくる。『轉身』において「言葉は心の庭で心の磨き出しやがて形の與へられる」といわれていた心あっての言葉という考えが「詩は藝術である。巧藝は表現である。表現の生命はかたちにある。われらはかたちによつてのみ内部生命を消息せしめる」という、言葉あっての心という考えになってきている。この霊感を重んじることから技術を尊重する説への移行はどういうところからきているのであろうか。前にも述べたが生《なま》の感情をそのまま直叙的に、抒情詠嘆的に謳いあげることを生来この詩人は好まず、外界の事象から感応した生の情緒は、それが恋愛感情であろうと死別の悲哀であろうと、一たび抑制させ解体させてから、もう一度構成して造型的に作りあげてゆくという作詩の傾向は初期よりみられた。そうした造型性は詩作にあっては、当然に言葉による表現・技巧の尊重となる。感情を先行させるというよりは、言葉を主として現実とは別の次元の乾坤に、一つの因果律をもつ小宇宙を構築することになる。

「近代象徴派とそれ以前の象徴的もしくは象徴主義的文學との識別は意識的であるか否かの一點が標準になるといふ事は既に先人が謂つてゐる」[15]と詩人自ら述べているように、耿之介は『黒衣聖母』あたりからさらに意識的に情趣を通じて「人格的全燃燒を表白」する象徴主義の詩法に依り、自らの詩界を構築しようとの意図をはっきりと抱いたことが、これら二つの序の強調点の差となって現われてきたものであろう。それとともにこのことは、一方こうも解釈されようか。「最も超絶的ロマン派の後継者としての象徴主義者が、あれほどに方法（テクネ）に賭けたというのは一つのアイロニーである。これほどに「正確という病」に冒された詩人の群れはほかになかった[16]」とW・サイファーがいうように、フランスの象徴主義者たちは真摯に自らの方法に没頭していたといえる。マラルメはその意図のもとに偶然《アザール》は散文に明け渡し、詩（絶対的書物）では偶発的なものや道筋をはずれたものは取り除き明確な方法で管理しよう、一つの純粋詩の世界を構築しようと試みた。必然の冒険を行なっていたといえようか。耿之介は超絶対ともいえる浪曼派の系統をひいているし、また芸術を言葉の技法による表現としてその方法に専念したわけで、この点においても詩人耿之介は西欧の象徴派のもっとも近くにいたといえよう。

これまで見てきたように日夏詩において見られる「轉身」とは、一方で日常性の極限としての官能の世界がゆきついた旅路の果てでのあらゆる救済の断念というモティーフと、詩を芸術として意識の奇蹟の実現として試みようとする芸術意欲の誕生でもあった。それは一言にしていえば、マラルメが生涯を通じて、否定的なモメントとしてしか作用せずに、遂には断念の動機としてなりひびくことのなかった生そのものの諦観が、日夏耿之介の場合には、「羞明」「轉身」を通じて大悟徹底という祈念のもとに、東洋的な隠者の思惟としてつかみ取られていたわけである。マラルメにおいては、最終的に詩的世界の開示そのものが、「未完の、精神の楽器としての書物」の理念に傾かざるを得なかったわけであった。その地点に、ヨーロッパの合理性を根源的に基礎づけているあくなき探究意欲と障害を最後まで、払いのけてゆくものと考えた。死に直面してさえ超越の無の世界を認めまいとする理念の確固とした存在にマラルメも支えられていたと考えられよう。これに対して、『轉身』以降の日夏詩が指し示す道は、まったく異なった相貌を呈している。『轉身』で奏でられた諦念の動機は、たしかに東洋における伝統的思考様式としての無常観、永劫回帰的な色彩を強く蔵していよう。しかしながら、日夏耿之介を他の日本の近代詩人と決定的にわかつ点は、生の旅路の終りを自覚することが、翻って刹那の霊感を詩の裡へ意識的に定着させる試みを意味しており、それによっておのれの世界を永遠なる芸術の本質へ向って開示させようと意図した点にあろう。だからこの詩人は、東洋的情感に住むという暗黙の前提から、「詠う詩人」ではあり得なかった。彼にとって、東洋的な脱俗は、詩的世界を形成する一つのモメントだったのである。この意味で、マラルメが最後まで、獲得しようと苦悩し抜いた「純一不二」な詩的世界を、日夏耿之介はその詩人としての出発の当初において、すでに摑みとっていたと言うことができよう。この意味からも『轉身』を始点とし『黑衣』を経て『咒文』に完成したといわれる詩的世界は、すでにその出発の当初において一つの高みを得ていたのである。

## 二、『黑衣聖母』の世界――言葉と意味の象徴性

「すべての性《せい》を離脱《ぬけい》でて遙《とほ》き原始《いにしへ》の故關《こくわん》に復歸《かへ》らう」として森羅万象に自己を解き放ち、「草木のひと葉ひと

葉の眞實の道《ことのは》」に耳を傾けていた詩人の世界は晶光にみちて明るかったが、その視線は『黑衣聖母』になると暗い夜の書斎の古冊の上に向けられてゆく。自己の内奥へ沈潜して古えの賢者の真理をたずね、より純粋な実在に触れんとするためでもあった。そして枯座と冥想のうちに文字と言葉のもつ神秘的な力によって、純一不二の世界を構築してゆこうと専念してゆく姿勢がうかがえる。

おん身の淡紅《たんこう》の仔羊皮《こひつじかは》の美装に見惚《と》れてをる
嗚呼《ああ》　書冊よ
東方波斯《ぺるしや》『憂鉢羅苑《うぼらゑん》』愛の詩薈の狂ほしい
一字　一字
心肉にひしと喰ひ入り
かの限りない內觀と感覺との融合の
聖一枚をば繰《く》り展《ひろ》げるひまびまに
纖弱《かよわ》い情緒しなしなと鼓翼《はばた》きかける

（「書齋に於ける詩人」）

文字のもつ象形的な造型的魔力を一つ一つひき出し磨いてゆくと、文字は虚無の底から物の象を喚び起す奇しい力を得て生きてくる。「形態と音調との錯綜美」とその「黄金均衡《ゴールドウン・アベレイジ》」を求め、漢字のもつ「言葉と文字との結合から來る象形字獨得の繪畫象徴的餘韻」を出そうとして、深夜に孤り書斎にて呻吟し刻苦する詩人の姿には、中世の錬金術《アルケミー》と玄秘学《オッカルティズム》に打ち込む老翁の俤がある。「夢たをやかな密咒を誦《ず》すてふ蕃神《かみ》のやうな黄老《おきな》」（「咒文乃周囲」『咒文』）と自らを呼んでいるが、こうした文字・言葉のもつ精霊を、本源のところより喚起し生かしてこようとするのがこの詩人の願いであり、その技法を密咒という言葉で表わしている。最後の詩集が「咒文」と名づけられていることが思い合されてくる。

因習的な次元の環から切りとられた言葉は、新しい息吹きを与えられて生まれかわる。このとき言葉はもはや現世界とは別の支配力を有し、現象界において現前するものを名ざす手段としての実用性は消え、何者かが存在者として現われる際の真の存在を与えるものとなってくる。いいかえればこれは言葉のすでに内在し潜在している力を最大に発揮させること、すなわちその言霊その生霊をよび返してくることである。言葉自身のもつ不可思議な神秘性を生かすことである。したがって言葉は日常におけるイヴェント（事象）を連続させるものでなく、不可視の彼方から襲いかかってくるアドヴェント（降神）として感応されるものに変質する。これはボードレールのいわゆる降霊（Sorcellerie évocatoire）に共通する、言葉に対する態度であろう。フランスの象徴手法を見せてくれる第一の詩人としてボードレールはいつも耿之介の心にあった。彼は「萬法照應」「美神」の二篇の翻訳をこころみている。「言語を絶對に驅使するには、彼等をその傳統の羈絆から切り放たねばならぬ。……其の歴史を一一に亡ぼして新しい個性を與へねばならぬ。性命の鮮血をそそがねばならぬ」[17]、言葉のもつ実用性・慣用性の絆を切りはなって、言語のもつ純粋性を復活させ自らの詩の世界の必然の裡に生かしてこようとする。ここには「言葉により純粋な意義を与えよう」としたマラルメと共通した詩語としての言葉の純粋性を尊びそれを求める願望がうかがえよう。

詩人は深夜の書斎をおのが城とし、読書三昧に入り瞑想し詩作に耽る。この際の没我の法悦状態を「入浴」に見たて書斎を「浴船」と呼んでいるのは面白い喩えであろう。「儂《わたし》は浴《ゆあ》む」とか「わが書齋はまたわが浴室であつたゆゑ」と歌われる「入浴」は、この詩人にとって特別の意味を持った読書時の没我を現わす象徴的な言葉である。

おびただしい疲憊《ひはい》ののちの
半睡《はんすゐ》の嗜眠《しみん》に入りて
美しいつ、かれの感をたのしみて
いとも非實《ひじつ》な放越無碍《はうゑつむげ》の想像の世界をうかがふ
わが心は自由にかけり
多く過去《こしかた》を吟味し歩《あり》き
おびただしき場合をさぐり
ありとある難所《なんしよ》の墟《あと》を彷徨《はうくわう》し
また疲《つか》れたる浄化《きよま》りたる放念の肉身に倚《よ》る
新鮮のわがたましひは　健《すこや》かに快活に
この非實《ひじつ》なる各感覺《かくかんかく》を愛撫しながら
さらに洞《とほ》く　さらに非實な
より美しい想念の　限り知られぬ
異風《いふう》の故園《さと》の指《さ》す方《かた》に飄《へう》々と天駈《あまが》ける

（「浴船」第五聯）

この「入浴」の状態は、そのまま読書に依って、異界へと想像力のはばたく際の魂の状態でもあろう。その肉体的な感覚は、完全に受動的になり、外に向って身をとりつくろう必要のない裸の霊がおどり出る状態であろう。肉体につける感覚の「見る」目をとじ、霊につける観照の目が「観る」ために大きく開かれる世界である。ここでは心が現実の具象物の上に自由奔放な夢を見る状態である。いわばこれはコールリッジのいう「見ることなく観る」とか「半ば見ること」とか呼ばれている想像力の働いている際の心の状態である(18)。これを耿之介はたくみに入浴状態に喩えて謳っている。こうした形而上学的な心的状態をうたった詩は、当時の日本の詩人たちには見られないものであろう。「人は俗事に纏綿してゐる間は象徴事象《シンボルズ》に遠ざかつてゐるが、一たび沒我の境に身を置くかもしくは亂心を發するか、或は又深い觀想に耽る間は、その魂は象徴事象の間をうごき象徴事象の間にさまよひ出るのである……」(19)。こうイギリス浪曼派の象徴理論を説く彼の言葉もまた、自分の状態の解説となりえている。

さらに興味ふかいのは耿之介の肉体観というものがここにうかがえるからである。「情緒とは肉體離脱の諸力がわれらの心性にとり殘す足跡に外ならない」という考えを持つ詩人にとって、現実的存在としての肉体は否定されるべきものである。「入浴」ということを契機に肉体の諸感覚は疲憊し、放念の状態となり、魂は現実の束縛より解き放たれて自在に別天地へと赴く。「悉皆物心《しつかいぶつしん》の央《さなか》にたち入る」ことができるようになる。

こうした魂の飛躍のためには「わが肉身《み》はなかば壞滅《こぼた》れて／己《おの》が自在の思索だにも礙《さまた》げえぬ」（「道士月夜の旅」）あるいは「肥肉《にく》を捨離《ぬぎ》て／心性《こころ》すこやかなるべき歟《か》」（「尸解」）と、肉体はつねに離脱すべきものとされている。肉体は精神と外界との接点にある。精神は肉体により外界に働きかけ、外界は肉体を通じて精神を動かすのが根本の成り立ちであろう。肉体が無意識に精神の道具である限り、それは自己の一部として意識されるが、いったん一個の物体として見られると外界の一部となる。そうして客体化された自己の肉体、あるいは肉体一般に対する興味が、この詩人の肉体観の根元にある。「尸解」という詩のなかで「あるは東道《しるべ》の教主《おんあるじ》／隻履《せきり》の玄翁《くろおきな》が古譚《むかしがたり》を行《や》りてむ歟《か》」と達磨大師が謳われている。弟子の宋雲が山中で師に会ったところ、片足しか履物をつけておらず、達磨の死後棺を開けてみると片足の履物だけが残っていたという古事に基いている。

肉体を離脱して魂魄だけぬけだす「尸解」とは、道教の術の一つである。道教は種々の要素がつけ加わって錯雑した教えであるが、仙道とも結びついており、道教での修行が成って人間的存在を超越できれば神仙人になれるともいわれている。幸田露伴の「道教に就て」によると、道教には死生を超越するためには薬物を用いる「金丹の術」があるが、これは不死の薬品を作ろうとする「錬金術」と似ている。もう一つは「内丹の法」で身心の扱いによって丹を結ぶ方術であって、この「煉丹の術が道教者の修行の玄奥な部分を爲して」[20]いるという。耿之介が肉体を現世存在として人を束縛するものとし、つねに魂のそこよりの離脱を願っている姿勢には、この道教の教えに近いものが感ぜられる。そして、

儂《わし》はわが在國《ざいごく》とわが他人らとより出離《しゆつり》して
今宵《こよひ》　色青い月光《げつくわう》のながれ簇《よ》る大街道を
落葉《おちば》踏みわけ
身《み》を疼《いた》め
こころを暢《のび》々と瞳《ひとみ》をするゑて
儂《わ》が赴《ゆ》く故園《ふるさと》の指《さ》す方《かた》を辿《たど》る　辿《たど》る

（「道士月夜の旅」Ⅴ）

と謳われている月夜の道を、現世より離脱してまことの郷土へ還ろうとする道士の姿（これはそのまま詩人の内面世界の象徴化であるが）、それは現世の束縛をいっさい捨離して生命本源に帰り、魂の自在性と永遠性とを獲得するための修行の道に入った道士の映像であろう。実際には「薄暮の旅人」の姿とか、「道ゆく旅人《ひと》」というように神厳な求道的態度が、「旅人」とか「道士」といった映像になって表現されているわけである。

道士にはあくなき自己修行と練磨とが強いられる。赴く「故園《ふるさと》」（「道士月夜の旅」）とか「黒黝《くろ》き宮殿《みやゐ》」（「薄暮の旅人」）、「玄《くろ》い夜のあの殿堂」（「蠱惑の人形」）といわれているのは、神仙の術の至る真理であろうし、現世の雑念を離脱した魂の故郷であろうし、宇宙運行の根元ともいえるものであろうし、万有の神秘的劫初の淵ともいえよう。いわば涅槃や禅の悟達の境位にも近い、一種の入神の中有境であろう。

　この詩人が己が孤りの世界である書斎裡にあって、晩禱を捧げる対象は「黒衣聖母」である。聖母は詩人の創る世界の中心に据えられている。道士が希求し赴かんとする先の境地の象徴的存在ともなっている。聖母の映像というものはカトリシズム的であるが、この詩人の場合はこの聖母はカトリシズム的信仰の対象ではなく、もっと根源的な存在にかかわる。「一切有をしかく在らしめる」御母であり、同時に「一切有をしかく在らざらしめ」うる御母であって、二律背反的なものを同時に統合しうる一者としての存在である。「美」と「善」の御母であると同時に「醜」の御母であり、「悪」をも含む御母である。「黒衣聖母」という言葉は、上田敏の『海潮音』からきていることは一応確かである。「ボドレエルは悲哀に誇れり。卽ち之を詩章の龍蓋帳《りようがいちよう》中に据ゑて、黒衣聖母の観あらしめ……」。これはヴェルハーレンが「悲哀」と題する評論のなかでボードレールに関して言った一節の『海潮音』中の訳文であるが、詩集『黒衣聖母』の扉にはこの一節が掲げられている。黒衣はたしかに「かの黒衣《こくい》の善き母を視む」（『黒衣聖母』）と謳われているように黒い衣を着たマリアであろうが、この「黒」（玄）によって詩人はいろいろなものを象徴させていると思う。上田敏の拠ったヴェルハーレンの原文が不明で定かでないが、聖母の黒衣は悲哀の象徴といわれており、この聖母は嘆きの衣をまとう悲しき聖母（mater dolorosa）であろう。そうした「悲哀」の意味が入っているであろうし、芥川龍之介の短篇小説『黒衣聖母』に見られるように、悪意のある聖母としての吉利支丹的エキゾティズムの雰囲気も立ちのぼってくる。「生神母《せいしんぼ》聖瑪利亞《さんたまりあ》」「貞童女《びるぜん》」のよびかけは、意図的に吉利支丹的情趣を目ざしていると言えよう。また

「悪である故に美である」女人としてボードレールのジャンヌ・デュヴァルを連想させる耽美的な偶像の意味も入っていないだろうか。また聖母を「傀儡子《くぐつまはし》の使つてをつたさむらひ様の姫君」（「蠱惑の人形」）といい、端厳美麗なお姿が淫惨な柔肌を感じさせる妖美な女人に変わることも謳っている。また「眞理は恆に黝黒《かぐろ》し常住不斷《いつまでも》」（「黑衣聖母」）とあるように、「黑」は「眞理」を意味しているし、先にも見たように万有の神秘や謎をたたえた「劫初の闇」や淵の黒さかもしれぬ。詩人の胸の秘奥に黒衣聖母はいつも存在するし、「煌煌と光りかがやく大雪原《だいせつげん》の中央《まんなか》に」（「雪の上の聖母像」）も聖母は存在し、遍在《オムニプレゼンス》性をもってつねに詩人の世界の中心にある。「觀音開きの、古く金色に光れる拉甸阿米利加洲古玩廛にありしとふ聖龕。御顔はいと奇古にして些か生に疲れたまへるものの如し。むかしは友たりし者の贈るところ。(21)」詩人の書斎には実際にこの聖母の美しい龕《がん》が存在していた。「この聖母様は威尼智亞《ゑねちあ》生れでいらせられる」（「蠱惑の人形」）と謳われているのは色のややくろいエキゾティズムをただよわせたマリアであり、これは実際のイコンに即していることもあろう。この書斎にあった聖母龕は堀口大學より贈られた骨董品であった。

詩人のこの「聖母」への祈りはマリア崇拝のそれでなく、宗教的な絶対的帰依でないことは明らかである。その祈りの対象と祈る「わたくし」との関係は一つの奇妙な対等関係をもっていて、このことは「夜の誦」によくうかがえる。造物主が不在の世界にあり、聖母は現象界全体の統御者として維持者であり、「わたくし」はその世界の運行に関与することのできるよう祈り（咒文）言葉をかけうる関係にある。「わたくし」はある方法、修業によって世界の運行に関与できうるし、「一切有の實相」を感覚し得るという世界観を持つ。これはキリスト教とはほど遠いものであり西洋でもっとも近いのはおそらく錬金術であろうし、そしてやはり道教の考え方と類似していよう。現象界全体は「わたくし」によって直覚的に認識されうる。祈りによって「わたくし」は現象界を現状のまま肯定しようとし、また一切を否定しようとする。だが世界はそうした意志とは無関係に進行してゆき、その願望は御作者の御母たる聖母への帰依に近い尊敬に変わってゆかざるをえない。そこではじめて創物主への畏怖の念と人間存在への無力感が生じ、宗教的感情に近いものが立ちのぼってくる。「耿之介の宗教意識は純粋汎神論というよりも、自然とカトリック的な神の世界の領する領土と見ているのではなかろうか[22]」と岡崎義恵は述べているが、一見カトリック的であってもそれは情調の一部にすぎず、これまで見てきたごとく耿之介独自のカトリック風の世界であることがわかろう。その世界の中心には黒衣聖母が据えられ、たしかに表面には西欧の中世カトリシズム風であるが、錬金術に知力をそそぐファウスト的世界でもあり、道教にいそしむ修道士の魂の世界でもあるというように、不思議な情調の混淆した詩界が形づくられている。それが日夏詩の独特な詩風のよってきたるところであろう。

日本の象徴主義者にみられる情緒過多を排して、本格的な知的操作を行ない自己の詩的小宇宙を構築しようという本来の象徴主義理論に徹する耿之介の意図は、『黒衣聖母』の世界ではっきり示されている。(自らもこの変化を「『轉身の頌』(大正六年)にはじまって『黒衣聖母』(大正十年)に轉化した」と述べている〔『明治大正詩史』下〕。)したがって独自な措辞を積み重ねて、情趣と語感と伴奏と語義との巧妙な組立てによって、「視覺的浪曼詩以上に靈の nuance の世界消息」を示すという独自の象徴詩の世界を創りあげることになった。

以上みてきたように日夏詩の世界は『黒衣聖母』に至って、独自の詩境と手法に達する。不可視的な万有の実相が黒衣聖母に象徴され、幽奥神秘の漂う寂静の世界である。そしてその前に跪坐し礼拝し悲願する求道者たる詩人の、内なる声に満ちている。時としてその冀求し祈願する詩人の声は意識的説明的であるが、その響きがより実感を伴って迫ってくるのは最後の詩集『咒文』の四篇の作品であろう。

## 三、『咒文』の彼方へ

『轉身の頌』の世界が外界に向って万象との融合と法悦を求めて開かれていたとするなら、『黒衣聖母』は外界を遮断して内奥に向い、密房裡の枯座のうちに心の自由を得ようとした世界である。そして『咒文』になると、詩人はさらに精神内界へと坦々とした黝《くろ》い旅をすすめ、索迷の果てに「異風の故園」「自在なる幽棲」彼岸の家郷へと至っている。『轉身』『黒衣』『咒文』は、そのまま一人の詩人の年齢的な変遷における三段階の「旅」の道程を見せている。そこに一貫してあるものは求道の姿勢であり、鋭敏な神経・感覚と瞑想・思念を通しての神秘体験の象徴化という営為である。『咒文』の世界で詩人の意識の中心にあるのは「死」である。「咒文乃周圍」「薄志弱行ノ歌」「塵」「鑾賓歌」の四つの詩篇は「死」という通奏低音を響かせてロンド形式をとり、死を中心にその周囲を彷徨する。

「秋《さはきり》」のごとく「幸福《さいはひ》」のごとく「來《こ》し方《かた》」のごとく　（「咒文乃周圍」）

こころよさ　なんだぐましさ　はしたなさ／薄志弱行の美爵かな　（「薄志弱行ノ歌」）

「死」は恆に發作のごとく　過失のごとく　邀倖《げうかう》のごとく　（「鑾賓歌」）

そしてさらに各詩篇に、同じ言葉の繰返し《リフレイン》が詩行ごとに聯ごとにくり返され、その韻律のひびきが同一場所での終りのない円環運動の空しさを奏でている。
だが『兇文』の世界には「死」の訪れを間近に予感しつつも、そこから反動的に生れる人間としての生への執着も見られず、また苦悩の果てに永劫を約す神の国への祈念もなく、あるものは「死」のもたらす実感の吟味とその力への驚嘆であり、その裡へ包括されたいと願う、いわば「救い」に変貌した死への讃歌のひびきである。病弱だった詩人は「死」と馴れ親しんでおり、その時の訪れるまで「死」と手をたずさえ、未来のない無限の円環運動を陶然としてくり返そうとの境位に至っている。

忍び寄る「死」の鑾賓《ばんぴん》の冷たき抱擁《だきしめ》に魅《みい》らるる
哀しき福祚《さきはひ》のけふ日頃かな。
（「鑾賓歌」）

死に相対したときの人間的苦悩も、哲学的超克も、宗教的安楽の祈念もないが、さりとて宿命を受諾するという悟りすました諦観もない。ここに耿之介の特異性がある。「死」を打勝つべき相手として真向から対決するのではなく、ここに至って「死」はむしろ限りある人生の旅路から永遠の沈黙へかけて歩みを共にする道づれであり、また旅の果てに行きつく家郷、求めらるべき救いの境界ともなっている。

あはれ小ぐらき死の荒御影《あらみかげ》の
燭《そく》の灯《ひ》のあはひに聳ゆるその姿かな
（「塵」）

したがって「死」は闇黒から突如おそいかかる恐怖の存在ではなく、かえって黒い旅路をほの明く照らす薄明のあわいに立ち現われ一種のやさしく親しい情感すら漂わせている。

吾等の情緒は「死」に濡れてあり。
「死」は十一月の暮雨《ゆふさめ》のやうに　こころの曠野《あらの》に降りしきる。
日《ひ》晷《かげ》淡く雲脚《くもあし》駛《はや》き午下《ひるさが》り
いくたびか　かの落葉の族《うから》とともに
土《つち》に起《た》ち　犇《ひしめ》き合ひ　うち慄《ふる》ひ
泪《なんだ》を垂れ　こころも直《すぐ》に
われら　この蠻賓《ばんびん》を邀《むか》へむと心構へた。

（「蠻賓歌」壹）

「蠻賓歌」はそうした詩人の死への態度がよくうかがえる一篇である。「蠻賓」とは不意に訪ねてくる礼儀知らずの客人の意で、ここでは彼岸より突如として招きもせぬのにやってくる見知らぬ客、いわば「死神」である。Strange guest でありこの一篇は「招かれざる客人」Unwelcome guest（= Coming Death）への賦《オード》ともいえよう。身近に迫った「死」を前に詩人は死に対する恐怖の変遷を幼少時代・青春時代・壮年・老年と回顧しつつ辿る。これはワーズワスが「ティンターン・アベイ」などの詩において自然観の推移を時代とともに辿ってゆく詩構を思わせる。最後に「死の警策を受けん」とする不惑の境地が晩秋の光景に照応して謳われるが、これはたんなる東洋的諦観ではなく、そこにあるのはかえってその訪れを待ち望む積極的態度である。ここにはもはや「内丹の方術」に依って、不老を得て生死を越えんとする道士の姿はない。「沒藥《もつやく》に咒文を嗅ぐてふ灰心《くわいしん》の神人《おきな》」も逝んでしまっている。たしかに一度、この詩人は『黑衣聖母』の中の「尸解」という達磨をうたった詩において離魂の術への不信をいい、落葉のごとく自然に帰るべきを謳ってはいた。この「蠻賓歌」でも氷雨ふる曠野の地に咲き散らされた落葉として、自然のうちに土に帰ってゆく万物の宿命をモータルな人間の映像に重ねていて、「忍び寄る「死」の蠻賓の冷たき抱擁に魅らるる」といって「死」との虚無裡の合体と帰一とを肯定してはいるが、最後の「こころ静かに手をさし延ばして」死を迎えんといういさぎよい姿勢には、たんなる枯葉をはねのける決意が見えている。この落葉の映像にはシェリーの「西風の賦」の連想があったろう。さらには、人生の終りを「深雪《みゆき》降り凩《こがらし》すさび」あるいは「時雨《しぐれ》降り凩《こがらし》あれて」という冬の形象に照応させているところから、「深雪《みゆき》降り、木枯荒れて」と同じように人生の終わりをうたっているロバート・ブラウニングの「眺望」という詩、それも上田敏訳になる「瞻望《せんぼう》」がここに思いあわされてくる。

怕《おそ》るゝか死を。――喉塞《のどふた》ぎ、
　おもわに狹霧《さぎり》、
深雪《みゆき》降り、木枯荒れて、著《し》るくなりぬ、
　すゑの近さも。
夜《よる》の稜威暴風《みいづあらし》の襲來《おそひ》、恐ろしき
　敵の屯《たむろ》に、
現身《うつそみ》の「大畏怖《だいいふ》」立てり。しかすがに
　猛《たけ》き人は行かざらめやも。
それ、旅は果て、峯は盡きて、
　障礙《しやうげ》は破《や》れぬ、

唯、すゑの譽《ほまれ》の酬《むくひ》えむとせば、
　なほひと戰《いくさ》。
戰《たたかひ》は日ごろの好《このみ》、いざさらば、
　終《をはり》の晴《はれ》の勝負せむ。

（「瞻望」上田敏訳）

ブラウニングの態度は死へ戦いをいどむような積極的なものである。ここには死を運命としてただ甘受する諦めの消極的な調子はみじんもない。同じような心境に至った耿之介の心のうちに、『海潮音』のなかのブラウニングのこの一節がおのずと浮かんできていたかもしれぬ。影響というわけではないにせよ、こうした耿之介の姿勢は、ブラウニングほど強いものではないが、東洋的諦観からも遠く、西洋的なものに近いといえよう。

＊

『兇文』は四十三歳に至ったこの詩人が最後に単行した詩集であり、以後小唄のような即興的作品はいくつかあっても、こうした詩作品は見られなくなる。『轉身の頌』『黑衣聖母』（『黃眠帖』）『兇文』、ここまできてもはやこの詩人は沈黙してしまった。心境においても手法においても、一つの高い完成の境に行きついてしまったともいえようか。この沈黙はさまざまに解釈できるかもしれないが、いまそれはここでは問わない。ただこれまで境地について見てきたので、その手法に目をむけ、『兇文』に至って完成したという「假りにゴスィック・ローマン詩體ともいはばいふべき詩風」について少し考えよう。この詩風の呼び名は、本人の意図以上にいまやレッテルのごとく耿之介詩全体に附せられてしまっている。もちろん詩人からはその定義は聴かれない。ただ『黑衣聖母』あたりからはじまり『兇文』で展開されたという「ゴスィック・ローマン詩體」は、順当に

「錬金抒情詩風」に展開するという説明のみである。「ゴスィック」といった場合ここには、十八世紀イギリスに流行したゴシック・ロマンス文学、ゴシック小説と呼ばれる一群の怪奇・恐怖を主体とした文学が暗々裡のうちに含まれていることは確かである。ホレス・ウォルポールの『オトラント城綺譚』、クララ・リーヴの『英吉利老男爵』、アン・ラドクリフの『ユドルフォの秘密』、マシュー・ルイスの『桑門記《マンク》』、チャールズ・マチューリンの『メルモス放浪記』、メアリー・シェリーの『フランケンシュタイン』、ウィリアム・ベックフォードの『ヴァテック』等が代表としてあげられるが、耿之介は「英吉利浪曼文學概見」のなかで、浪曼主義文学の特色ある一派としてこのゴシック・ロマンス文学を取り扱っており、超自然的な怪異・幻想・恐怖・センセーションを主題としていることから、「怪談惡漢東方物語一派」と呼んでいる。ここでの評価を見ると（他の個所で正面から言及しているものはない）、この一派への興味のほどがうかがえる。すなわち、小説の芸術性に遠く大衆性に近い故に文学史的価値はもたないが、現代の大衆作家並に扱うことのできぬものがあって、それがイギリス浪曼文学史のうえで特別な純芸術の価値となっているとの独自性を認める説である。この一群の小説からのちにコールリッジやポオのある作品は生れてくるわけで、現実と異なる因果律をもつ世界を築くという点やその世界に揺曳している神秘的未解の雰囲気や異国趣味《エキゾティズム》や怪奇や恐怖や幻想といった情趣は、耿之介の趣好に合うものであり、また詩篇の随所にそうした情調の揺曳は感ぜられよう。「ゴシック建築の趣味はロマン主義の本質的表現」であると耿之介はいい、ゴシックはローマンと同義であるという。またウォルポールがストロベリーにゴシック式の城を建築するといったとき、当時の人々はゴシックを野蛮なという意にとったという。古典主義的な秩序と端正に対して、部分に凝るといった、無統一で思いもかけぬ浪曼主義のもつ天衣無縫さを言うのであろう。ウォルポールはその城内で一人創作に耽るわけであるが、夜更けて一人隔絶された孤城に超自然的思惟に身をひたすその姿には、「わが城の夜更けてしんしんと靜謐なる」と謳う、『黑衣聖母』の詩人がオーバー・ラップする。またゴシック・ロマンスの意図は『フランケンシュタイン』が一種の疑似科学の生産物であり、『ヴァテック』が天のかくされた秘密を盗もうとする男の話であることからもわかるとおり、想像力によって現実界の科学的因果律を超越せんとするところにあることは確かである。自然界の因果律を変えてみるとは一種の遠大な観念の遊びである。想像力によって生みだされた観念的な架空の因果律にリアリティを与えるためには、支配される現象側の細密な描写が必然的に要求されてくる。生命を、黄金を、人工的に作ろうとするなら、生まれるものの形や性質には克明に細部まで手を加えることが大切となってくる。化学でも錬金術でも、秘儀は細部に注意が配られる。『黒衣聖母』の世界を扱った箇所でも説いたが、現実外の世界を構築せんとするのが、耿之介の詩の世界であった。いいかえれば多分にこのゴシック・ロマンス文学から、想像力による因果律の想定や、怪異趣味や観念性や細部を強調するというような様々な要素を、耿之介の詩の世界は譲り受けていると思うのである。

この「ローマン」という語であるが、佐藤春夫によればロマンティックという言葉を「伝奇的」と意訳したのは森鷗外であり、「浪曼的」と音訳したのは夏目漱石であるという。[23] 今日では浪曼的又は浪漫的のほうが流布しており耿之介は浪曼を用いてはいる。しかし字義のうえから見て耿之介の世界は「伝奇」のほうに近いのではなかろうか。「浪」や「漫」は「みだりに・ほしいままに」という意であり感情の恣意性や表現の放埒性を示してもいるが、一方「伝奇」は支那の小説形式からきている。すなわち佐藤春夫によれば「奇事異聞や情の哀切激越なものを傳えた昔の中國の短篇、晉唐小説の類を指す」のである。六朝の「志怪」とよばれる草木鳥魚の霊や死霊・神仙の話や呪術師・仙卜師の神妙を語る小説のあとをうけて、超自然的な怪異物語のほか縹渺とした才子佳人の愛の物語まで含んだ虚構性をおもんじる小説である。ロマンティック（Romantic）という言葉が持つ意味内容を考えたときすぐに東洋古来のロマンティシズム文学たるこの「伝奇」を思い浮かべたろうことは、『魚玄機』などをものしている鷗外にすれば当然のことかもしれぬ。唐代伝奇の嫡流である『聊斎志異』を好む耿之介の裡にもこの鷗外と同じ必然はあるだろうし、さらにそれに西洋のゴシック・ロマンス文学を重ねる必然もここにあったと思われるのである。

　またこの「ゴスィック・ローマン詩體」という言葉には、一方では建築としての「ゴシック」と「ローマン」が含まれていると思う。耿之介の評論のなかに「浪曼藝術はゴスイック寺院のやうである。まとまつての効果よりも寧ろ詳部及び變化の相の印象が強いのである[24]」という言葉があり、また「後者〔浪曼文學〕はゴスイック大伽藍であつて、總體の効果によつて感激せしめず、その部分と變化とによつて感激せしめる」といった言葉がある。この用法から言えば「ゴシック」は「ロマンティック」とほぼ同義的な意味をもち、あるいは浪曼主義の一つの様相を示すものであり、全体の平衡よりは部分の変化や美を求める様式であることがわかる。Romanというのは「ローマン建築」の意ととってもよいのではないかと思われる説明が、スペンサーの「仙女皇妃」についてのヒューズの説に関する耿之介の解釈にうかがえる。これも前述の浪曼文学論のなかである。すなわち、

> ロオマン建築の特色は、自然的壮大といふ事と簡素といふ事とである。後者すなはちゴスイック建築の精神外形の特徴は、美とBarbarismとが大混淆を示してゐるといふ事である。但し、そこには低級な装飾が附随してゐるのである。前者は全體としてはより大規模であり、後者は、部分的に觀察すると人目を愕かすに足るものと優美なるものとが存する[25]。

この言葉からはゴシック建築のように部分のみの細部の装飾に注意を払うだけでなくローマン建築のように

全体の規模にも留意することを含ませ、Gothic と Roman と二つの建築様式の特色を同時に併せもつような独特の詩風を指しているともとれよう。とすればゴシック「ロマンス」ではなくゴシック・「ローマン」であることも納得はゆく。このように様々な角度から「ゴスィック・ローマン詩風」という言葉は考えられようが、自らも仮りに名づけるとすれば躊躇しつつ述べており、かつ「詩風」という場合その詩のもつ情調から詩法がもたらす詩の世界まで含ませているようなので、推定の域を出ぬ。しかし漢字のもつ「形象と音調」の「黄金均衡《ゴールドウン・アベレイジ》」を企て、文字と音とをあわせ細部まで彫琢をほどこして構築された中世の伽藍のような荘厳な神秘的な詩の世界がこの言葉から思い浮かんでくる。ただその建築のために用いられた「本邦現代の言語」が、「其の不完全な語法上制約に縛られて、複雑の思想と多様の韻律とを鳴りひびかするに先天的の不具である」[26]ところから自らの詩語を創らざるをえず、それに専念し忠実であればより日常語とはかけ離れた古語や雅語の採掘につとめることとなり、そこに建てられた城都も世間より遠く孤立したものにならざるを得ない。ここに耿之介の詩の世界の特色があるとともに自ら負わざるをえぬ宿命もあったと思うのである。

（1）日夏耿之介「わが師を語る」『師承の系譜』（社会思想研究会、昭和二十六年四月）、一二〇頁。
（2）同「私の受けてきた教育」『教育』三巻九号（昭和二十四年九月）。
（3）同「故片上伸氏の事」『近代劇全集』月報（昭和三年四月）。
（4）芥川龍之介「『假面』の人々」『早稲田文學』（大正十三年五月）。
（5）日夏耿之介「RHYTHM 誌の追憶」『バベル』（昭和十年七月）。
（6）同「CELADON の寝言」『聖盃』一巻一号（大正元年十一月）。
（7）同「象徴詩潮」『明治大正誌史』巻ノ中（創元社、昭和二十四年五月）。孤村の基にしたのはヘルマン・バールの *Studien zur Krilik der Moderne*（1894）。
（8）佐藤春夫「近代文學の展望」『佐藤春夫全集』十二巻（講談社、昭和四十五年三月）。

(9) 日夏耿之介「私の受けてきた教育」『母を偲ぶの記』(三笠書房、昭和三十五年六月)、一八八頁。
(10) 同「賢者の石」『水甕』四巻一号(昭和六年一月)。
(11) 早稲田大学の卒論ダヌンチオは、二〇一四年現在存在が確認されていないが、ダヌンチオの戯曲『死都』の一部を耿之介が翻訳したノートが残されている。(本書の別丁図版25を参照)
(12) 同「英吉利象徴文學概説」『英吉利浪曼象徴詩風』巻下(白水社、昭和十六年二月)。
(13) 福永武彦『ボオドレエルの世界』(矢代書店、昭和二十二年十月)。
(14) 日夏耿之介「浪曼前期」『明治大正詩史』巻ノ上。
(15) 同、前掲「英吉利象徴文學概説」。
(16) サイファー「方法の制覇」『文学とテクノロジー』(野島秀勝訳、研究社、昭和四十七年一月)。
(17) 日夏耿之介「轉身の頌序」九(光風館、大正六年十二月)。
(18) cf. S. T. Coleridge, *Anima Poetae*.
(19) 日夏耿之介、前掲「英吉利象徴文學概説」。
(20) 幸田露伴「道教に就て」『幸田露伴全集』第十八巻(岩波書店、昭和二十四年十月)。
(21) 日夏耿之介「病閒七種　聖貞童女生神母聖龕」『聽雪廬小品』(中央公論社、昭和十五年五月)。
(22) 岡崎義恵「汎神論的自然観」『日本詩歌の象徴精神』(宝文館、昭和三十四年八月)。
(23) 佐藤春夫、前掲。
(24) 日夏耿之介「英吉利浪曼文學概見」『英吉利浪曼象徴詩風』巻上(白水社、昭和十五年十一月)。
(25) 同「デ・マアルの浪曼語義沿革考」同右。
(26) 同、前掲「轉身の頌序」十。

〔『講座比較文学② 日本文学における近代』一九七三年七月〕

# 第一詩集『轉身の頌』について

## 一

日夏耿之介の第一詩集『轉身の頌』は、大正六年十二月十日光風館より百部限定本として刊行された。装幀と挿画は版画家の長谷川潔による独得のもので、四六倍版の枡形本、表紙には濃紺染上鳥の子紙を用い、蔵経紙を帖紙にした箱入天金の豪華本である。このとき詩人は二十七歳、早稲田大学文学科を出て三年後のことであった。詩集に収録された作品は八十篇、後に増補され最終的には九十九篇になったが、その殆んどは大正二年九月から四年六月までつづいた同人誌『假面』（八―二十九号）を中心に発表されたものである。『假面』廃刊後は、『早稲田文學』『文章世界』『詩人』『水甕《すいおう》』などの雑誌が後半二年間の発表舞台となっている。言いかえればこれらの詩作品は、大正一、二年ごろから五年にわたる約四年間の成果を取捨選択し、大幅な加筆修正を加えて集大成したものということができよう。

詩集の部立てを見ると「轉身」「默禱」「晶光詩論」「AB INTRA」「羞明」「古風な月」「哀憐」の七つである。だがこれは詩人が「心性史」とよぶところの内面的な経験を追う年代的区分に従えばちょうど逆の配列で、一

「古風な月」二「羞明」三「默禱」四「轉身」という四つの時期になる。そして一は、いわば稚醇時代、二期は青春時代、三期は默禱静思の時代、更にそこから詩人としてのある境地へ悟入する轉身の四期（ニーチェの四つのメタモルフォーゼズに依る）に入るわけである。こうした内面的変遷を通じて、詩人が独自の表現的手法をさまざまに試行してゆき、漢字のもつ象形文字としての形態と音調との錯綜美をめざした独自の詩境に到りつくまでの過程を、この第一詩集からうかがってゆきたい。日夏詩の世界というと人はすぐ総括的に「ゴスィック・ローマン詩體」というが、この詩体は詩人自らもいう如く、第二詩集『黒衣聖母』に芽生え、順当に煉金抒情詩風として展開したのは最後の詩集『咒文』においてである。もちろん、表現の生命はかたちにあるとし、かたちによってのみ内部生命を消息せしめようという作詩法、および「感情の縷を辿つて想念の奥底なる摩訶不可思議界の小宇宙的起伏を明らかに」[1]しようとする詩作態度は初期より一貫している。だが第一詩集の『轉身』においては、それらは詩体として自覚される以前のものとして見られるわけで、どちらかといえば初期において詩人は独自の象徴的手法の確立を意図しているように思えるのである。そしてそこに表示されている詩境は浪漫的な神秘的なものである。稚醇期の初期の習作時代の模索の仕方を、未発表の詩および他の創作を手がかりとし、あるいは当時の読書傾向などの伝記的事実を背景にまず見てゆきたい。詩人としての出発がどういう地点にあり、どのような流れに即していたかも明らかになろう。そして第二の青春期に重点を置いて、自国の及び西欧の文学の息吹きにふれて、詩人として文学者として形成されてゆくあり方も辿ってゆきたい。この期はいわば現世的な歓楽に身をひたした時期で、感覚の悦楽に心の触手を向け、自己狂歓に耽溺した「黄金のエロス」時代であり、心性史のうえからは「暗黒時代」とよばれているエポックである。だがこの時期は精神の変容にとっては必須の自嘲と焦燥と「羞明」とを残し、詩人としての境位に転ずる重要な時期である。詩人の意図した轉身の意味を考えるうえにも、この時期の示す様々な様相は見のがせない。言いかえれば轉身という契機を得て至純な境地に変転するのは、この時期の現世的雑念や煩悩や欲望のヘドニズム的仮象世界での強烈な経験があったからともいえよう。

日夏詩の世界へ分け入ってゆく場合、ここにゆるがせにできぬ一つの前提的な作業がある。それは詩集に付せられた十三章から成る序文への接近である。詩人が早くから手がけ、詩集の刊行される時まで倦むことなく推敲し続けたこの詩論のモチーフにそって、『轉身』の詩的世界がきわめて整然と秩序づけられていることから見ても、個々の詩への理解にとってこの序文は一つの演繹的な視点として要求されてくると思うからである。更にこの序は詩人としてのマニフェスト的意味を込めた詩論というばかりでなく、詩人みずから経てきた具体的経験による心性史を内省し、それとの連関において詩の道における求道者としての精進を克明に記したという点においても、見逃すことのできぬ多くのものを含んでいる。そしてその詩道において、独自な表現様式を獲得するまでの苦難にみちた生誕と至福の境地に至る道程、いいかえれば詩人としての絶対的な明証と正覚の境地に至るまでの道程を、すでに見遥かした記述であるといえよう。このように詩人みずからが作品の底流の世界をこうした形で客観化し、それを一つの詩論にまで止揚させていった序文というものは、これまでの日本の詩集のうちには見出し難いものであろうと思う。この序文は現行版の序として定着するまでに、詩集とは独立した形で二回発表されている。大正六年一月の『水甕』と四月の『早稲田文學』誌上である。稿着手の日付けは大正五年十一月と記録されているので、翌年十二月の詩集刊行までに約一年の歳月を経ているわけである。再度にわたり加筆され、あるいは削除や増補をほどこされてから詩集に組み入れられたという成立事情をもつ序文というものも、また稀といわねばなるまい。このように序文との連関において前述した問題の考察をすすめてゆくことが、必然的に要求されてくると思うのである。

ただここに一つの問題がある。それは年代的に詩の世界を辿ってゆく手がかりにしたい「心性史」と呼ばれる自伝的記述は、現行の序においては十二、十三の短文に圧縮されているため、この箇所は初出のものに拠らざるをえないということである。初出のものとは、大正六年一月『水甕』に掲載された「賢者の石一——藝術及世界に就ての考察——詩集轉身の頌の序」と題された評論である。ここでついでに三つのヴァリアントをまず見ておこう。第一稿を便宜上(A)とすれば、(B)の第二稿は、同じ年の四月に『早稲田文學』誌上に発表された「詩、詩人、文獻——詩集『轉身の頌』序」である。決定稿(C)はこれより半年のちの十二月に詩集のはじめに付される「詩集　轉身の頌　序」である。この決定稿の最後には大正六年二月二十二日の日付けがみられるが、この日はちょうど樋口國登の誕生日にあたるので、この日を詩人としての生誕の日に重ねあわせた便宜的記述とみられよう。この三つの稿を全体としてみると、まず(A)稿は七、八行ほどの短文が二十一章あり、そのあとに「藝術の世界」と「藝術の祭壇を開く鍵に就て」と題された二つの独立した小論がつけられている。(B)稿になると、この一つ一つの短文はちょうど倍ほどの長さまで増補されて、全体は十三章に編輯され、二つの小論は省略されるという大幅な改訂がなされるのである。この(B)稿でほぼ現行の序の形が形成され、(C)はこれにほんの二、三表現上の変更を加えただけである。内容からみると(A)稿の二十一章のうち前半の十二章までが詩論であり、以下後半の七章は自伝的な「心性史」である。この前半の詩論の部分は次の稿で省略されることなく、かえって増補の朱筆は多く加えられるのであるが、これに反し、後半の心性史は三分の一に削除されてしまう。序としての形を整える必要からみれば、これらは当然の加筆改訂である。削られた(A)稿の二つの小論はこれだけがのちに「賢者の石」と題されて評論集『詩壇の散歩』（大正十三年）のうちに全文収録されている。(2)

　これらより以前にみられる詩論に関係する評論は二つある。それは第一稿発表の前の月、即ち大正五年十二月に『詩人』誌上に掲げた「製作の後に」と、つづいて同月『詩歌』誌上にのせた「予の詩論の一縦斷面(3)」と題したものとである。前者は題の示す通り、日常語を用いて詩作するときに感じた主として言葉についての随想めいたものであるが、この詩人には実作についてのその都度の感慨を記したものが少いために、貴重なものである。それとともにその時期に詩人の心を領していた問題が、肉霊に関することであったことが示されている。それは「神人融會の三昧境」に参入したい望みのあること、それがドストエフスキやトルストイにおいて為されているというのである（この箇所は序文に入っているが、二文学者の固有名詞は省かれている）。更に自分は病弱の心身を鞭打って「直視と思索と讀書と祈禱との生活」に入りたい、また自然人事を見るのに「彼らの奥に横はる心を讀め、外に捉はるるな内に透入せよ」という箇所などには、すでに序文で展開されてゆく問題の核がうかがえる。後者になると六頁ほどの小論であるが、詩の一行にも独立した一個の「内在律《インナアリズム》」を含んでいるという説や、詩は「人間祕性の知覺（廣い意味で）的流出《エマネイション》(4)だ」という言葉が散見し、のちの序へ昇華してゆくものが各所に見られるのである。この二つの論文の以外にこの詩集発刊のときまでに誌上に発表されるのは、詩篇をのぞけば戯曲、和歌の創作のほか、翻訳、研究、随想といったたぐいのものである。これをいま便宜上、年代順にまとめて考察の手がかりにしたい。大正元年十二月、早稲田大学在学中に友人と創刊した同人雑誌『聖盃《せいはい》』を一応創作活動の皮切りと見る。同人には矢口達、松田良四郎、伊東六郎、瀬戸義直、西條八十、石井直三郎、竹内逸らがいた(5)。

| 年・月 | 表題 | 掲載誌 | 巻号 | ページ | 種類 | 備考 |
|---|---|---|---|---|---|---|
| 大正元年12 | 美の遍路 | 『聖　盃』 | 1 | 51—75 | 戯曲 | |
| | 歌 | 〃 | 〃 | 86 | 短歌 | 七首 |

| | | | | | | |
|---|---|---|---|---|---|---|
| | CELADON の寝言 | 〃 | 〃 | 91–92 | 随想 | |
| 2 1 | 「一人」に高踏したる | 『聖盃』 | 2 | 61–69 | 評論 | ―評傳の形式をかりたる幼稚な主張― |
| | 淫れゆく | 〃 | 〃 | 100 | 短歌 | 九首 |
| | 東京街頭美序 | 〃 | 〃 | 115 | 序文 | (創作を意図したが実現せず) |
| 5 | カフェフランソワの夜半 | 『聖盃』 | 5 | 17–28 | 翻訳・評論 | ―ジャン・モレアスとその従弟― |
| | 舞臺上のファウスト劇 | 〃 | 〃 | 102–104 | 評論 | |
| 6 | SONGE D'ÉSTÉ | 『聖盃』 | 6 | 84–86 | 翻訳 | Crosstawaite 原作 |
| | 舞臺上のワイルドダック | 〃 | 〃 | 123–124 | 随想 | |
| 7 | イェエツの古傳 | 『聖盃』 | 7 | 44–62 | 評論 | |
| | 象徴劇　白き鳥 | 〃 | 〃 | 65–66 | 翻訳劇 | イェエツ原作 |
| | 戀のあはれみ | 〃 | 〃 | 85–86 | 翻訳詩 | イェエツ原作 |

| | | | | | | |
|---|---|---|---|---|---|---|
| | イェエツ氏小傳 | 〃 | 〃 | 93–96 | 評論 | |
| | 落　葉 | 〃 | 〃 | 96 | 翻訳詩 | イェエツ詩集『十字街』 |
| | イェエツ氏書史 | 〃 | 〃 | 97–100 | 研究 | |
| | 愛蘭土文學研究書目 | 〃 | 〃 | 115–122 | 研究 | |
| | 夏の露臺より | 〃 | 〃 | 131 | 随想 | |
| 9 | 八月十四日の感想 | 『假面』 | 8 | 132–135 | 随想 | |
| 10 | Doramusuco 日記抄 | 『假面』 | 9 | 77–78 | 随想 | |
| | 畫像解說 | 〃 | 〃 | | 随想 | |
| 11 | たそがれの寝室 | 『假面』 | 10 | 80–89 | 詩 | 二篇「洛陽遊民歌」 |
| 12 | 王領のめざめ | 『假面』 | 11 | 66–71 | 詩 | 三篇「遊民歌序」「密會」 |
| 3 1 | ドゥウゼとダヌンツィヨと | 『假面』 | 12 | 1–35 | 翻訳・評論 | ジェエムズ・ハネカア作 |
| 2 | 古風な月 | 『假面』 | 13 | 15–18 | 詩 | 二篇「光の音樂」 |

| | | | | | | |
|---|---|---|---|---|---|---|
| 3 | 法苑林教話 | 『假面』 | 14 | 35—49 | 詩 | 七篇「無言禮拝」「伶人の朝」「涯上沙門」「落ちゆく人々」「癡人」「羞明」「籠城最後の夜に」 |
| 4 | 第二法苑林教話 | 『假面』 | 15 | 48—60 | 詩 | 十篇「神領追憶記」「漂泊者」「坂路における感觸」「うるはしき傀儡」「祈願の一齣」「生命」「白き足」「海底世界」「紅宵」「癡情小曲」 |
| 5 | 春宵祕戲 | 『假面』 | 16 | | 詩 | 六篇「抒情即興」1(「涙」「女」「人は在らず」「眞珠母の夢」「わが愛人」) |
| 6 | 紙上戀情 | 『假面』 | 17 | | 詩 | 二篇「挨拶」「女性と萬象と」 |
| 7 | 抒情詩 | 『假面』 | 18 | 59—61 | 翻訳詩 | サフォオ断章22・62・74 |
| 8 | 喜悦は神に | 『假面』 | 19 | 85—89 | 詩 | 二篇「藝瀆」 |
| 9 | 王者の詩 | 『假面』 | 20 | 42—48 | 詩 | 六篇「化粧」「默禱」「ひびき」「憤怒」「騒擾」「雲の頌」 |
| 10 | 箴言躰雜詩 | 『假面』 | 21 | 77—79 | 詩 | 二篇(題ナシ) |

| | | | | | | |
|---|---|---|---|---|---|---|
| 11 | 晶光詩篇 | 『假面』 | 22 | 48–56 | 詩 | 九篇（題ナシ） |
| 12 | 內陣古詩 | 『假面』 | 23 | 39–45 | 詩 | 五篇「訪問」「古譚」「白馬の君」「洞穴を穿て」「寫像」 |
| 4 1 | 火の寵人 | 『假面』 | 24 | 11–24 | 詩 | 九篇「三鞭酒」「心虛しき街頭の散策者」ほか |
| | 信南より | 『假面』 | 〃 | 111 | 随想 | |
| 2 | 太陽は世界を牽く | 『假面』 | 25 | 37–48 | 詩 | 六篇「心望」「雲の上の反射」「悲劇役者の春の夜」 |
| 2 | 黄金戀慕曲 | 『早稲田文學』 | 一二 | 54–56 | 詩 | 四篇「黄金欣榮」「黄金王」「黄金迷景」「青玉ある金冠」 |
| 3 | AB INTRA | 『假面』 | 26 | 36–39 | 詩 | 四篇「ある刹那に歌へる歌」「他界消息」「一塵」 |
| 3 | 白日下の奇蹟 | 『早稲田文學』 | 一三 | 38–39 | 詩 | 三篇「苑囿閑春」「快活なるVilla」 |
| 4 | 翫賞 | 『卓上噴水』 | 2 | 8 | 詩 | 一篇 |
| 4 | 新しき戀人に就て | 『假面』 | 27 | 42–45 | 詩 | 三篇「愛の王者」「さかしき星」 |

| | | | | | | |
|---|---|---|---|---|---|---|
| 4 | 電光躰二篇 | 『水甕』 | 二・四 | 32–33 | 詩 | 二篇「死と愛と」 |
| 5 | 汚點 | 『假面』 | 28 | 11–15 | 詩 | 四篇 |
| 6 | 空氣上層 | 『假面』 | 29 | 29–35 | 詩 | 六篇「神學教授」「吐息せよ」「血」ほか |
| 7 | 青葉の句 | 『卓上帖』 | | | 俳句 | |
| 5 1 | 聖痕 | 『水甕』 | 三・一 | 13–17 | 詩 | 三篇「野心ある咳」「愛は照る日のごとし」 |
| 3 | 災殃は日輪にかがやけり | 『文章世界』 | 十一・三 | 100–101 | 詩 | 四篇「鈴」「日輪のもと」「嬉戯と横臥と」 |
| 3 | 抒情百詩の內 | 『詩歌』 | 六・三 | 34–35 | 翻訳詩 | サフォー断章63・84・65・15 |
| 4 | 宗教 | 『詩歌』 | 六・四 | 16–18 | 詩 | 四篇「わが夢の警鐘」「燭の火をとれ」「化怪」 |
| 8 | 青き神 | 『詩歌』 | 六・八 | 9–10 | 詩 | 四篇「驕慢」「落つる葉の歌」「こころの歌」 |
| 9 | 舸の歌 | 『水甕』 | 三・九 | 8–11 | 詩 | 三篇「王の輦」「傳說の朝」 |

| | | | | | | |
|---|---|---|---|---|---|---|
| 10 | 少人だちに與ふるうた | 『感情』 | 一・四 | 16–17 | 詩 | |
| 11 | 祕法林 | 『文章世界』 | 十一・十二 | 64–65 | 詩 | 四篇「默禱」「雙手は神の膝の上に」「睡れる花における死」「黑き夜の月」 |
| 12 | 斷橋　外五篇 | 『詩人』 | 一・一 | 2–5 | 詩 | 六篇「心」「寂寥」「一つの海景」「暗愁」「卽興」 |
| | 製作の後に | 〃 | 〃 | 34–36 | 随想 | |
| 12 | 予の詩論の一縱斷面 | 『詩歌』 | 六・三 | 64–67 | 詩論 | |
| 6<br>1 | 海の市民 | 『詩人』 | 二・一 | 11–13 | 詩 | 三篇「亡びん身ぞ」「ある跪拜のときに」 |
| 1 | 詩三篇 | 『早稲田文學』 | 一三四 | 68–69 | 詩 | 三篇「黑色」「日曜の美しき衣」「『見える』」 |
| 1 | 賢者の石　一 | 『水甕』 | 四・一 | 22–28 | 詩論 | —藝術及世界に就ての考察—詩集『轉身の頌』序 |
| 2 | イマジネーション A Night Piece | 『詩人』 | 二・二 | 27–29 | 詩 | 四篇「ひきしぼつた弓」「犬」「炎」 |

| | | | | | | |
|---|---|---|---|---|---|---|
| 3 | 賢こき風 | 『詩　人』 | 二・三 | 1―5 | 詩 | 七篇「宇宙よ　わが愛はたかし」「古賢の石文」「物影」「遍光」「街頭の人氣なき味爽」「箴言體」 |
| 3 | 詩集『月に吠える』を讀む | 『早稲田文學』 | 一二六 | 85―88 | 評論 | |
| 4 | 黑衣聖母 | 『文章世界』 | 十二・四 | 63・64 | 詩 | 二篇「紅い足を持つ鳥」 |
| 4 | 詩・詩人・文獻 | 『早稲田文學』 | 一二七 | 48―56 | 詩論 | （『轉身の頌』序） |
| 5 | 詩　法 | 『文章世界』 | 十二・五 | 45 | 詩 | |
| 6 | 記憶の舌 | 『詩　人』 | 二・三 | 10―11 | 詩 | |
| 7 | 心の一夜 | 『文章世界』 | 十二・七 | 108 | 詩 | |
| 12 | 轉身の頌 | 光風館 | | 14・120・11 | 詩集 | 八十篇 |

初版の『轉身の頌』には「詩集卷後に」と題して、この詩集のできる事情を述べた言葉がある。そのなかに「本集は昨冬十二月計企して、當時持病のため湘南に閑居してゐたので、在京の諸友に庶務を依頼したが、色々の慮《おもんぱか》らざる擯《しりぞ》くべき障害が踵を接いで頻出したので殆んど一年に垂《なんな》んとする此秋漸く出版の運びに際會した」とある。詩人は病気静養のため、大正五年に鎌倉に転地し、坂ノ下入地二〇七番地に居を構えた。時期

は、十月に『感情』に載せた「少人だちに與ふる歌」に「一九一六、湘南」とあるので秋の頃と推定される。（九月発表の「舸《ふね》の歌」も背景は海であるが、この作には「一九一五、秋」と前年の日付けが記されている。）十二月に詩集をまとめ、二月頃出版の計画が立ち、これまでの詩稿を整理していたが、前記された事情のために遅れて約一年延びた。このためそのあいだに鎌倉で得た作品も随時発表し、一応活字にしている。したがって、翌年一月の「海の市民」までが詩集には入っているが、以下の作品は第二詩集『黑衣聖母』にまとめられる。詩人はこのあいだ湘南で序となるべき詩論に増補の筆を加えており、現行版の序には二月の日付けがあるが、出版の時までに二度活字にする機会が得られているので、かえってこの出版の遅れは詩論の推敲のためには、好機を提供した形になっていることがわかる。そしてこれらの詩の制作された背景は三つの土地、即ち、東京、飯田、鎌倉であった。

二

『聖盃』以前にも作品はいくつか雑誌に発表されてはいるが、それらはおおむね美文調の短文や新体詩調の詩で、習作の境を出ぬものであり、もちろん『轉身』の詩風には遠い。これらの若書きは詩集には摂られていないが、どういうものか少し見てみよう。まず樋口國登が故郷の信州飯田より上京するのは年齢的にかなり早く、十四歳のときであった。飯田中学の校長、島地五六先生の勧説によって上京し、明治三十七年四月、東洋大学附属京北中学二年に転学する。身を寄せたのは小石川白山御殿にあった叔父の樋口秀雄の家である。二年間在籍するが、病いのため退学している。このあいだに中学で発行している『校友會雑誌』にほとんど毎号作品が載るのである。このときから萍翠とか風峽、風峽韻士といった雅号を用いた。風峽は社会学の権威でもあり文壇的に名も知られていて、詩人に文学上の多くの影響を与えた叔父の号（龍峡）から着想を得たものであろう。更に思えばこの号は、郷土の信州を流れる天龍川の渓谷、天龍峡から来たものでもあろうし、あるいは飯田の町より眺望できる風越山《かざこしやま》の風に、更に風流をかけたものともとれるのである。十号に評論「文章と繪畫の異點」（明治三十七年十一月）をはじめ、十一号に詩「蓬萊島」、十二号に短文「さびしみ」、十三号に評論「詩的趣味を鼓吹す」、十四号に「所謂純文學とは何ぞや」、十五号に「口碑に現はれたる民族思想」、十六号に「近世露國自然派之一天才」という具合いである。[6] あるものからは、大町桂月《おおまちけいげつ》や塩井雨江《しおいうこう》あるいは武島羽衣《たけしまはごろも》などの美文や韻文の調子のひびきが感ぜられてくる。[7] 明治四十一年四月には早稲田大学高等予科に入学するが、その夏には飯田中学発行の『校友會雜誌』（七月号）に翻訳ツルゲネーフの「戰はばや」を発表している。『何をか視玉へる』とユングフロウ迫れば。フィンステルラアル答へに應じて、『われらが邊りは澄みゆけど、谷間遙かに黒點殘りて何者かうごめけるらし』。『さらば今は』數千歳はすぎ去りつ、只一とき後ユングフラウ迫る。」といった文語調の訳文には、早くから尊敬し熟読していた森鷗外の訳調を思わせるものがあるし、上田敏の翻訳文学から学んだであろう箇所にも逢遇する。この頃詩人は進学するなら三高に入り「京大に進んで上田敏の講筵に陪する傍、加茂川祇園のそぞろ歩きを樂し」みたいと真剣に考えていたらしい。それがだめなら「早稲田で『囚はれたる文藝』を説く島村抱月の講席に侍する傍、武蔵野の夕逍遙を繰返し」たいと望んだ。あとの方になったのは京北中学三年で中退していたため、官学系の三高受験資格が得られず、止むなく私学の門をくぐったというわけである。上田敏の謦咳《けいがい》に直接ふれる機会こそなかったが、当時はもちろん、のちの『轉身』の作品にも、敏の翻訳詩より学んだ跡はうかがえるようである。

中学時代の作品の一つに、『中學』（博報社、明治三十九年一月）に投稿して入選した詩篇が残っているが、この習作時代の傾向を知るうえに好個のものと思われるので、その一節を掲げてみよう。「新春譜（雲雀に代りて）」と題されている。

紫ごろも袖輕み
天冠聖く花受けて
鳳輦《みくるま》ゆらにきしり出る
天門颯と開かれて
天地《あめつち》今か夢さめて
自然の影は永劫《とは》の
聖舍詣での若き子が
鼕々落つる瀑の下
愛の小琴をかき抱く
理想は夢と消ゆれども
ああ青春のおほん神
混沌の世に天降り來ぬ
森も小川も野も湖も
光りの中に浴しぬ
我が世の春を歌ふべう

七五調の新体詩ふうな律動のなかからは、なにか明星派ふうの情調の漂いを感ずる。その頃つとに愛読していた晩翠や泣菫、有明、藤村、晶子、といった詩人たちに似た措辞や語法がみられる。「雲雀に代りて」というような着想は、この頃読んでいたシェリーやキーツから得たものであろう。選者の評として「稍々透明を缺いて居るやうではあるが、一種言ふべからざる含蓄がある。これが此詩の取り所であらう」とある。たしかに雲雀と詩人の眼はどういう位置にあるのか、自然の春のいぶきが謳われるのか青春の気を謳いあげようとするのか詩想に不明のところがあり、詩的レトリックへ力点がおかれすぎている傾きはある。しかし「詩神にわれは捧げなむ自然は永劫にほほゑめば」と純粋な詩、芸術への讃歌となってたからかに歌い納めているところ、なにか高邁な境地にひろがりを感じさせる。「鳳輦」を「みくるま」と読ませ、「永劫」を「とは」と仮名づけして視覚的な漢字に大和言葉のやわらかい音調をとりあわせる語法は泣菫や有明から学んだものもあろうが、のちの日夏詩の特色をなすものが既にこの詩にも現われているのに気づくのである。

地方の大きな旧家に裕福に育った世間を知らぬ神経質な孤独癖のある空想好きの少年が、ひとり都会の巷間に暮すとき、そこに人一倍強烈な心の屈折を経験したことであろう。「わたくしの中の敬虔な精神主義と、眞劍なディアボリズムと、瀟洒なダンディズムとが現實の四肢肉體に點火して、わたくしは大患に罹つて中學を卒へずして退いた」(8)のである。その病気は肥厚性鼻炎から併発した神経衰弱であり、休学して二年のあいだ病院通いをする。こうした時期に、詩人はMaternal loveと呼ぶものを経験した。十八歳のときであった。「その後色々のSceneの前に立つたが眞のL'Amourはこの時限り消滅した」(9)と述懐しているように、これは詩人の心性史のうえに一つの大きな屈折を残した。「躍り狂ふ官能と樂欲の世界」に身を投じつつ、その折の情感を詩という形に結実させはじめたのも、この頃からである。神経衰弱のため読書から遠ざかることを強いられ、かえってそれが「艶樂の杯」をあげることとなるが、そこには病弱の枷のあるために、「享樂は徹頭徹尾概念的に終始した」のである。この時期に作られたものは青春の「放逸な血潮の氾濫」か、あるいは「内生の寂寞に基する欝憂の聲」かであり、詩作の心を体得したものではないから、すべて省いたと「詩作の編年史」では言っている。更に「予の詩作は一九一一年春の頃に高まる」とあるが、これは早稲田大学に在学していたころのことであり、同人誌『聖盃』が発刊される前年にあたる。詩人はこの時期に得た「古風な月」に、はじめて「詩作の喜び」を味い[10]、詩を作るということにはじめて「有頂天の狂態」を経験したのである。この作品は三年のちに『假面』十三号に発表される。「自分は古風な月光の惝悦に發足し」とも書いているが、この詩篇がはじめて詩人自ら充足を感じた最初期の詩の世界であったと見られよう。

涙にみてる無際涯の氣海を
　漕ぎゆくはぴか〳〵と光る
もの古りし鍬形兜に前飾られし
　三ヶ月のごとき光の快走艇《ヨット》なり

風　天心より吹きいでゝ
　岡と森とその線を環る堀割と
堀割に浮ぶ難破せし笹舟と
　夜警の巡邏のごとく立ち睡《ねむ》れる煙突と
天主公教會の堂母《ドウオモ》の破風とを
　搖曳ある迷景に顫動せしむるとき
　　（こは雨をふくみて默《もだ》せる卯月の夜なり）

われは何んとはなくも固定したる表情の
神樂舞に用ゆる滑稽にして神嚴なるべき
　翁面《おきなめん》の抽象凝視を想ふ

わが心このとき歩みをとどめ
たよりなき小乘の感傷性に殉死せんとし
ひたすらに肉情の奔躍を蔑視しつゝ
　絶望を育《はぐ》める更生者ありて
月蝕の夜の十字街に索迷せるさまに
　かの蘇生《よみがへ》りたるモナ　リイザの幻に眼釘打たれ
くごもりつ　くごもりつ
　岩間を奔《ほとば》しる泉の爆聲のごとくに
息詰まりて叫ぶなり
　古風なる月よと

この詩のなかでまず詩人は、涙にぬれた眸を夜空にあげて月をみつめている。その涙に空はぬれてしまったように、雨をふくんでかすむ二月の暗い中空に、月は三日月の形してかかり、雲がその前を流れてゆく。詩人はその夜空の光景にまなこを釘づけにしたまま、様々なミラージュを描く、心には地上で受けた官能の愉楽のなまなましい傷あとに後悔と自嘲と焦燥とを覚えながら——月のまわりに現われたミラージュは、まず日本の古い兜にかざられた三日月。そこから雲の動きにつれてこぎゆく光の船にかわる。それもいつか難破したたよりない笹舟となる。痛ましい挫折。夜空に立つ煙突は、まるで夜警が堀割をめぐり疲れて居眠りをしているように黒く静まっている。その映像はいつしか聖母マリアを祭る教会の十字架とオバーラップする。罪への悔恨。詩人の表情はひきつったような自嘲の笑いにゆがみ、ちょうどこの顔はこわばった無表情の翁の面のようかもしれぬと客観視し内省する。もの悲しい感傷のうちにおぼれこんでゆき、自分の現実でのあり方を許し、苦悩を解消してしまう安逸な心に抗って、なにものかが峻厳な反省の心を促す。見れば夜空にはモナ・リザの映像が浮かぶ。詩人は救いを求めるように祈念しつつ、だがなにかためらいがちに叫ぶ――ああ古風なる月よ――と。これは当時の心象風景をよく描出している一篇である。「涙にみてる無際涯の氣海」というように情趣と風景とを照応させるやり方は、「雲しどけなく泪《なんだ》ぐみ　水流は環舞宴にのぞみ」とか、「熱疫《ねつや》める満月はあまた嗟嘆し星どもことごとく嘲笑《てうせう》せり」というように、この頃に多く見られる表現法である。一種の擬人化であるが、自己の感情を自然風景に移入し投影する象徴的な技法になっている。「古風な月」ではそれが破題のみに用いられることにより、かえって全体をすっぽり被いこむ抽象化のヴェールの役を果たしている。夜空に一瞬展開する迷景は、現象界の重積に悲鳴をあげ、煩悶する詩人がはるかに憧憬する古雅な、温藉と寂静と冷艶をおびた美の世界である。「静かな萬有の固形表情の内在美」の世界である。月に向かってもの思う詩人の姿勢、月のひかりを浴びて地上を離れゆく心を経験する詩人のあり方は、たしかに浪漫的である。だがその内面に広がる世界はどちらかといえば古典的な中世の世界である。カトリックの十字架をつけた教会とモナ・リザの幻、これらはいわば旧約風な世界の映像である。「天主公教會の堂母《ドウオモ》」という表現を詩人はとっているが、これには上田敏の訳出した「聖教日課」の世界のひびきと、のちの『黑衣聖母』の世界へ進展してゆくものがほの見えるのである。「蘇生《よみがへ》りたるモナ　リイザの幻」には、現実のあの maternal love を抱かしめた人のアルカイックな微笑と、更にはペーターの『ルネッサンス』に説かれているレオナルド・ダ・ヴィンチのモナ・リザの肖像の重なりがあろう。詩人はこの作品を詩篇に収めるとき、数箇所の修正を加えるとともに題辞をつけた。それがゴビノーの『ルネッサンス』からの一行であるところからも、ルネッサンスの世界が当時の詩人の心を領していたことがわかる。たしかに時を経るにつれて、こうした世界への傾斜はつよくなり、そこにはホレス・ウォルポールやマチューリン、ラドクリフ、ベックフォードらゴシック・ロマンスの文学者への心酔が拍車をかけることになるのだが、最初期の少くとも「古風な月」の中世ふうなものは、ペーター等を介した古典的世界への憧憬とみられよう。いずれにせよこの詩は、官能的な現実的なものと精神的なものとの葛藤する詩人の心が希求する理想郷を、象徴的に謳いあげた代表的な一篇である。この作品があとになって『假面』に発表されたとき、三木露風が西條八十を通してその批評を日夏耿之介に伝えてきた。それはリズムがない、との一語であった。この評を聞き詩人は「くり返し通讀して見て、つひに露風君のいふリズムがわたくし及び世間で通用するリズムの概念とは少し異つてゐる事を知つて全く安神した[11]」のである。のちになって内在律《インナー・リズム》というものを詩論においてとりあげたのは、この事があったからであろうか。

## 三

感覚的な仮象界の逸楽から離脱して、精神の内部へと沈降してゆくことを望む姿勢をうたったこうした詩篇と平行して、もちろんその現世の官能の世界への惑溺を謳った一群の詩が作られる。「古風な月」と同じ誌面に発表され詩集にするときはぶかれた「光の音樂」は、ちょうど前のものとは反対の極にある世界を描き出している。「寝亂れし髪毛《かみ》をすかして窓玻璃《がらす》を七色《なないろ》に折れ屈《まが》りし影の／降りかゝる若きものゝ顔の上／遁逃の生《いの》命《ち》の轍《わだち》」。逸楽に疲れて眠る顔にふりかかっている髪をすかして、暗い部屋にさしこんでくる光り――そのつくる影は、眠る若者の生命がにげていった跡なのかもしれない。微妙な感覚的な表現により、光という視覚と音楽という聴覚的なものの交錯のなかに、けだるい官能の世界の疲労が描き出されている。だかそれもむせかえるような現実感といったものはふり落されて、やはりこうしたものも、象徴的な透明なものに昇華されている。この時期は詩人がダヌンチオの文学に耽溺していたときであった。「官能の理解主義者ガブリエエレ・ダヌンチヨに傾倒した十八歳より二十三歳に及ぶ數年間は、青春の血潮の變形である。柔かい、脆い、そこはかとなくおぼろめく情趣から沸き上つた氣輕な思想に狂ひわめいてゐたので、本性の肉體上脆弱に眼を閉ぢ、感覺の悅樂に只々心の觸覺を指し向けてゐた[12]」と詩人自ら述懐しているが、他のところでは「僭越にもd'Annunzian として自ら任じ、日夜、手許から一時もその作物を放さなかつた十九歳より二十四歳に及ぶ間[13]」といっており、また「ガブリエエレ・ダヌンチヨの夢は、二十歳から二十四、五歳に及ぶ放佚の齢のむしばんだ頁に埋められてゐた[14]」とある。年齢の記述はまちまちであるが、十八歳頃から上田敏訳によるダヌンチオを読みはじめ、その後イタリア語をものにして、また英訳仏訳なども手に入れて学究的にダヌンチオにとり組み、ダヌンツィアンと自称するほどに文学の上で、また実生活の上で深くその影響を受けた。それから、二十五歳で早稲田大学文学科にダヌンチオ研究の論文を提出して卒業するまで、ダヌンチオ時代は顕著につづいていると見られるのである。もちろん知識欲は広く各国の文学を博捜しており、また英文科に籍をおいているためもあって、とくにイギリス浪漫派や唯美派の詩人たち、キーツ、シェリー、ブレイク、ロセッティ、イエイツを特に好んで読んでおり、なかでもワイルドに強い興味を覚えていた。ワイルドは「古風な月」のペーターに連なるものがあるし、またワイルド文学のもつ耽美的な感覚的な一面が、この時期の詩人にダヌンチオと重なって受けとられていたようである。これは当時生田長江の訳なども出て文学者のあいだに流行ったことにも一因があろうが、佐藤春夫にせよ芥川龍之介にせよ、ダヌンチオとワイルドとを一つのるつぼの中に溶けあわせて受けとっていた傾向が見えることは、当時の外国文学の受けとり方を思い、じつに興味ふかいことである。[15]

『聖盃』創刊号に発表されたはじめての作品が戯曲であることは意外である。「美の遍路」と題された一幕一場もので、これは詩人の唯一の創作劇である。次号の同人の消息欄に「『牡丹咲く夜』といふ二幕劇が耿之介の手によつて二月號に現はれる」という記事もあるが、これは完成しなかった。この頃は「劇の會」を鴻の巣などでやっており、木下杢太郎の『和泉屋染物店』を研究したりして演劇への興味をつよく抱いていた。この「美の遍路」は美しい天樹院尼公千姫を主人公として、そこに小間物屋與吉と侍女竹尾とをからませた時代ものである。客観的な事件の進行はあまりなく、恋の理想――霊肉合致の状態――をあくことなく求めつづける異常な女性とその犠牲として死体となって古井戸に投げ込まれる運命にある與吉と、かれに恋する侍女の心の微妙な動きが展開される。従って千姫は作者の理想的性情を象徴しているし、與吉と竹尾とはそうした心の表に浮遊する映像を仮託されているといえよう。これらが葛藤し交錯しつつ一つの理想の至上境、美の極致を求めてゆく。そういう心の状態を示しているものとして、本質は象徴劇とみてよいと思う。メーテルランクを思わせる情調の揺曳もあるが、このときの詩人の脳裡にはある美しい現実の女性の俤とワイルドの妖艶な「サロメ」の姿が介在していたようである。帝劇で上演された『サロメ』を詩人はそのころ見ており、[16]この劇を自分も訳してビアズリーの挿画を入れて出版しよう、という計画を当時持っていたのである。[17]「そちらの戀は春の淡雪のやうに美しい、けれども我世を飾る力強い戀ではなくて、影のない夢の國の戀ぢや」という台詞を吐く妖艶なそして神秘的な千姫、古井戸に恋した千人の男の屍を投げ入れる情炎の姫君には、たしかに古井戸のヨカナンを求めるサロメの姿がオーバーラップしてこよう。それにどこか泉鏡花の『天守物語』も重なってくる。

だが作者自身はこの劇を作った背景を後になって、「わたくしは道成寺文獻を博捜して、それを骨子として、それにホフマンスタアルとダヌンチオの意匠を用ゐて自分の精神の假りの形態として喜んだ」と言っている。恋する女の執念を象徴的に描いた日本の伝統的な物語の骨子に、ドイツ的な世紀末的象徴主義の情調と、イタリア的官能の謳歌にあふれる美的な世界とを混交させ、独自のものに作りあげたというわけであろう。『假面』十二号に日夏訳になる「ドゥウゼとダヌンツィヨと」（ジェエムス・ハネカア）という三十五頁にわたる長い評論が載る。いわばこれはダヌンチオの劇作品の評論であるが、そのなかに次のような箇所がある。「『死都』などは『靜劇』の琢きあげられたものであり、主題そのものが象徴主義を表はしてゐる。またダヌンチオの劇のあるものは靈の悲劇であり、メエテルランクを研究していたことがその作品に陰惨な壓へつけるやうな雰圍氣に影響を及ぼしてゐる。」ダヌンチオの持つ神経的な甘美な官能的な情調、措辞、技法などの細かい点の影響は言うに及ばず、こうしたダヌンチオの根本的な作劇法に学んだものが詩人の創作劇のなかにはよく生かされていると思えるのである。そのころの消息欄（『聖盃』二号）に「今年中に耿之介は大部なダヌンツィヨの研究を發表したいと云つてゐる。本誌全部を提供するかも知れない」とあったり、あるいは同人たちで近代評伝叢書の編纂計画があり、日夏耿之介がダヌンチオ一冊を受けもつことになっているという記事が見えるが、いずれも実現しなかった。だが当時住んでいた神楽坂の下宿の部屋には香山藤碌の描いたダヌンチオの肖像画を掲げ、その下でこの戯曲をはじめ創作や読書にはげんでいたわけで、当時の心酔ぶりがうかがえるのである。

『聖盃』誌上には詩篇は現われず、その代わりに歌を数首ずつ載せている。それらは「舞ひ狂ふきみが素足のあならに酒の香おくる初夏の風」と晶子の歌いぶりに吉井勇の情趣を加味したような明星ふうの連作と、「淫れゆくルイザ女王の横顔にトンボのうつる春のくれかな」といった白秋のあざやかな官感美と夢二ふうのややデカダン的な色調を思わせるようなにか幻想的な連作である。『假面』になってはじめて「たそがれの寝室」を皮切りに、詩篇が連続的に現われるわけである。省かれたこの詩はダヌンチオの『巌の処女』のような三人の処女と愛の王子が登場する官能に赤く爛れた「午後五時の寝室」の情趣ではあるが、「――空想の插話を投じつつ、若き典獄は南歐金工傳の頁に忙ぐ」といった表現のうちにはなにか西欧ふうなメールヘンの挿話を連想させる場面が髣髴してくるものがある。省かれたもののなかに「黄金戀慕曲」と題した一連のものもある。「黄金欣榮」、「黄金王」「黄金迷景」「青玉ある金冠」であるが、のちの定本には最後のものを省き、「黄金のエロス」と題して収録された。「なが聲はわが胸の警鐘を亂打《らんだ》す　われはきみによりて悲哀を生《う》みぬ」とある人への思いを直写的にうたう詩句にも出会う。こうした表現はここでも部分的ではあるが、これ以後になるとこのようななまの情感を見せることは日夏詩には少い。詩集に収録するとき、「黄金色《わうごんじき》ひかり遍《あまね》きかの君がなきがらおもふ」というところなどは「天人の亡骸《なきがら》泛ぶ」といった抽象化のヴェールが被せられている。この世界はダヌンチオ的官能と、ワイルド的デカダンのめくるめく「宇宙萬象の情熱更生」である。しかし、恋人を思うといっても、オフェリアのようにみどりの草原に流れる月夜の小川にかばねとなって流れただよう映像に象徴化したり、愛のあふれる心の宇宙とともに遍在し太陽とともに逍遥する黄金王に喩えたりして、その世界は決してあからさまには謳われない。またこうした逸楽の世界の謳歌のように見える詩篇にも、「甘き羞《しう》明《めい》はわが心を襲ふ」と詩人は書かざるをえないのである。歓楽の論理と実際の相抗のはげしさ、肉と霊の乖離から来る疑惑と自嘲とは、つねにこうした世界の経験につきまとっていた。そしてまた快楽の世界への没入は、この詩人にとって神秘的な生命の奥にわけ入り他界の消息を聴くことでもあった。

こうした黄金のエロス時代に終止符をうち脱皮の契機となったのは父親の死という現実的な事件であった。「結論が冷かに且嚴かに來た。……最後の結論が父の死となつて出現した」[18]。絶望的な気持をいだきながら黄金の世界に耽溺していた席上から詩人は病床の父のもとにかけつける。三年間詩人の手篤い看護生活ののち大正三年父親は他界する。このあいだに現実界の虚しさを詩人は強烈に実感するのである。それから現世的な欲望、煩悩、雑念を断ち切って、ひたすら至純な精神の境位に到る道を辿りはじめる。ワイルドが告白録『獄中記』において過去を回想し、新生を願って謙虚な心持に到ることを記述したように、その時期の心性史を詩人は書いているが、現行版でこれは削除された。「空氣上層」「宗教」「雙手は神の聖膝の上に」「白き雲の上の大反射」「海の市民」「一つの海景」など、つぎつぎと実在の内奥に神を感得し、それを讃える敬虔なおもいを高らかにうたい始める。その背景は、真白く雲をいただく南アルプスの連峰がそびえ、林間に泉のしたたる信州の自然である。沖合いはるか夕映えのひかる湘南の海辺である。白沙と積雲である。このとき詩人は裡に圧積した重みを払い去って自然のひかりに抱かれ、物象をみつめ、森羅万象の深奥にひそむ神秘的な消息に耳をかたむける澄んだ境位に立ち到った。湘南の海の風景をうたったものはとくに、自由な心と生鮮な感覚で絵画的映象をそのつど定着させたものである。

ふか海は悲しげに日を招ばひしかば
紅き征天はことごとく海にとり忙ぐ
すべて光は波に入らむ

これはワイルドが「黄金の交響楽」でしめしたような、風景の色と音との感覚的造型化である。ホイッスラーの画面の「金と白との交響楽《シンフォニー》」、「青と白との夜奏曲《ノクターン》」である。『聖盃』時代に詩人は一度「東京風物詩」というものを計画し、「若い東京に江戸のうた」の残る退廃的美とモダーンな美とが交錯し、郷愁《ノスタルジー》を感じさせるような情調を、「近代人の諸神經がHypochondricに搖曳する美官能の神秘界」を、ワイルド的な手法で

（メーテルランク、ヴェルハーレンの名もあがっている）連作しようと企てたことがある。[19] これは序文だけで果せなかったが、そのやり方を俳諧的な手法もとりいれて詩人は湘南の風景で試作してみたようである。この即興絵画的手法による作品と、「箴言躰」[20] と名づけられた一連のもの、及び現代語を用いた作品[21] というように、詩人はまた表現技法のうえでも象徴的な手法のほかに様々な試行を重ねていたのである。

「黄金のエロス」から「自然への讃美」すなわち、現世的官能の世界から汎神論的神秘主義の世界へと移ってゆく詩人の轉身が、時期的に父の死を契機にもつことは前述した。だがこうした突発的に生じた事実だけで轉身を理由づけてはならず、轉身のための沈澱が、すでに黄金のエロス時代から詩人の内部に蓄積されていたことは、これまでの考察でもわかることである。したがって詩人にたいするダヌンチオの影響というものは、官能世界への耽溺と現世的生命の肯定という姿勢にのみとどまるものではない。詩人にたいする影響というものが、たんに詩的マニエールの次元にとどまるならば、それは形式における皮相的なものであろう。真の影響は詩人の表現しようとした作品を詩人の運命とともに透視する視点の確立をもってのみ成就されうるというべきである。こうした意味から、轉身以前にダヌンチオの光に照射されていた時期にすでに内面に準備されていたこの詩人の轉身というものは、視点をかえれば、ダヌンチオのあり方の不可避的な転換を究明しつつ、それとの比較においてはじめて明確になされてくるように思えるのである。ダヌンチオがまず、現世の官能を謳いあげることからしだいに内なる自己の存在と外なる世界との矛盾に苦しみ、遂には自己の想像力のすべてを世界の美的回復を成しとげる英雄の出現に結びつけていかざるをえなかった、その軌跡というものを考えてみる必要があろう。ダヌンチオの場合には、おのれの詩的能力を躍動させる官能とエロスの狂宴が覚醒時のそれであることを止めたとき、言いかえれば、まどろみの意識がまどろんでいる自己自身から分離して醒めた相の裡において夢をかえりみる自分と、外の厳とした実在としての自然とに分たれたとき、ひとつの危機が訪れたといえよう。生の快楽を極限まで追いつめてゆき、生命の全き肯定をもって自己と世界とを捉えようとするダヌンチオの志向は、必然的に存在の至高性を自己の外に発見せざるをえなくなるのである。その志向はその象徴的高みを、中世的密教の秘蹟によって表現しようとする『聖セバスチャンの殉教』において決定的となる。こうした神秘主義への志向は日夏耿之介の場合、外の絶対者へと向わず、あくまで己れの内面を凝視し、内なる実在を感得するという方向へむいてゆくところにその相異が見られるのであるが、感覚的仮象界への惑溺を象徴的に定着させるところを通って、神秘主義的境地を希求している姿勢にはダヌンチオと共通のものが見られた。だがこの神秘的なものへの希求は、いわば束縛から離れて放越無碍の境地に悟入することであり、東洋的な禅の道士の悟達の境地に近いものであろう。それはあくまで己の精神を変容させ、いわば小乗的に轉身を成就させることである。序文においてはニーチェの『ツァラツストラ如是説』の「三つの轉身」が題詞として掲げられていた。精神がいかにして駱駝となり、駱駝が獅子となり、獅子が小児となるか。この三様の変形によって示された至純な心への転回は、詩人のいう「至純の心で默思祈念」し、なにものかを「畏れ敬ふ」敬虔の念を持つことを意味しよう。こうして見てくると、不可視的な世界の実在を万象の背後に感得する、いわば一者としての存在者を実在の内奥に希求する汎神論的神秘主義と、その実在は詩人の霊感により得られ表現されるとする考えは、たんに抽象的言明として詩論の観念的理論として序のうちに展開されたものではないことが明確になってくるのである。序に引用されているように、たしかに森羅万象にひそむ霊を直覚により捉えるとする考えは、イギリス浪漫主義者たちの詩観にある霊感説《インスピレーション・シオリー》と共通のものがある。またこれはスピノザの汎神論の万有観であろうし、プロティノスの分出論《エマネイション・シオリー》とも重なってゆこう。詩人はのちに翻訳して単行するフランシス・グリアソンの『近代神秘説』を当時ふかく精読していたが、こうした西欧の詩論[22]によって机上でのみ組み立てられていった抽象論ではない。こうした諸論と合致する必然性が、詩人内部の現実的な、心性史にすでにあったわけである。「凡そ、詩篇は、所縁の人に對して、實在が、そのまことの呼吸の一くさりを吹き込めたものの、或る機會の完き表現でなければならぬ。それは選ばれたものにも儘ならぬ、選ばれぬものへの宿命的示唆である。媒靈者のない自動記書《オートライティング》である。」論理を超えた直観によって実在を認識し、それを「人神の中有境」のうちに詩に凝結させる。こうして詩人は、外部の事象を直叙的に、ただ抒情的に謳いあげるという伝統的な形式からは離れ、感応した生の流動する情緒を一度びは抑制させ解体させ、しかるのちに建築的詩態へと再構成するという詩作の端緒を獲得することになろう。「轉身」前後のこうした彷徨時代の試行を経て、「ゴスィック・ローマン詩體」という造形的建築的な美の世界へ向う道程が、内的経験においても、手法においても用意されたということがここにわかるのである。『轉身の頌』一巻は、こうした位置にすえて再び味わい見てゆかねばならないものと思う。

(1)「黑衣聖母の序」五。
(2) 序文の詩論については「『轉身の頌』序の意味するもの」(『本の手帖』昭和四十三年十一月)に於て考察した。〔本書一〇三頁以下〕
(3)『詩壇の散歩』(大正十三年十月二十五日、新詩壇社)に収録。
(4) この言葉はフランシス・グリアソンのものであり、大正十一年六月『近代神祕説』全訳を新潮社より出版するが、すでにこの頃熱読していたことがわかる。
(5) 大正二年七月に『聖盃』が廃刊され、九月から『假面』と改題されるわけであるが、その後同人は多くなり、早稲田大学の恩師吉江喬松(『聖盃』に訳をのせてはいる)も加わり、森口多里、後藤末雄、米川正夫、柳澤健の名も見えている。
(6) これらの論文は評判がよかったらしいが、それがかえって中学の国語の教師であった安藤弘先生、漢文の林竹次郎先生らには「小生意氣な小わっぱだとて終始小意地の惡い、繼子いじめのやうな態度で對せられた」(「私の受けてきた教育」昭和二十四年九月『教育』)のであった。

（7）小学校時代から雑誌として帝國文學・太陽・國文學・心の華・新小説・明星などを読んでおり、詩壇の新風に直接ふれていた。
（8）前出の「私の受けてきた教育」参照。
（9）本文に記述した詩論(A)稿の十五章参照。
（10）大正六年一月「賢者の石」十六。
（11）「少年の頃の思ひ出」『日夏耿之介選集』（昭和十八年、中央公論社、四八六頁）。
（12）「轉身の頌序」十二。
（13）「賢者の石」（大正六年）『水甕』三〇頁。
（14）「陀氏雜俎」『瞳人閑語』（大正十四年、高陽社）。
（15）拙論「佐藤春夫とオスカー・ワイルド」（『大正文学の比較文学的研究』明治書院、昭和四十二年）でこの問題を扱った。
（16）「CELADON の寢言」『聖盃』一号参照。
（17）同誌 Green Room に次の消息がある。「耿之介は近く死ぬ迄に『爛壞』といふ淡白好きの江戸兒にはむつとする程あくどい初戀の告白を書いて苦しめてやると言つてゐたが其實まだ三十枚と出來上らない。然し「サロメ」を氣の向く迄譯し上げビヤーズレの插畫を插んで出版するといふ企には信仰者が少しはある様だ。」
（18）「賢者の石」十五。
（19）『聖盃』二号に「東京街頭美序」だけが発表される。
（20）「箴言躰雜詩」（『假面』二十一号）「晶光詩篇」（『假面』二十二号）。
（21）「『斷橋』以後日常語を使用せる諸篇は更に一括して來春公けにすべし」と「詩作の編年史」に見えている。これらは『黑衣聖母』に収録される。湘南地方の作に多い。
（22）『近代神祕說』（グリアソン）の訳は大正十一年六月新潮社から出される。大正十一年五月には『英國神祕詩鈔』（アルス）、大正十三年四月には『神祕思想と近代詩』（春秋社）がある。

〔『東洋の詩　西洋の詩』一九六九年十一月〕

# 『轉身の頌』序の意味するもの

大正六年の暮『轉身の頌』が世に出たとき、この詩篇群が構成する世界から、人はマラルメの詩風との類似を感じたようだ。まず柳澤健が「奇異なる芸術の創始者」と題して『讀賣新聞』(大正七年一月)に書評を載せ、そのなかでこの詩人を「マラルメよりももつと容易に奪取できない城砦を、靈魂の劇場を、所有してゐる！」といい、またその詩格とその内質の世界とが奇異で独自であるため、広い読者にとってたやすい渡橋は難しいとして「マラルメの詩篇の難解よりも、はるかに決定的なものである」と評した。また『三田文學』(九巻二号)の書評でも、堀口大學は「『轉身の頌』を讀む度に私は思ひ出す、あの有名な、マラルメがエロヂアッドの一節なる次の詩句を〈Qui c'est pour moi, pour moi, que je fleuris…〉(さなり、わが咲匂ふはただにわが爲なり……)」といって、本然のもの独自のものに一向専念して構築されたこの日夏の詩界を、マラルメへの連想によって示し、ある作品の完全な表情は、あるいはこの作者日夏耿之介によってだけ了解されるのではないかとも評した。『珊瑚礁』(大正八年二月)では橋田東聲が読後感を掲げ、日夏氏の詩の難解性は日本のマラルメかもしれぬといい、トルストイがマラルメを不可解と喝破したのだという意味のことを述べている。こうした出版後の各誌の書評で言われた、日夏詩の世界をマラルメに喩えることが広く印象づけられ、その後の評者の言葉のなかにも響いていると思われるのである。たしかに、この第一詩集の世界を「予の世界は自らも知る如く世上の一部も知る如くに最も特異なものである」といい、自分の詩風には「古風と粉飾と懐疑と拮屈と晦澁」という面もあると詩人自身が認めているように、ある評者には難解な独自の世界という点からマラルメが想起されてきたようである。事実、マラルメが言葉を卑俗な属性から解放して、本来の意識において再生させ、純粋美の世界を構築したように、轉身の詩人も同じように言葉を「傳統の羈絆から切り放つて」、それに新しい個性を与え、「生命の鮮血」をそそごうとした。この意味からいえば一見、日夏詩の世界はマラルメの営為と類似性をもっているし、更にその形成された世界が顕わす象徴性や超絶的発想にもとづいて開示される純粋美は、マラルメと共有する要素をもっているかもしれない。けれども、両者の関係を以上のような外見的特質から判断し、同質な詩的範疇にただくり入れるだけでよいものであろうか。

　マラルメと日夏耿之介とを関係させることが、詩的表現を実現させようとする詩人の魂における同質性を摘出し、そこから両者の詩にみられる表現されたものの類似を指摘するのならば、日夏耿之介の詩的世界を正当に解釈する位置からは、それほど遠くないだろう。だが日夏耿之介の詩的世界が、『轉身の頌』以来負わされてきたマラルメ＝難解＝日夏という皮相的印象から派生してきた定式に依存するだけならば、これは日夏詩の世界を不透明なものにしてしまう通説以外のなにものでもないだろう。このように、日夏耿之介という一個の内面的世界をそのつど点描していった独自な作品というものを、ヨーロッパ詩人の営みと安易に関係づけ、その地点から文学史的位置の確定を行ってしまうことは、単なる因果的なつながりしか明らかにしないように思われる。詩人の残した痕跡を、解釈者がみずからの世界に介在する自明性のもとに因果的秩序に整理して、ひとつの系譜学と呼ぶべきものを虚構するだけであろう。これは詩人が詩的世界を開示させようとする当初の本来的志向性とは、まったく無関係な作業といわねばならない。解釈することとは、詩人のまさに表現しようとした詩的世界を、詩人の志向性の原初に遡って、そこから了解の糸をさぐろうとする努力のことなのであろう。

日夏詩において、詩的創造の原初をたどるということは、とりもなおさず詩集に序せられている詩論、いいかえれば、詩への理念を総括的に展開した芸術論というものを究明することであろう。この作業は日夏詩の場合、他の詩人たちとは異って、決定的なそして詩的表現を了解するための揺がせにできないアプリオリに必須なものである。それはまた一方では、この詩人が早くから手がけ、詩集刊行時まで倦むことなく推敲し続けた詩論のモティーフにそって、轉身の詩的世界がきわめて整然と秩序づけられていることからも、必然的に個々の詩への理解にとって、その詩論は演繹的視点として要求されてくるものであろう。

これまで日本の近代詩に附せられた「序文」というものは、多くの場合、主観的な詩人の感情的な願望の流露に終始していた。「遂に、新しき詩歌の時は來りぬ。そはうつくしき曙のごとくなりき。」というように、島崎藤村の序のような美文調の詠嘆的表現には、次に展開される詩篇の世界を飾る単なるプロローグの感がある。これに反して『轉身の頌』の序は、明確に詩人がみずから経て来た具体的経験による「心性史」を内省して、それとの連関において詩の道における求道者としての精進を克明に記したものである。そしてその詩道において、独自な表現様式を獲得するまでの苦難にみちた生誕と至福の境地に至る道程、いいかえれば詩人としての絶対的な明証と正覚の境地に至るまでのその全道程を、すでに見透かした記述になっている。そして更にはこの詩人にとって詩は何を意味するか、言葉とは何か、表現とは、霊感とは、法悦とはというような設問を考えぬいたあげく定着させた、詩人としてのマニフェストの提示にもなっていよう。このように詩人みずからが作品の底流の世界をこうした形で客観化し、それを詩論にまで止揚させていった序というものは、それまでの日本の詩集のうちには見出し難いものであろうと思う。イギリスにおいては、シェリーの詩論とかロマンティック・リバイバルの端緒をなしたワーズワスとコールリッジの『抒情小曲集《リリカル・バラッズ》』の序は、やはり両詩人の詩への態度を明確に表示している。

『轉身の頌』の序は決定稿となって詩集に附せられるまで、独立した形において二度、それぞれ異った雑誌に発表されている。はじめは大正六年一月『水甕《すいおう》』に掲載され「賢者の石一――藝術及世界に就ての考察――詩集轉身の頌の序」と題されていた。次は三月ののち『早稲田文學』誌上に「詩、詩人、文獻――詩集『轉身の頌』序」と改題されて発表された。この稿を最初に執筆した日付けが大正五年十一月という記録があるので、大正六年十二月に詩集が出版され現行版の序として定着するまで、約一年の歳月が経過しているわけである。詩作品とは別の形で独立して発表され、再度加筆増補されてから詩集にくみ入れられるという成立事情をもった「序」というものは、また稀といわねばなるまい。決定稿の最後には大正六年二月二十二日の日付けが見られるが、この日は樋口國登の誕生日にあたり、ちょうどこの日に詩人としての誕生を意味させた便宜的な記述とみられよう。第一稿を(A)、第二稿を(B)、現行版の決定稿を(C)としてそのヴァリアントを考察してみると、(B)稿への朱筆が非常に多いことからも、いかに詩人がこの序に力を注ぎ、推敲を重ねていったかがよくうかがえるのである。(A)稿は七、八行ほどの短文が二十一章あり、そのあとに「藝術の世界」と「藝術の祭壇を開く鍵に就て」という二つの独立した小論がつけられている。(B)稿になると一つ一つの短文は倍ほどの長さとなるが全体は十三章に編輯され、あとの二つの小論は省かれるという大幅な改訂がほどこされてくる。この(B)稿でほぼ現行の序の形が形成されている。(A)稿の二十一章のうち前半十二章までが詩論であり、以下後半の七章は自伝的な「心性史」である。前半の詩論の部分は省略されることはなくかえって増補の朱筆が多く加えられ、後半の自伝的記述の箇所は二章のうちに圧縮された。序としての形を整える必要からみればこれらは当然の加筆改訂である。削除された小論はのちに『詩壇の散歩』(大正十三年)に「賢者の石」と題して全文が収録されている。こうした序文の形成過程を考察するとき、初稿では意外に長い伝記的部分が大幅に削除されていることがわかる。かえってこの部分との連関において前半の詩論を考えるとき、この論の生れてくる必然性がよく理解出来る。こうしたところからも東西の詩人の論を集約的に構成していった単なる抽象論ではないことがわかるし、また民主的社会という外的環境に向ってなされた姿勢の高い詩人としての宣言だという見方も表面的認識からの通説でしかないことがわかってくる。この序文は、詩人がそれまで経て来た経験にもとづく内面の累積から、必然的に為された一種の「懺悔」と、詩人として轉身する自覚とをもとに書かれた詩の道へ志向する姿勢を示したものと見るべきであろう。

詩集の部立ては「轉身」「默禱」「晶光詩論」「AB INTRA」「羞明」「古風な月」「哀憐」の七つであるが、心性史を跡づける分け方をとれば、一「古風な月」、二「羞明」、三「默禱」、四「轉身」の四期である。詩人みずから解説をほどこしているように一期は稚醇時代、二期は青春期、三期は父の死を契機とした默禱静思の時代、そしてそこから詩人として轉身する四期の生活がはじまるわけである。第二期の青春時代に詩人は一度その現世的な逸楽に身をひたした。これは「官能の理想主義者ガブリエエレ・ダヌンチヨに傾倒した十八歳より二十三歳に及ぶ數年間」のことである。感覚の悦楽に心の触手を向けて「自己狂歡」に耽溺した「黃金のエロス」時代であり、「心性史」のうえからは「暗黒時代」とよばれるエポックである。しかし生れながらの病弱に加え、歓楽の論理と実際との相反の大きいことに驚く理想主義者的な心のあり方から、このヘドニズムの仮象世界での狂歓は束の間のものとして消える。とはいえこの時期は、精神の変容にとっては必須の自嘲と焦燥と「羞明」とを残した。更に父の逝去という打撃が大きな転機をもたらし、むかしの自分のもつ本然的な勢いに押しもどされ、「素樸と直行と溫情との堅い世界に遂行して」いく。「カアライルが所謂久遠轉身 Perpetual Metamorphoses の星の瞬きを幻感し、かつ祈り、かつ思ひ、讀書と Vision との閑寂な微笑の月日を躊躇せずに受け容れた」と詩人は記しているが、カーライルの転身とともにニーチェの『ツァラツストラ如是說』の「三つの轉身」の一節が題詞として掲げられている。これはもちろん三様の変形のことで、精神がいかにして駱駝となり、駱駝が獅子となり獅子が小児となったかを説いたものである。いわば現世的な雑念や欲望や煩悩を捨離しながら至純な精神の境位にいたる道程を示したものである。この詩人にあっては「黄金のエロス」の官能の世界、感覚的な仮象界の逸楽から離脱して、内面の世界、精神の内部へと沈降してゆくことをしめしていよう。それは現世の束縛から離れ放越無碍の境地に悟入することでもあり、これはいわば禅の道士が希求する悟達の境地に近いものともいえよう。こうして詩人は、外的な事象を謳いあげるという伝統的な形式からは意識的に離れる。そして感応した生《なま》の流動する情緒を一度抑制させ、解体させ、しかる後に建築的詩態へ再構成するという詩作の端緒が獲得されたことになろう。ここにはまだ「ゴスィック・ローマン詩體」という造型的建築的な詩体の美へ向う傾斜が当然見られるのである。

また現実界に無常観を感じたところから、何者をも否定しようという心が何者をも容れようとする心に転回してゆく。それは猛々しい獣の心から翻って至純な小児の心に変転することであり、詩人のいう「信仰のハンブルな心持」で生きかつ祈り思いつづける生活に入ってゆくことである。(最後の詩集『咒文』の詩作品に近い。)こうした境位に到るまでを記した伝記的記述の部分、とくに削除された箇所には、オスカー・ワイルドが獄中で生涯を回想し新生《ヴイタ・ヌオヴア》を願って謙虚の心持に到ることを記述した一つの告白録が思いあわされてくる。ともあれ、この至純の心で黙思祈念するというなにものかを畏れ敬う心、いわば汎神論的な存在者にたいする希求の念は、この詩人にとってたんなる抽象的な言明とみるべきではないと思う。敬虔な古神道の研究に打ちこんでいた祖父、そして神道の信仰に篤かった母などの感化、朝拝を行ない食後神に感謝を行なうという幼時からの慣習が、こうした敬虔なものに祈りを捧げ、畏れうやまう心を培い育くんできたといえよう。祈りの対象は一切有をかくあらしめている絶対者であり、のちには「黑衣聖母」として象徴化される万有の背後に潜む霊である。そしてまたこの実在を感得するところから、詩論の中核をなす霊感説は必然的に生れてきているといえよう。

「凡そ、詩篇は、所縁の人に對して、實在が、そのまことの呼吸の一くさりを吹き込めたものの、或る機會の完き表現でなければならぬ。それは、選ばれたものにも儘ならぬ、選ばれぬものへの宿命的示唆である。媒靈者のない自動記書《オートライティング》である。また言へば、天來の『智慧』である。詩家は靈感の浮橋に依つてのみ、しばしば、神の御國に歡遊する。」これは序の書き出しであるが、この短い一節のなかにも、詩論の中心たる霊感説がよく示されている。詩人は天来の霊感の力によって、不可視的な世界の実在を表現させられるという。ここに実在と呼ばれるものは、詩人が深い直観から捉え得る森羅万象にひそむ神霊であり、「スピノザが汎神論の萬有觀を予は凝視した」と書かれているが、これはワーズワスやブレイク、シェリー、イエイツらイギリス浪漫主義者たちのもつ汎神論的な神秘的な絶対者にたいする考えに近いと思われる。したがって、これらイギリス浪漫主義者たちの詩観にある霊感説《イマジネーション・シオリー》との共通性が見られるのである。そしてこの説にはプロティノスの分出論《エマネイション・シオリー》も介在している。詩人はフランシス・グリアソンの『近代神秘説』をこれより以前すでに熟読しており、大正十一年には全訳刊行している。このうちに「全神秘思想の鳥瞰景」と題した論文が収録されている。それに依ればプロティノスの分出論は、万法を神よりの分出と見て、個心にも神性のあることを肯定して、そこから物の障害を払いのけて見神を体験し得る神秘説の根本に連なるものと見ている。ここには超自然界を直視する象徴派神秘家ランボーの〈見者《ヴォワイアン》〉としての態度に到る道がひらけている。「凝視の心眼」とか「透視力」とか序で書かれている言葉はこれであろう。プロティノスの分出論はプラトンと錬金術とから来たものと先の論文では説かれているが、この序においてもこの二つは名前は明記されてはいないが詩論の重要な要素として織り込まれていることがうかがえる。霊感を得たとき詩人は「人神の中有境《トランス》」に投げ込まれるという。

これは芸術が創造される際の心の昂揚状態であり、プラトンが「イオン」のなかで巫女《コリパス》たちの放心の踊りに喩えて説いている詩作する状態であろう。詩人たちは術知《テクネー》によって詩を作るのではなく詩神《ムウサ》によって一種の神懸り《エンサシアスム》に捕えられ、理性から離れた入神の陶酔境にあるとき詩を作るのだとプラトンは説く。この霊感説はもちろんイギリス浪漫主義の詩人たちに響いている。この状態はまた宗教では「大喜悦」「法悦」とよばれるものとしてペルシャの「白毛道衣派哲人《スーフヰズム》」の例が序ではひかれているが、わが国の禅の悟達の境地もまたこれに近いであろう。

　霊感がくだるとき、詩人の個体は神人融会の「賢人石」のなかにおしかくされるというが、ここには錬金術への連想が明らかに介在する。というより詩作を詩人はアレゴリカルに錬金術で示そうとしたといえよう。賢者の石とは Lapis Philosophorum (the Philosopher's Stone, the noble precious Stone) と呼ばれ、昔錬金術師たちが求めても得られなかった霊石で、鉛などの卑金属を金銀に変える力があると考えられた化金石である。もちろんここで言われているのは心霊の錬金術《スピリチュアル・アルケミー》であり、詩人の心はこの霊感の力によって金に変わり得る可能性を与えられることになる。このとき神は錬金術師である。霊感の力を得た詩人は、天来の霊感により俗世の粗末な石のような言葉を燦然たる金の如き言葉に生れかわらせる。このとき詩人は錬金術師である、言葉の錬金術師なのである。そしてその際「優れた詩人は、ひたすらに謙抑篤實な實在本體への媒靈者《メディアム》」となるという。この考え方は、T・S・エリオットが「伝統と個人の才能」のなかで、すぐれた詩人の個性は一つの媒体にならなければならぬとしたものに近いであろう。亜硫酸が化合精成される際、酸素と二酸化硫黄の二つの化学変化をうながしながらしかも自らは無変化のままに止っている、接触媒介物の白金に個性を喩えたアナロジイが思いうかんでくる。そうした媒霊者の介在により、言葉は因習的な次元の環から切りとられ、あたらしい息吹きを与えられて生れかわる。このとき言葉はもはや現世界とは別の支配力を有し、現象界において現前するものを名ざす手段としての実用性は消え、何者かが存在者として現われる際の真の存在を与えるものとなってくる。いいかえればこれは、言葉のすでに内在し潜在している力を最大に発揮させること、即ちその言霊《ことだま》をその生霊を再びよび返してくることである。言葉自身のもつ不可思議な神秘性を生かすことである。したがって言葉は日常におけるエヴェント（事象）を連続させるものではなく、不可視の彼方から襲いかかってくるアドヴェント（降神）として感応されるものへ変質する。これはボードレールの降神術《ソルセルリ・エヴオカトワール》へと通じてゆくものであろう。このように日夏耿之介の序が説く詩論は、イギリス浪漫主義の詩論及び中世ふうな東洋ふうな神秘主義詩論をその底にもって、しかも現代のあたらしい詩の問題へと展開し得る要素を様々に含んだものといえよう。いわば現代においても変らぬ詩の根本原理を含むものといってもよいかもしれない。無意識のうちに霊感によって書くという自動記書《オートライティング》の原理を、現代においてアンドレ・ブルトンは意識化しようとしたが、しかしまだその試みは充分ではないのである。

ここまで、日夏耿之介の詩論に定着されている限りでの「詩的創造」の志向性が派生したその原初の事実的解明と、それに伴うこの詩人の詩作における方法態度の独自性について考察してきた。日夏詩の発生論的遡行の素描は、「轉身」の意味の究明と「靈感」説の発生に関する方法的探索によって、一応は果されたように思われる。私達は、その上で、日夏詩の定位されている詩的空間が、外部に対しどのような特性を具備していたかを『轉身』の成立前後に限って、より存在論的に語る必要があろう。すなわち、冒頭で示したように、マラルメと日夏耿之介の詩作品として表現せられたものの表面的類似性を主張することが、何ら日夏詩の特質を開示せしめるものでないように、同時に両者を国籍、時代などの事実的相異に還元することもまた反対の意味で誤りであろう。私達はあくまでも永遠なる非在の現前というイマージュを、絶対的作品の裡に凝固させようとする近代象徴派の志向性を、両者のなかに容易に統覚できるのであろう。しかし、私達はそこから開けていく詩的世界の微妙なくいちがいに注目する必要があろう。すなわち、日夏詩において見られる「轉身」とは、日常性の極限としての官能の世界が一方でゆきついた旅路の果てでのあらゆる救済の断念というモティーフであり、詩を芸術として、意識の奇蹟の実現として試みようとする芸術意欲の誕生とも見ることである。それは一言にしていえば、マラルメの生涯を通じて否定的モメントとしてしか作用せずに、遂には断念の動機としてなりひびくことのなかった生そのものの諦観が、日夏耿之介の場合には、「羞明」「轉身」を通じて大悟徹底という祈念のもとに、東洋的な隠者の思惟としてつかみ取られていたということである。たしかに、マラルメの〈イジチュール〉から〈骰子一擲〉への転回は、詩における極限を踏破しようとする精神の冒険であったといえようが、それは詩的世界の不確定な実現を究極的に完結させることとはならない。マラルメにおいては、最終的に詩的世界の開示そのものが、〈未完の、精神の楽器としての書物〉の理念におもむかざるを得なかった。その地点に、ヨーロッパの合理性を根源的に基礎づけているところのあくなき探究意欲と障害を最後まで、払いのけてゆくものと考えた。死に直面してさえ超越の無の世界を認めまいとする理念の確固とした存在に、マラルメも支えられていたと考えられよう。これに対して、『轉身』以降の日夏詩が指し示す道は、まったく異なった相貌を呈している。『轉身』で奏でられた諦念の動機は、たしかに東洋における伝統的思考様式としての無常観、永劫回帰説的な色彩を強く蔵している。しかしながら、日夏耿之介を他の日本の近代詩人と決定的にわかつ点は、生の旅路の終りを自覚することが翻って、刹那の霊感を詩の裡へ意識的に定着させる試みに生の可能性すべてを投入することを意味しており、それによっておのれの世界を永遠なる芸術の本質へ向って開示させようと意図した点にあろう。だからこの詩人は、東洋的情感に住むという暗黙の前提から詠う詩人ではあり得なかった。彼にとって、東洋的な脱俗は、詩的世界を形成する一つのモメントだつたのである（本書収録の「「蠻賓歌」解釈」を参照）。この意味で、マラルメが最後まで、獲得しようと苦悩し抜いた純一不二な詩的世界を、日夏耿之介はその詩人としての出発の当初において、すでに摑みとったと言うことができよう。そうした意味からも、『轉身』を始点とし『黑衣』を経て『咒文』に完成したといわれる詩的世界は、すでにその出発当初において一つの高みを得ていたのである。いいかえれば、『轉身』以来の錬金抒情をおしすすめ、「形態と音調」の「黄金均衡《ゴールドウン・アベレイジ》」という、言葉と形態と表現における「ゴスィック・ローマン詩體」なる独自の様式《スタイル》を形成させたという点では、『咒文』はその完成の地点であろうが、日夏耿之介の詩の世界というものは、まさに『轉身』において確立されていたともいえよう。従ってそこにあるのは有機的な変貌ではなく、定形された世界を次第に上層へとおしすすめてゆく、坦々とした求道の旅路なのである。「序」は詩人自ら、このことを語った言葉なのである。

〔「本の手帖」一九六八年十一月〕

# 日夏耿之介のゴスィック・ローマン詩界

## 一

イギリス十八世紀に流行したゴシック・ロマンス文学の一派を、日夏耿之介は「怪談悪漢物東方物語一派」と呼んでいる。「ゴシック・ロマンス」という様々な要素を含むこの言葉の巧みな日本語への移行であろう。恐怖小説（Tale of terror）ともまた黒色小説、暗黒小説（Roman noir）とも言われ、オトラントやユドルフォーのような古城や廃墟、僧院を背景に、超自然的な物の怪が出没し怪異な出来事が生ずるというのは一種の怪談ばなしであろうし、現世の規制を逸脱した険悪無残な兇徒やジル・ブラスのような曲者や乱倫不埒な暴君が惹き起す奇怪な事件の話は一種の悪漢小説《ピカレスク・ロマン》であり、一方カリフ・ヴァテックのアルコルレミ宮殿はペルシャに建てられ、オリエントが背景というようにエキゾティズムが色濃く、一種の東方物語とも見られる。従ってゴシック・ロマンス文学といわれる物語の特色をこの呼び名は端的に言い得ていると思うのである。

日夏耿之介は正面からゴシック・ロマンス派の文学に対する論を展開はしていない。先の呼称は「英吉利浪曼文學概見」の中で言われているもので、ウォルポール、ベックフォード、マチューリン、ラドクリフ、ルイス等の小説に触れ、かれらの文学をイギリス浪曼主義本来の系統にあるものと見做し、その大衆性のために文学史的価値を与えられていなかった点を弁護して、かれらにある特別な純芸術的価値を見るべきであると説く。この派の文学は史的に見れば「散文的なる平俗描寫の無覺性よりの釋放」となり、哲学史的に見れば「觀念論的展開の俗解」となり、世相史的に見れば「東方知識の漸進的途上に於ける新興味の發路」であろう。その根本にある「妖異」と「東方への憧れ」は本来浪曼的であるすべての文学に共通の重要因子であるから、この傾向が強く一流一派の特色となって出現したのは当然である。短い言及であるがこの派の文学の持つ特性を説くものであり、更にはこの文学に対する日夏耿之介の興味と深い理解とが覗えよう。このほか『英吉利浪曼象徴詩風』や『明治浪曼文學史』『サバト佐異帖』等の評論の各処において、東西の作家を論ずる際にゴシック・ロマンス文学は引き合いに出されている。この詩人が築いた独自の世界に立ち入る前に、もう少し「ゴシック・ロマンス」に関して、詩人自身の理解と言葉を通して辿ってみよう。

「ゴシシズムの小説であつて、内容的にはゴシック建築の與へる感情の再現である點に於てゴシックであり、形式的には中世文學のアプリシエーションである點に於てロマンであるが……奇異の過剰より生ずる怪譚的一面と古代への回顧の有する歴史小説の一面があつたうち、歴史小説の方はスコットの『ウェヴァリー小説』に大成され、怪譚の方はポオが完成した。」これはウォルポール研究家であった太田七郎との連名に依る文芸辞典（中央公論社）の項目の一部であるが、また他の箇処には「中世浪曼思潮傾向」を表わすこの言葉は「中世の特性の一部」を呼ぶもので、バーバラス、ハード、アンクウスの意で、一六九五年頃から一八四一年迄用いられたという解説も見られる。従って先の「怪談悪漢物東方物語」に中世趣味を見ること、及びその語の基にあった建築の意識を重視していることがわかる。本来「ゴシック」は建築芸術の用語で美術史に依ればヴァザーリが中世における美術の堕落をゴート人に依ると考えたところに由来する。またルネッサンス期にイタリアのユマニスト達がこの時代の美術を「マニエラ・ゴティカ」と侮蔑的に言ったことに始まるとも言われる（フランクル「ゴシック」参照）。要するに初期には「野蛮《バーバラス》」の義で使われていたものが、十八世紀頃より「中世的」の意に変り、文学面ではホレス・ウォルポールが『オトラント城綺譚』（一七六四年）を自ら「ゴシック・ストーリー」と名づけたところから「ロマンティック」の意に用いられ始めるわけである。ウォルポール自身が『絵画逸話集』（一七六二年）の中で述べている「ゴシック」の意味を見てみると、尖塔とドームの伽藍に象徴されるゴシック建築の特色を辿ってから「絵画的《ピクチユアレスク》」「魔術的《マジツク》」「宗教的《レリジアス》」であり、中世ゴシックは何よりもまず「カトリック的」であるとしている。ゴシック建築の映像の上に次第に中世寺院のレリック、古城、廃墟の僧院などが重ねられてゆき、その暗鬱奇異な建築様式の醸す特殊な雰囲気が主となり、これがゴシック・ロマンス文学の重要な条件になってくることが肯けよう。この建築用語としてのゴシックについて耿之介には「ゴスイック建築の精神外形の特徴は、美とBarbarismとが大混淆を示してゐるといふ事である。但しそこには低級な装飾が附随してゐる」（前出）という言葉がある。浪曼文学はゴシック大伽藍であって、総体の効果によって感激させるのでなく部分と変化に依って感激させる様式だとも説いて、ゴシック建築を浪曼芸術の本質的表現に近いものとしているところからも、かれが「ゴシック」と「ロマンティック」をほぼ同義的にとっていること、それに全体の平衡より部分や変化に強調をおく芸術と見ていることが理解されてくる。

ここで強調したいと思うのは、ゴシック・ロマンス文学の持つこの建築の要素であり、それが構成する「空間」とその醸す雰囲気ということである。もちろん文学は現実の外に想像力に依って架空のリアリティを設定するから、その他次元の要素のとり入れ方や現世と他界との境界、物と人との接点のぼかし方や日常の因果律との関わらせ方の如何により、ファンタジーや諷刺文学、ユートピアもの、SF文学にも変り得る。また幽霊怪奇なものが登場せずとも、恐怖や戦慄を描き得る。これ等のものからゴシック・ロマンス文学を区別するのは、ゴシック・ロマンスがその恐怖や異常感を生じさせる手段としての場と空間を設定することにあるのではないだろうか。伽藍・古城・廃墟・僧院・古い館・船室・密房・迷路・洞穴といった、建物や囲われた内部とそこに漂う雰囲気を描き出すことである。従って、それを充分に描き出す表現技巧が稚拙の場合には「こしらえもの」としての道具立てが目立ち、いわば舞台裏の一種のけれんの技法がおかしく見えてくる。ゴシック・ロマンスの文学が芸術性を云々され、大衆流行小説と一方で言われるのも、こうした技術の面からの批判が大いにあろう。建物とその雰囲気と住む人という点で、ここにゴシックの持つ怪異譚の側面を完成させたといわれるポオの『アッシャー家の崩壊』が思い出される。先祖伝来の古い館に不思議な絆で結ばれた双生児の末裔ロデリックとマデラインは、長年住み馴れた館の石や木と同じく、その空間構成に必須の一要素と化しており、漠然とした恐怖の蓄積に圧せられて自己解体をしてゆき、遂には館の崩壊とともに古い沼に沈んでゆく。この作品を解明したドイツの研究家シュピッツアーは、ポオの手法を「アトモスフェリカル・リアリズム」といい、物語をStory of Atmosphereと呼んでいる。こうした建造物とそこに住む人間の微妙な相互の滲透関係——ここから生じてくる異常性、恐怖、怪奇といったものを、ゴシック・ロマンス派文学の特色の中に見る必要性を感ずるのである。

さてこれまで見てきたような、ゴシック・ロマンス文学の特色である現実と異る因果律を持つ芸術的空間の構築や、その世界に揺曳する中世的・神秘的未解の雰囲気と異国情緒、怪奇と耽美的幻想といった情趣は、日夏文学の世界に色濃く漂うものである。しかしただ類似した情趣というならば、『日本霊異記』『今昔物語』や能の世界はさて置くとしても、上田秋成の『雨月』や『春雨』の生霊死霊前世他界の怪奇物、馬琴の因縁因果ものや鏡花の妖婉凄絶な物語、露伴の怪談や幽情記の世界にもこうした要素が含まれていよう。芥川龍之介の吉利支丹もの、佐藤春夫の『女誡扇綺譚』や一連の支那怪奇ものにも、そして下れば小栗虫太郎、久生十蘭の異様な小宇宙にも同様な雰囲気の漂いはあろう。またポオの怪異をわがものにしようとした江戸川乱歩らの『宝石』『新青年』系の怪異恐怖小説、吸血鬼譚、残酷物語も、一種ゴシック・ロマンス派の大衆性を受け継いだものと言えるかもしれぬ。だが日夏耿之介の世界の独自性はこうしたものとは異り、イギリスのゴシック・ロマンスの持つ特性に対する深い理解の裏付けと稟性からの共感がある上に、意識的に自らの詩の世界において独自の言葉に依ってゴシック・ロマンスの世界を築き得たところにあると思われる。

ところで、いま漠然と日本における怪異ものの作家を並列したが、ここには日夏文学にも通ずる共通の基盤があろう。それは支那文学、それも志怪、伝奇物語である。「ゴシック」は「ロマンティック」とほぼ同義にとられていることは前述したが、「ロマンティック」を「浪漫的」とはじめに音訳したのは佐藤春夫に依れば漱石であり、「伝奇的」と意訳したのは鷗外であるという。

「伝奇」は支那唐代の小説形式で、六朝の「志怪」という草木鳥魚の霊や死霊、神仙、呪術師、占師の神秘を語る物語のあとを受け、超自然的怪異物語のほかに縹渺とした才子佳人の愛の物語まで含んだ虚構性のつよい幻想的、詩的な物語である。この支那の伝奇物語を「ロマンティック」という西洋の言葉に鷗外が結びつけたのは両者の共通性を感得したからのことであろう。『魚玄機』をものしている鷗外にすれば当然であろうし、また支那文学に造詣ふかく唐代伝奇の嫡流である『聊斎志異』を好む耿之介の裡にもこの必然の糸は働いていた。更にここに日本の伝統的な怪異談の知識が必然的に重ねられる。

ゴシック・ロマンス派の文学とわが国の怪異譚の流行がまさに軌を一にしていたという、興味ぶかい指摘が耿之介の「楚囚文學考」にあるので引用しておこう。

英吉利十八世紀後半に榮えた怪異譚小説は早く前述のウォルポオル（一七一七—一七九七）に端を開き、

その傑作『オトラント城綺譚』はゴシック・ロマンスの先驅であるが、出版は一七六四年の明和元年で、『繁野話』の出る三年前であり、『諸國怪談帳』の出た八年後だが、怪異譚は本邦の方が旬が早く、既に文會堂の『玉櫛笥』や『玉箒木』、羅山子の『怪談全書』を十七世紀末に出し、十八世紀初めには『御前お伽婢子』（都の錦）が新世紀第三年の元祿十五年に出たと共に十七年春改元して非風子の『玉すだれ』、鷺水の『古今新堪忍記』から、『新色三つ巴』、『大和怪異記』、『お伽人形』等輩出し、白眼居士の『一夜船』や文會堂の『當世智慧鑑』も相次ぎ、下つて寛保中の『怪談お伽櫻』や寛永二年の『英草紙』翌年の『登志男』烏有庵の『萬世百物語』（寶暦元年）や安永元年の『怪談お伽童』を經て同五年の『雨月物語』に至り、『怪異談叢』（天明元年）より『怪談旅硯』（寛政二年）『怪旅の曙』（同八年）、享和元年の『藻鹽草』以後頽唐時代に入つてゐるが、クララ・リイブがホレスを模仿した『老英吉利男爵』（一七七七年版）に續いて出た、ラドクリフの『師子里綺譚』、『ユドルフオの怪』は更にルイズの『桑門記』や『怪異談叢』やマチュウリンの『漂泊者メルモス』、詩人シエリ第二夫人メアリの『フランケンスタイン』を生んだが、是等は多く十八世紀末から十九世紀初頭かけての產で、ベックフオドの『ヴテック』を中心に全盛期を示して、あとはばつさり衰へたから、時代は些か雁行するが、殆ど同時に怪異譚が時花つたのも面白い對照で……あつた。

イギリスの「怪談惡漢物東方物語」に、支那の『聊斎志異』や『剪燈新話』、六朝の志怪、唐代の伝奇文学、それに日本の秋成、露伴、鏡花等の怪異もの、これら全てが日夏文学の基盤には重層的に入っていることを知るのである。

## 二

『黑衣聖母』（大正十年）の序文に「本集の假りにゴスィック・ローマン詩體ともいはばいふべき詩風は最近の私の思想感情を領してゐる傾向の結果であるが、最近の私といふ人間の思想感情はこれらの詩によつて最も妥當に表現せられる」とある。ここではじめて詩人は自らの創作に対して「ゴスィック・ローマン詩體」という言葉を用いるのであるが、これを詩の手法・技法を指すものとだけとる向きが多い。しかしこの引用箇処からだけでも「詩風」と言いかえられており、これが「最近の私といふ人間の思想感情を領してゐる傾向」の結果と言われていることからも、諸詩篇の持つ独自の詩風を自らの稟性より見て仮りにこう名づけたものと見られる。詩篇が持つ情緒から詩法、詩の世界全体まで含ませたもので、詩集『黑衣聖母』の、またそれ以後にも亘る特色と解すべきものと思う。もちろん「詩は藝術であり」「かたちによつてのみ内部生命を消息せしめる」ものであることは言うまでもない。ただこの「ゴスィック・ローマン詩體」は、漢字の視覚的表現と大和言葉の音の響きを一つの詩語に建築のように構成していくだけでなく「感情の縷を辿つて想念の奧底なる摩訶不可思議世界の小宇宙的起伏を明かに」する。こうした詩作品はかたちと内部世界の両面から覗うべきものと思うのである。

「黑衣聖母に芽生え黄眠帖に成長したわたくしのいはゆるゴシック・ロマン詩體が、順當に煉金抒情詩風として展開したのが咒文詩集であつた。」全詩集を編む際に（昭和二十七年）、詩人は全詩業を顧みてその詩風の推移を再びこう自ら解説する。全詩業は『轉身の頌』を始点とし、『黑衣聖母』（『黄眠帖』）を経て『咒文』に収結される。第一詩集は黄金のエロス時代を去って、「羞明」「默禱」へと轉身していった詩人が、不可視的な実在を万象の背後に感得しようとしたいわば汎神論的な神秘主義的な自然観を象徴的に謳いあげた詩篇群である。第二詩集の『黑衣聖母』になるとその森羅万象に開いていた詩人の視線はより自己の内奥へ向けられる。即ち書斎裡の古冊の上に沈潜してゆき、詩人はいわば思念と瞑想のうちに言葉のもつ神秘的な力によって純一不二の世界を構築することに専念する。『轉身』の世界が外界に向い、万象との融合と法悦とを求めて開かれていたとするなら、『黑衣』は外界を遮断して内部の暗坑に向い、密房裡の枯坐のうちに独り思念の空間を築き、かえって心の自由を得ようとした世界といえよう。『咒文』に至ると一層詩人は精神内界へ歩をすすめ、「自在なる幽棲」彼岸の家郷の消息に耳を傾けている。

　ここで焦点を『黑衣聖母』にしぼり、詩篇の様々な映像を通して、「ゴスィック・ローマン詩體」の特性を例証しつつ探って行きたいが、便宜上、空間としての書斎である「密房」と、詩人の分身が祈念する対象である「黑衣聖母」の二つの映像から集約的に近づきたい。この詩集においては当初から架空の設定が全篇を統一するようになされており、「求道の老道士が中世風寺院内陣に安置された黑衣の聖母に祈る姿」がつよく浮かんでくるからである。他には詩人の脳裡に出没する怪鬼のみで、現実の属性を持つ者は一人とて存在しない。

三

儂《わたし》は浴《ゆあ》む………
わが城の夜更《よふ》けて　しんしんと静謐《しづか》なる
ひと間《ま》の奥に燈《ひ》をとぼし
今宵《こよひ》の晩禱《ばんたう》に入らばやと

寂然《じやくぜん》とおごそかな歳月古《さいげつふ》りし石磴を攀《よぢのぼ》り
深紅色《じんこうしよく》の帷《とばり》かかげてうかがへば
わが密房《へや》の四壁《しへき》ただ黑黑《くろぐろ》と——恆に似て
鑛坑《くわうかう》にはひつたごとく
驕慢なる　枯淡なる　さてはまた
神のごとき古書册ら　崇崇《たかだか》ととり圍み　とり圍み
正しからぬ四角形の暗鬱の卓《つくゑ》の上に
銀《ぎん》の洋燈《らんぷ》　落着いた快活にただひとつ
燁燁《えふえふ》とあたりを照《て》らす………

（「浴船」）

詩人は深夜、独り、四壁を古書に囲まれた書斎で読書に耽り、瞑想にひたる——時刻は殆んど夜である。「道士月夜の旅」「夜の誦」「心の一夜」「庚申宵宮」「儂が身の夜半」等題名にも夜は多く、夜景は諸篇に拡がる。夜——暗黒、昏闇《くらやみ》、深淵、幽暗《やみ》、昏澹《こんたん》の世界。戦慄《おのの》く木立に白銀の月が冴え、黒い風が吹き蒼白い惑星が消える世界である。現象界の騒音が杜絶え、動きが停止し、万象が眠りに入る時、詩人の内界は目覚めて感覚と想像力と思念とは働き始める。枯坐する密房《へや》の高い格天井、黒檀の卓と銀ランプ、革のソファ大寝台の置かれた古めかしい書斎は、「わが城」「己が古城」「寥廓の孤城」と呼ばれている。巷より隔絶された古城の裡ふかく、超自然的思惟に身をひたす老学者の姿には、まずストロベリー・ヒルのゴシック城中で怪異譚の上に思いを凝らすウォルポールの俤や、ルールの城で瞑想に耽るデ・ゼッサントの姿が重なってくる。古書の並ぶ四壁の内部は「鑛坑」に入った様だと表現されているが、この鉱物の映像は「古城の窮理室の緘默《かんもく》にかへれ、ラディウムは蘚苔《こけ》ふかき千歳《せんざい》の巖石《がんせき》に內在《あり》て躍動す」（「左道の末徒」）という詩句に響き合うものがあり、そこから試験管の煙と薬品の匂いが立ち籠め、「賢者の石」を求めて深夜実験に没頭する錬金術師の姿が忽然と現われてくるようである。更には「夜、天井の高い狭苦しいゴシック風の部屋に、卓に向い肘掛椅子に坐す」（『ファウスト』第一部「夜」「書斎」）ファウスト博士の姿、パラケルススの衣鉢をつぎレトルトに入れた原料を蒸溜し結晶に依って化学的に小人間ホムンクルスを造らんとする助手ワーグナーの「中世風の実験室」もオーバーラップして浮かんでくる。詩人は悒鬱な『エラズムス神學書』『クロイランド僧房年代志』等「その數量《はか》り知れぬ古册《こさつ》を誦《よ》んだ」学者であるが、学智の限界を知っており、肉体の束縛を離れて霊は自在に飛躍しようとしている。「密房《みつぼう》に心足らへる肥肉《ひにく》を忘れ　飄飄とただ輕驅《けいく》して　悉皆物心《しつかいぶつしん》の央《さなか》にたち入り　その感情を心たのしく解剖」しようとする姿勢には、消極的な学智に失望し肉体の桎梏を脱して自在な霊となり、天空を貫きめぐって、純粋な活動の領域に躍入しようとする大胆不敵な決意を固め、メフィーストフェレースと契約するファウストの心のあり方と似通うものがあろう。

「玄《くら》い夜の殿堂」「玄《くら》き烏《くら》きこの夜の宮殿《みあらか》」「銀の夜の黒黝《くろ》き宮殿《みやゐ》」と夜の空間全体の大宇宙《マクロコスム》は「宮殿」という人工の構築物の小宇宙《ミクロコスム》の中に捉えられる。「宮殿《みあらか》」（パレス）は「神殿《みあらか》」（シュライン）に同じ読みの響きが重ねられているが、これには詩人郷土の愛宕稲荷神社の古い社殿の揺曳もあってなにか日本的であるが、それも「黒奴のような森林」の奥にある「妖紅色」の古びた妖しい社である。この古城の映像は誦人の存在する空間に重ねられるだけでなく、手あぶりの灰の中からも出現する。

その劣《わづ》かなる灰の巒《やま》に凝視《みい》りてあれば
獨斷教義信條に倦み惱む神祕家だちが

波斯《ぺるしや》中世の素秋《あき》の世界に
ただ黝《かぐろ》き酒を醸《か》み
古城なる美女を漁《あさ》りて
雲寒く低迷《ていめい》する高原の上
己《わ》が愛人と詩《うた》を想ひ美酒を啜《すす》る
古代《こだい》を感ず

（「灰の巒」）

摩訶不思議な一瞬の幻想である。灰の山の斜面は乾いた砂の高原となり、ペルシャの中世の秋、古城、美女、美酒、詩——という地上楽園の映像からは、オーマー・カイヤムの「ルバイヤート」の世界が髣髴としてくる。更に詩人の脳裡そのものが密室の空間に喩えられ、「頭は脆く熱あつて顫へつつ、譬へば玻璃《がらす》でできた青白い火屋《ほや》のやう」になり、「東邦の國サラセンの怪綺なる模様を織」りなしてゆく。耽美的な異国趣味《エキゾティズム》の情趣もここにはある。

このように詩人は夜の「宮殿」、書斎の「古城」、書物の「鑛坑」、頭脳の「火屋《ほや》」と、幾重にも空間を入れ子の様に作り、孤独な自己の囲りをとりかこむ。そして空間の変貌に照応し、それに合うように分身の姿をさまざまに変えさせる。「城」——老学者、錬金術師、「宮殿・神殿・寺院・伽藍」——道士、舎人、比丘、沙門、詩僧、禅院老士、これらの分身は人生・学識の蘊奥を究めた年老いた姿、静的《スタティック》な姿勢しか見せていない。しかしその密房に枯坐する姿は一見東洋の隠者に似通ってはいようが、隠遁者ではなく一切を放棄したという諦念の静かさは余りない。精神は緊張をみせて一点に凝集し、神厳な求道的態度が感じられてくる。こうした人物と滲透関係を持つ建造物は、城や寺院といっても決して豪華な明るいものでない。そこらに立ち籠めているのは古く重々しい湿った暗鬱な天気であり、中世風な静寂と威圧する様な異様な厳かさである。「そそり峙《た》つ鐵扉《てつぴ》をひらき」――「跫音《あしおと》のとどろき擾《さや》ぐ大廣間の大反響」――「黯澹とした底冷《そこびえ》の空氣の蘊にふと瞥《み》えた異《い》形《ぎやう》のものの髪貌《かみかたち》」――あの林立する尖塔の陵角が無限の高みを垂直に仰望するゴシックの大伽藍、複雑な細部が一点に向って凝集してゆく威容な外観、荘厳な超越的存在を志向させ、永遠の畏怖を起させる聖なる空間の与える眩暈にも似たものが、数々の異る密房から立ち昇ってくる。

詩人の分身たちは、幾重にも自己を囲う空間に安住はしない。その小宇宙《ミクロコスム》に肉体を置き、不可思議な術を心得た道士のように魂は自在に大宇宙《マクロコスム》へと脱け出るのである。この一種の離魂、いわば無我の法悦状態を、詩人は「入浴」に喩えるが、このとき書斎は「浴船」に変貌する。「儂は浴む……」と引用した詩句の冒頭にあるのはそれである。この「入浴」の飽和状態はそのまま想像力のはばたく際の魂の状態で、肉体的な感覚は完全に受動的になり、外に向って身をとりつくろう必要のない裸の霊がおどり出し、時・空を越えた超自然界に飛翔する状態ともいえよう。このとき肉体につける感覚の「見る」目はとじられ、霊につける観照の目が「観る」ために大きく開かれる。ここでは心が現実の具象物の上にそれを越えた自由奔放な像を描く。いわばこれはコールリッジのいう「見ることなく観る」状態で、放越無碍の想像力が働いている際の心のあり方ともいえよう。超自然界への移行時とその消息を耿之介はたくみに入浴状態に喩えたわけである。こうした形而上学的な心のあり方を謳った詩はあまり日本には見られない。「入浴」を契機に肉体の諸感覚は疲憊し放念状態となり、魂は現実の束縛より解き放たれて自在に別天地へと赴く。肉体はこうした魂の飛躍のためには、「肥肉を捨離《ぬぎ》て　心性すこやかなるべき歟」（「尸解」）とつねに離脱すべきものと見られる。肉体は精神と外界との接点にある。精神は肉体によって外界に働きかけ、外界は肉体を通じて精神を動かすのが根本の成り立ちである。肉体が無意識に精神の道具である限り、それは自己の一部として意識されるが、一たん一個の物体として見られると外界の一部となる。そうして客体化された自己の肉体、あるいは肉体一般に対する興味がこの詩人の肉体観の根元にある。詩人が達磨の古事に寄せて謳っている「尸解」は、肉体を離脱して魂魄だけが抜ける道教の術の一つである。道教は仙道と結びついており、道教での修行が成って人間的存在を超越できれば神仙になるとも考えられている。死生を超越するために薬物を用いるのは「金丹の術」であるが、これは不死の薬品を作ろうとする「錬金術」と類似していよう。もう一つは「内丹の法」で身心の扱いによって丹を結ぶ方術で、この「煉丹の術が道教者の修行の玄奥な部分を爲してゐる」（露伴「道教に就て」）。肉体を現世存在として人を束縛するものとし、つねに魂の離脱を願っているこの姿勢にはこの道教に近いものもある。ともあれ、ゴシック・ロマンス文学が目指す一つは、『フランケンシュタイン』が一種の擬似科学の生産物の話であり、『ヴァテック』が天のかくされた秘密を盗もうとする男の話であることからも解る通り、想像力によって現実界の科学的因果律を超越せんとするところにある。自然界の因果律を変えてみるとは一種の遠大な大胆な観念の遊びでもあろう。想像力によって生み出された観念的な架空の因果律にリアリティを与えるためには、支配される現象側の細密な描写が必然的に要求されてくる。生命を、金《きん》を、人工的に作ろうとするなら、生れるものの形や性質には克明に細部まで手を加えることが大切となる。化学でも錬金術でも秘儀は細部に注意が配られる。現実外の世界を構築せんとするのが耿之介の詩の世界で、この想像力による因果律の想定や、その他これから見ようと思う怪異趣味や細部の強調（言葉の彫琢）という様々な要素は、ゴシック・ロマンス文学とも共通するものであろう。

## 四

学者・道士・僧侶たる詩人の分身が、その各世界の中心に捉え晩禱を捧げる対象は、「光ある聖ソフィヤ、ビザンチン派の折目正しき神聖壇畫像」の「黑衣聖母」である。だが前に見た如く、これは他次元の因果律を想定した人為的な世界であれば、カトリック的宗教やマリア信仰とは別種のものであることは明らかである。宗教が造物主たる神に祈りを捧げ、ひたすらなる帰依を基調に持つのに対し、錬金術《アルケミー》・玄神学《オカルト》・魔術《ウイッチクラフト》等は神に近い理法と作用の秘密を得て、自らこれを使用せんとするものであって、これ等と同等でないにせよ、『黑衣』の世界の成り立ちのメカニズムも同じものであろう。従ってその世界の中心である「黑衣の聖母」の示すものは、現世を離脱した魂の故郷であろうし、宇宙運行の根元でもあろうし、万有の神秘的劫初の淵ともいえようし、万有の神秘や謎の世界、涅槃や禅の悟達の境位にも近いものとされ得よう。「眞理は恆に黝黑《かぐろ》し　常住不斷《いつまでも》」「深奥《しんなう》に介在し　黑黑とよこたはる　いとも簡素な中有《ちゆうう》世界の深祕《じんぴ》のそこに」と、「黑」(「玄」)は従って真理であり神秘であり暗闇であり虚無であり恐怖でもある。だが恐怖といっても、単なる恐しさの感情を惹起するものはなく、一種の不確かさや不安から生じてくるものに近い。妖怪変化《へんげ》の出没も、この不安感の凝固である。旧約風な「上代伽藍」の外側を十重二十重に重囲している「夜の城壁」の闇には、常に妖しい幻像が現出するが、「角いつぽんの黑鬼」や「青き鬼人」「腐れかかつた人間の生肉《なまみ》をちよつと抓《つま》み上げ」る「舍人の鬼」等である。魑魅魍魎は詢人の脳の皺壁にも、群がる惑念や神経の疼きにつれて出没するが、「青面美童」という妖しく美しい独自の映像となって跳梁する。

黄金《きん》の靸《くつ》ふかぶかと穿ちまとひ
黒き帯しめ
朱珊瑚の馬鞭《ばべん》を振《ふる》ひ
わが大脳の皺襞《しうへき》を亂《みだ》り鼓《う》ち
角《かく》笛を吹きまた咳《しはぶき》して
陰影《かげ》のごとく　災殃《まがつび》のごとく　礫《つぶて》のごとく
悠然《いうぜん》と　従容《しようよう》と　高歩する

更に黒衣聖母は「一切有をしかく在らしめる」御母であると同時に、「一切有をしかく在らざらしめる」御母という二律背反的なものを同時に統合し得る一者としての存在である故、「美・善」であると同時に「醜・悪」を含み、これも「黒」に現わされている。また「ボドレエルは悲哀に誇れり。卽ち之を詩章の龍蓋帳《りようがいちやう》中に据ゑて、黒衣聖母の觀あらしめ」(上田敏『海潮音』)とあるところからも「黒衣の善き母」の「黒」はマーテル・ドロローサの「悲哀」と「嘆き」でもある。しかし一心に祈念し悲願し強求し哀訴する者に対し、この端厳美麗な聖母は「淫惨な柔肌」をみせ、「肩さへも羸弱《ひよわ》げな聖體《みからだ》をきもち傾《か》しげて　ゑみゑみと見まもりたまふ」のであり、「惡である故に美」であるその姿からは、妖しい不可思議な美の情調が護摩壇の香爐の煙とともにくゆり立ってくる。一見中世風な幽奥神秘の礼拝祭壇であるが、ここには芥川の『黒衣聖母』にも似通った悪意ある故に真実である聖母のもつ雰囲気と、吉利支丹的なエキゾティズムの情趣の漂いも感ぜられてこよう。

熱き沙地《すなぢ》を搔《か》きまはし搔き廻して
やつと手に落ちし古恠《こくわい》な畫像《みすがた》は
威尼智亞派《ゐねちやは》の煤《すす》けはてた聖貞童女生神母
この聖貌《おんかほ》を凝視《みつ》める仔細《わけ》は
我世界《わがよ》をば己《おのれ》が惡夢《あくむ》で星飾《せいしよく》して
金箔着《きんぱくつ》けたき悲願ゆゑで厶り升
嗞嗟《ああ》　まあてる　くれあとりゐす
おおら　ぷろ　のおびす

（「生神母畫像の前」）

折りの対象たる聖母と、祈る「わたくし」との関係には一つの奇妙な対等関係がみられる。即ち造物主が不在であるこの空間世界にあって、聖母は現象界全体の統御者であり維持者であり、「わたし」はその世界の運行に関与することの出来るように祈り（咒文）の言葉をかけ得る関係にある。「わたし」はある方法、修業によって世界の運行に関与できうるし、「一切有の實相」を感覚し得るという世界観で、これはキリスト教とはほど遠い。西洋でもっとも近いのは恐らく錬金術であろうし、そしてやはり東洋の道教の考えと類似していよう。現象界全体は、「わたくし」に依って直覚的に認識される。祈りによって「わたくし」は現象界を現状のまま肯定しようとし、同時にまた一切を否定しようとする。だが世界はそうした意志とは無関係に進行し、その願望は御作者の母たる聖母への帰依に近い尊敬に変ってゆく。そこではじめて創物主への畏怖の念と、人間存在への無力感が生じ、ここに一種の宗教的感情に近いものが立ちのぼってくる。こう見てくると黒衣聖母の世界は、一見カトリック的旧約風の世界に似たものであっても、それは情調の一部にすぎず、どちらかといえば錬金術に知力をそそぐファウスト的世界であり、道教にいそしむ修道士の魂の世界でもある。不可思議な混淆した独自の詩界が形づくられているわけである。

この不可視的な万有の実相を示す黒衣聖母の前に跪坐し、冀求する詩人の声は、ときとして意識的説明的である。その呪文にも似た言葉は、縷々として発せられる内なる魂の独白《モノローグ》である。さて、こうした独白を表現する言葉、文字に対する詩人の考え方、方法は、ゴシック建築の空間を構成する意図を持った人のそれである。建築の素材たる石と同じく、言葉は「假りの媒介者」(「賢者の石」)と考えられている。ここでゴシック建築の特色をそれ以前のギリシア構造との対比において「石」の面から述べたヴォルリンガーの説が想起されてくる。即ちギリシア芸術が石により、石と共に石を生かして表現する、言い換えれば、石に接し石を肯定しながら芸術思想表現を達成するのに反し、ゴシック芸術は材料としての石に抗い、石の否定に依って成就される。石の否定とは、即ち高く高くという空間の垂直運動に従わされて、石は本来もつ重量感あるいは物質性というものから逸脱させられる。この石の物質性逸脱とは、いわば石の精神化を意味する。これは見方をかえれば、芸術的に創案された一つの構造意図の下にある表現意志、或いは先行する観念に従わされてゆくわけである。ギリシア芸術にあっては、生命のない石は驚くべき表現的な有機体に変えられ、躍動感を与えられるのに対し、ゴシック芸術において、石は一定の根拠から構成へ向う形式意図のままに用いられ、いわば作者の表現意図に従って精神化されるのである。このゴシック建築の「石」はそのまま「言葉」に置き変えられると思う。

「心性史の金鑛から堀り出された言葉の粗金《あらがね》は、磨くに従つて燦然の光を放つ……言葉を絶體に驅使するには、彼等をその傳統の覊絆から切り放たねばならぬ」(「賢者の石」)。因習的な次元の環から切りとられた言葉は、詩人に新しい息吹きを与えられて生まれかわる。このとき言葉はもはや現世界とは別の支配力を有し、現象界において現前するものを名ざす手段としての実用性や日常性は消え、内在的に潜在している力は喚び起される。

そして文字のもつ象形的な造型的魔力を一つ一つ抽き出して磨いてゆくと、文字は虚無の底から物の象を喚び起す奇しい力を得て生きてくる。「古譚《むかしがたり》」「寛袍《がうん》」「萬法《もの》」「旻天《そら》」——と「形態と音調との錯綜美」とその「黄金均衡《ゴールドウン・アベレイジ》」を求め、漢字のもつ「言葉と文字との結合から來る象形文字獨得の繪畫象徴的餘韻」を出そうと、詩人は文字を前に彫琢し刻苦する。そしてゴシックの林立する柱頭に同一の彫像が並列する様に、「陰影《かげ》のごとく　災殃《まがつび》のごとく　礫《つぶて》のごとく」と言葉はルフランとなって繰り返され、尖塔が無限の高みへ向って一斉に凝集しようとする、運動のリズムのように、「一切有しかく在らしめたまへ　一切有しかく在らざらしめたまへ」と祈禱の文句はいく重にもその響きを交錯させる。生《なま》の感情をそのまま直叙的に抒情詠嘆的に謳いあげることをこの詩人は生来好まず、外界の事象から感応した生の情緒を一たび抑制させ解体させてから、再構成し造型してゆく作詩法はたしかに詩人の初期より見られた。

　こうした造型性は、詩作にあっては当然言葉による表現・技巧の尊重となる。言葉を主とし、現実とは別の次元の乾坤に一つの因果律をもつ小宇宙を構築する方向へ必然的に向う。『黑衣聖母』の諸篇において、詩人はこれを意識的に行なった。これが「ゴスィック・ローマン詩體」である。更に『咒文』に至るとこの詩体は「順當に煉金抒情詩風として展開」されてゆくのである。三つの詩集において詩人はつねに、日常性から解き放った言葉に新しい息吹きによって再び生命をえ、それを用いて独自の世界を築いていった。従って全詩業を通し、詩人は蒼穹に聳え建つゴシック大伽藍のように、一つの大きな独自の詩界を構築し得たといえまいか。

　こう見てくれば『咒文』以後、詩筆を再び執らなかったのは、様々に取沙汰されるような詩泉の涸渇でも挫折でも決してなく、一つの世界の完結を得て最早やそれ以外を余分と感じての詩人の自制が止めさせたものと解されてくる。しかし漢字のもつ「形態と音調」の「黄金均衡《ゴールドウン・アベレイジ》」を企て、文字と音を合せ細部まで彫琢をほどこして構築された中世ゴシック伽藍のような荘厳な神秘的な詩界の、その建築のために用いられた言葉が日本の現代言語であって、「其の不完全な語法上制約に縛られて、複雑の思想と多様の韻律とを鳴りひびかするに先天的の不具である」ところから自らの詩語を創らざるをえず、それに専念し忠実であればあるほど日常語とはかけ離れた古語や雅語への採掘と彫琢につとめる結果となり、そこに建てられた城も世間より遠く孤立したものにならざるを得なかった。ここに耿之介の詩の世界の特色があるとともに、自ら負わざるを得ぬ宿命もあったと思うのである。

〔「牧神」創刊号、一九七五年一月〕

# 雑誌『奢灞都』について

『東邦藝術』は大正十三年八月に創刊され、その年十二月に二号を出して後、翌十四年二月の二巻一号から『奢灞都《サバト》』と改名され、昭和二年三月の四巻一号をもって廃刊となる。即ち『東邦藝術』二巻『奢灞都』十一巻、総巻十三冊。雑誌の巻・号及び発行年月は次の一覧の通りである。

『東邦藝術』

VL.1 No.1　一巻一号　大正十三年八月

VL.1 No.2　一巻二号　大正十三年十二月

『奢灞都』

VL.2 No.1　二巻一号　大正十四年二月

VL.2 No.2　二巻二号　大正十四年四月

VL.2 No.3　二巻三号　大正十四年六月

VL.2 No.4　二巻四号　大正十四年九月

VL.2 No.4 （VL.3 No.1 の誤記） 三巻一号　大正十五年一月
VL.3 No.2　三巻二号　大正十五年二月
VL.3 No.3　三巻三号　大正十五年四月
VL.3 No.4　三巻四号　大正十五年六月
VL.3 No.5　三巻五号　大正十五年七月
VL.3 No.6　三巻六号　大正十五年十一月
VL.4 No.1　四巻一号　昭和二年三月

大正十四年九月の二巻四号（VL.2 No.4）と同じ巻号が十五年一月の巻にも表記されているが、これは三巻一号（VL.3 No.1）の誤りであることを注意されたい。

『東邦藝術』は編輯者が稲並昌幸（城左門）発行者が石川道雄となっているが、この二人に岩佐東一郎、木本秀生、依田昌二、平井功等が集って、本誌創刊の運びとなったものである。城左門の中学の同窓で本誌の執筆者の一人正岡容《まさおかいるる》が詩人平井功の兄であり、この平井功が西條八十の紹介で日夏耿之介を師と仰いでいたこともあって、前記の同人たちが日夏耿之介に監修を依頼することになった。日夏耿之介は大正六年に第一詩集『轉身の頌』を、大正十年に第二詩集『黑衣聖母』を刊行し、第一書房版『定本詩集』を準備中であり、「ゴスィック・ローマン詩體」を確立した高踏派の詩人として既に一家をなしていた。彼の命名に依り「奢灞都」と改題され、新たな執筆者を加えて一つの指針が定められて、個性ある独自の雑誌の方向を辿る。

まず全巻を通し、執筆者は数通りもの名前を用いているので、便宜上、この雑誌で使用されている号及び筆名と本名とを掲げておく。（上段が本名）

內藤喜久夫　（龍膽寺旻、萱雨亭、吐天）
平井功　（J・V・L《ジョン・ヴェラスコ・ロペス》、APACHE、爐邊子、最上純之介）
稲並昌幸　（城左門、L'abbé St. Adrian. S・O・S、813、城昌幸、和尚）
石川道雄　（道遊子、道遊山人）
岩佐東一郎　（茶煙亭主人）
依田昌二　（榎ノ僧正、堀河融）
木本秀生　（亡羊子）
正岡　容　（重華亭）
樋口國登　（日夏耿之介、始皇帝、石上好古、溝五位、夏黄眠、黄眠書癡）
堀口大學　（驪人）
堀口九萬一　（堀口長城）
矢野目源一　（玄々居士、GENITIVS）
岸野知雄　（燕石猷、書癡末徒）
粟屋　（危軒居士、阿古沼充郎）

堀口大學は大正十三年当時パリ滞在中で、『東邦藝術』二号の詩作品は海外よりの寄稿である。翌十三年三月、外交官であった父九萬一《くまいち》と伴に帰国する。それ以前、メキシコ、スイス、スペイン、ブラジル等の外地より送られてくる詩稿が、『水の面に書きて』（大正十年）を始め、『新しき小徑』（大正十一年）『遠き薔薇』（大正十二年）と相次いで日本で刊行されており、訳詩集も『昨日の花』（大正七年）『失はれた寶玉』（大正九年）が出て、『月下の一群』も刊行予定というように、斬新な詩風を持つ詩人として、また当時としては稀有な外国文学の翻訳紹介者として独自の位置を占めていた。「僕は外遊中、日夏氏が世話してくれた僕の自費出版及び其他の詩集や飜譯書だけでも十册はある。日夏氏が僕に關して書いてくれた好意ある批評の文章だけでもその數決して少くはない」（「第三の聲――川路日夏二氏論争の傍に――」『讀賣新聞』昭和四年十二月三日）と堀口大學は述べているが、当時は両詩人の親交篤かった時代であり、この漢文脈の古典派の詩人とフランス文学系のモダニズムの詩人の二人が自ずと中心となって、雑誌を特色あらしめていることは、その内容からも外観からも伺い知れよう。二巻四号の「堀口大學氏、日夏耿之介の兩氏の揮毫に係る詩箋短册頒布」の広告や、或いは二号三号に並んでいる「堀口大學著作一覧表」「黄眠草堂著述本目録」、及び各誌毎に掲げられている両詩人の著作の広告などにもそれはみられる。また両詩人に深い関りのある人々が執筆の筆をとっており、堀口大學の父堀口九萬一（長城）の特色あるフランス詩の漢詩訳グールモン「秋詞」やサマン「風景」が掲載されており、また佐藤春夫の詩作品の寄稿もあるが、これはかれが堀口大學と明治四十三年来、同じ與謝野門下として、また慶応義塾文学部予科の同窓として肝胆相照した友であったからである。一方、フランス文学者吉江《よしえ》喬《たか》松《まつ》は、日夏耿之介の早稲田大学に於ける恩師であり、また石川道雄、燕石猷《えんせきゆう》は黄眠會の中心的存在であった。最終号にあたる四巻一号に堀口大學、日夏耿之介共訳に依る「ヴェルレエン『叡知』」があり、これは二詩人がすぐれた能力を共同させた興味ある仕事であって、以後引続いて掲載予定と編輯後記にあるが、この第二章第一歌だけで終ってしまった。これはのちに日夏耿之介訳詩集「巴里幻想集」（昭和二十六年、限定本倶楽部）に収められている。

雑誌の印象、雰囲気を作るのに表紙の題字、絵及びカットの力は大きいわけであるが、二巻四号以下、表紙の題字は堀口九萬一の揮毫になる。また挿画やカットはその都度矢野目源一が中世の古い版画類を探して載せていたようであるが、中の扉頁の西洋木版は、二巻三号より菊池武嗣が制作し中世の古雅な趣を雑誌に添えている。三巻一号、二号のサバト妖怪魔宴の如きカットは谷中安規《たになかやすのり》に依る。かれはのちに再び日夏耿之介の関係する雑誌『半仙戯』（昭和二年）の扉に、自彫自摺の版画を制作することとなる。

雑誌名「奢灞都」はヘブライ語のSchabat（安息）に由来するSabbato（サバト）であり、その中世よりの意味は矢野目源一の「惡魔饗宴考」（二巻一号）に依って明かであるが、これを雑誌の題名に付した所以は城左門の次の一文に覘えよう。

「古書に傳ふさばととは魔宴の意にして諸々の惡鬼羅刹魑魅魍魎の類爭ひて集會し歡を盡すを云ふと我等今此處に徒黨なして彼等妖怪共の向ふを張るには非ねど素より百鬼夜行の異形さに劣らざれば各自が魔力を弄し以て諸人を迷妄の境に東道かんとす我等が企圖將して能く初志を貫徹し得るや否や乞ふ此を次號に就いて見られよ爾云」

ここには魔力即ち異色の才能を有する詩人・作家の集りを魔宴に喩え、この集会より生れる特異な作品に対する自信と気構えが示されていることが感得されよう。日夏のいう「輓近派魔宴の道士」「末法書癡魔宴同人」たちは、ときとして酒宴に集い、微醺を帯び、「すなはち魔宴談や武勇談を放語しながら青春そのものの如く潑剌とし」ていたようである（『殘夜焚艸錄』）。創刊号の扉に「或は箒木或は火ばさみに跨り、そしてマリバスは揚鍋の柄に乗つて出ていつた」というベルトランの一句が、エピグラフとして掲げられてあるが、これは上田敏訳「サバト門出」の最終行であり、全巻に亘ってこの敏の雰囲気が漂っているようである。即ちこのサバトは魔王サタンを中心にした「あらゆる樂欲を恣にする暗闇の亂舞」の集いではなく、ベルトランの「煉金道士」の如く、ライムンド・ルルリの秘法書を繙き、玄秘学《オカルト》や妖魔術《デモノロギイ》、巫玄術《ウイッチクラフト》の古冊をひもといて空想の翼に乗りケルトの幻想の摩訶不思議なる中天に飛び、中世紀の迷信とロマン趣味の境界に遊ぶ同士たちの集いだったともいえよう。

雑誌は月刊となっているが発行は隔月であり、「埋れた文學號、怪異譚號、綠林錦帆號、魔法煉金號」の随時特別号の発行予定があることが編輯後記に見えるが実現しなかった。この他同人の大きな企画としては五十三冊に及ぶ「奢灞都南柯叢書」があり、その第一期刊行目録が、二巻三号より日夏の筆になる緝綴の辞と共に揚げられている（本書巻末に掲載）。東西各国に及ぶゴシック浪曼文学を一堂に集めた如き観のある叢書一覧の折り込みは、これだけでも瞠目に価するが、そのうち数冊しか単行されず終ったことは惜しまれる。二巻三号の広告には堀口大學訳フランシス・ジャム『ルウルド靈驗由來』が該叢書第一編となっているが単行されず、J・V・L訳スティブンスン『其の夜の宿』日夏耿之介『烏有先生傳』も広告のみで実現しなかった。刊行されたものは二冊で、一つは石川道雄訳アマデウス・ホフマン『黄金寶壺』（南宋書院、昭和二年三月）と、もう一つは龍膽寺旻《りゅうたんじあきら》訳エドガア・アラン・ポオ『タル博士とフェザア教授の治療法』（南宋書院、昭和二年九月）であった。発行所南宋書院の倒社が実現をみなかった主な原因であったという。掲げられている項目のうち、日夏耿之介に於いてその後の成行を見てみると、かれに於いてはその大部が何等かの形で後に刊行されているのを知る。即ち「三、徳川恠異談說考」は「徳川恠異談の系譜」（昭和二十六年『日本文学講座　近世の文学』河出書房）となり、「九、エドガア・アラン・ポウ全傳」は『英吉利浪曼象徵詩風　上卷』（昭和十五年、白水社）に、「十七、椿說まぐだら聖尼まりあ繪詞」及び「四十一、東西本生譚考異」のうち「羅馬人事蹟」は『サバト恠異帖』（昭和二十三年、早川書房）に、「廿六、頹唐詩集」は『唐山感情集』（昭和三十四年、彌生書房）に、「四十三、エドガア・アラン・ポオ全詩集」は『ポオ秀詞』（昭和二十二年、洸心書林）を経て、『ポオ詩集』（昭和二十五年、創元社）に、「五十三、鬱悒の解剖考證」は「美しき鬱悒——キイツがオードの研究」

となり、大著『美の司祭』(昭和十四年、三省堂)に結実を見るといった具合である。昔の思い出を書いた文中に最初の雑誌『聖盃』『假面』時代のものはあるのに『奢灞都』時代のものは見当らないが、こうしたその後の著作への進展のあり方をみてみると、日夏にとって研究評論の主な仕事の発芽をそこに見る思いがあり、ある意味でこの雑誌時代は重要な一つの時代であったといえよう。

更に「奢灞都頽唐詩叢書」も企画され、その序を夏黄眠日夏耿之介が書き、その第一として、J・V・L(平井功)の詩集『驕子綺唱』が堀口大學の序を附して出される予定であったが果さず、第二の城左門詩集『槿花戯書《はちすざれがき》』の方は三笠書房より、日夏耿之介の序を附して出版の予定とあるが、これは昭和九年に序をとって出された。叢書の実現はこの一冊のみである。「月番二人」という編輯者の後記などに於いて同人の交友の親しいあり方が伺え、また「二十餘とせの昔、都の片ほとり椽林の奥がなるシャトオの一部屋に、時ありてサバトの集ひ秘密に、うたげ酒ほがひありていと樂しかりき」(『サバト佐異帖』「引」)と日夏が書いているように、一つの文学雰囲気の中に同人たちが楽しく浸っている如き外観はあっても、様々な強い個性の統一というものは長い年月には難しく、三年で解散となる。「カツテ襍誌『奢灞都』ニ都シタリキ。サレド、市民漸ク各情念志向ヲ異ニスルニ至ルヤ、乍チ茅舍ヲ解クガゴトクニ散ジヌ。サラニ、愆ツテ雑誌『汎天苑』ニ據タリキ」と「游牧記緣起」にあるように翌三年第一書房より『汎天苑《パンテオン》』が創刊されるが、この雑誌でもまだ日夏、堀口両詩人がその中心であった。

(『「奢灞都」復刻版』解説、一九七六年四月)

# 『サバト恠異帖』について

## 一

『サバト恠異帖』は、昭和二十三年十二月三十日早川書房より「サバト大草紙巻之一」として刊行された。本書はこの単行本を中心に、同系列に属する作品を増補し、校訂・編纂して一巻としたものである。構成は二部より成る。第一部は早川版単行本の全作品に、「焚書史話」及び「獄中文學考」の二編を足した。第二部は全篇今回あらたに加えたものである。前半に書物の蒐集・読書・翻訳に関する随想を集め、後半には全集及び個人単行詩集に付した序文等を収録し、最後に刊行予定の「奢灞都南柯叢書」一覧を付けた。執筆年代は別項の初出一覧で判る通り、大正七年（著者二十八歳　処女詩集『轉身の頌』出版の翌年）から昭和二十九年（六十四歳　自伝小説『竹枝町巷談』執筆の年）迄の三十六年間の歳月に亘る。

　これらの作品は、表題及び第一部の小見出し即ち「古譚」「恠異帖」「今古歌謠」「奢灞都雑炊」「焚書考」が示す通り、中世趣味・怪異趣味を持つ愛書家《ビブリオファイル》である、学匠詩人《スカラ・ポエット》の読書軌跡ともいえようし、そのまま日夏耿之介の詩界を形づくる「ゴスィック・ローマン」世界の精髄を示すものともいえよう。

「椿說嘛煦陀羅、聖尼瑪利亞傳」の初出が掲載された文芸雑誌『奢灞都《サバト》』に、収録作品の発芽が認められる。この雑誌は、創刊号及び二号は『東邦藝術』であったが（のち『奢灞都』と改題）、大正十三年より、昭和二年迄、通算十三巻を数える。雑誌名でもある「サバト」の語源及び中世迄の概念については、矢野目源一が「惡魔饗宴考」（二巻一号）で要領よく書いている。その一節をみると、「中世の古文書に記録されたこの魔宴（Sabbato）の名は、ヘブライ語のSchabat（安息）に由來する。舊約の時代は人も知る如く、土曜日を神聖なる安息日と定めてあつた。中世紀に於ける所謂サバトなる名目の玄怪なる夜の集會亂舞は、基督教に反抗するものが密に會合して鬱憤をはらすために行つたことに濫觴するもの」とある。監修は日夏、編集はドイツ文学者の石川道雄、主な同人は堀口大學、西條八十、平井功、城左門、岩佐東一郎、矢野目源一、岸野知雄等である。斬新で啓蒙的なフランス、イタリア、イギリス及びアイルランド文学の紹介・翻訳及び作品発表の場であった。本書巻頭の「サバト恠異帖引」にある記述「二十餘とせの昔、都の片ほとり橡林の奥がなるシャトオの一部屋に、時ありてサバトの集ひ秘密に、うたげ酒ほがひありていと樂しかりき」は創作ならぬ現実のこの『奢灞都』同人の集いである。「輓近派魔宴の道士」「末法書癡宴同人」たちは、魔力、即ち異色の才能を発揮し、ベルトランの「煉金道士《アルケミスト》」のように、ライムンド・ルルリの秘法書を繙き、玄秘学《オカルト》や妖魔術《デモノロジー》、巫玄術《ウイッチクラフト》の古冊を前に談じ、また「埋れた文學號、怪異譚號、緑林錦帆號、魔法煉金號」等を企画している。後年同人の一人であった城左門が回想して言うように、同人たちは「期せずして自ら神秘、羅曼の世界、魔宴、錬金と云つたやうな好古の文芸を指向し、……芸術の為の芸術、美の探究といふ形で現はれ」（『奢灞都』復刻版解説、昭和五十一年）たのであった。その趣向は「奢灞都南柯叢書」五十三冊の企画に覗える。この一覧は東西各国に及ぶゴシック浪曼文学を一堂に網羅した如き感があり、今日見ても魅力ある企画であるが、石川道雄訳アマデウス・ホフマン『黄金寶壺』（南宋書院、昭和二年三月）と、龍膽寺旻訳エドガア・A・ポオ『タル博士とフェザア教授の治療法』（南宋書院、昭和二年九月）の二冊が刊行されただけであるのは惜しまれる。五十三冊の全巻が現実化していれば、恐らく日本近代文学史は変っていたろう。

## 二

「夫れわが時は、絶對にわれ一個人の限りなき苦惱の涙をやらんがために作るもの也……わが歌は魂疾み肉頽れたる癈人の自棄呻吟にすぎざりき」（「樹下石上」前出誌二巻三号、大正十四年）。詩作について日夏耿之介はやや自嘲《ゼルプスト・イロニイ》的口調でこう書いている。大正六年に第一詩集『轉身の頌』、大正十年に『黒衣聖母』、そして昭和八年に最終詩集『咒文』を出した詩人日夏耿之介は、巷間の実体験を歌う人生詩人ではなく、魂の懊悩、哀情、寂寥感を、孤り神の前に祈りのごとく咏ずる書斎裡の詩人である。幼少から神経が人一倍鋭いうえに病弱であり、「不眠は大森時代二十七八歳頃からの痼疾で、外にも肋間神經痛といふ宿痾と、今一つ業病の喘息」の持病に悩んでいたが、とくに四十二歳から発作性の「心臟急搏症（パクロシスマーレータヒカルジー）」（『耐病秘記』昭和二十三年）で病牀にあったため、必然的に家居を余儀なくされていた。

そうした書斎の詩人にとって、書物は親しい座右の友であり、書籍らとの対話は詩人の思想上の軌跡をつくり、古冊の遍歴は人生経験そのものとなる。深夜あるいは昼下り、詩人は四壁を古冊で囲まれた孤室で読書に耽り、瞑想に浸り美装に見惚れ、「儂《わ》が書籍らは窣窣《そつそつ》と一どきに黝重《くろおも》く微笑する／わが書籍らよ　書册らよ」（「書齋に於ける詩人」）と親しげに呼びかける。『クロイランド僧房年代志』、ペルシャ詩人サアディーの『愛《う》鉢羅《ばら》苑《えん》』、『エラズムス神學書』と「その數量《はか》り知れぬ古册を誦《よ》んだ」英文学者であるが、しかし学智の限界も知っており、肉体の桎梏を脱して自在な霊となって天空を貫きめぐり、悉皆物心のさなかに立ち入ろうとする姿勢を詩界で見せているところは、メフィストフェレスと契約し、全世界の智を得ようとしたファウスト博士の心の傾斜に似通うものがある。また古冊の上に視線を沈潜させ枯坐のうちに独り思念の空間を築いているところ、そして夜の「宮殿」に書斎の「古城」に、書物の「鑛坑」と脳裡の「火屋《ほや》」のうちに、錬金術士のように「聖者の石」を探ろうとし、中世風寺院陣内の「黒衣聖母」に祈ろうとしているところは、ストロベリー・ヒルのゴシック城内で怪異譚の上に思念を凝すH・ウォルポールの俤や、ルールの城で瞑想に耽るデ・ゼッサントの姿が重ってくる。この日夏詩の特色をなす詩風「ゴスィック・ローマン詩體」の背景を自ら語るのが、本書に収められた数々の作品であるといえよう。

「楚因文學考」で、イギリス十八世紀後半に栄えた怪異小説を論じ、その端を開いたのはウォルポールであり、その『オトラント城綺譚』はゴシック・ロマンスの先駆であるとして、更にこのカテゴリイに入る作家たちラドクリフやモンク・ルイス、マチューリン、ベックフォードそしてメアリー・シェリーの『フランケンシュタイン』と掲げ、ゴシック小説の魅力をいち早く説く一方、「怪異譚は本邦の方が旬に早く、既に文會堂の『玉櫛笥』や『玉箒木』、羅山子の『怪談全書』を十七世紀末に出し……」というように「東西比照」をしてその特色を際立たせている。これに漢籍の知識も引き該博な知識によって傍証しながら、私見を披瀝しているところ驚くべきものがある。この作品は「古代語獄文學」からボエティウス、マルコ・ポーロ、セルバンテス、ワイルド等、鉄窓より詩文を創した作家たちを選んで論じた「獄中文學考」に続くものであるが、更に「徳川恠異談の系譜」(『日本文学講座　近世の文学』昭和二十六年)にも展開してゆき結実するものであって、壮大な比較文学論になっていくのである。

三

ロンドン塔に幽閉されたサー・ウォルター・ローリーの異色ある『世界史』、レディング獄裡に呻吟したワイルドの魂のすぐれた記録『深淵より《デ・プロフンディズ》』は知られているが、日夏の扱う十七世紀王党派の詩人リチャード・ラヴレスの『リュカスタ』や十八世紀の小詩人ウィリアム・ドッドの詩「獄舎のおもい」などは、普通英文学史では扱われていない。ちなみに英文学辞典をひいてみると、ドッド（一七二九—七七）は一七七七年に昔の教え子チェスターフィールド卿の偽名を使って四二〇〇ポンドの証書を偽造して処刑されたこと、『シェイクスピアの美』（一七五二年）という詞華集を出したことしか書かれていない。推定するに日夏はウォルポール書簡を広く読んでいくうちに、絞罪となった牧師で小詩人のドッドを見出したようである（一七七四年一月二十九日付書簡）。またジョンソン博士の『詩人伝』にも拠っているが、このマイナー・ポエットの絞罪事件を、じつに詳細に調べて描いている。こうした一連の牢獄文学に「或る系統及び品類の過程とその價値」を見出し、正面より取扱ったものは本国でも少い。日夏はこの点から文化史や文学史を観察し、「あの冷静で高慢ちきな實證的で勘定だかいアングロサクソンの感情史を眺めようとしたのが私の原來の目的であつた」ようである。これはいわば裏面史から英文学の特色を考察する、異色ある観点になっているところ、「焚書史」についてもいえることである。

獄中文学史が、断罪され生の限界状況に於かれて苦悩する人間の魂の歴史とすれば、焚書史は、書物が蒙った圧迫と迫害の歴史である。前者の記事が「東京朝日新聞」紙上に大正十一年五月二十六日から六月一日迄連載されていた同じ時期の大正十一年五月に、平行して十六世紀焚書考は執筆されており、十七世紀は五年後の昭和二年に書かれたものである。王政復古以後はいつか閑を盗んで筆を継ぎたいとあるが書かれなかった。だがストイック的清教徒の禁令とジェイムズ一世の暴政にあった十六、七世紀が、宗教・政治から書物に加えられた統制の最も厳しい時代であったので、焦点をしぼったものとも見られよう。

「由來東西焚書史の二大標目と感ぜられてゐるものは秦火と亞府圖書館炎上とである」と「焚書史話」は始まるが、これに注釈を加えれば、前者は秦の始皇帝が即位三十四年（紀元前二百十三年）に、民間に蔵する医学・卜筮・種樹に関する以外の書を集めて焼き捨て、翌年四百六十余名の儒生を坑に埋め殺したいわゆる「焚書坑儒」のことである。後者は七世紀アレクサンドリアでの図書館炎上である。ここから筆はローマ、ギリシア、フランスに及び、イギリスへと続いていく。一八〇六年パリ版焚書史の権威『官禁焚書主要書史詳彙』に基づいて、焚書事件の主なものに触れており、ここで焚書の種類を三つに分類しているのは興味深い。第一宗教、第二道徳、第三政治で、イギリスの十六、七世紀は、まさにこの三点が幾重にも学問を縄縛し、書物を圧迫していた時代といえよう。

マーローを初めとし、ジョン・デヴィス、マーストン、カトウォード、ジョセフ・ホール等の諷刺詩集、警句詩集などが「一からげにして燔き殺された」。下手人は大僧正フィットギフトである。一五九九年のことであった」。この書物を擬人化した描写からは、火を放たれた書物の苦悩に対する日夏の同情が伝わってくる。教会や政府の権威の圧制を詩歌の言葉に包んで非難する諷刺詩集は禁止焼却され、今後の開板を許可せぬという布令が出たことや、たった二篇の詩（「王の鏡」と「バラムの驢馬」）を書いたために絞刑され、四肢切断にあったジョン・ウィリアムズの事件等を読むと、逆にこの時代には、いかに言葉や言葉を収録している書物が重要なものと見なされていたか、いかに詩人や文学者たちが命を賭して書物を書いていたかが窺えてくるのである。

十六世紀からウィッチクラフトやデモノロジーに関する書物が数多く刊行されてくるが、その代表はレジナルド・スコットの『魔術の発見』（日夏は『巫蠱道發見記』と訳している）である。しかし王位に即いたジェイムズ一世は自ら『悪魔論《デモノロジー》』を著しているにもかかわらず、スコットの書を集めすべて焚書にしたと言われている。しかしスコット焚書事件を裏書きするイギリスの文献はなく、日夏はオランダ神学者ヴォーレットまで調査の手をのばしているようである。

「これを案出する者は、僧侶の特権をも充さざる重罪として死刑に処す」という律令を当時出された「巫蠱道」。すなわちウィッチクラフト、及びデモノロジー、オカルティズムに対して、日夏は関心を示しているのであるが、この分野もまた正道といわれる英文学史からはずれた外伝をなすものであり、立入って行けばイギリス民族の本質へと浸透して行く裏道の一つがここにある。本書の「恠異帖」の項がこれにあたろう。怪異談説は浪曼作家たちの興味の中心にあったとして、コールリッジ、サウジー、バイロン、シェリー、キーツらの作品を傍証しての記述は、該博な知識をもつ英文学者の独壇場である。しかし、キーツの作品蛇妖「レイミア」を、秋成の『蛇性の淫』と比べるまではごく普通の成り行きであろうが、更に深くキーツの種本バートンの『鬱悒剖見録《アナトミイ・オブ・メランコリイ》』にさかのぼり、フィロストラタスの『アポロニアス伝』にある吸血鬼に似た淫妖、蛇体レイミアを説き、そこから夜の魔物でアダムの初めの妻リリスに及び、夢魔《サッキュバス》まで筆が及ぶ広汎な目配りはさすがである。この「恠異ぶくろ」には、デモノロジーの他「錬金家」エドワード・ケリーと「占星魔法博士」ジョン・ディがとりあげられており、「水晶凝視（クリスタル・ゲイヅィング）」や錬金術の鉛を黄金に転ずる原料「エリキシイル・キタエ」、また「鏡の魔法（ミラア・マジック）」などについて触れているところ等、興味深い記述が多くある。イギリスの批評家サイモンズがイタリア文芸復興期の大特色とも言うべき典型的所産は、「芸術家と刺客」だと言ったことを挙げており、イタリアの詩人ベンヴェヌート・チェリーニの殺人を重ねた数奇に満ちたエピソードを数々描いているし、続いてイギリスのサヴェジや、ワイルドが『ペンとペンシルと毒薬』で描いた殺人美学の遂行者トマス・ウェンライト卿のことや、フランスの詩人フランソワ・ヴィヨンなどの名を挙げているが、日夏には「殺人傷害の芸術家系譜」を辿ってみたい意向もあったのではないかと思われる。文学の裏面背景、いわば表面には出ていない暗黒のネガの部分から照射を当てることで、真実に迫ろうとする興味深い究明態度が見えてくるのである。

「吸血鬼譚」もそうした著者の射程にある分野であろう。この一文を執筆するに際し、スコファンの『科学民俗学雑記』、ホルストの『吸血鬼臆説』、ステイッドの『怪談実話』、アンドリュー・ラングの『夢と妖怪』等を参照して筆を進めている。特にモンタギュウ・サマーズの二書（The Vampire in Europe 及び The Vampire: His Kith and Kin）に拠る処が多いようだ。日夏はこの書を訳出する意向があったが病のため筆が続かず、後年、中村真一、太田七郎、小山田三郎等黄眠會の人々の補助に依り、『吸血妖魅考』（昭和六年）として刊行された。吸血鬼及び巫妖道等への興味は「コノ種ノ古傳俗風ノアトヲ、藝術起源論ノ畑ヨリ出テ些カ研究シ來レルガ」とその書の序文（昭和六年九月四日）に書いている。単なる趣味及び興味からの他に、著者にはここからの芸術起源の解明の意図もあったことが知れるのである。

## 四

ジョン・キーツのオード創作心理過程を究明し、漢詩の賦との比較に於てそれをまとめた『美の司祭』で早稲田大学より文学博士号を得、ポオの訳詩『ポオ秀詞』を刊行し、ワイルド全詩集や『院曲撒羅米《サロメ》』を訳出し、『英吉利浪曼象徴詩風』二巻にブレイク、ロセッティ、シェリー、トムソン等に関する論考をまとめている英文学者日夏耿之介の学部の卒業論文は、イタリアの詩人ガブリエレ・ダヌンチオであった。同じイタリア文学の高峰たるダンテの『神曲』の一節の翻訳は本書に収録したが、翻訳より覗える趣向はゲルマン的ではなくラテン系のものである。ラテン語の『ゲスタ・ロマノールム』訳出には英訳本の Gesta Romanorum, Translated from the Latin by Charles Swans を参照していたことは、書庫に現存する書物より推定される。この翻訳については、「『羅馬人事績』を数篇雅譯したのも、その頃の趣味〔イソップやアラビアンナイトの試訳〕の殘光だつたかも知れない。尤《もつと》もあれには、上田敏さんの譯文に傾到した餘響も尠《すく》なからずあつた」（「原本譯本くさぐさ」）とあって、更に明治の翻訳家は韻文なら上田敏、散文なら鷗外、二葉亭（「讀書夜話」）としており、敏の『みをつくし』からダヌンチオ研究へと啓蒙を受けたことが判る。本書に三篇掲げたルイ・ベルトランの訳調にも敏の響きは覗えるのであるが、その選択は、ヴェルレーヌ、ボードレール、ヴィヨンそしてシュオップと『巴里幻想集』に収録される一連のフランス詩とともに、『奢灞都』（一巻四号）で「ヴェルレエン『叡知』」の共訳の筆を執った堀口大學の示唆に依るところが大きいようである。詩作品の翻訳について述べている箇所に（「譯稾襍言」等）鋭い諷刺をこめた名言が散見できる。「乾からびたパン屑を紙上に墓地のやうに立て並べたもの」とか「素人くさい堅固しいコンクリ譯」等。そして讀書について語って次のような言葉「熱意のない讀書は視官の自慰である。興味のない讀書は知識の亂淫である。その結果は近視眼ともなり、癡呆ともなる」（「漫讀臥讀嗜讀」）など、ワイルドを思わせる機智《ウイツト》に富んだアフォリズムや諷刺《サタイア》のきいた表現が小気味よいが、とくに当時の社会環境に批判が向けられたときの巧みな用語は味読に価する。

「呪法や巫妖や煉金や占星物もざつと二三百册集めてみたが、……私は又日本の恠談本も相當集めてみた。これは、一通り徳川怪異談說考の概論をまとめようと考へてゐたとき病氣になり、且同趣味の友人にも死なれて、ついそのままになつてしまつた」（「蒐書恠書散書」）。友人というのは近代文学の大家で、支那及び日本文学に於ける怪異談の書物に詳しかった早稲田大学の同僚山口剛《たけし》である。一方、早稲田での教え子でゴシック・ロマンスの卒論を指導した太田七郎（太田梅花郎）とも、競って丸善を通し海外発注でこの方面の本を蒐書しており、また三省堂にいた門下の燕石猷《えんせきゆう》（岸野知雄）に頼んでアイルランド関係の本も蒐集していた。洋書をはじめて購入したのは明治三十七、八年（十五歳）、丸善でイソップ物語を入手した時（「原本譯本くさぐさ」）とあり、長年の洋書蒐集歴を持つ。現存する洋書の総数は一六七八冊、和書及び漢籍はその倍に及ぶが、整理半ばで現在飯田市愛宕稲荷神社社畔の黄眠草堂書庫に生前のままの姿で保存されている。

　掲げられている「黄眠草堂」の扁額は秋艸道人会津八一の染毫に依るものであるが、夏目漱石の友人であった白雲菅虎雄《すがとらお》の筆に成るものも阿佐ヶ谷の聴雪廬にはあった。書画骨董を愛重し印学・篆刻にも詳しい日夏の蔵書には、「美しき書籍の話」にあるように、限定豪華本、稀覯本、特製本も多く、モリスのケルムスコットプレス版の白カーブ皮革に黒赤二色木版刷の洗練された『キーツ詩集』本や『ロセッティ詩集』本（これらは神田一誠堂で入手されたと聞く）、ロドカー本の草色刷表紙のフル・パーチメント本の美装などは、実際に日夏より示された時の驚きと共に今日でも鮮かに甦ってくる。蔵書のなかには貴重な外国の同人文芸雑誌もあるが、特にイギリスのジョン・M・マリーやトムソンの『リズム』誌は、その体裁・印刷美・内容量を手本にして、最初の同人誌『聖盃《せいはい》』が生まれたのであり、石井柏亭描く表紙の騎士と姫君は中世風の古雅な雰囲気を漂わせている。「深祕《しんぴ》なる薔薇光《さうびくわう》を心にかかげる聖盃騎士の欣求《ごんぐ》を詩道に行はむ」（矢野目源一『聖瑪利亞の騎士』への推薦文）とする詩人たちの趣向をこの表紙の絵は象徴的によく示している。しかし三号より大森時代に親密な交友があり、フランス画壇でレジョン・ドヌール勲章を得て活躍した生涯の友長谷川潔画伯の挿画に代る。

　蒐書をなし万巻の蔵書を擁する日夏耿之介は、また蔵本のみならず造本の上にも自らの趣向を反映させ美本を創っていることを付け加えておきたい。処女詩集『轉身の頌』の装幀装画（七枚）はこの長谷川潔画伯、皮製特装本二部は四六倍版の桝形本、日本製木炭紙に四号活字で詩句を悠然と配してあり、表紙（普及版は濃紺布地）には金箔で日夏のミューズである三日月の唐草の中に長谷川潔の手になる裸身の女神が描かれている。三巻本定本詩集『轉身の頌』『黑衣聖母』『黃眠帖』は、より大型の白と革背の美しい組合せの豪華本で、各々の表紙に長谷川潔画伯のカット（天使と日時計、羅牌《ローズ・デ・ヴァン》、生誕のゾディアックである「双魚」）が三つそれぞれに付され、中世風で神秘で古雅な情調を漂わせているが、それらが漢籍の帙《ちつ》に入り草色紐で結ぶという凝りようである。最終詩集『咒文』では表紙にケルムスコット版のような羊皮紙の感じを出すため特別な樹脂を塗り、本文用紙には「夏黃眠」の文字を透かした別漉きをし、詩文活字の最初の文字は、正倉院の御物から模写したものを用いたというように神経のゆき届いた古雅な装幀である。内容・外装ともに黄金均衡《ゴールドウン・アヴエレイジ》の調和美を響かせた詩集である（発行人は小山田三郎）。書物を語るにふさわしい詩人の創作本といえよう。

〔『サバト恠異帖』解説、一九八七年三月〕

# 『吸血妖魅考』について

これはイギリスの学者モンタギュー・サマーズの『ヨーロッパに於ける吸血鬼』と『吸血鬼――その同族と血縁』（Montague Summers; The Vampire in Europe, The Vampire; His kith and Kin）二巻本の完全翻訳版ではなく、『吸血妖魅考』という、吸血鬼総論に仕立てられた一巻本（初版は武俠社昭和六年、復刻版は牧神社昭和五十一年）の伏せ字を起こし、誤字を修正し、挿入写真を併わせ採用し、編纂したものである。そこに日夏耿之介先生の随筆作品『吸血鬼譚』を併合させて、これ迄にない一冊にしたのが本書である。後者を収録したのは、なぜ日夏耿之介先生が「吸血鬼」に興味を持ったのか、という学問研究を行なう上での動機と必然と方法とが、自ずと解る作品だからである。

十余年前のこと、旧ユーゴスラヴィアの都ベオグラードで、女流文学者と「吸血鬼」伝説のことを話し合った事がある。『吸血妖魅考』が、このとき脳裏を横切った。満月の夜、狼男が吸血鬼になるのだ――ユーゴスラヴィアでは、今でも人々はこの伝説を信じている。帰国してすぐこの本を開けたが、サマーズは、吸血鬼はスラヴ圏が発祥の地であり、「ヴァンパイアーはハンガリーのマヂアル人の言葉から生れた」とあり、「ヴァンパイアー」の合成語の前半は、「狼」という意味であると言っているが、「狼男」のことにはあまり触れていない。かえって日夏先生の随筆『吸血鬼譚』のなかに、「生きて狼人（werewolf）たりしものは死して吸血鬼たるべし」と暗記していた文言があり、狼男についての言及もあって、さすがと納得し、安堵したことを覚えている。

本来、先生には超自然のものに対する嗜好があった。この翻訳を手伝い、既に鬼籍に入られた門弟の一人中村真一氏は、ホフマンの専門家であり、ドイツの超自然的怪奇文学に興味を持たれていたし、また同じく翻訳を手伝った太田七郎氏にしてからが、イギリスのデモノロジーの専門家で、私が日夏先生宅を伺い始めた頃に丁度鬼籍に入られた。その遺品の書物が阿佐ヶ谷の日夏先生宅に堆く積まれてあり、やはり本書の翻訳に協力した小山田三郎氏に勧められるまま、学生の私は無けなしの財布をはたいて、ロッセル・H・ロビンズの『妖術と悪魔学《デモノロジー》大全』（一九五〇年）と、コールマン・パーソンズの『スコットの小説に於ける妖術と悪魔学』（一九六四年）等の他、数冊を購入した記憶がある。ゆくりなくも太田七郎氏のデモノロジーの後塵を拝することになった訳だが、私の専攻は本来「妖精学」である。しかしその元を正せば、妖精も妖怪（含吸血鬼）も、妖魅で魔法・占術を使う超自然の存在である点では、デモノロジー研究の分野かも知れない。

アイルランド民族の「妖精」を収集し、分類し、まとめているW・B・イエイツが、お前の性に合うから研究するようにと、頻りに日夏先生に勧められたことが、いまにして思えば当然だったのかと頷けてくる。しかし同じ門弟の大先輩だったイエイツ御専門の尾島庄太郎先生を、浅学菲才の私は無視できなかったので、勧めを肯定せずじまいだった。しかし現今、自然とそちらに、私の研究の矛先が向かっていくのは、何か不思議である。

「月今宵　黒主の歌　玄《くろ》からめ」。これは、日夏先生のこの頃（昭和三十年代）の好みのお作、と覚えており、「草子洗小《そうしあらいこ》町《まち》」の大友黒主《おおとものくろぬし》が主題の俳諧だが、何かとあやしく不思議で未知なるものがお好きだった。「黒主を

『ファウスト』の人物にして、黒ビロード姿でドロン！と姿を消す所がやりたいね——現実の次元の映像を、自在に超えられるのは、映画だけなのだよ」ともおっしゃったことが忘れられない。この時ご自身を、錬金術師に譬えていられたようだ。映画で吸血鬼と言えば、「ドラキュラ」公爵であり、燕尾服に蝶ネクタイ、鋭い歯をミナ・ハーカーやルーシー・ウェンスレラ等の女性の喉に当てている奇怪で、そのくせ孤独で高貴な姿が、現代の人々のなかに映像として広く伝わっている。アイルランドのブラム・ストーカー（ワイルドの恋人と結婚）の小説『ドラキュラ』（一八九七年）を、映画化したものである。現代では吸われた血の行方を追い、何代か後の遺伝の問題が主題となった、いわば吸血鬼子孫代々の映画が作られている。しかし、吸血鬼パロディになりかねない。「血は魂の住家」であり、「霊魂は血を味わう者の体内に入る」と、エストニア人は信じているという。血の行方が、問題なのである。

　血液、神秘、怪奇、悪魔、性愛、妖術——吸血鬼研究を始めるとき、日夏先生は当初、題名を「女人妖魅考」として、女妖のみに限ろうとし、「男の血を吸う女性」を考えられていたようである。男性の生き血を吸う女性——いわば世紀末の「ファム・ファタール」で、先生の好まれたワイルドの「サロメ」や「スフィンクス」等と同系列である。世紀末の象徴、「人（男性）の運命を狂わせる女」と一緒に考えられていたらしい。「妖婦ヴァンプと紙一重」とする十八世紀のジョンソンの説も知っていたろうし、レ・ファニュの書いた女吸血鬼『カーミラ』（一八七二年）は、すでに読まれていたろうか。しかしサマーズは、僧侶や尼僧が死後に吸血鬼となり、夜、墓を抜けて出る例を多く挙げている。またブラム・ストーカーの小説は無論知っていたから、男性像も多いことが分かり、日夏先生は題目を『吸血妖魅考』に代え、幅広く両性を扱うことにしたようだ。「聖人の丁度逆が悪魔」と分かってのことかも知れない。吸血鬼に男・女両性の存在を認めたのである。

「吸血鬼譚」として巫妖道研究の緒に就かれたのは、「コノ種ノ古傳俗風ノアトヲ、藝術起源論ノ畑ヨリ出テ些カ研究シ來レルガ」と本書の序に書かれているように、単なる趣味や興味からだけではなく、芸術起源を解明する意図があったようである。この一文の執筆に際してはスコファンの『科学民俗学雑記』、ホルストの『吸血鬼臆説』、スティッドの『怪談実話』、アンドリュー・ラングの『夢と妖怪』、シニストラの『悪魔』等を読まれていた。そのうえで特にサマーズを総括的に見ているとして重んじられたのである。サマーズが記録しているのは、発祥の地のスラヴ民族から、バビロニア、アッシリア、チェコスロバキア、イギリス、アイルランド（フランス、イタリア、ドイツ）、ラテン諸国、古代（現代）ギリシア・ローマ、ルーマニア、ブルカリアの各国に及び、広範な事例が、時代と共に書かれ説かれている。例えばイギリスでは、西暦一〇九六年にすでに「死人墓ヲ出デ彷徨スルト謂ウ奇聞ノコト」という『英国古史』（一〇九六年）の記録から始まり、一八七四年の「プロヴァンス・ジャーナル」記載の現代の記事で終わっている。これらの吸血鬼は、もちろんのこと、否定される存在であった。しかしサマーズの「文字に現れたる吸血鬼」の章を見てみると、英語圏で、吸血鬼がいかに多くの作品に書かれていたかが分かる。十八世紀の啓蒙主義的理性に吸血鬼は否定され、ヴォルテールやドン・カルメ、教皇ベネディクトゥス十四世が論争し、吸血鬼信仰をあばき、退治したことは有名な出来事である。しかし吸血鬼は十九世紀末文学芸術のロマンティックな、そしてゴシック趣向の環境と空気の中で、再び息を吹き返してきたのである。

フランスのメリメは一八二七年に偽名で『グスラ』を著わし、デュマも吸血鬼の戯曲（一八五一年）を書いているし、ボードレールやユイスマンス、それにドイツのヴィーラントやゲーテも吸血鬼に関わる作品を書いている。一八一六年夏、メアリー・シェリーの『フランケンシュタイン』と共に書かれた、吸血鬼の存在を信じていたバイロンの断片作品や、ジョン・ポリドリの『吸血鬼』（一八一九年）、トマス・ブレスケットの『吸血鬼ヴァーニー』（一八四七年）、そして舞台上演で評判となったジョン・ドーセットの『吸血鬼』（一八二〇年）からJ・G・レヴィーの『吸血鬼』（一九〇九年）まで、イギリスの文壇・劇場でも「吸血鬼とその花嫁」や「死んだ客人」「血まみれの恐怖」等々、吸血鬼の話や戯曲が人々にもて囃され流行した。そして、先に触れたブラム・ストーカー作の、ルーマニアの城主で高貴なさすらい人「ドラキュラ」伯爵とストリゴイ（島）のゾンビ伝説を混ぜた小説『ドラキュラ』の映画化を受けて固有名詞が一般名詞と化した感のあるドラキュラの俳優、ベラ・ルゴシやクリストファー・リーの映像などなど、辿っていけば切りがなかろう。

日夏耿之介先生は「東洋及び南洋ノ類例ヲ合セ収メ、輓近究古諸學の統制アル有機的一致ノ努力ニ倚ルニアラズンバ」学問ならずと言われる。サマーズの説くギリシア神話の「エンプーサ」やポルトガルの「ブルーカ」、ドイツの「ドルド」やアラビアの「グール」といった西欧の吸血鬼研究に、「陰摩羅鬼《オンモラキ》」やインド原産の「荼枳尼天《だきにてん》」、わが国の「ウブメ」や「鬼子母神」等、東洋の吸血鬼研究をも合わせまとめ、執筆する計画のようだった。東西古潭を十分に統一し、体系化したかったようで、その前段階の理解の一助のためのサマーズ本の翻訳であり、この吸血鬼総合研究が出来上がれば、心霊現象研究や民俗学、性科学や犯罪科学はおろか、大きな比較文化研究、芸術論研究、東西風俗集大成の一巻になったのではなかろうかと思われてならない。主題学としても、さぞ面白い作品になったろうに、と完結しなかったことが惜しまれる。しかし本書『吸血妖魅考』だけでも十分で、まだその頃の日本では、こうした分野に目をつけ、デモノロジー研究を始めた文学者はほとんど存在せず、その後三十年近く経って、澁澤龍彥氏や種村季弘氏などが日夏先生の文献に促され、本格的な悪魔学研究に取り組む事となる。この学問分野における嚆矢の書籍一巻、とでも言うべきだろう。

〔『吸血妖魅考』解説、二〇〇三年九月〕

# 『院曲撒羅米《サロメ》』について

## 一、「黄金のエロス」時代

日夏耿之介の『サロメ』は『院曲撒羅米』（昭和十三年六月十五日、蘭臺山房発行）として単行、初出は『近代劇全集』第四十一巻（昭和三年九月十日、第一書房発行）に収録される。これに手が加えられ上梓されたのが『サロメ』（昭和二十七年五月十日、角川書店、文庫本）である。この文庫本は更に晩年に至る迄、数度に亙って大幅に朱が入れられており、その訳者自訂本を本全集の底本とした。また「詩人ワイルドの戯曲解題二種」（『英吉利浪曼象徴詩風』下巻（昭和十六年二月二十日、白水社発行）収録）の「サロメ」を『サロメ解題』として付した。これは『近代劇全集』第四十一巻に「解題」として書かれたものである、

右の一文は河出書房新社刊行『日夏耿之介全集』第二巻訳詩・翻訳編（昭和五十二年）を著者が編集担当した際に、「凡例」の中に翻訳『サロメ』に関して記したものである。この記述から日夏の『院曲撒羅米』は、第一書房の版（昭和三年）、蘭臺山房の単行本（昭和十三年）、そして角川文庫版（昭和二十七年）、の三種の翻

郵便はがき

料金受取人払

板橋北局
承　　認

1047

差出有効期間
平成28年7月
31日まで
(切手不要)

1 7 4 8 7 9 0

板橋北郵便局
私書箱第32号

国書刊行会 行

| | | | |
|---|---|---|---|
| ご氏名《フリガナ》 | | 年齢 | 歳 |
| | | 性別 | 男・女 |
| ご住所《フリガナ》 | 〒　　TEL. | | |
| e-mailアドレス | | | |
| ご職業 | | ご購読の新聞・雑誌等 | |

❖ 小社からの刊行案内送付を　□希望する　□希望しない

# 愛 読 者 カ ー ド

❖お買い上げの書籍タイトル：

❖お求めの動機
1. 新聞・雑誌等の公告を見て（掲載紙誌名：　　　　　　　　　　）
2. 書評を読んで（掲載紙誌名：　　　　　　　　　　）
3. 書店で実物を見て（書店名：　　　　　　　　　　）
5. 人にすすめられて　5. ダイレクトメールを読んで　6. ホームページを見て
7. ブログやTwitterなどを見て
8. その他（　　　　　　　　　　）

❖興味のある分野に○を付けて下さい（いくつでも可）
1. 文芸　2. ミステリ・ホラー　3. オカルト・占い　4. 芸術・映画
5. 歴史　6. 宗教　7. 語学　8. その他（　　　　　　　　　　）

## ＊通信欄＊

本書についてのご感想（内容・造本等）、小社刊行物についてのご希望、編集部へのご意見、その他。

## ＊購入申込欄＊

書名、冊数を明記の上、このはがきでお申し込み下さい。代金引換便にてお送りいたします。（送料無料）

書名：　　　　　　　　　　冊数：　　　冊

❖最新の刊行案内等は、小社ホームページをご覧ください。ポイントがたまる「オンライン・ブックショップ」もご利用いただけます。http://www.kokusho.co.jp

＊ ご記入いただいた個人情報は、ご注文いただいた書籍の配送、お支払い確認等のご連絡および小社の刊行案内等をお送りするために利用し、その目的以外での利用はいたしません。

訳が生前に刊行され、さらにこの河出書房新社版全集には、未発表の朱入り、自訂本を決定稿とみて採用したので、日夏『サロメ』は四種存在することが判ろう(1)。

このうち、もっとも早い翻訳は『近代劇全集』英吉利《イギリス》篇にワイルド作『ウキンダミーヤ夫人の扇』（谷崎潤一郎訳）、ハウトン作『自由なファンシイ』（小山内薫訳）、ベネット作『一里塚』と、アーヴィン作『船』（灰野庄平訳）と共に収められた『サロメ（一幕）』である。しかし訳筆をとり始めたのはすでに早稲田大学在学時代であったことは、友人たちと発行した同人誌『聖盃《せいはい》』創刊号（大正元年十二月）の「Green Room」欄に、同人が書いた消息の一節に次のような記述があることから窺える。

耿之介は近く死ぬ迄に「爛壊」といふ淡白好きの江戸兒にはむつとする程あくどい初戀の告白を書いて苦しめてやると云つてるが其實まだ三十枚と出來上らない。然し「サロメ」を氣に向く迄譯し上げビヤーズレの插畫を插んで出版するといふ企には信仰者が少しはある様だ。

同人誌を出しているいわば習作時代ともいえるこの二十二歳の大学生時代に、自ら選んで『サロメ』の訳筆をとりはじめ、最終稿は七十八歳のとき、飯田市、愛宕稲荷神社社畔の黄眠草堂の机上で朱を入れていた角川文庫版で、これをビアズリーでない挿絵を使って一冊にしたい意向をもっていた。このことは生前には実現しなかったが、いわば文学者としての最後に、日夏が本にして出したかったのは、このワイルドの『サロメ』だったということが判る。

昭和四十三年七十八歳のとき、随筆が一冊にまとめられ『涓滴《けんてき》』(2)として出版されたが、その出版記念会が飯田市、仙寿樓で開かれ、市立飯田図書館で全著作の展示会も催されて、東京から門下生たち黄眠會の人々も集った。鬼籍に入られる二年前のことである。
この随筆集の編纂を担当された当時の図書館館長の池田寿一が、現館長、今村兼義と共に日夏邸を訪れたときのことを、のちに思い出として『信州日報』（昭和四十八年三月七日）に書いている中に、次のような一節がある。

「サロメのいい挿絵がある。あれを使ってもう一度サロメを出版したいが、君やってくれぬかね、飯田でも出せそうだね」

これは『涓滴』出版の後の上機嫌の時〔日夏先生が〕おっしゃった。「考えさせて下さい」ということで、これは上質の和紙で小部数を印刷しようと用紙や印刷技術のことを調べ、ほぼ見通しがついた。しかし先生はもう健忘症気味であった。

「君に見せたいものがある」。こういうお伝言を三度も貰い、なかなかお伺いできなくてある時お訪ねしたが、奥様に「あれを持っておいで、池田さんに見せるんだ」「なんでしょう、雑誌でしょうか」「いや、あれだよ」「困りますわ、あれじゃ持って来ようがないでしょう」「あれだ、あれだ」先生は繰返される。そのもののイメージはありながら名前がおもい出せないらしい。先生は黙って書庫に入られた。それから手に英書を二冊ほど持参された。「これじゃないんだ」といって手渡された。先生のめざすものは見当らなかったのだ、あのサロメの挿絵にちがいないがとわたしも失望の色をかくしきれなかった。
初版のサロメに使われた挿絵とは別な、もっとよい挿絵とはどんなものなのかついにわたしも拝見できずに終った。

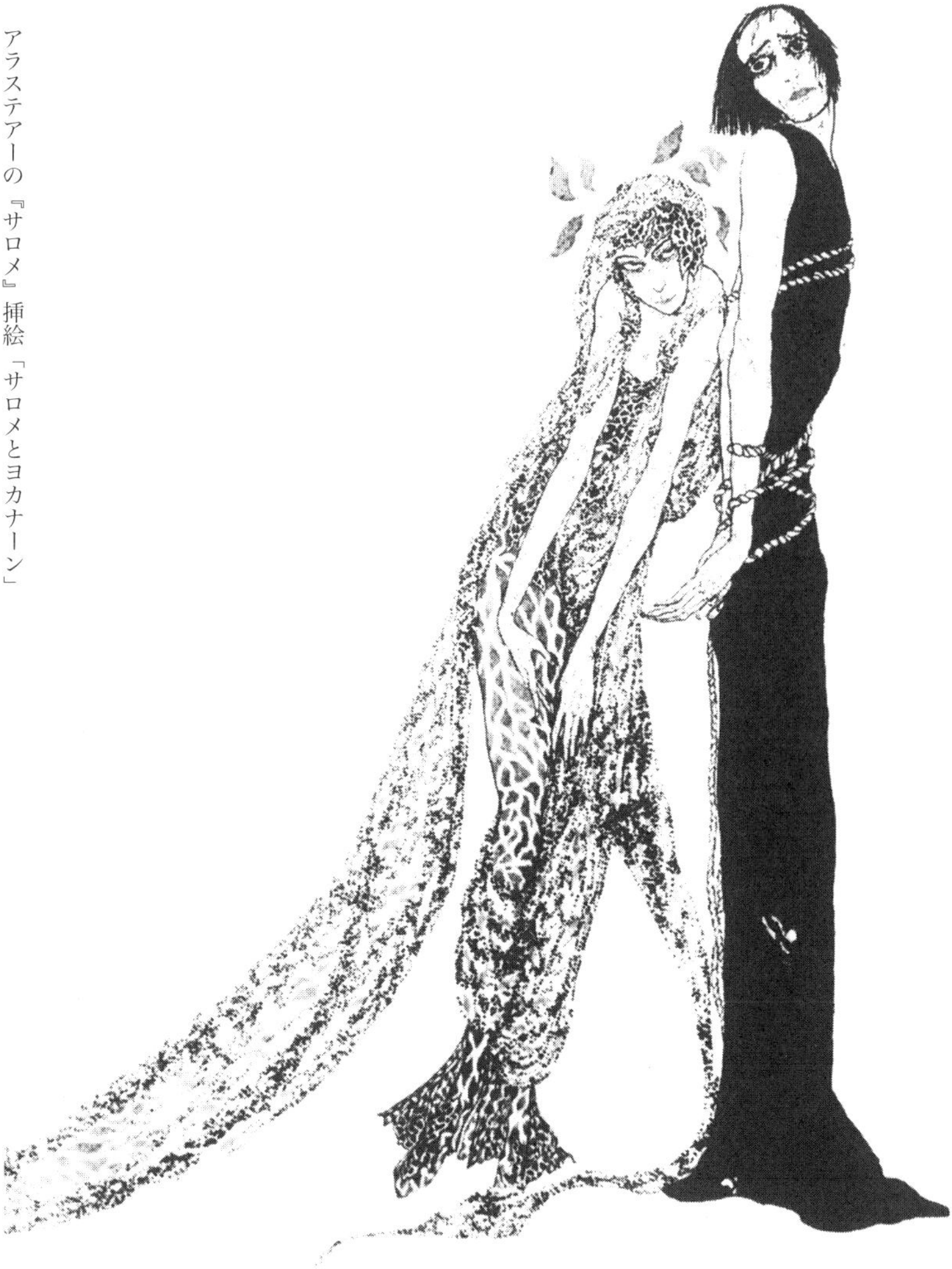

アラステアーの『サロメ』挿絵「サロメとヨカナーン」

実はこのときの朱（赤と青の色鉛筆）のたくさん入った角川文庫本と、「サロメのいい挿絵」と言われている原本、すなわちアラステアーの挿絵入りフランス語版『サロメ』[3]を池田氏が訪問されたあと、著者は運良く日夏邸で見せて頂いている。書庫の棚で発見されていたようで、客間の床の間の上に二冊置いてあった。

この時期（昭和四十五年頃）、日夏夫人より、「三島由紀夫氏からまた『サロメ』を上演したいという、訳本使用の許可願いの手紙を頂いた」ということを聞いている。三島の再度にわたる日夏訳サロメの上演も、再び日夏に舞台台本を頭においた朱筆をとらせるきっかけになっていたかも知れぬが、若い大学時代と最晩年と、いわば日夏文学の世界の始めと終りに『サロメ』が置かれていることに、なにかある意味が感ぜられてくる。三島が幼年時代に初めて買った本が『サロメ』であり、最後に自ら追悼公演に選んだのも『サロメ』であったということがここに合せて思い浮かんでくるので、尚更である。

日夏は『サロメ』の他、ワイルドの全詩を翻訳しており、またサロメに関する解題やワイルドについても書いているので、この作家に向った必然を見るためにも、便宜上それらを年代順に並べてみよう。

大正元年十二月　創作戯曲「美の遍路」（『聖盃』一号）
大正九年一月　「ワイルド詩抄」（詩十五篇『早稲田文學』一七〇号）
大正九年九月　『ワイルド全集』第四巻「詩集」（天佑社）
大正十二年三月　『ワイルド詩集』（新潮社）
昭和三年七月　「ワイルド劇」（第一書房『近代劇全集』十五巻月報）
昭和三年九月　「サロメ」（第一書房『近代劇全集』四十一巻）「解題」（同上）
昭和十一年十一月　『ワイルド詩集』（新潮文庫）

昭和十三年六月　『院曲撒羅米』（蘭臺山房）
昭和十六年二月　「詩人ワイルドの戯曲解題二種」（『サロメ』『ウィンダミア夫人の扇』――『英吉利浪曼象徴詩風』下巻、白水社収録）
昭和二十五年十一月　『ワイルド全詩』（創元社）
昭和二十七年二月　「サロメ劇の位置」（『演劇』二巻二号）
昭和二十七年五月　『サロメ』（角川文庫）
昭和四十二年　「ワイルド詩集」（『世界の名詩集』三笠書房収録）
昭和四十六年　「サロメ劇の位置」（劇団浪曼劇場第七回公演プログラム　角川文庫本の再録）
昭和五十年三月　『院曲撒羅米』（東出版）
昭和五十二年五月　『サロメ』（奢灞都館）

日夏耿之介は、処女詩集『轉身の頌』（大正六年）から『黒衣聖母』（大正十年）を経て『黄眠帖』（昭和二年）、『咒文』（昭和八年）に至る詩集で、「ゴスィック・ローマン詩體」、あるいは「錬金抒情詩風」といわれる独自の詩的小宇宙《ミクロコスモス》を築いた高尚な詩人である。

英文学者としてはジョン・キーツのオードに関する論文『美の司祭』で文学博士を得ており、主として十九世紀の浪曼派や象徴主義、神秘主義に関する多くの評論があり、ブレイクやイエイツ、ロセッティ、シェリー、バイロン、トムソン、ワイルド等に関する細心精緻な味解に基いた論考を『英吉利浪曼象徴詩風』二巻に収めている。

エドガー・アラン・ポオの『大鴉』ほか全詩、ワイルドの『サロメ』や全詩の翻訳をはじめ、その訳筆は漢詩にも及び、李賀や李白、李清照そして十六字令体詩などの翻訳は『唐山感情集』や『零葉集』に、さらに東西古今に亘る詩歌の訳は『海表集』や『東西古今集』『巴里幻想集』に収められている、というように翻訳者としてもすぐれた業績を残している。俳人、歌人として、随筆家として、そしてまた小説、戯曲の作品もあり、文学者としての活動はじつに多角的で、その各方面で独自の成果をみせている。(4)

こうした日夏文学の出発の時期には、ワイルドの文学が大きな影響を及ぼしているのであるが、それは大正、昭和初期という時代に海外からの大きな波を敏感に受けた若い時代に自らを形成していったからであり、またワイルドの作品には日夏の美的感覚に強く訴えるものがあったからであろう。

日夏はのちになってその頃の自分をふり返り、大正十年代における自分の位置を、「鷗外的文藝の系譜」をひくディレッタンティズムの中にあったと言い、同じ系列の文学者として、上田敏、木下杢太郎、永井荷風、北原白秋、芥川龍之介、佐藤春夫の名をあげ「皆悉くアナトオル・フランスの社會主義やダヌンチオの英雄主義や、オスカア・ワイルドの審美的服飾や、李芊仙の瘦死とひとしい、生意志の發展途上の拘束を欲せざる藝術そのもの又はその餘波」を浴びていたと言っている。

大正元年日夏が早稲田大学時代(二十三歳)のときに、西條八十や森口多里、瀬戸義直らと創刊発行した同人誌『聖盃』(大正二年)、『假面』(大正二年〜四年)そして『東邦藝術』(大正十三年〜十四年)や、『奢灞都《サバト》』(大正十四年〜十五年)、『汎天苑《パンテオン》』(昭和三年〜四年)、『游牧記《ゆうぼくき》』(昭和四年)、『戲苑』(昭和七年)、『半仙戲』(昭和八年)等の諸雑誌を通観してみると、この時代の海外の波、それに対する日夏ら当時の若い文学者たちの外国文学の摂取の仕方、解釈の特色などがよく窺えてくる。

「實際生活卽ち思想生活と言ふ様な點に就て、我々はまだまだ歐州の藝術に學ぶべき餘地が充分あると思ふ」と『聖盃』の編集後記に書かれてあるように、創刊と同時に海外文学の評論や紹介、翻訳を多く載せ、日夏耿之介も翻訳や評論の筆を執っている。とくに、ダヌンチオ、イエイツ、ワイルド、ロセッティ、メーテルランク、ホーフマンスタールなど、耽美派の作家たちが多く扱われている。

大正期の外国文学の流行にはさまざまな制約もあり、その摂取のされ方には急なところもあるため、こうした紹介の仕方にもそれぞれの外国作家たちの共通を捉えて、それらを同一の系統としてまとめて見る傾向がある。たとえばダヌンチオとワイルド、ポオやユイスマンス、メーテルランクといった文学者を、その作風や考え方から「耽美派、唯美主義者」といった大きな枠の内に一括してくくっているのである。海外情報の紹介者として、また若い人たちのオピニオン・リーダー格であった人たちも、デカダンスや浪曼主義、象徴主義そして唯美主義、神秘主義といった十九世紀及び世紀末の各流派を一つのルツボに入れて紹介している。

例えば片山弧村《こそん》は「神經質の文學」(5)と題した一文(『帝國文學』)でその特色を、「神經のロマンチック」、「人工的」、「神祕への渴望」とし、ダヌンチオとワイルド、ポオを、この「デカダンス」と「サンボリズム」を代表する作家として同じ派にあつかっているのである。また、安藤勝一郎の「デカダン論」(『帝國文學』九巻五号)(6)はこの種の評論としては明治期で最も早いものであったが、デカダン作家として、トルストイ、イプセン、ニーチェ、メーテルランク、ダヌンチオと、今日見れば意外に思える名前を同じ分類に入れているし、ワイルドは「自己崇拜に陥れる我利我利主義」と呼ばれている。この見方は当時ヨーロッパで流行したユダヤの思想家マックス・ノルダウの『退化論《ディジェネレーション》』を参照したものと推定される。

こうした時代思潮の中に身をひたしていた詩人日夏耿之介が、ワイルドの詩や『サロメ』へと向ったのは前述した同人誌『聖盃』『假面』を発行していた習作時代であるが、はじめに傾倒した文学はイタリアのガブリエレ・ダヌンチオであった。しかしこの若い詩人にとって、ダヌンチオとワイルドとの距離はほとんどなかったものと言えそうである。「官能の理想主義者ガブリエレ・ダヌンチヨに傾倒した十八歳より二十三歳に及ぶ數年間は、青春の血潮の變形である。柔かい、脆い、そこはかとなくおぼろめく情趣から沸き上つた氣輕な思想に狂ひわめいてゐたので、本性の肉體上脆弱に眼を閉ぢ、感覺の悦樂に只々心の觸覺を指し向けてゐた」と詩人自ら述懐しており、他のところでは「僭越にもd'Annunzianとして自ら任じ、日夜手許から一時もその作物を放さなかった十九歳より二十四歳に及ぶ間」と言い、また「ガブリエエレ・ダヌンチヨの夢は、二十歳から二十四、五歳に及ぶ放佚の齢のむしばんだ頁に埋められてゐた」ともある。(7)

年齢の記述はまちまちであるが、十八歳頃から上田敏訳によるダヌンチオの翻訳作品を読みはじめ、その後イタリア語を学び、また英訳仏訳なども手に入れて学究的にとり組み、ダヌンチアンと自称するほどに文学の上で、また実生活の上で深くその影響を受けた。それから、二十五歳で早稲田大学文学科にダヌンチオ研究の論文を提出して卒業する。しかし英文科に籍をおき、とくにイギリス浪曼派の詩人たち、キーツ、シェリーをはじめブレイク、ロセッティ、イエイツをとくに好んで読んでいた日夏は、次第にワイルドへと向かっていったのである。ワイルド文学のもつ耽美的な感覚的な面が、この時期の日夏にはダヌンチオと重なって受けとられていたと見られよう。

この時期は処女詩集『轉身の頌』時代であるが、この詩集に付された「心性史」によれば、一期・稚醇時代(「古風な月」)、二期・青春時代(「羞明」)、三期・黙禱静思の時代(「默禱」)、四期・轉身の時期(「轉身」)と分けられた第二期に当り、これは「官能の理想主義者」ダヌンチオに傾倒した時期と呼ばれているが、他のところで日夏はこの頃を、感覚の悦楽と耽溺に心の触手を向けて「自己狂歡」の渦に身を入れた「〈黄金のエロス〉時代」と呼んでいる。

生れながらの病弱に加え、歓楽の論理と実際の相反の大きいことに驚く理想主義者的な心のあり方を持っていた詩人には、このヘドニズムの仮象世界での狂歓は束の間のものとして消えるが、この時期は詩人の精神の変容にとっては、必須の自嘲と焦燥と苦悩と「羞明」とを残し、轉身にすすむ重要なエポックでもあった。「予の詩作は一九一一年春の頃に囀まる」(「詩作の編年史」)と詩人は書いているが、それはちょうどこの「黄金のエロス」時代であり、現世での青春のさまざまな目くるめく体験がかえって詩心をあおり詩作活動も盛んな時代であった。

まつ白な寝室《しんだい》に凭れつゝ
燃ゆる緋のカアテンをしぼりあげ
三人の處女らは
愛の王子が跫音をかぎつゝも
ひたすらにリンデンの
甘く狂ほしき馨に悩む
(「たそがれの寝室」(8))

けだるい感覚の悦楽と官能の惑溺の漂いを感ずるこの光景は、ダヌンチオの『巌の処女』に登場してくるような三人の処女と愛の王子とが織りなす、官能に赤く爛れた午後五時の寝室の幻想、とでもいえようか。そこにはメーテルランクのメルヘンふうな劇的場面やらワイルドのまぶしい色調と美への偏愛といったものが綯交ったような、エキゾティックな耽美的情調の漂いがある。

「夜は縞蜥蜴《しまとかげ》の艶なる寂寞にくだちて/女よ　きみが火《ひ》の吐息《といき》は/炭素《カアボン》の妖氣《えうき》に虹《にぢ》はく」(「春宵祕戯」)とか「花苑にわれらの散歩/こゝろ火の觸覺を延び延び/燒け爛れたるその唇よ唇よ」(「戀人等の散歩」)、「纖《かほそ》き足にいさかひ接吻する白砂《びやくさ》のむれよ/あゝ嬉しく臥せる柔しき草の葉よ/月光は戀人のこゝろを鍍金す」(「青玉ある金冠」）といった調子の作品は、同人誌『假面』や『早稲田文學』[9]に載せられ、「黄金欣榮」「黄金王」「黄金迷景」「青玉ある金冠」と名づけられたが、処女詩集では省かれ、数年後に『定本詩集』に収録するときには「黄金のエロス」と題された。

これらの作品にはワイルドの詩作品「スフィンクス」や「黄金の華」の一連の詩篇などの響きが感じられ、「黄金のエロス」という題名に代表されるようなまぶしいばかりの官能の美と青春の昂揚した気分を直截に謳いあげたものである。こうした「黄金のエロス」一連の作、詩人の言葉でいうなら「官能的ロマンティシズム」はのちの端正な形而上的思念の世界とは違って、生の情趣がじかに伝わってくるようでそれなりの魅力を持っている。冴えた感覚や官能を通して精神の美へ達しようとするいわば官能美と精神美の渾和がそこにはあるともいえようか。

「エロティシズムと生の倦怠と頽唐と畸怖性と官能の解放と情緒の氾濫と反平俗と排道義とあらゆる反逆と破壊と回憶と陶酔と――これらは『新しき戰慄』の創成を機會として、色彩よりも色調へと志し、暗示を要義として、詩語錬金 Alchemie du Verbe を旨とした象徴派の表面的外形だが……」[10]。これは中期に書かれた日夏のワイルド論の一節であるが、そのままこの「黄金のエロス」時代の自らのあり方、詩法のあり方をよく示していよう。日夏は一方では外界からの反応に感覚も神経も官能も解放して、そのリアクションである情調の戦慄を受けようという経験を満喫し、また一方では官能美と精神美との渾和を願う必然から、かえって詩語錬金を志す象徴詩の技法に赴いていったのである。そこにワイルドの詩との必然的出会いがあった。

大正九年に天佑社の『ワイルド全集』の一巻として、彼はワイルドの全詩を訳出しまとめている。これらは数年前から折にふれて『早稲田文學』誌上に発表していたものである。ワイルドに関しては独自の見方をしており、たとえば彼の象徴主義の詩人としての面を重視し、現代における芸術課題として興味深い問題を種々ふくむことを指摘している。また、美とデカダンの徒の面ばかりではなく、クラシックの面のあることを見逃すべきでないとして、歪んだワイルド観を是正すべきことを説いていることは、ワイルドを正統にみようという当時としては公平を期した見方であると思う。

ワイルド文学の特色を当時のフランス文学者たちの連関からも見ており、「象徴派の聖者マラルメの幕下に參じたユイスマンスやレニエやラフォルグやドガやヴァレリイやジイドやグウルモンやクロオデルなどの佛蘭西人に伍して入つた英人には、ワイルドとホイスラアとシモンズとイエイツとムウアがあつた」として、彼等が帰国して遍在的なイギリス近代象徴詩風を鼓舞したとしている。

さらに日夏は「英吉利象徵文學概説」[11]の中で世紀末に見られた諸傾向を、「刹那的、神經的、全人格燃燒的、官能的、女性的、懷疑的、頽唐的、神祕的、怪畸的等の世紀末 fin de siècle 的諸傾向」と掲げているが、こうした世紀末の諸現象の中で、日夏は第一に「象徵主義」を置いているのである。

キーツをロセッティ等ラファエル前派の根源とする英文学者としての日夏は、その線上にワイルドが連なると見て、その全詩と一幕劇『サロメ』の訳業を成し、それらにイギリス世紀末象徴主義作品の集大成をさせようとした。日夏はワイルドの詩篇を「人工美情調の裝飾畫的纖美」に溢れた作品が多く、印象主義に傾いた作風とみている。そして『サロメ』劇の特色については「性格劇、思想劇、詩劇、象徵劇の要素を含有した獨自の劇風を持つ世紀末の象徵」[12]と見ていたのである。

## 二、戯曲「美の遍路」

『聖盃』の創刊号に掲載された日夏耿之介の作品は、詩ではなく戯曲であった。「美の遍路」と題された一幕もので、唯一の劇作品であるが、単行本になっていないため一般には知られていない。『牡丹咲く夜』といふ二幕劇が耿之介の手によつて二月號に現はれる」[13]と消息欄は伝えているが発表されなかった。晩年には笙《しよう》や篳篥《ひちりき》を伴奏に、「大伴黒主《おおとものくろぬし》」を主人公に「草子洗小町《そうしあらいこまち》」を主題にしたオペラの構想も練っていたが実現せず（著者は直接聞いている）、劇作品はこれ一つである。

「美の遍路」は美しい天樹院尼公千姫を主人公として、そこに年若い小間物屋與吉と侍女竹尾とをからませ徳川時代を背景にした一幕ものである。恋の理想というもの、霊肉合致の状態をあくことなく求めつづけ、一夜愛を交した男たちを次々と古井戸に投げこんで亡きものにしてゆく妖しく美しい女主人に魅いられて、同じ運命を辿らねばならぬ美少年與吉と、彼を慕い生命を救おうとけなげに努める竹尾、彼女を思う御側御用人の遠山茂之丞。この四人の男女の愛のからみと心のあやが展開される。最後に竹尾は古井戸に身を投げるが、與吉はなおも千姫の美の呪縛から逃れることができず、明日の死を前に言われるままに用意のととのった宴の席へといそぐところで幕となる。

見方によればこの千姫は作者の理想的な性情を象徴していようし、與吉と竹尾とはそうした心の表に浮遊する映像を仮託されているとも見られよう。この二つがからみあい交錯しながら、一つの理想の至上境、翳りを帯びた美の極致へと高まってゆく。三人の心の状態をわりに長い台詞で語ってゆくのが主体で、劇的な事件の進展はあまりない。本質は詩劇のような象徴劇といえよう。

この「美の遍路」が掲載された『聖盃』創刊号（大正元年十二月、一巻一号）に、日夏は「耿之介」の名で「CELADON の寝言」という小文を巻末に載せている。「願はくば吾等の尊崇する新しきシバヰ者等よ。寂しく薄ら寒く且つ素直なる事去勢せられたる若き百萬富豪の胸のやうな現代舞臺を毀ちて爛れたる神經と奔激する情熱との紅く美しき燈をとぼせ」といった書き出しで、わが国の劇があまりにも去勢されたように感情や情熱を押えたものが多いことを嘆き、「熾烈の情緒と灼熱せる思想とを結婚」させたような劇作品と舞台とが、わが国に生れることを期待することを書いたものである。

「タンタジールの三幕目にフラマンの古城主は吾輩に靈魂の最奥より噴出せる死に面したる神經の搖曳を現はした」と書かれているのはメーテルランクの戯曲『タンタジールの死』、また「アプルツイヤの美の狩獵者はチタ・モルタに於て最も高踏せる近代情熱の影を寫した」とあるのはダヌンチオの『死の勝利』である、日夏が作劇の際に念頭においていたのはこうしたヨーロッパの劇作家たちであり、それに相当する情熱と霊魂の合致した個性ある人物を、舞台で生かしてみたいと思い劇作の筆をとったのであろう。

この同じ文章の先に、帝劇の『サロメ』を観劇したことに触れている箇処がある。「ウアッツ嬢の解釋したサロメはわたしの頭に這入つてゐたのと餘程色相が違つていた」とあるが、それにしても激情は横溢しており、わが国の舞台ではこれが欠けていると嘆じている。日夏はこの頃にワイルドの『サロメ』翻訳の筆を執っており、同じ号の消息欄にあるように、「『サロメ』を気の向く迄譯し上げビヤーズレの插畫を插んで出版する企」を進めており、サロメについて一家言のあったことがわかる。

当時、作家たちの間で戯曲を書くことが盛んであり、日夏も「劇の會」をつくり、「カフェ鴻の巣」で例会を開いて、木下杢太郎の戯曲『和泉屋染物店』等を研究したりしていた。[14]『聖盃』には雑誌『劇と詩』の広告がバーナード・ショーやゴーゴリーの名を掲げて載っていたり、ストリンドベリの戯曲『白鳥姫』の翻訳（矢口達）も掲載され、口絵にはメーテルランクの『ベアトリース』、裏絵にもメーテルランクの『モンナ・ヴァンナ』の舞台カットが用いられているというように、各国の戯曲が盛んに紹介され上演される時代であった。

執筆を予告していた、初恋の告白を中心にした戯曲「爛壞」は書きあがらなかったようであるが（原稿の形でも残っていない）、「美の遍路」を発表した同じ雑誌の消息欄にこうしたことが書かれていることからは、日夏が当時劇作に集中しており、自分の体験を入れた恋の情熱、いわばデカダン的な「黄金のエロス」を主題とした劇をダヌンチオやメーテルランク、ワイルドばりに次々と書いてみようという意気込みのあったことが窺える。

「美の遍路」は処女作であり、作劇法の上からいろいろと問題はあろうが、メリハリのきいた格調ある台詞のやりとりになっているところはさすがであり、爛熟した徳川文化の豪奢と退廃の雰囲気が妖艶な千姫の言葉や動きから伝わってくる。一幕一場の人物・所・時・舞台の設定は冒頭に書かれてあるが、その舞台に対するト書きの記述は大変詳しく、これで書割《かきわり》を作るとなると、指定通りに雰囲気を出すのに容易でない感じがある。まるで小説の背景描写のように描いているその細密な叙述の筆致には、傍線を付した箇処など、とくに「罌粟《けし》の花」や「縞蜥蜴《しまとかげ》」といった事物にもダヌンチオの叙景や趣向を思わせるものがある。

所　江戸、牛込見附内、吉田御守殿。
時　徳川時代の初期。
舞臺　苑内の一劃、御殿の建築を遠く距てたる一隅の、樹木の繁みこんもりと黒く大いなる翼を擴げて固く天日をさへぎれる岡。前面に平地。日影を嫌ふ雑草の陰濕と若葉を飾る灌木の水々しさとは不斷に花やかなる幽愁の香を燻らす。たとへば凄艶の情史を誇る中年の巫女が照る日の影を浴びて罌粟の花壇のあはひを走りゆく縞蜥蜴を鏡にうつして眺めゐるに似たり。右の奥、蝦蟆の如く脹らめる處に、何神を祭れりとも定かならぬ古く荒みたる小祠。（中略）

この鬱蒼たる古木と石燈が並ぶなかに、古井戸が左手奥の生い茂る草の中に見えることになっている。

その左の奥まれる灌木のさゝやき合ふ隙より壊えかゝりし古井繞にその片顔を現はす。凡ての背景には一杯に高く大いなる老樹肩を怒らして列び樹ち、斷えず沈默し、凝視し、蹙顔し、洪笑す。左手の奥より小徑はからうじて林樹の一翼を割き、褐色の毒蛇の如く這ひ上り、左より迎ふる同じ徑とともに荒草の間を縫ひ走つて古井の背後に細々と沒し去る。

こうした岡の樹木に被われた暗い庭と対照的に、左手の木々の上には、夕映えの中に吉田御殿の豪華な建造物が見えている。

今、六月の夕空次第に蒼ざめ來り、薄明はこゝかしこに寂莫の夜の帳をかゝぐ。たゞ左奥の隙より、若葉の淡綠、花の紅紫、滿園に夢見るさまの歡樂の頌を唱ふる裡に、青く赤き建築物の一帶は瑠璃色の天色に幻の如く浮ぶ。その絕頂の一角に投げかけたる落日の最後の一線は金具の金色を煌煌と輝かし、此處とは悉く處を絕せる他界の如く重々しき古代美に光れり。

このト書きの一文は小説の情景描写を見るような感じである。しかしこれらの基本となる舞台設定、即ち外の庭と建物の内、古井戸と月、といったものは『サロメ』の構図とほぼ同じであることがわかる。サロメのト書きはじつに簡単なものであり、日夏訳によっても次のようである。

舞臺――饗宴の間《ま》につづく希律王《ヘロデ》が王宮殿裡の大いなる臺地。武士だち、欄干《おばしま》に身を凭れてあり。右手には豁然たる階段。左手、うしろ寄りのところに綠色青銅の井筒ある古井戸。月色煌《けざ》やかなり。

月の照るしかし暗い外と、内なる宮殿の華やかな対照、古井戸とそれを照し写す月、という象徴的な道具立てを、作者はあるいは『サロメ』の舞台を念頭において描いたのではなかろうか。

妖艶な情炎に包まれた千姫が、古井戸に一夜愛を交した千人の男達の屍を投げ入れるというすさまじい設定は、たしかに日夏独自の創造であろう、古井戸は日本で昔座敷牢に使われており、徳川時代の吉田御殿には自然な道具立てであろうが、しかしこの時の作者の脳裡には、古井戸の牢獄につながれていたヨハネを求めるイスラエルの姫君サロメの姿が浮かんでいたと思われるし、さらにその古井戸の背景に、最後に赤く変わる妖しい月が出ることがト書きに「妖しき赤き月の光、血の如くしたたり落つ。」と書かれているが、この月は、『サロメ』の中ではじめ青く最後の場面でヘロデ王が「それ今、月が血のやうに眞紅《しんく》になつた」という「赤く變わる月」を思い出させるのである。

女主人公天樹院尼公千姫は、老女と侍女三人を伴ってこの庭の小径より登場する。「その妖艶の美装は鬱憂の舞臺面に一種の矛盾せる不安定を與ふ」とト書にあり、次に詳細な人物の指定というより身体の描写が、髪・鼻・額・唇・眼・声と順々に書かれているが、こうした描写に合う女優あるいは扮装を作りあげるのは至難のことと思えるほどの理想美の姿である。サロメがヨハネの身体を、髪・目・唇と次々描写しながら讃めたたえ、拒絶されると次々とけなしていく台詞がここに思い合され、サロメが最高の讃辞を連ねてヨハネの肉体の美を誉めちぎったように、日夏は千姫の身体の美しさを讃えているようである。

房々と黒く艶ある髪は切り下げられてあり。血液は青味ある白色のやゝ肉附きてふくよかなる肉體を黎明《よあけ》の光の如くに彩りて環り、彫塑的に高き「鼻」と寛宏の「額」とは本然的叡智の敏慧を表象す。されどか丶る智的沈靜を破るは六月の野に花咲く罌粟の花の紅み燃ゆるが如きその「唇」なり。雙の瞳、鋭く濕ある光を帶びて神經の鋭感と情熱の限度なき浮動とその熾烈なる最高調とを豫感せしむること青き月夜の牝性の豹の「眼」に同じ。其「發語」は極めておだやかに且明晰に一語々々堅き自信の鑿の趾を殘して彫《きざま》るれど、時として全く背反せる嘲笑的情熱の叫びありてその語勢の單調を破る。その底力ありて鋭く暖き銀聲の奔り出る時舞臺は艷美なる情火の波搖れ立ち、その沒する時舞臺は忽ち反響的陰鬱の雰圍氣に浸る。妖艷と凄嚴とは相交錯して人目を射る。

千姫の唇より発せられる台詞のうち、男たちの美しい肌を次々讃える箇処でも「――のやうに」という直喩が多く用いられて、その美は畳み込みの長い台詞で言われており、ヨハネの肌を「華車な象牙の傀儡《くぐつ》のやうぢや。銀の彫像のやうぢや。ほんに、あの男は月のやうに浄らかぢや。……あの肉體は象牙のやうに冷たいにちがひがない……」とその白く冷たく清い肌を「月」や「象牙」に喩えながら讃美していくサロメの台詞が重なって浮かんでくる。

與吉の肌は生絹《すずし》のやうな艶に富み、雄鹿の皮のやうに滑かであつた。妾《わたし》の血が炎のやうに燃えたつ時、あれの肌は微風《そよかぜ》のやうに涼しかつた。そして妾の肌が秋の水のやうに冷え切つて了うた時あれの血は妾の靈《たましひ》の底の底まで暖めて呉れた。（訴へるが如く諭すが如く）夜光の玉のやうに美しい男性《をとこ》は夜光の玉のやうに明るい智がなければならぬ。智の足らぬ男の美しさはそれ自ら尊いものではあれど、所詮《つまり》は靈のない傀儡だ。醜い男の智は片輪人形の巧みな顔ぢや。

だがこうした「雄鹿の皮のように滑かな肌」を持つ美しい與吉さえも、千姫の愛の渇きを癒すことは出来ず、最後に「與吉にはわたしの言葉がわからぬ」といま愛する美しい男に「智」を欠くことが嘆かれている。

この戯曲の執筆背景を、日夏自身は「わたしは道成寺文獻を博搜して、それを骨子として、それにホフマンスタアルとダヌンチオの意匠を用ゐて自分の精神の假りの形態として喜んだ」[15]と述べている。恋する人を追う女の執念を描いた日本の伝統的な物語を骨子として、ドイツ的な世紀末的象徴主義の情調と、イタリア的官能と耽美の世界とを混淆させて、独自の舞台を作りあげようとしたという意味であろう。

たしかに女主人公千姫は、全き愛を求めて一夜の歓楽を共にした男たちを次々と死に追いやっていくわけで、男たちにとっては恐ろしい死へ引きずり込む「蛇性の淫」の化身であり、愛する安珍を追い蛇になって日高川を渡る清姫の姿の重なりも見えている。しかし千姫は、一途に愛する男を追い求める清姫とは異り、求めても満たされぬ理想高い愛の思いの遍歴の果てに男を滅ぼすのである。「絶え間もない艶樂に耽つてゐるわたしの不滿がそち達には分るまい。」という諦観にさえ近い嘆きを、歓楽の末に洩らすのである。

此館に移り住んでから妾は誠の戀を求めて芥子の花のやうに毒々しく花やかな、けれども秋蟬のやうに短かい一生を暮さうと思ひ定めた。それが妾のホンたうの生活だからねえ! 僧傳淨の若々しい胸の血も、幸太郎の青白い顔によく似合うた、纖い、光を帶びた角前髪の毛の一筋〳〵も、しなやかな白い腕を持つ若侍の寛も、あどけない小姓吉彌の柔い赤い唇も、みな戀といふわたしの生命《いのち》……美しい快樂《けらく》の影を追うて、力とする遍路の鉦を打ち鳴らし打ち鳴らしゆく隙々に消えては現はれ現はれては又儚なく消えさつて了うた夕夕の虹の橋ぢや。

こういう千姫にとって求めていく男―愛―美はそのまま「生活」であり、しかしあってほしい男性は「美」のほか「智」も備えていなければならず、そうした理想に思い描く男性はこの世にはあるいは存在せず、空しく求めて彷徨をつづける満されぬ愛の軌跡は、神（仏）を求める巡礼か遍路の旅に喩えられているのである。一筋に迷わず愛する男を追いかける執念の蛇のような清姫とは異り、千姫は現実の歓楽と理想の乖離に空しい焦燥を覚えつつもあくなく求めていかざるを得ぬ宿命にある、いわば翳あるエピキュリアンの化身のようである。

されば、官能の對象に身を浴びても、快樂としてよりは寧ろ雙端の力の軋めきから生れる痛苦としてのみより多く殘つた。自ら肯定する歡樂の論理と實際とが餘りに相抗の激しいものであるに愕き乍ら、他に執心の何ものをも獲得する術を自ら考慮しない爲、苦笑して尙惰性的に焦燥の月日を過した。享樂は自分にとつて多く概念的に終始した。（『轉身の頌』序）

こう述懐されている作者のいわば「黄金のエロス」時代の体験を、千姫のなかに象徴させようとしたとも考えられるのである。

現実に愛を求めても得られず、ヨハネの首にただ一度の口づけを果してサロメが「愛の祕密は死の祕密よりも大きなもの。ひとは愛だけを熟慮《かんが》へてをらねばならぬ。」という思いの高みで死ぬ終幕と、千姫の「そちの生命が天命を數へつくす限りわたしはそちと一緒に生きもし死にもしませう。」と言う誘いの言葉に、今宵の愛を最後に死へ赴く與吉が「尼公さま！　何處までもこの私は同じい旅路を生の夢から死の夢へと歩いて參りたうございます！　わたしは死ぬまでさめたうございません！」と答え、「妖しき赤き月の光」が「血の如くしたたり落」ちる中を饗宴の席へと手をとりあっていそぐ終幕は、なにか符号のように重なってくるように思える。

サロメが世紀末の「運命の女《ファム・ファアタール》」であるとするなら、男たちを魅了し愛の極致で死に追いやりながら飽くことなく求めていくこの愛欲と美の化身千姫は日夏のサロメ、こちらもまた一人の「運命の女《ファム・ファアタール》」であり、日夏自身とその愛の対象が仮託された象徴的存在であるともいえよう。

戯曲「美の遍路」の書評が『聖盃』次号（新年号大正元年一月）に載るが、五頁に亘る詳しいものである。この号の扉画には、L・シュムッツラア描く半裸のサロメが左手でヨハネの首を指している妖艶な絵が載せられている。同人の瀬戸義直に友人がロシアから送ってきたものという説明があり、当時の風潮を象徴的に示しているようである。

日夏自身の「『假面』に集つた人々」（大正七年十月四日『讀賣新聞』）の一文中に次のような箇所がある。「其の頃私は非常に作劇熱の高かつた時代でしたから『美の遍路』といふ戯曲を書きました。處が坪内先生（逍遙）が注意して下すつて、同人の創作には矢張り同人の嚴正な批評を加へるがよからうと云はれた處から私の作に對しては小島晴三君が非常に氣のきいた理路整然たる長論文を次號で發表してくれました。」

この小島晴三が「美樹」という筆名で書いた劇評ならぬ劇作品の書評もまず、この作品を象徴的戯曲と見ている。

　此戯曲に於て作者は異常なる女性を中心として、striking な陰影を持つ劇的事件を取扱つてゐる。然し客觀的に事件の進行から生ずる何物かを暗示しようとしたものではない。全曲の緊張した情調は、直下に作者が、思想感情を高調せしめた心の狀態を寫してゐる。即ち作者が精神活動の形式を熱烈に反映せしめた場合の產出であると云ふ點に於て、その題材及劇の進行の寫實的であるに係らず、此劇の本質は明かに象徵的である。

そして「天樹院千姫なる symbolic な女性の神祕的運命」はそのまま作者の理想生活を暗示するものとして、「女主人公天樹院尼公は作者の心の經驗が生みだした、理想の影であると云ふよりは彼が理想的性情を象徵してゐる」と解し、千姫が理想としているものは、「靈肉合致、思想感情の融和の狀態」であったろうとしている。

小島氏も言うように当時ダヌンチオやワイルドに没頭していた「黄金のエロス」時代にあった作者の「個人的經驗の過去と不安定の現在」[16]を凝結させて、日夏自身のサロメともいうべき千姫という映像の中に溶し込み、舞台に生かそうとしたと見られるのである。

後年阿佐ヶ谷の黄眠草堂に著者が伺ったとき、[17]『サロメ』の話題から「大伴黒主」や「ファウスト」をカメラの特殊技術を駆使して作ったら面白かろうという話になり、こう言われたことを記憶している。「若いころ書いた戯曲があってね、これを上演したいと言ったところ、岸田國士に、『君の戯曲には舞台が一丁半いるよ』と言われてね。」今にして思えば、この戯曲とは「美の遍路」であり、このときも『サロメ』の話題から思い出されているという必然の糸からみても、二つは日夏の裡でいつも重なっていたのであろうと思い当っている。

## 三、『院曲撒羅米』

蘭臺山房から『院曲撒羅米』（昭和十三年）として、日夏耿之介訳が刊行されるまで、昭和に入ってから『サロメ』訳の単行本は出ていない。この本には「上演の際に註すべき國譯者の注意」八項目が書かれているので、日夏訳は上演を目して訳出されたことが窺える。その第四項目の中で、この戯曲を、「努めて現實劇風の型を避けて、むしろ能の對話ざまの如き超現實性に起ちて」翻訳した、とその基本態度が述べられている。この一幕物を「形式主義の文學」及び「Vers des Société」の詩作品とみており、もし台詞を写実的に演じたなら、台詞の持つ「形式即内容美」の妙趣が失われる、といっているところは、原作の本質をよく解した態度であると思う。

訳調やその言葉使い、台本としての特色をみよう。冒頭の「若き敍利亞《スリヤ》人《びと》」ナラボトが、宴会場内のサロメの姿をバルコニーからはるかにのぞみ見ながら言う台詞 "How beautiful is the Princess Salome tonight!" を日夏は「今宵《こよひ》のあの撒羅米《サロメ》公主《ひめ》の嬋娟《あでやか》さはなう！」と訳している。この箇所の訳を明治の一番初めの訳からいくつか比較をするために並べてみると次のようになる。

「何とサロメ様の今夜の美しう見えることよな」（小林愛雄訳）、「サロメ女王の今夜美しく見える事はどうだ」（森鷗外訳）、「サロメ女王の今夜のお美しさと云つたら何うだ」（中村吉蔵訳）、「サロメ王女は、今夜は、まあ、何といふ美しさだ！」（若月紫蘭訳）。

"*Beautiful*" という語を、訳者たちは一様にみな「美しい」という語に移しているが、日夏訳は「嬋娟《あでやか》さ」という語を用い、シリア人の感嘆するさまを表わすのに、語尾を「……なう」の詠嘆調で終わらせており、こうしたところから次元を異にする、得も言えぬ雅やかな世界の雰囲気が幕開けから伝わってくるのは、心憎い程である。

全体としてその訳語は三島由紀夫も言うように「瑰麗にして難解である」。しかし「口に出して読んでみると、力があり、リズムがあって、直に心に触れて来る名訳である」[18]。この日夏訳を三島が選んだ一つの必然は、オリエントの品高い姫君の世界は、日夏訳でしか出せないという確信からであった。「日夏先生の翻訳はやってみて、実に感心しましたよ。上演台本としてよく出来ている。始めは無理かと思い、ひょっとしたら今のお客に耳から入るかしらと思いましたけれど、これが入るんですね」とは、上演後の座談会で洩らした三島の感想である[19]。そしてさらに、「だいたい日本語の性質から言って、単純な言葉はあまり美しくない、日本語はかえって難しい言葉ほど美しい」と言い、舞台で「傀儡《くぐつ》」(idle)とか、「騒擾《どよもし》」(noise)といった言葉が耳に快く響いたとも言っている。

たしかに日夏訳は「紈扇《くわんせん》(fan)を持てい!」とか「そなたの公主《むすめ》はほんに怪異《けし》い(monstrous)女子《おなご》ぢや」というように、漢字に大和言葉でルビを付した語が多いが、一つの言葉に視覚と聴覚の重層的な効果を与えようとする「ゴスィック・ローマン詩體」と呼ぶ日夏詩の用語法が、サロメの台詞に充分生かされており、かえって古代世界の華奢で古雅な雰囲気、「美の遍路」でもこの詩人の目した「他界の如く重々しき古代美」を醸し出すのに成功しているといえよう。

とくに次に掲げたようなサロメがヨハネに向って言う長いくどきの台詞や、ヘロデ王の宝石を羅列する長台詞の箇処など、現代語の言葉遣いでは散文的になり調子をつけるのに難しいが、日夏は独特の用語と「能の對話ざま」のような文語調に近い詩的韻律を用いているため、台詞が格調高く響いてくる。

サロメ公主　そなたの髪の毛は恐ろしい。泥だらけぢや。塵だらけぢや。蛇《くちなは》のむれのやうにそなたの頸のまはりにとぐろを巻いてゐる。わたしはそなたの髪の毛は好かぬ。……約翰《ヨハネ》よ、わたしが覓《もと》めてゐるのはそなたの脣《くち》ぢや。そなたの脣《くち》は象牙の塔の上にある猩々緋の紐のやうぢや。象牙の小刀で二つに切つた柘榴の實のやうぢや。推羅《ソロ》の邑《まち》の花園に咲く柘榴の花は薔薇《うばら》の花よりも紅いけれど、そなたの脣《くち》のやうに絳《あか》くはない。國王の臨御を知らせる菰《ラッパ》の紅い音色《ねいろ》は敵《かたき》を顫へ慄かせるけれども、そなたの脣《くち》ほどに絳《あか》くはない。そなたの脣《くち》は酒榨《さかぶね》のなかで葡萄を踐《ふ》んでゐる造酒師《とうじ》の足よりも絳《あか》い。聖院《みてら》に巣をくうては上人さまだちに餌を飼はれてゐる鴿《はと》の足よりも絳《あか》い。森林《もり》の中から獅子を殺し、金色《こんじき》の大蟲《とら》を見て現はれ出た男子《をとこ》の足よりも絳《あか》い。大海《わだつみ》の幽暗《うすらあかり》のなかより目附けいだして、漁人《すなどり》が王者の貢物とする朱珊瑚の枝のやうに絳《あか》い！……摩押人《モアブびと》が摩押《モアブ》の鑛山《かなやま》のうちより掘り出して國君にささげる辰砂《しんしや》のやうに絳《あか》い。辰砂《しんしや》で彩つて朱珊瑚の金頭《かながしら》を附けた波斯王《ペルシヤわう》の弓のやうにも絳《あか》い。……この世の中にそなたの脣《くち》のやうに絳《あか》いものはない。……そなたの脣《くち》に接吻《くちつ》けさせておくれ。

ここでも詩人日夏耿之介の独自の語法、即ち「あかい」というのに「紅い」「絳い」という語を使いわけ、「みてら」―「聖院」、「わだつみ」―「大海」、「とうじ」―「造酒師」というように大和言葉と漢字を合せた黄金均衡《ゴールドウン・アベレイジ》の語法、「ゴスイック・ローマン詩體」の言葉の用法を用いているのは、これが俳優たちに発声されて舞台を通し耳から入る台詞というばかりでなく、眼から入るレーゼ・ドラマの作品として読まれることも想定して訳出されているからであろう。ただこの引用箇処の一行目「塵だらけぢや」の次の所に“It is like a crown of thorns which they have placed on thy forehead”（そなたの額につけた茨の冠のやうぢや）という一行が欠落している。同じような表現がつづくための見落しかも知れぬが、矢野峰人は座談会の席で鷗外訳にもこうした一行欠落があることを指摘している(20)。

最後の「……そなたの脣《くち》に接吻《くちつ》けさせておくれ」のサロメの台詞であるが、微妙な表現の違いがいく通りもある"I shall kiss thy mouth Jokanaan"（「約翰《ヨハネ》よ、わたしはそなたの脣《くち》に接吻《くちつ》けたいのぢや」）、"I will kiss thy mouth, Jokanaan"（「約翰《ヨハネ》よ、そなたの脣《くち》に接吻《くちつ》けがしたいのぢや」）、"Let me kiss thy mouth, Jokanaan"（「そなたの脣《くち》に接吻《くちつ》けさせておくれ」）。訳筆は原文のその微妙な変化を逃さず移しているが、この一行は「お前の唇にキスがしたい」といった現代語訳では、あるいは下世話なものに化してしまう恐れがある。この訳調の言葉使いからは、イスラエル王女の凛とした気高さや妖婉さ、そしてつき離すような冷たさまでが漂ってくる。

ヨハネが死ぬまでは"Kiss"を「口つけ」と訳し、首になってそれを抱くと「口づけ」と濁らせ、サロメが精神的に処女の状態からそれを失うまでを、一語の発音の違いで区別している神経の細かい配り方を日夏訳はみせている。ヨハネの首に口づけを果し、次の瞬間、死の奈落につき落される幕切れのサロメ最後の言葉「……そちの脣《くち》に、約翰《ヨハネ》よ、このわたしが接吻《くちづ》けをしたまでぢや」（"Jokanaan, I have kissed thy mouth"）にもヨハネよ、わたしはお前にキスをした」といった直截な現代語訳では出ない、相手との距離感や虚無感が余韻として響いている。

昭和二十七年に日夏の翻訳は『サロメ』として角川文庫に入ったが、その解説の中に次のような一節がある。

我國では嘗て松井須磨子によつて初演せられ、森鷗外、中村春雨、小林愛雄等の舊譯が存する。わたくしの譯本は數度版を改める毎に自ら掌中の珠のやうに愛玩して刪正して來たが、今此文庫に入れるに當つて決定テキストとした。

従って昭和十三年の蘭臺山房を折にふれて削正を加え、十四年後の角川版を決定稿にしたということがわかる。この角川版巻末に「サロメ劇の位置」と題する約二頁に亘るサロメに関する一文があるが、これは昭和三年、『近代劇全集』に付した九頁に亘る詳細なサロメに関する解説文「サロメ解題」のエッセンスの感がある。以前はサロメ劇の特色を、「言葉の色彩家」であるワイルドが書いた「性格劇でも思想劇でも社會劇でも象徴劇でもない、而もその何れもの要素を含有し、時としてメロドラマに危く接近するかと見れば、メエテルリンク風の象徴を主眼とするけはひをも示し、性格の展開に留意するかと見れば、純然たる詩劇的獨白の滑走する抒情詩人的風懐をも見せる一種獨自の『散文劇詩』」としていた。

角川版の解説では一言「様式劇」と書き、舞台で口演されるとき「散文詩的な特殊の美（演劇を蔑にした演劇の美）が造立」される劇とも言っている。そして「セリフを重んじた形式即內容美」のある戯曲としているのである。

惜しいことにここでは『近代劇全集』の解説に書かれたサロメに関する相当深く幅広い解説はすべて省かれてしまっている。上田敏がすでにサロメに関しては、ユダヤの歴史家フラヴィウス・ヨセフス（上田敏・日夏ともに英語読み）から各国の作家の作品についても言及しているが[21]、当時としては日夏のこうした知識も貴重なもので、すでに相当に資料の博捜によって書かれていることがわかる。

> サロメとヨハネの首とを題材にした繪畫も古來少くない。たとへば十六、七世紀にまたがる伊太利亞畫人グイドオ・レニに「エロディアアテ」があつて銀盆に盛れる首をささぐる麗人を畫いてあるが、その佳人の表情は美しき無邪氣である。アアサア・シモンズが「七藝術研究」のシュトラウス論中でシュトラウスに聯想すべき藝術家としてディ・クインヅィとシドニイ・ドベルとアアノルド・ベックリンと共に、モ

ロオをあげてゐるは、恰も兩者が共にワイルドと關聯あるを以て愈〻興趣を深くする所以であるが、（これらとワイルドとの密接な交渉に就いては他の機會に詳敍する）ただ、サロメがヨハネに對する戀情の落想はワイルドの完き創意によるものでなく、ハイネ既に數十年前に歌つてゐたといふことを言つておく。ワイルド――モロオ――シュウォブ――フロオベェル――シュトラウス――ビヤズレと線を引けば、極端にワイルドを毛嫌ひする病的不能者に非ざる限り、近代藝術史上異常の特色ある一つの範疇を卽座に感取し得られよう。ワイルドもこの世界に呼吸した一人の卓れた藝術家であつた。

そしてサロメに關する記述は角川版では「女主人公は、風にも得耐ふまじき娉婷《ひやうてい》たる美女。これ原本テキストを正確に讀みて解譯せる撒羅米の姿態也。（近代映畫によりて印象さるるが如き太りじしの女人たるべからず）」[22]、としかないが、近代劇全集ではワイルドの描いたサロメについての日夏の解釈がより詳しく披歴されていた。

まず外貌については「サロメ公主に至つては風にもたへぬ處女の藹長けし嬋娟たる白鳩のごとき麗容は、必ずや可憐なる未通女の美にかがやいてゐなければならず、その白にあらはれし如き毒々しき妖女の肥ゑ太りし肉感美では決してないところに第一にワイルドの關心を見る」とある。その行動についてはサロメがヨカナーンに恋をしても要れられず、斥けられてついにその首に口づけを果すことは「近代性格の一個の典型」としてみるべきで、「歪められた妖怪的性格」とみるべきでないと解し、さらに、「この邪氣なげなる處女が突如として聖者の美貌に戀してその脣を覓《もと》めるは無理な筋の運びだとする評家の言は是であらうか。一應左樣にも考へられる。が更に一度虛心に讀んでみると、この無邪氣とこの處女美とに輝いた紅顏孃子なればこそ、母を罵るものだと一度び聖者の言をも咎め、更にこの事は忘れて（少くとも關心事とせずして）只管《ひたすら》、豫言者の美貌とその肉聲の音樂的魅力とを讚美し、つひにその脣を覓める公主の擧動のかげには、人間としての豫言者の靈肉合致せるその姿を全人的に戀する原始的サロメの近代的欲求があると考へねばならぬ。」という見方をしている。

そして「身分は分封《わけもち》の君の息女」という高貴な王女で、グイド・レーニの描くような「美しき無邪氣」であり、「凮にもたへぬ處女」で「﨟長けた處女」であり、しかも愛のために大胆な行動ができる「近代女性」、であり、ヨカナーンの「靈肉合致の姿」に打たれて恋する原始的でしかも「近代的欲求」をもった王女とみているのである。

大正年代にわが国で松井須磨子以下の女優によって演ぜられるサロメは、どうしても一般受けを狙うということもあり、またわが国では珍しいということもあって、生首への恋といったエロティックでグロテスクな場面を肉感的に表現し、聖者への異常な恋愛と解釈されがちであった。こうした時期にあってサロメを正当な解釈へ、少くともそうしたエキセントリックな場面を強調するあやまった見方を払いのけ、原作を背景から見て、サロメの人物をユダヤの歴史や聖書そして絵画、オペラ、さらにまたイギリスの当時の文壇の背景から捉んでその近代性を見ているのは、英文学者としての日夏の真摯な態度と鋭い慧眼からくるものであろう。

決定稿と定めた角川文庫は三十年までに五版を重ねていたが、日夏はこの版もさらに「掌中の珠のやうに愛玩して刪正」を加え、表現にほとんど全頁といっていいほど訂正を加えている。「見る」→「眺め」（一八頁）、「惡が生れ」→「惡てふものが生れ」（三二頁）、「默らせて」→「口つぐませて」（四五頁）、「血のごとく」→「血汐のごとく」（五四頁）、「自《わ》が言葉」→「倫言」（七八頁）など語の変更も多少あるが、あとはだいたい台詞の語尾の「——のぢや」を「——である」とか「——なさる」と代えたり、「わたし」を「わが身」とか「この身」に、「そなた」を「その」とするように一般に舞台で言いやすい台詞まわしにしようとの意図があったと推定されるのである。その朱と青の色鉛筆での筆の入れ具合は、サロメの最後に近い台詞では次のようである。（　）内は訂正以前の表現である。

約翰《ヨハネ》よ、わたしは今どうしたらよいのぢや。洪水でも大水でもこの煩悩を（慾火を）よう消してはくれぬ（くれぬのぢや）。わたしは王女である身を、そちに蔑視《さげす》まれて仕舞うた。わたしは處女《をとめ》の身で、そちに乙女の操を穢されて仕舞うた。無垢な身であつたのに、この血脈のなかに焰《ほむら》をいつぱい注ぎ込んでしまうたのはそち故に（そちぢや）。……ああ！　ああ！　なぜに（なぜ）約翰《ヨハネ》よ、わたしを眺めてはくれなんだのぢや？　わが身を（わたしを）よく眸《み》てくれさへすれば、可愛《いとし》う思うてくれた筈（筈ぢや）。そちがこのわたしを可愛《いとし》う思うてくれたに相違がない事はよう判つてをる（をるのぢや）、愛の秘密は死の秘密よりも大きなもの（ものぢやでなう）。ひとは愛だけを熟慮《かんが》へてをらねばならぬ（ならぬものぢや）。

大きな訂正はないと言ったが、先に例としてあげた「約翰《ヨハネ》よ、わたし（わが身）はそなたの脣《くち》に接吻《くちつ》けがしたい（のぢや）。そ（なた）の脣《くち》に接吻《くちつ》けがしたい（のぢや）。」というサロメの台詞の（　）のところが削られ変更があると、簡略化されて現代的直接的表現にはなるが、すると対話の相手との距離感が消え、また語調に身分の高さを感じさせていた荘重さも弱まるように思うのは不思議である。角川版がこれまで決定テキストであり、日夏訳はこれが三島由紀夫の演出をはじめ上演台本用として舞台で用いられていたため、一般観客としてのわれわれもすでにこの訳調が耳馴れていたせいもあろう。昭和五十二年、『日夏耿之介全集』（河出書房新社版）になるとき初めて活字となって収録されたこの最終訂正稿は、上演されていないので、その劇的効果及び舞台での成果を見るのはこれからである。

（1）日夏耿之介蔵書（飯田市立図書館所蔵）中『サロメ』はアラステアー挿絵本（注3参照）と次の版本である。Oscar Wilde : *Salomé, A Tragedy in one act,* Drawings by Aubrey Beardsly, London 一九〇七年。従ってこの版が翻訳の際使用した底本と推定される。

（2）日夏耿之介随筆『涓滴』。編集池田寿一、昭和四十三年十一月、市立飯田図書館出版。

（3）アラステアー挿絵「サロメ」Oscar Wilde : *Salomé,* drame en un acte, dessins de Alastair, Paris 一九二七年。

（4）『日夏耿之介全集』（河出書房新社　昭和五十二年）監修吉田健一・山内義雄・矢野峰人、編集岸野知雄・関川左木夫・窪田般彌・井村君江、八巻「日夏耿之介全著作目録」井村君江編参照。

（5）片山弧村「神經質の文學」（「帝國文字」第十一巻十二号―十六号）明治三十八年六月―十二月。

（6）安藤勝一郎（無書子）（「デカダン論」「帝國文字」九巻五号）明治三十六年。

（7）日夏耿之介第一詩集『轉身の頌』（光風館、大正六年十二月）序参照。

（8）初出は『假面』十号　大正二年十一月。

（9）「黄金戀慕曲」四篇『早稲田文學』百十一号　大正四年二月。

（10）『英吉利浪曼象徴詩風』下（白水社、昭和十六年二月）「詩人ワイルドの戯曲解題二種」参照。

（11）右単行本に収録。

（12）「サロメ解題」『近代劇全集』四十一巻（第一書房、昭和三年九月）。

（13）『聖盃』新年号（大正二年一月）一二四頁「Green Room 同人」欄「今年中に耿之介は大膽なダヌンツイョの研究を發表したいと云つてゐる。本誌全部を提供するかも知れない。『牡丹咲く夜』といふ二幕劇が耿之介の手によつて二月號に現はれる。一月號に出る筈であつたが難産ともならずに止んで了つた。繭が絲をはく様に出來るもんかと耿之介は力んでゐて一向に催促し甲斐がない。」

（14）右に同じ。「日夏らがやつてゐる『劇の會』は十二月中にその幹部會をko-nosuで開いた。今月中旬に行はれる第一次會の題目は『木下杢太郎著和泉屋染物店の思想並びに技巧の解剖』といふのだ。堀、杜口、明石、堀江の連中以外秋田氏、中村氏、楠山氏、河野氏も出席の筈だ。臨時飛込み御勝手とある。」

（15）「私の受けてきた教育」『母を偲ぶの記』（三笠書房、昭和三十五年六月）収録。

（16）『轉身の頌』序。

(17) 昭和三十年頃のこと。青山学院大学大学院の講義受講のため、阿佐ヶ谷の日夏耿之介先生宅に毎週伺っていた頃。
(18) 三島由紀夫「わが夢のサロメ」文学座、昭和三十四年二月公演プログラム。
(19) 『古酒』第三冊「サロメ特輯」(昭和三十五年五月三十一日発行)を参照。
(20) 右に同じ。
(21) サロメの史的な位置づけは上田敏の『サロメ』に示唆を受けたと推定されるが、しかし上田敏は絵画については記述していない。
(22) ハリウッド映画「芝居気違い」(*Stage Struck*)のこと。「劇中劇『サロメ』」『キネマ旬報』二二〇号、大正十五年三月一日号。

〔『「サロメ」の変容』一九九〇年四月〕

# 「蠻賓歌」解釈

蠻 賓 歌

あらゆる木末の上に靜けさのあり

第壹

吾等の情緒は「死」に濡れてあり。
「死」は十一月の暮雨《ゆふさめ》のやうに　こころの曠野《あらの》に降りしきる。
日晷《ひかげ》淡く雲脚《くもあし》駛《はや》き午下《ひるさが》り
いくたびか　かの落葉の族《うから》とともに
土《つち》に起《た》ち　犇《ひしめ》き合ひ　うち慄《ふる》ひ
泪《なんだ》を垂れ　こころも直《すぐ》に
われら　この蠻賓《ばんぴん》を邀《むか》へむと心構へた。

第貳

吁吁《ああ》　この宵《よ》さり　幾山阪《いくやまさか》ふりさけ見れば
數數の稚《いとけな》き惶懾畏《おそれをののき》をかさねて來たが
その物怖ぢはつねにつねに
一个の黝《かぐろ》い透影《すいかげ》を伴ふた心おぼえがある。
その翳《かげ》のあいろの裡《うち》に
儂《わ》が幽隱の　細細と　神經質な　濾滓《ろかす》のやうな空想は
九十春光生《おほ》し孚《はぐく》む瑞枝《みづえ》若葉のやうに　延び上つて來た記憶がある。

第參

むかし七歳の髫髮子《うなゐ》の畏怖《ゐふ》は
この現世《げんせ》から　息詰《づ》まる墓田《ぼでん》に埋《うも》れる
窒慾《ちつよく》の　いはけなき　自我折伏《しやくぶく》の憂嘆《うれひ》であつた。
肉はびこり春更けわたり　華縟《くわじよく》を喜《この》む二十歳《はたち》の頃
しばしであるが　わたくしは
完全にかの雜色《ざふしき》と袂別《おさらば》を告げてゐた。
「死」は畢竟　野望と愛憐との谿間《たにま》ぶかく埋れてゐたにちがひない。

けれども　青春の浪費のあとの業因が
藏蓄《ざうちく》のやうに蝕《むしば》み初《そ》めたころほひより
儂《わ》が生存は「死」を隔つに一條の妖痾《えうあ》の涓流《せせらぎ》を以てした。
この幽澗《いうかん》をへだてて　恆に「死」の號呶《おらび》にうち慄へつつも
壯年の自騙《およづれ》と衒氣《てらひ》とに我とまぎれ
しかも時あつて訪る十一月の時雨《しぐれ》のやうな
かの衆生根元《しゆじやうこんげん》の竦怖《をののき》に對した我だ。

第肆

いま不惑老來《おいらく》にむかへる身は
こころ靜かに手をさし延ばし
かの賓客と宿業の握手をば拒まじと覺悟しつつも
殘照の愛熱や野望のまぼろしに係戀《あくが》れわたり
狂熱の朱夏《まなつ》やうやく去つて
雲靜かなる涼秋《はつあき》の觀想を嬉しむごとく
しとやかにも首うなだれて
かの風岸《たくま》しき死の警策《かうざく》を受けようとする。

第伍

吁吁《ああ》　現身《うつそみ》の志向に飽いて
大地の脈搏に溶け込まむまで
たのしく哀しかりし春秋かな。
「死」は恆に發作のことく　過失のことく　徼倖《げうかう》のことく
疾風《はやち》吹く歩み以て訪るる例《ためし》なればにや
われら齢《よはひ》やや長けし浮塵《み》は　あはれ
性命《いのち》の聖廟をたちいでて　我かのさまに
仄かに淨まれる天宮に仰臥の夢を強ひむとする。

第陸

吁吁《ああ》　時雨《しぐれ》降り凩《こがらし》あれて
この心さむざむと震へ慄き
かの業果のみまへに　辟人のことくさんげする心喜びを想へ。
凡そ熱ある久患《もの》のたのしさ　科《とが》あるもののよろこび
憂ひあるものの或日のうれしさを想へ。

第柒

肉衰へ心きはまれる身の　空想の觸手は
おろかにも少人のむかし掛け偲びつ

在りし日の再來《またこむ》をつとめて待ち望みつ　はた
枯々《かれかれ》と老來《おいらく》の燈火明《あか》きにしたひ寄る也。
ほぬかに僥倖のごとく　過失のごとく　發作のごとく
忍び寄る「死」の鑾賓《ばんぴん》の冷たき抱擁《だきしめ》に魅《みい》らるる
哀しき福祚《ききはひ》のけふ日頃かな。

＊

「鑾賓《ばんぴん》」とは、「招かれざる客」(Unwelcomed visitor)のことである。どこからか、ふいにやってくる「奇妙な見知らぬ客人」(Strange guest)で、それは擬人化された「死」で、いわばこの現実界でのピリオド、生の終わりを意味する。

作者は「死」に直面することにより、これまでの過去を振り返り、回想して、自分が「死」を考えておびえた幼い時の恐怖の体験を思う。二十歳の時代は現実界の謳歌で過ぎ、すっかり「死」を忘却していたことに気づく。齢を重ねて壮年になってからは、近くになった「死」との対面の仕方，対処のやり方を思いみる。今となっては、「死」というものは、生あるものにとり、畢竟免れ得ぬ運命であると自覚できる。その訪れを肯定して、歓迎することにしようと思うと心が楽になり、「死」への恐怖は却って消え去って、「死」は甘んじて受け入れられてくる。人生の過去を回想し、思考を重ねることによって、「死」を受け入れるのが当然と思うようになってくる。でも、「死」はいつ来るかわからぬ「ふいの客」(Welcomed visitor)であるという考えに到る。

若い、初めの頃とは違って、「死」にたいする態度が変わっていったその経路を、詩人は年代をおって歌う。「死」に向かい合い、恐怖から肯定的な強い態度へ、「死」に対する悟りとも取れる境地に代わっていった過程を、一編の詩にしているのである。

詩人日夏耿之介は生来身体が弱く、常に病床にあり、現実界での活動は困難をともなった。当時の国情もさることながら西洋には一度も訪れていないし、現実的な人生では波瀾万丈の変化の経験もあまり無い。しかし、書物から得た想像や、知的経験は、豊富である。信州飯田に生まれ、上京して早稲田大学に学び、四冊の詩集を出し、二度結婚し、二つの大学で教鞭を執り、評論を書き、脳溢血で倒れ、飯田に帰り、その故郷で死去する。こうした人生を送った人である。だが、文学活動の範囲は広く、詩、小説、戯曲、翻訳、文学研究、随筆と、さまざまな分野に筆を走らせ、多大の影響を残した。萩原朔太郎は、「日本詩壇の人で、本質的に私と最も近い性質をもつた人はだれかときかれれば、私は先づ第一に日夏耿之介氏をあげねばならぬ」と言っている。

処女詩集『轉身の頌』を二十七歳で出版し、最後の詩集『咒文』は四作品だけからなり、その中の「蠻賓《ばんぴん》歌《か》」を書いたのは三十九歳の時であり、以後はいっさい詩の筆は執っていない。

「蠻賓歌」で作者は、「死」と向き合い、思考を重ねた挙げ句、いわば悟達の境地とも言うべき心境、悟りに近い境地に達し、また独自の詩風を打ち立てたために、以後詩作の必然を感じなくなったのであろうか。自分の詩の世界は一応完成したとの感もあったのであろう。晩年、故郷に帰ったように、詩人には懐郷の念があり、「回郷」を意識しており、円を描くように出発点に戻っている。また「求道」の精神が強く、その道程を「旅」にたとえた。

さらに『黑衣聖母』の中の詩によく見られるように、創造者、創造主に「祈る」傾きを持っていたことも、この詩を読む際に忘れてはならないことであろう。この意味で、「蠻賓歌」は、第二詩集『黑衣聖母』の中の「道士月夜の旅」に連なっている作品とみられよう。

＊

## 第一連

「吾等の情緒は「死」に濡れてあり」――私達人間の肉体にある情感は、いつも「死」の訪れを感じている。それは不意に降って来る雨、「暮雨《ゆふさめ》」のようにと、作者は心象風景として、しぐれ降る森の中の荒れ野を思い描く。その地面に落ちた枯れ葉が、十一月の午後に急に降って来た時雨に当たって、舞い上がり吹き溜まるさまを思い描く。その光景が、慌てふためく人々と重なって見えてくる。英国十九世紀のロマン派の詩人シェリーは、「秋風の歌」で、木の葉と人間（散らばって道を説くバラモン僧）を重ねて歌った。人びとの中に、詩作者もいて、地面に落ちる葉っぱのように、他の人間たちと共にまざって一緒に、真っ直ぐ「死」と向き合う決心をしたというのである。作者はこの詩の最後に再び、これと相似た心境に帰ってくる。

## 第二連

「幾山阪《いくやまさか》ふりさけ見れば」と、作者は昔の過去を振り返ってみる。「數數の稚《いとけな》き惶懾畏《おそれをののき》をかさねて來たが」と書いているように、作者は若いころから日常は病気で臥せていることが多く、もう死ぬのかと何回も思っていたようだ。「生來病弱を極めし體力は十歳の頃より生理的に頭腦の頽廢を招き、廿六七歳頃まで不斷の眩暈と稀れに來る卒倒との連續を結果し……心性如何に勇躍するも猛烈な病痾に一切の健康を奪われた人間が如何に力無きものであるかを染み染み味はせられた」と『黒衣聖母』の序文にみずから書いているように、病弱の身には、いつも「死」の恐怖が影のようにつきまとっていた。しかし空想だけは、自由に羽ばたき、まるで新しい若葉のように、四方八方へ伸び広がる。作者はただ、書籍の上でだけ、様々な国の様々な時代へと自在に行けたのである。『クロイランド僧房年代志』、東方波斯《ペルシヤ》『憂鉢羅苑《うばらえん》』、阿剌比亜《アラビヤ》『壹阡壹夜譚』などの古い書籍のことを、詩人は別の詩の中で嬉々として歌っている。

**第三連**

昔のことを回想すれば、七歳の頃、いたいけない自分を思い出す。「髫髪子《うなゐ》」と書いているが、この文字により、そこには黒髪がふさふさとした男の子の映像が、立体的に浮かんでくる。ひとつの文字の表現、漢字に大和言葉の振り仮名をつけることによって、言葉が視覚的に立体的に構築されて浮かんでくるのである。例えば自分自身のことを譬える「おきな」は、漢字で「黄老」「詩翁」「老漢」「道老」「佚老」「頽人」「神人」「羸老」「杖者」「幽人」「皓髪」と、作者は数多くの字を使っている。同じ音ではあるが、漢字が違い、それを視覚的に見ていくと、絵画のように、様々な動作をした老人の姿が見えてくるわけである。杖をついた老人、白髪の老人、神様のように悟った老人、この世の人とは思えぬ幽霊めいた老人など。作者はその中の「黄老」の文字に註をして、「予の感情に於ては、〔黄老は〕白髪頽齢をすぎて黄色を帯べる老翁にして黄冶の術すなはち西方のalchemyをよくするものを指す」としている。老人は、皮膚が齢を重ねて黄ばんできており、この老人は錬金術をよくする道士、仙人のような姿をしている老人であろうか。このような、言葉に音の響きと絵画のような視覚的な要素を付けくわえ、立体的なものを呼び起こす詩語にする扱い方を、作者は「ゴスィック・ローマン詩體」と呼んでいるわけである。言葉に視覚と聴覚とを立体的につけることにより、ゴシック建築のように堅固に言葉を積んでゆく。これがこの詩人の詩語の扱い方のきわだった特色とみられよう。

この七歳のころの、死を知っての恐怖の体験は、自分の肉体が土に埋まるのかという恐ろしさであって、考えようによっては単純な怖れであろう。二十歳の肉体が元気な頃は、「死」などはまったく考えず、この現実生活の楽しさを謳歌していた。この時期を表現する言葉は「華褥《くわじよく》」であり、これはただの「しとね」や「寝床」ではなく、華やいだ寝床、若さと美に溢れている者たちの布団の中を表現しており、男女の恋の場面も重ねられているのかもしれない。若い頃、作者は一時、病気からも解放され、肉体的にも健康状態にあった時期がある。実人生での希望に燃え、文学者・詩人として名をたてようという「野望」に突き進んでいた時である。同時に、芸者衆と遊び戯れ、結婚し、人を恋したり、人生を謳歌している。こうした「野望」に「愛憐」に人生を過ごしていると、「死」のことなど考える暇はないのである。色々と余分な考えに耽る余裕すらなく、この「雑色《ざふしき》」と「袂別《おさらば》」を告げたわけである。

青春の日々に厭き、疲れて吾に返る。生存することと「死」とは別ものだと思いいたり、生と死との間に流れを引いて区別し、「死」を遠くへ押しやって考えるようにしてみた。だが「死」は、生あるもなら必ず訪れるもの、「衆生根元《しゆじやうこんげん》」だと悟り、しかしその訪れは、人生の終わりかという恐怖を感じざるを得ないのであった。

**第四連**

作者は「不惑老來《おいらく》」を迎える。「四十にして惑わず」と言われるように、病死せずに、やっと人生の半ばの四十歳になった。人生を半分生きることができ、「死」が必ず来るものなら、「死」をこっちから迎え入れてやろう、「死」という不意の客人に握手しようと、こちらから手を伸ばしてみる。だが、まだこの世への未練が残っているようであった。しかし「野望」と「愛熱」との思いに生きていた青春の日々は「朱夏《まなつ》」のもので、年を重ねた今は人生の「涼秋《はつあき》」になったのかと静かに思ってみる。それで「首うなだれてかの風岸《たくま》しき死の警《かう》策《ざく》を受けよう」と覚悟してみる。このとき詩人には、人生における死を死刑台の断罪とみた、ウォルター・ペーターの場面が思い浮かんでいる。その『ルネッサンス』の序で、「人間は生まれたときに死刑の宣告を受けているのだ。あとは執行猶予があるだけだ」といったペーターの言葉である。いうまでもなく、ペーターは、作者が全詩を翻訳したオスカー・ワイルドの、オックスフォード大学での師であった。

**第五連**

現実生活を送ってみて、人生には楽しいことや悲しいことがあったと思う。でも遅かれ早かれ、人間は土に帰るものだ。しかしその時は、終わりの時「死」は、ふいにやって来るのだ、「發作のごとく　過失のことく　徼倖《げうかう》のことく」に。このリフレインは、作者が好んで使う輪唱形式で、詩のなかでたびたび用いている。『黒衣聖母』の「青面美童」には、「陰影《かげ》のごとく　災殃《まがつび》のごとく　礫《つぶて》のごとく」の一行が各連に置かれてよい響きを醸しており、『呪文』の「薄志弱行ノ歌」では、「はなやかさ　よろこばしさ　こまやかさ」「あでやかさ　いぢらしさ　しどけなさ」「さわやかさ　ほこらしさ　おぞましさ」「けうらかさ　なまめかしさ　みだらしさ」「けざやかさ　そのまぐはしさ　つからしさ」「うららかさ　おびただしさ　ひねこびさ」「こころよさ　なんだぐましさ　はしたなさ」と、各連にリフレインが使われている。同じ『呪文』の巻頭詩「呪文乃周圍」には、「「秋《さはきり》」のことく　「幸福《さいはひ》」のことく　「來《こ》し方《かた》」のことく」というリフレインが使われている。

こうして音韻の響き（聴音）を重ねることにより、「ゴスィック・ローマン詩體」の建築はより堅固なものに構築されていく。「鑾賓歌」の最終連にも、このリフレインが語順を違えて出てきている。「僥倖のことくば、吾等は「聖廟」か「天宮」（天国）で、永遠の眠りにつくわけである。

過失のことく　發作のことく」。これはひそかに急に忍び寄ってくる「死」の足音なのである。「死」が訪れ

### 第六連

森に「時雨《しぐれ》」が降り、木枯らしが荒れて寒々としたなかで、神（創造主）の前に、これまでの人生で犯した罪を反省し懺悔する。心はその苦悩の告白で喜びに変わり、心配は嬉しさに変わっていく。善と悪の二律反的な作者の考え方を、「想へ」という言葉で表現している。それは創造者から来る命令なのか、それとも内声の自覚的認識を促すもの、自問自答なのか。作者にとって、自分を作り、命を与えてくれたものは創造主であり、死を司る者である。これは特別に、仏教でもなく、キリスト教でもなく、既成宗教ではないのだ。作者は生前に宗教は信じていなかったようだ。八十一歳まで作者は生き、その葬儀は神道の儀式、日本の原初宗教の法則に則った葬儀であった。生前には信ずる宗教は表明されなかった。母親は神道であり、叔父も神社に祀られており、日本国の古宗教に基づいて奥様の判断で神道儀式にしたらしい。

『黑衣聖母』収録の詩「夜の誦」や「雪の上の聖母像」「生神母畫像の前」などから、詩人をカトリック信者だと想像する人も多いだろうが、キリスト教徒ではない。『黑衣聖母』という短篇が芥川龍之介にもあるように、当時は異国趣味として、また南蛮趣味として、マリア・ドロローサや上田敏の記した「聖教日課」などラテン語の主の祈りの言葉などが流行り、新村出の著書が数多く出て、作者もその中にいたのである。書斎にはいつも、堀口大學から贈られた聖母マリアの厨子が飾られていた。この詩人は、仙境、神秘主義、錬金術、オカルティズムやスーフィーズムにも詳しく、フランシス・グリアソンの『近代神祕説』も翻訳している。

では仏教なのか。確かに「虚空護摩壇」「尸解」などの詩作品があるが、やや道教、仙教めいており、これ

も信仰するというより、趣味の範囲にとどまるものであろう。『轉身の頌』に収められた「宗教」「かかるとき我生く」等では、大気は澄み、空は晴れ、鳥は鳴き、ロビンは飛んで来る。それを見る心は、自然の生きざまに喜びを感じている。「喜悦《よろこび》は神に」と歌われている。この自然を作られた神は創造者であろう。われわれ人間も、自然物と同じく、自然に父母から生まれ土に帰って行くのである。「死」と対峙した作者にとって、祈りを捧げる「神」は「創造者」以外のなにものでもない。その神の前での、懺悔、告白なのである。

**第七連**

肉体的に衰えを見せ、色々と思考を重ねたあげく、もう一度人生の昔の日々が帰ればよいのにと思っても、もうそれは不可能なことである。老いを感じた今となっては、迫ってくる「死」はいつ来るのかと、待ち遠しくさえ思えるようになる。「死」に抱きしめられれば、かえって幸福なのかなと思うようになっているこの頃である。初めは、嫌だ、恐ろしいと思っていた「死」だが、年を重ね、観念したり、老い先は短いとわかってくると、かえって「死」はいつ訪ねてくるのかと、待ち遠しくさえなるものである。

「死」を待ち望む悟りのような境地に達した作者は、この時まだ四十歳前であり、人生の道半ばであった。本当に「死」が訪れるのは、その四十年後のことである。死去したのは、八十一歳のとき、昭和四十六年であった。詩人は「蠻賓」に抱きしめられたのである。

＊

その同じ年齢に達した筆者は、「「死」の蠻賓《ばんびん》の冷たき抱擁《だきしめ》に魅《みい》らるる哀しき福祚《さきはひ》のけふ日頃かな」の最後の一行が、実感とともに頭から離れない。「鑾賓歌」で「死」と対峙した作者は、「生きるということ」「死ぬということ」を考えぬき、言わば人生の根源的な意味について熟考した末の一行を書いた。人生の諸相を歌う普通の詩、恋しい哀しい苦しい嬉しいとの感情を現実の情景とともに歌う詩、「しゃべるように書く詩」とは、異なる次元の詩作品なのである。「詩は分離の態《さま》の道《くらいしす》也《ことばなり》」とはマラルメの言葉であり、「詩は虚無の底から物の象《かたち》を呼び起こすソルセルリ・エヴォカトワール（降神の妖法）だ」とはボードレールの言葉であり、「詩は媒霊者のないオートマチックライティング（自動書記）」というのはイエイツの言葉である。

第一詩集『轉身の頌』の題はニーチェのいうメタモルフォーゼズであり、第二の詩集『黒衣聖母』はマリア・ドロローサ（悲しみの聖母）であり、最終詩集『咒文』はマジック（魔法）スペル・ブックである。いずれもアザーワールド（他界）への誘いであり、他界の消息を読者に聞かせてくれる文学である。怪奇な鬼が住み、愛憐な傀儡師《くぐつ》の人形が踊り、幻想的な青面美童が現れ、異国の黒衣聖母がその姿を見せ、妖しい道士のさ迷う世界である。すべては擬人化であり、人間存在にとっては重要な思考を結実させるための道具立てなのである。詩人は絶えず神（創造主、造物主）に祈り、心を清め、浴室の湯に浸り、没我の境地を味わい、膨大な書斎の本に囲まれてそれを読む幸福感に浸り、庭の自然物に触れて慰めを感じる。詩は、現実界以外のことを知らせるひとつの手法なのだ、と詩人は信じていた。

創作に没頭すれば誰しも没我状態になり、この世とは違う消息が聞ける状態になる。あの世とではないにしても、次元の違うところからの消息を伝えられる状態となる。いわば恍惚状態、入神の状態（エントランス、エクスタシイ）である。この状態にある詩人は何者か、目に見えないものによって書かされているようにさえ思えてくる。誰かに書かされているようなのは、媒霊者のいない自動書記《オートライティング》であろうか。詩人はここを狙い、高みを望んだ。「ゴスィック・ローマン詩體」ではゴシック建築のような漢字と大和言葉の組み合わせの可能性を追求した。日本の詩の世界で、こうした高度の追求を試みた詩人は他にいたろうか。日夏耿之介にとり、詩はただの慰めの楽しいものではなく、孤高の聖なる厳格な真実の境地に至る道程だったのではあるまいか。そして、この厳しい探求の道は、四十三歳の中年時代で、一切止めてしまっている。

# 第二章　日夏耿之介に関する随筆

# 雅号について

先生は本名樋口國登《くにと》。筆名の「日夏耿之介」は大正元年同人誌『聖盃《せいはい》』で初めて用いられた。「黄眠《こうみん》」は大正十一年頃からである。黄眠の上に「夏」や「姫城」をつけ、あるいはその下に道人、散人、逸人、放人、閑人、酔人、もしくは草衣、病客、風流易米叟の文字を附してその時々のあり方を示す例が多く、黄眠六十一叟、六十五叟のごとく齢を示している場合もある。俳号には溝五位《みぞのごゐ》や恭仁鳥（本名の國登から推測して「くにと」と訓むか）が多く用いられ、和歌には石上好古《いそのかみよしふる》が多い。明治三十七年十四歳の頃用いた樋口萍翠、風峡、驕秋、秋月紅歌などの初期のものから、昭和二十年代の嫏嬛泥古齋主人や阮光以、また聴雪廬主人や榴花深處主人のように住居に拠ったものまで含めると、じつに四十に近い。

「日夏耿之介」と「黄眠」の由来について詩人自ら語ったものは無く、様々に考えられはするが、すべて推測の域を出ない。「耿介」には「志節があって世俗と合わず、専ら道を守り身を清くする」の意がある。楚辞のなかに「独耿介而不随兮」とあり、ここには自らの芸術の道に専念せんとする詩人の初心――生涯枉げることのなかった初心――が感じとられる。「耿」には「あきらか、ひかり、きよし」の意があり、姓の「日夏」と映発する（因みに『竹枝町巷談』の主人公の名は「光比古」である）。

「黄眠」に就ては「世の人たちは『こうみんかまびすし』だと思うだろうね」と詩人みずからが言われたのを聞いているが、これが果して如何なる意味なのか、定かではない。ただし、「黄眠」という語のもつイメージを辿ってみれば「黄」には「病む、病み疲れる」の意もあり、詩人は「夏になると不眠が一層激しくなり、神経から熱《い》ら熱らし始めてくる」病身であったので、夏に神経が病み疲れ（黄）眠るのであろう。夏の日なかに黄色い眠りを眠るとも解し得る。「眠」とはこの詩人の場合、「想像力」や「空想力」が自在に飛翔する夢想の状態ととれる。とすれば「黄」はその夢想を記す紙の色と重って、詩人のアルス・ポエティカの一端を示す「一枚の黄色い紙の上に」の詩が連想されてくる。これはまたマラルメの「白い紙」に連なるものであろう。

黄紙は黄檗《きはだ》で染める唐紙の別名である。黄河、黄土、黄老、黄冶之術と、詩人はこの「黄」にシナの映像を重ねていたであろうし、また詩人がその詩作品を全訳したワイルドのイギリス世紀末はYellow Nineties（黄色の九十年代）と呼ばれる。夏黄眠——辰野隆《たつのゆたか》氏はどこかでこれをLa jaune songerie d'été（夏の黄色い夢想）と仏訳しておられた。この漢字のもつ視覚的聴覚的なものからは、数しれぬ映像が喚起され、それが詩人の世界と照応するように思われる。

明治37年　樋口萍翠
38年　樋口風峽　風峽韻士
39年　樋口湖畔　歸去來市隱
41年　樋口驕秋
43年　秋月紅歌

大正1年　日夏耿之介
2年　雛津之介　雛都
11年　黄眠
12年　石上好古
13年　黄眠癈人
14年　夏黄眠

昭和1年　溝五位
2年　黄瞳子
3年　恭仁鳥　黄眠放人　黄眠散人　黄眠道人
黄眠閑人　黄眠逸人　黄眠病客
8年　隨艸散人　黄學士
14年　姫城黄眠　黄眠叟
19年　黄眠風流易米叟
23年　泥吉齋醉人　黄眠五十八叟
24年　院聽雪老人
25年　黄眠草衣　鄉嬛泥古齋主人
26年　阮光以
29年　榴花深處主人

34年　黄眠酔人

（黄眠艸堂　聴雪廬　雪後庵　栗里亭など住居名の下に「主人」と附して雅号としたものもある）

〔『日夏耿之介全集』第一巻、月報、一九七三年六月〕

# 『聖盃』について

『聖盃《せいはい》』は大正元年十二月に創刊され、八号から『假面』と改題されて二十九号まで続く。『轉身の頌』『黑衣聖母』の大半の作品は、毎号のようにこの雜誌に発表された。早稲田大学時代の詩人は、戯曲、和歌、評論、翻訳、随筆、劇評とさまざまな方面に亘る創作の筆を自在に揮っている。創刊号に掲載されているのは詩ではなく、「美の遍路」と題する天樹院尼公千姫を主人公にしたメーテルランクふうの象徴劇でありこれは現存する唯一の戯曲である。

大正期は海外の新鮮な息吹きに接して、新しい文学運動を興さんと文学に志す人々が新しい雜誌を創り、さかんに活躍した時代である。創刊号の編集後記に「我々は飽く迄も自己の藝術的衝動に忠實でありたい」と言い、「思想生活と實生活との融合、實際生活即ち思想生活といふ點でまだ海外の藝術に學ぶべき餘地がある」とあるが、同人たちが手本としたのはイギリスのJ・M・マリが主宰する方形型の瀟洒な文学美術雜誌『リズム』の体裁と印刷美と内容であった。「是をわが國に移さんといち早く試み企て」て、表紙挿画にも充分心を配り、創刊号は石井柏亭描くところの西欧中世の貴人画で飾られる。「聖盃」はアーサー王伝説で円卓の騎士たちが探し求める、最後の晩餐でキリストが使った盃である。同人たちは自らの文学求道の旅にかしま立つランスロットでありガウェンでありトリスタンであった。発刊に先立ち同人が連れだって、当時の文壇の中心者であった島崎藤村に創刊の意向を告げたところ「雑誌を發刊する程の金で著作をした方がよい」と言われるが、「著述をすると等しい勞力を此小冊子に費して一般著作と少しばかり變つた結果を雑誌上に得て見たいと思つてゐる」と答へて辞して来たと『聖盃』創刊号の「CELADON の寝言」で日夏耿之介が記している。若い同人たちの旺んな気概が感じられる挿話である。

芥川龍之介は「假面の人々」という文中、早稲田の文学上の友にふれ「その連中と云ふのは外でもない。同人誌『假面』を出してゐた日夏耿之介、西條八十、森口多里《もりぐちたり》の諸氏である。僕は何度か山宮允《さんぐうまこと》と一しよに（僕を『假面』同人に紹介したのはイエエツ研究家の山宮である）赤い笠の電燈をともした西條氏の客間へ遊びに行つた」と書いている。この集りは画家の長谷川潔邸でも何回か開かれ、当時の写真には同人の外、北原白秋、堀口大學、柳澤健、富田碎花《さいか》の詩人たち、川端龍子、小林古径の画家たちも写っている。マニエール・ノワールの独特な画風に到る以前の長谷川潔の手になる斬新な彩色版画やカット、永瀬義郎のムンクばりの特異な版画も『假面』の表紙となった。またゴーギャン、ドーミエ、ベックリンなどの絵画や絵画の舞台写真も豊富に織り込まれている。こうした詩人と画家との理想的な結びつきは、日夏耿之介「詩」、長谷川潔「装幀挿画」という『轉身の頌』一巻に結実する。

『假面』は二十八号が発売禁止となり、これがきっかけで次号が出て廃刊となる。詩人はのちに『奢灞都《サバト》』『汎天苑《パンテオン》』『游牧記《ゆうぼくき》』『戲苑』と独特な内容と雰囲気とを持つ雑誌をいくつか監修している。孤高狷介な書斎裡の詩人と思われ勝ちな日夏耿之介の創作活動は、こうした芸術の新気運に満ちた同人雑誌とも無縁ではなかったのである。

『聖盃』の主な同人は矢口達、伊東六郎、西條八十、松永信、山川亮、森口多里、瀬戸義直、石井直三郎、長本間久雄、後藤末雄、柳澤健、中澤臨川、山田檳榔、吉江喬松、主な寄稿者は日夏耿之介。永瀬義郎、谷川潔、鍋井克之、福田義之助、見留周造、松永秋雄、野口柾夫、田中介二、増野三良、丘草太郎、竹内逸、米川正夫、水野盈太郎、大野隆徳他。

〔『日夏耿之介全集』第五巻、月報、一九七三年十一月〕

# 講義ノートについて

日夏耿之介が残した自筆ノート二冊、『象徴詩理論』（黒表紙ルーズリーフ・ノート百十八頁）、『比較文學』（薄茶クロス表紙ノート九十六頁）がある。二冊とも黒インク細字書きの上に黒・赤・青の鉛筆に拠る書込みが加えられ更に念入りな貼附頁さえ挿入された分厚なＡ５判変型ノートである。前者の「象徴法理論講義資料」の文字、後者の「昭和十八年十一月廿五日開講」の日附から、樋口國登教授として行なった講義の準備ノートであることがわかる。昭和十四年『美の司祭』として刊行されたキーツの研究に拠って博士の学位を得てのち、昭和二十年迄の六年間、早稲田大学の学部及び大学院に於て教鞭を執った際のものと推定される。

作品と照合してみると、前者のある部分は「日本象徴詩の研究」「象徴主義の文學運動」等に用いられており、後者の一部は「三代文學歐化の跡」や『日本藝術學の話』の中に辿れるが、それ等はごく僅かで殆どが未発表である。目次立ても整然となされ、東西古今の作品から引用された厖大な資料、周到な調査覚え書きの段階のものから、興味ふかい創見や独特の見方が随処に散見でき、この儘の形で単行されても充分価値あるものといえよう。すでに教室の講義で発表したことや、この象徴詩論・比較文学研究法は文学批評の際に絶えず根本にある二本の主柱として様々の論考の形に示している為、改めてこれを衆目に晒す要なしとする考えが、単行を控えさせたのかも知れぬし、また逆の見方からすれば、その様に根本的で重要な理論である故、後日、讐《しゅう》正《せい》推敲を施し精緻周到なものに再構成したいとの意図があったが機を得ずして了ったとも解せられる。いずれにせよ高度の講義内容が覗えると共に、イギリス文学を中心に「西洋文學研究の日本學」（『英吉利浪曼象徴詩風』紋）を意図した学者の緻密で細心な独自の文学研究法《メソドロジィ》を垣間見せてくれる貴重なノートである。

『象徴詩理論』――「象徴」の有する性質を「象形文字」から説き起し「象徴法本論」ではグンドルフ、フォルケルトの象徴法分類を扱い、次に「譬喩文學概説」「象徴根據論」（神秘的理性《ミスティック・リーズン》、想像的理性《イマジナティヴ・リーズン》）「象徴詩分類」（理説體詩型、神經情趣詩型等九項目）に大別して説かれ、更に「日本古代の象徴論」を心敬を中心に万葉、古今と辿る意図があったことも記されてある。中核は「神祕」「想像」「神經」を象徴理論と深く関係づけたところにあり、そこから派生する「美意識」「感覺」「色彩聽覺《クロマティック・オーデション》」「人工性《アーチィフィシャリティ》」「伊達《ダンディズム》」「頽唐《デカダンス》」等の諸問題にも及んでいる。「象徴文學は神經の浪曼主義」であると説く独自の論が、シモンズ、イエイツ、ボードレール、マラルメ、ポオ等と定家、俊成、蕪村、青蘿、杜甫等の詩句を関連させつつ自らの創作体験を基に縦横に展開されている。象徴論はそのまま日夏詩論とも見られるほどである。

『比較文學』――第一編とあり「序説」では文学の比較法から名義及び比較芸術等が説かれ、第一章は「比較文學の展開」（英・米・独・仏・伊）第二章「初期的比較法」（ブランデス、ポズネット、ロリエ）第三章「ヴァンティイゲム法批判」（学的構成の長短、一般文学の概念）第四章「補助學となるもの」（方法論と原典判定、世界文学、文学史の比較性、文芸学）に分けられ、第二編として変更・置換・対比・模倣・影響・伝播を扱う予定が記されている。「比較は要するに方法也」とし、比較文学は理論と比較方法史とその実践としての比較方法に拠る国際文学史とに分れるとする。フランス派比較文学の理論とドイツ文芸学を包括し、そこに独自の具体例に拠る解明が記されている。「ベオウルフと一條戻橋渡邊綱譚」「能と元曲」「ルウベンスと山樂」というように。文学芸術の類似テーマを重んじ、「我國の今後打ち建てられる比較文學では民族的方法は存分にとり入れたく思ふ」と民族性の覊絆を重視しているのが特色である。キーツのオード研究は自づと漢詩の賦や日本詩の韻律との比較韻律論となり、ポオの「大鴉」研究は賈誼《かぎ》の「鵩鳥賦《ふくちょうふ》」や孔臧《こうぞう》の「鴞賦《きょうふ》」との比較になるというように「自主的異文學研究」を夙に志していた日夏耿之介が、早くからその周到な理論化を試みていたことがこの二つのノートから明らかに看取される。

〔『日夏耿之介全集』第六巻、月報、一九七五年六月〕

# 詩碑・句碑その他

飯田市に建立されている日夏耿之介に関する碑は五つあり、そのうち自作品を刻んだものは詩碑一つ句碑二つである。

㈠詩碑　場所―飯田市内りんご並木通（通町一丁目と二丁目の間）。建立除幕式―昭和三十七年十一月二十三日碑文―「あはれ夢《ゆめ》まぐはしき密咒《みつじゆ》を誦《ず》すてふ　邪神《かみ》のやうな黄老《おきな》は逝《さ》つた　「秋《さはきり》」のことく「幸福《さいはひ》」のことく「來《こ》し方《かた》」のことく」（「咒文乃周圍」の一節）。碑隠撰文―仏文学者齋藤磯雄、揮毫は当時の市長医学博士松井卓治。設計者―谷口吉郎。素材―本磨したスウェーデン産赤御影石幅一　米《メートル》八十糎《センチ》の六角台座の上に、頂上を角ごとに結晶体のように三角に切り落とした六角柱が据えてある。この碑石は本磨の黒御影浮金石、碑面に左手書きの自筆で詩句が白く刻まれている。詩碑の周囲には縦三米六十糎の四角下地色モルタルの上に白い那智石が敷きつめられ、全体に細く稲田御影で縁どりが施されてある。

㈡句碑　場所―飯田市郊外風越山《かざこしやま》奥之院。建立除幕式―昭和三十四年九月十八日。碑文―「秋風や狗賓《ぐひん》の山に骨を埋む　日夏耿之介」（碑面に三行）。撰文―松下英麿、計画施行者―長坂民造。石刻者―宮下広市他三名。素材―崖上の黒い自然石、高さ三米幅一米二十糎。岩面刻字の作業は八月十三日より十八日。風越山頂上からは近在一帯が見下せる。

㈢句碑　場所―愛宕稲荷神社社畔の日夏邸の庭。建立日―昭和三十四年十一月二十三日。碑文―「水鶏《くひな》ゆくや此日宋研の塵を洗ふ　黄眠」。計画施工者―宮下広市。素材―虎岩石に碑面のみ横四十糎縦七十糎を磨いた処に四行に刻字。風越山の句碑と同じ石工の手になる。（その後、日夏耿之介記念館に移設）

自作を勒した碑は以上であるが、この他多くの碑の撰文があり、また揮毫もある。

㈠敬恭碑　場所―愛宕稲荷神社境内、玉垣下の鳥居東側。建立日―昭和十六年十一月。碑文―「敬恭碑」（篆額は稲吉畊雨）。石刻者―布施善夫。碑陰撰文―樋口國登「安政七庚申歳三月知久町一丁目の人杉山八藏同和四郎ぬし寄進の鳥居はやゝに朽爛に薄れる間こたび氏子の人人新たに石の鳥居を樹て浦安乃無衣を調へ參向殿を増し築き渡殿を渡しまた外郭を引繕ひて、皇紀二千六百年を記すの業訖に成りぬ、日來の敬神の所存を深め折柄の将兵の武運を祈り新しき秩序の鹿島立をほかひの直心そと事を石ふみに勒してはた後の世に傳へむとするものならし」。碑石―高さ二米五十五糎幅一米の寒水石で頭頂の尖った自然の形を留める。

㈡白山社里宮碑　場所――上飯田白山社里宮境内、糸塚の奥。建立日―昭和二十八年秋。碑文・揮毫―「水月遠州流ゝ祖　松明齋伊藤一樹翁　日夏耿之介碑」。建立者―松乃家受業門人。石工―中島俊光。碑石―高さ一米九十八糎、幅は下部約七十二糎、中部約五十四糎、上部約三十六糎と自然石のままの凹凸の線を見せた三角形の細長い御影石。碑面のみ磨かれてある。

㈢飯田観音の台座　場所―飯田市中央公民館横、来迎寺境内。除幕―昭和三十五年五月十七日。台座刻字―「聖觀世音」（揮毫　日夏耿之介）。石工―高見影七。素材―縦四十糎横二十四糎の鉄筋コンクリート石板。観音像は高さ五米、今泉計太郎寄進。

この他直筆の文字として、上飯田今宮公園の郊戸神社入口の手洗い天井の横一米二十糎縦四十糎の木の板に

「洗心」の二字。風越山麓の「登山口」。追手町小学校の「仲よく」等。

昭和三十一年自ら地を卜して終の栖家が建てられた愛宕稲荷神社境内は古城跡であり、約五百坪の平坦な台地。桜の木が多く、眼下には天龍川支流の松川が流れ、江戸時代の城下町の面影が残る愛宕坂も見下せる。境内には由緒ある句碑記念碑が数多い。芭蕉翁の「春もややけしきととのふ月と梅」の句碑を初め、富斎の「月につれて澄一すぢや雲と水」の句碑、清秀法印の植えた桜の根元には、一翁の「松かげにしばししのぐや初時雨」の句碑がある。道傍の石祠の中に大国主大神と事代主大神の名を刻んだ円い石碑があり、揮毫は富岡白錬（鉄斎）で、明治三十九年十月建立知久二講中とある。社殿の前には日夏耿之介の叔父に当る樋口龍峡撰文「愛宕稲荷神社の記」を刻んだ碑が敬恭碑の近くに建っている。

尚飯田市以外には銚子市黒生《くろはえ》の独歩碑「山林に自由存す」の揮毫、倉敷市連島《つらしま》の泣菫碑「ああ大和にしあらましかば」の碑隠撰文がある。

〔『日夏耿之介全集』第二巻、月報、一九七七年十一月〕

# 日夏耿之介先生のデモノロジー

昭和二十九年、今から約五十年前のこと、日夏耿之介先生は阿佐ヶ谷のお宅「黄眠草堂」で、青山学院大学大学院生に比較文学の講義をされており、光栄にもその学生三人中の一人に選ばれ、毎週通っていた。青蘿《せいら》やライオネル・ジョンソンの詩「黒天使《ダーク・エンジエル》」等の授業が済み、朱塗りの卓の銅鑼《どら》が鳴ると、お菓子とお茶が運ばれてくるのが、いつも楽しみな年頃だった、そんなある日、山のように堆く積まれた書籍を日夏先生が示され、良い本だから買っておき給へ、と言われた。私は其の中からロッセル・H・ロビンズ『妖術と悪魔学大全《デモノロジー》』（一九五〇年）とコールマン・パーソンズ『スコットの小説に於ける妖術と悪魔学』（一九六四年）他数冊を、なけなしの懐をはたいて購入した。その時はこれらの本が黄眠門下のデモノロジー専門家、太田七郎氏の遺書であったことなど、若輩には知る由もなかった。何時の間にか私は太田七郎氏のその書物の橋渡しで、デモノロジーの世界のとりこになってしまっていた。英文専攻でありながら、鏡花の魅力にとりつかれ、露伴作品を暗記し、秋成の世界を愛し、南北にはまった。当時留学先のケンブリッジ大学の「冬の夜ばなし」大会の席で、『牡丹燈籠』の「カランコロン」の下駄の音と話を、英語で語って受けたのが、妙に嬉しかった時期である。

先日の朝日新聞に「妖怪研究うごめく」と題した記事があり、小松和彦氏が「……妖怪・化け物は、なぜか長い間まともな研究対象とはならなかった。変化が生じ始めたのは一九八〇年代から」と書かれていた。一九八〇年、この年この分野は水木しげる先生が、デモノロジーを提唱しており、水木先生は「ゲゲゲの鬼太郎」を、「限りなく妖精に近い妖怪」だと言っている。そして五年前からの日文研の成果を、小松氏は『日本妖怪学大全』（小学館）として纏めたと言われ、妖怪学を提唱されていたことは大変に嬉しく、きっと恩師日夏耿之介氏もお喜びだろうと思った。しかしここで一つ、意見を述べたいのである。妖怪研究を提唱していても、そこには「妖精学」が入っていない。「フェアリーオロジー」（Fairyology、妖精を愛し学問として研究すること）は、わが国でまだ一般化していないようだ。この大全に「妖精学」が入っていないのは、まず遺憾なことである。日夏先生のデモノロジーには、悪魔とならび、吸血鬼はもちろん、妖精も入っており、間口が広範であった。

既に上田敏が妖精の解釈には先鞭を付けていた。フェアリーを日本語に翻訳出来ないと言っているが、上田敏なりに論じている。幸田露伴から芥川龍之介、日夏耿之介、松村みね子、谷崎潤一郎などまで通観すると、フェアリーは日本の古典『元亨釈書』の「仙女」から、「精霊《すだま》」「精霊《しょうりょう》」「妖女」「妖精」等と訳され研究されてきている。その後、日夏先生は、東西のデモノロジーの世界を一つの学問として成立させる試みをされ、その重要さを強調されてきた。「徳川恠異譚の系譜」を見ても「怪談牡丹燈籠の源流」を見ても、常に日夏先生のやり方は判ろう。例えば中国の『剪燈新話』とわが国で流行って芝居になった円朝本（明治十七年文事堂）の相違と原因を探って、了意、羅山、西鶴、庭鐘、秋成、南北と史的にその変遷を辿り、問題を体系的に究明していくのである。更にラフカディオ・ハーンの『日本妖靈志』In Ghostly Japan の「情癡の業」の英文とも比較している。これはいやでも東西比較文学論になっていこう。日夏先生の論は自然に比較文学になっていくのである。この世に存在せぬものを日夏先生は性癖から好まれていた。その一分野がデモノロジー（妖怪学であり悪魔学であり妖精学）なのである。日夏先生は私に頻《しき》りとイエイツ研究を薦められた。それが予言のように、限りなく私がイエイツに近づいていくのは不思議である。日夏耿之介先生はキーツを扱った『美の司祭』で博士号を取られた英文学者であった。そして東西妖怪学の嚆矢であった。英国のロマン主義詩人たちからゴシック・ロマンスへ、そこから怪奇趣味へデモノロジーへと続いていく。日夏先生が翻訳しているエドガー・アラン・ポオから、デモノロジーへの道は近い。生来病身で、書斎に閉じ籠りがちな日夏先生の脳裏に、毎夜、「青面美童」が現れて角笛を吹き、「黒衣聖母」が厳然として枯坐するのである。

その日夏耿之介の後塵を拝して、その後、澁澤龍彥氏や種村季弘氏、荒俣宏氏が、この分野で頑張っておられる。もし、妖精をただの外国渡りだけのものではなく、中国の仙女に近く、また森羅万象自然物に精霊を見るわが国の神道にも近いとみれば、妖精を研究している私も、このデモノロジーの分野の後継者といえるかも知れない。今日ではあまり、デモノロジー「悪魔学」の言葉は使用されないが、私はこの道に研究を捧げてきた。『妖精大全』の辞書が遠からず完成するが、真っ先にデモノロジーの大家である日夏先生に見せたかった。

〔「ちくま」二〇〇三年九月〕

# 日夏耿之介と世紀末

日夏耿之介先生は昭和三十一年九月に郷里飯田に帰られる迄の二十年を、阿佐ヶ谷天祖神社境内裏の「黄眠草堂」に過された。骨董に囲まれ古風な自在鈎のかかる「聴雪廬《ちょうせつろう》」を囲んで週一度授業があったが、あるとき「読んで感想を書き給え」と出された一篇の英詩があった。アイルランド詩人ライオネル・ジョンソンの「黒天使《ダーク・エンジェル》」である。ロゴスの明るい光にいる筈の天使が黒いという奇想《コンシート》もさることながら、影の自分や頽廃の情調まで引きずる象徴的な天使を謳う興味深い詩であった。「アイルランドの世紀末詩人の代表」と言われた言葉が印象深く、以後「世紀末」という言葉を聞くと反射的に、この「黒天使」はいつも脳裡に姿を現わすようになった。

訳詩集『海表集』に「夢幻時代」を訳していられるが、その末尾の寸注でジョンソンをシングやダウソンにまさるアイルランド作家とし、その詩風を「超詣典雅の新加特力《カトリック》詩風」と呼んでいる。この黒天使は、カトリックの神秘的深淵より現出した玄《くろ》の存在であることがわかる。だが紅燈の線条に美を追い求め夭折した世紀末頽唐派詩人と、厳格敬虔なカトリックとの組合せには再び奇想の感を抱くが、次の言葉を読めばその必然が肯けてくる。「デカダンス派が羅馬加特力《ローマカトリック》教に入ることは、ユイスマンスで示されたばかりではない。フランシス・トムスンとヘンリイ・ハアランドとは根づよい舊教本部の詩文人であつたが、ライオネル・ジョンソンもオスカア・ワイルドもビアズリーもダウスンもやがて敬虔なる改宗者であつた。」

日夏説に依ると、デカダンとカトリックとは相結ぶ性が深いという。九十年代の詩人たちは、人間として芸術家として真剣に自らの生を求めた。既成社会道徳への反逆と離反の結果、それぞれに新しい自らの生を創り出さねばならなかったからである。生を生きる法は幾通りもあり、夢を観ずる法もまた同様である。十八世紀的合理主義の反動と十九世紀的唯物論の反動との混合から、一切の世紀末の新芸術学理論が出発したとイエイツは言っているが、九十年代は実に様々な美と新奇を求め、詩人や文人たちが生活や芸術面で、それぞれの試みを実行した時代だったともいえよう。耿之介はこの世紀末を、単なる時代の終焉期の混沌時代とは見ず、そこに新しい芸術を創造しようとする詩人や文人たちのさまざまなる意匠とそれぞれの真剣な姿勢を見ていたのである。

「英吉利象徴文學概説」の中で世紀末に見られた諸傾向を次のように言っているが、たしかに一八九〇年代世紀末の英・仏・独各文壇に色濃く見られた現象の総羅列の感がある。「刹那的、神經的、全人格燃燒的、官能的、女性的、懷疑的、頽唐的、享樂的、神祕的、怪畸的等の世紀末 fin de siècle 的諸傾向」——こうした世紀末の諸現象の中で、耿之介は第一に「象徴主義」を置く。デカダンと象徴主義とを結びつける論は当時いくつか目につくが、明治三十六年無書子（安藤勝一郎）が『帝國文學』（九巻五号）誌上にデカダン論を載せたものが、明治時代で最も早いものであった。トルストイ、イプセン、ニーチェ、メーテルランク、ダヌンチオ、と今日見れば意外に思える名前がデカダン作家の名を冠せられており、ユイスマンスを「恣蕩靡爛の極に達したり」とし、ワイルドを「自己崇拝に陥れる我利我利主義」と呼んでいる。この無書子の論は、マックス・ノルダウの『退化論《ディジュネレーション》』（一八九三年）に基いているようであるが、ノルダウの論は世紀末を既成のものが退廃していく際の「退廃過程」と見る説であり、ホルブルック・ジャクソンの逆の立場、世紀末を「形成過程」の混沌とした過渡期の現象として考える見方（『一八九〇年代』一九一三年）とともに、明治末から大正にかけて日本文壇に多くの影響を与えたものであった。耿之介はこれらの見方を踏まえながらも、独自の世紀末デカダンス文学論、及び象徴主義詩論を展開したのであった。

無書子に退廃の極とされているユイスマンスを世紀病の悲観的世界観の病的神経を表現した「デカダンス派の最高峰」と認め、メーテルランクを「死が人目に觸れずに闖入して來る窓を發明した象徴家」とし、リラダンの『アクセル』を「象徴劇の鼻祖」と呼んでいる。更に「象徴派の聖者マラルメの幕下に參じたユイスマンスやレニエェやラフォルグやドガやヴァレリイやジイドやグウルモンやクロオデルなどの佛蘭西人に伍して入つた英人には、ワイルドとホイスラアとシモンズとイエイツとムウアがあつた」とし、彼等が帰国して遍在的なイギリス近代象徴詩風を鼓吹したとする。この「フランス的感化の足跡の總勘定」ともいうべき『象徴派運動』の著者アーサー・シモンズの説を耿之介は重んじており、シモンズをフランスとイギリスの間のすぐれた仲介者とし、イギリス世紀末の代表的文人としている。シモンズは卓抜した語学と鑑識眼のために、ただ詩人としてばかりでなく、象徴派の「忠實な釋義者として終始した」と言っているが、これはそのまま耿之介にも当てはまる言葉であることは、『明治浪曼文學史』や『明治大正詩史』をひもとけば肯けよう。

フランス世紀末象徴派の系譜のなかから、ボードレール、ヴェルレーヌ、シュオッブ、ベルトランが選ばれ、『巴里幻想集』のうちに古雅な筆で濾過昇華されている。フランスからの帰朝者堀口大學のうながしがあったとも言われるが、シモンズを置いて考えれば、イギリス文学の中からの必然的な志向が見えてくる筈である。『美の司祭』の研究書によってキーツ詩の本質解明をなした耿之介は、キーツをロセッティ等P・R・B派の根源とし、その線上にワイルドを見て、彼の全詩と一幕劇『サロメ』の訳業を成し、それらにイギリス世紀末象徴主義作品の集大成をみている。ワイルドの詩篇を「人工美情調の裝飾畫的纖美」に溢れた作品が多いと見て、印象主義に傾いた作風としているが、『サロメ』劇の特色については、性格劇、思想劇、詩劇、象徴劇の要素を含有した独自の劇風を持つ世紀末の象徴としている。ヘロデ王宮廷の豪奢と頽廃の中でくり展げられるイスラエル王女サロメの聖者ヨハネへの恋と破滅は、そのまま世紀末の雰囲気であろう。耿之介訳は「銀《しろがね》の瑩鏡《かがみ》に映つた白薔薇の花のかげ」のような「撒羅米姫《サロメひめ》」の悲劇を典雅な日本語に移し、三島由紀夫をしてサロメ訳の極致とまで賛美させた。「歐人の夢裡に入りたるこの近東的迷景を味ひて、二重の exoticism を感受す」と注にはあるが、現実を否定し異郷《アザーワールド》を憧憬するのもまた世紀末の一つの傾向であろう。美に耽りつくすこと、愛と死合体の恍惚を希求すること、そして人を運命の淵にひき込む「運命の女《ファム・ファタール》」も、世紀末の象徴的女人像であろう。

耿之介は大正十年の摂政時代の自分の位置を、「鷗外的文藝の系譜」をひくジレッタンティズムの中に置き、上田敏、杢太郎、荷風、白秋、芥川、佐藤春夫の名をあげ「皆悉くアナトオル・フランスの社會主義やダヌンチオの英雄主義や、オスカア・ワイルドの審美的服飾や、李芊仙の痩死とひとしい、生意志の發展途上の拘束を欲せざる藝術そのもの又はその餘波」を浴びていたと言っている。その強い波のうちに青春を送った耿之介は、文芸の仲間と共に『聖盃』『假面』の諸雑誌に新しい試みの成果を発表している。戯曲「美の遍路」にせよ、「黄金戀慕曲」（「黄金のエロス」）にせよ「春宵祕戲」にせよ、これらの作には、世紀末の特色としてあげられていた諸傾向の要素が色濃く現われているのが見られる。日夏耿之介もまたイエイツやダウソン、ワイルド、そしてライオネル・ジョンソン等が経験したものと似た、世紀末の頽唐と悒鬱の気分や官能と神経のめくるめく逸楽のなかに身を浸していたのであった。「躍《おど》り狂ふ官能と樂欲の世界」に身を投じて「艷樂の杯」をあげたが、「享樂は徹頭徹尾概念的に終始する」結果となったのは、病弱の枷と至高のものを希求する心の傾きがあったからであろう。この時期はまたこの詩人にとって、人間として芸術家として真剣に自らの生を求めた時代ともいえよう。

況ヤ是レ青春日将ニ暮レントシ、
桃花ノ乱落紅雨ノ如キヲヤ。(「将進酒」)

李長吉のこの詩句は、青春を惜しむ心を夕映えに落る桃花に重ね歓楽の極った哀愁を謳ったもので、これに佐藤春夫はアナクレオンの歌に似ていると注しており、耿之介も同じようにこの東洋の詩句がギリシアのエピキュリアニズムに通じていることを指摘していた。更に芥川龍之介もこの句を愛誦しノートに書いていたというが、まさに李長吉のこの詩句は大正期の世紀末を象徴的に示す詩句といえようか。日本の世紀末の空気には、明末清初の爛熟頽唐の情趣も重っているのを感ずるのである。

第一詩集『轉身の頌』で感覚的な仮象界の逸楽から離脱した日夏耿之介は、温藉と寂静と冷艶をおびた美の世界に沈潜していくが、そこに現われてくるのは旧約風な世界の映像であり、それは第二詩集『黒衣聖母』に集約された。「デカダンとカトリックは相結ぶ性が深い」との言葉は、そのままこの詩人の内面の軌跡を語っていた。ジョンソンの「黒天使」は「黒衣聖母」の世界に出現しても場違いではないのである。大正時代にはダウソンのような愉楽の巷に惑溺し、イエイツのようなオカルトの趣向を示し、シモンズ系の象徴理論を展開したが、耿之介が希求した究極の境地は、「靜かな萬有の固形表情の内在美」の世界であった。それはめくるめく官能と神経の耽美混沌の世紀末の時期を通り抜けた末に到達した自らの生の終着点であった。ここに来て、世紀末を象徴するものとして「黒天使」を示された一つの内的必然が理解されてくるのである。

日夏耿之介先生が晩年を送られたのは飯田愛宕稲荷神社境内であり、神道の導きで自然に天に帰られたのである。旧約風の世界、黒衣聖母の世界は、生の根源に広がる世界であり、大和民族の祖源である神道の世界につらなっていた。既成の道徳宗教芸術を一度なし崩しにした青春期の世紀末的混沌期のうちに、最も根源的な生の道を発見していたのである。

〔『フランス世紀末文学叢書』第五巻、月報、一九八四年六月〕

# 日夏耿之介を悼む

昭和三十七年、飯田市内のリンゴ並木のなかほどに黒御影石に刻まれた詩碑が建った。「あはれ夢まぐはしき密咒《みつじゆ》を誦《ず》すてふ　邪神《かみ》のやうな黄老《おきな》は逝《さ》つた。「秋《さはきり》」のことく「幸福《さいはひ》」のことく「來《こ》し方《かた》」のことく」この詩の黄治の術をあやつる老翁の姿に、八十一歳で逝った黄眠道人の俤は表裏をなして重なった。昭和三十一年病のため故里に身を引かれてから十六年のあいだ、伊那谷の丘陵の一角に緑と川音に囲まれ、読書と散策との静穏な晩年を送られて、そのまま南霞嶺の土に帰られたのである。

樋口國登の名でおこなっておられた青山学院大学の講義をはじめてお聴きしたのは、先生が飯田に隠栖される二年前のことで、先生はすでに六十五歳に達しておられた。いつも羽織袴で白足袋というお姿、教壇に立たれる時はその上に黒ビロードの大鴉を思わせるような筒袖の上着をつけられる。教室に入られるなり黒板一杯に「しぐれは見るか、聞くものか、月寂《さ》び、鐘細く、思ひ重ねて人ゆかし」と板書され、気を呑まれている学生たちを前に、悠然と古謡の味わいを説かれてゆくという、じつに印象ぶかい講義ぶりであった。ポオ、ブレイクからダンテ、サアディー、李賀や金冬心《きんとうしん》に到るまで、広汎な世界の文学からその真髄を説こうとして下さり、詩人独自の鋭い感性で受けとめられた緻密な鑑賞を土台としたその文学論は、じつに格調の高いものであった。

いまにして思えば未熟なわれわれには勿体なかったのかもしれないが、作品に取り組む気概と精神の昂揚とが、じかに伝わってくる貴重なひとときであった。数名で阿佐ヶ谷の黄眠草堂に毎週伺い、聴雪廬を囲み、据えてある紫檀の大卓子や藤の無精函やそれらの上に並んでいる古陶硯、香合、印材、古愛器類、壁にかかっている聖貞童女生母神の聖龕《せいがん》、そういった由緒ある古美術に囲まれて、先生は比較文学を講ぜられた。ときには手元の骨董や南画が話の糸口になることもあった。青羅の句やロセッティの詩を示されて、即座に感想を書かせられることもあり冷汗をかいたが、それもこちらの未熟さゆえであった。先生御自身は巷間の噂とはだいぶ違って、思いやりのある温かい方であり、冗談を言われては破顔微笑されると茶目っ気さえ浮かんできて、じつに品高くやさしいおじいさまの印象があった。銅鑼《どら》が鳴らされると茶菓が運ばれ、時には先生手ずから玉露をお入れくださったりしたが、それも毎週の魅力の一つであった。

「すぐれた選択眼があの人の鑑賞眼のたしかさの証拠だった」、上田敏の文学における審美眼について日夏先生はこう言われたが、これは先生にもあてはまることであろう。文学においても古美術においても、先生は直覚的にその美の本質を捕え得る目利きであった。随筆集『文學詩歌談義』や『日本藝術學の話』などに選ばれた東西の詩文からもわかるし、『瞳人閑語』以下二十冊に及ぶ随筆類をそうした眼で見てゆけば、折ふしの瞑想のあいだに、独自の審美眼で選択された秀れた作品群とその細かい味わいが示されて、貴重な宝庫であることが知れる。その眼がイギリス十九世紀の詩に向けられれば、おのずから『英吉利浪曼象徴詩風』二巻が成るし、一筋に深く究めれば『美の司祭』という厖大な英文学の知識を駆使したキーツ研究となる。日本近代文学に向けられれば『明治浪曼文學史』となり、より自在な鑑識眼を発揮されれば『明治大正詩史』三巻となる。その中に埋れていたすぐれた詩篇を、この鑑識眼はいくつも掘り返した。このようにいつも具体的な作品の細心精緻な味読から出発され、決していたずらに抽象論等に走ることのない方だった。こうした意味から天明の俳人「松岡青蘿の象徴句風」を論じたものは、その感覚的空想の世界と俳境の妙味とを示した秀れた作品であろうと思うが、これは現在単行されていない。

雑誌評論類はいうに及ばず、百余冊の著作のほとんどが絶版であり、古本屋の棚にもあまり見当たらぬ現今、文学者日夏耿之介の評価は未だなされていないというべきであろう。詩人としての評価さえこれからではあるまいか。その字面から受ける難解さへの反発を一時停止して、『轉身の頌』から『黑衣聖母』『咒文』に到る詩業を正しく見れば、古臭いどころかじつに新しい意味あいを含む詩であることに気づくはずである。

たとえていえば、マラルメが獲得しようと苦心した純一不二の世界に近いものがあるし、詩境にはボードレールにも、詩観にはアンドレ・ブルトンにも通じてゆくものさえ見られよう。たしかに抒情（リリシズム）を主として唱いあげることが本道であったわが国の詩壇にとって、日夏詩の知的に構成されたメタフィジックな世界は異質のものであろう。だが一口に「ゴスィック・ローマン詩體」といわれる詩風にせよ、象徴詩人としての位置にせよ、ここでもう一度考え直してみる必要がありはしないか。

またこの詩人は潔癖といえるほどに言葉にたいして神経質で敏感であり、日本の言葉を極度に撫育し耽愛したといわれている。言葉が時代の展開とともに死語廃語に近づいてゆくことを惜しみ恐れて言葉を簡素化し、口語の自由詩を書いた民衆派の詩人たちのいき方には賛同出来なかった。言葉よりイズムを先行させる詩人たちへの批判はこうしたところにも源があるので、日夏耿之介がやみくもにその功績を全然認めずののしりつづけたというような言い方は、当時の詩人たちが直面していた日本語と日本の状況をまじめに考えあわせたなら、とうてい口には出来ない暴言であろう。

英文学者としてあるいは比較文学者として果した役割についても考えるべきものを多くもっている。早稲田大学の英文出身であり、初期には吉江《よしえ》喬松《たかまつ》や芥川龍之介、西條八十、山宮允《さんぐうまこと》らとアイルランド文学研究にうちこみ、イエイツやライオネル・ジョンソン、レディ・グレゴリー等について、いち早くすぐれた評論を次々と同人誌『聖盃』『假面』『游牧記』などに発表している。上田敏に私淑して英文学の世界へ単身わけ入ったのであるが（森鷗外も師としていた）、独自の趣向と審美眼によって独特なとらえ方がされている。ポオやワイルド、ブレイク、ロセッティ、シモンズなどの浪曼主義からジョン・ダン、クラッショー、ヘンリー・ボーンの形而上学派にいたるまで、幅ひろい研究や訳詩が数多くある。ウォルポールやベックフォードのゴシシズムやグリアソンの神秘説に対する研究も、東洋人の詩観に照らして興味ふかく論を展開している。単なる紹介でなく、独自の詩観を濾過させた英文学に対する見方は種々の意味を含んでおり、大正から昭和初期にかけての外国文学移入期という背景にもう一度もどしてその意義を考えてみる必要があると思う。ルグイやカザミアンなどフランス派英文学者についての紹介も早く、早稲田大学、青山学院大学大学院などで比較文学を講ぜられたが、実際の研究、例えば『美の司祭』を見ても、イギリスのオードと漢詩の賦と日本詩の韻律と東西の関係を問題とした精細な比較韻律学になっている。古今東西に亘る文学を縦横にとり扱った日夏耿之介の文学の世界は、そのまま比較文学者の実際を自ら示してくれるものであろう。

昭和二十九年の夏、休み明けに飯田のお宅に伺ったとき、箱根で一気に訳出された竹枝調の漢詩訳が数十篇出来ていた。しかつめらしい漢詩訳とは異なり、じつに粋で江戸小唄や隆達、一中節調の艶な情趣があった。また「鎌倉四季」という古謡ふうな連作が一中節に作曲されふり付けられて上演されたり、『竹枝町巷談』という樋口一葉の『たけくらべ』風な美文調の自伝小説が書かれたりして、東京滞在最後の二、三年は、東洋の古巧芸の深到清尚な古雅な境地に遊ばれていた。映画として「大伴黒主を主人公にしたオペラを笙《しょう》や篳篥《ひちりき》を使って作ってみたい」と構想を練っておられたが、実現を見ず惜しまれる。日夏耿之介のはじめて活字になったものが、じつは詩でなく戯曲であったことは余り知られていない。この戯曲は「美の遍路」という一幕もので、千姫が主人公の時代ものであるが、早稲田大学の卒論ダヌンチオの作品のように愛と美の極致を描こうとした象徴劇である。戯曲への関心は最後までおありであった。三島由紀夫の演出による日夏耿之介訳『サロメ』の二度の上演（昭和三十一年と四十六年）は、病身のため観劇がお出来にならなかった。代わりに切符を頂いた。

十三日密葬がすみ、十九日は第一回名誉市民として、飯田市の市公葬が行われた。公会堂は白と黄の菊花でおおわれ、東京からかけつけた会葬者や先生を慕う数百人の市民たちで埋まった。人間嫌いで通っていた日夏先生の葬儀とは思えぬほどの人々の賑わいだった。「わたしが亡んだならば冀くは信州中央日本霞嶺山脈の南端、狗賓《ぐひん》棲む風越山《かざこしやま》東旗飯田のお城下に面した山腰に枯骨を埋めてほしい。」病弱な詩人は早くからこう言っていた。風越山の懸崖の岩には、いま日夏先生を偲ぶように句碑が建っている。

秋風や狗賓の山に骨をうづむ

〔「図書新聞」一九七一年七月〕

# 学匠と詩人と通人と

十四年前の夏のこと、阿佐ヶ谷の黄眠草堂に伺うと日夏先生はちょうど数日前に箱根より戻られたところであった。「萬嶽樓」裡に暑を避けていらっしゃり、たまたま「唐詩三百首」（鹽谷温注解）のうち、興に乗じて一気に三十篇ほど訳出してみたと言われ草稿を見せて下すった。漢詩といえば学校での白文素読などから格式ばった調子という先入観のあった目には「つひのわかれの恨みより　たどる夢路のわたどのや」とか「ちよんのまに、ともし火さむく身はひとり　ついうたたねの手枕や」という艶な調子に、これが唐宋時代の漢詩なのかと驚きであった。「日本の謹厚な漢学先生たちは、漢詩訳といえばすぐ〝師のたまはく〟の無味乾燥調にしてしまうのだが、これらは十六字令体といって支那のいわば高雅体シャンソンみたいなものだから、音曲に合せうたう婉な唄の調べに載せなきゃ情趣は壊れてしまうんだよ。」微笑しつつ先生はこう説明された。たしかにその詞のあるものは江戸小唄や隆達調に、またあるものは投節、歌沢、一中節といった古雅なみぢか唄の形に移され、情調纏綿、それでいて品高いユニークな詩作品であった。のちにこれらは『唐山感情集』『零葉集』となる。

訳出された李賀でも李商隠や李清照でも、語学屋翻訳者が正確のみを期して日本語にしたというような乾いた措辞のなかで固まっていず、詩の世界の人々の息吹が嘆きが喜びが生き生きとじかに伝わってくる思いがある。「徒に原詩に拘泥せず、原詩の意を汲み、その調を考へ、簡勁にして暗示に富むものとしたのは、原詩に理解あり本邦詩風に明るい、言霊に心交あるものでなければ、たやすくは出來がたい。」これは上田敏の訳詩にたいする日夏評であるが、これはそのまま日夏訳の境地にあてはまるものであろう。一般に語学に堪能の学究は鑑賞に迂愚であり、味解に鋭敏な作家は語学に拙である。両面備った翻訳者の手に依って、はじめて翻訳の詩作品は独自の芸術品になり得るのであろう。

ここで訳詩家としての日夏耿之介を論ずる積りはない。ただ訳詩集に選ばれた詩人と作品を見ていると、そこにはおのずと犀利繊細な鑑識眼をもった一人の文学愛好家の姿が浮かんでくるのである。もとより日夏先生はキーツ研究に依って博士号を有する英文学者であられる。学者としての専門の研鑽の蓄積と詩人としての豊かで柔軟な感性があり、そしてなによりも生来文学を愛する性がその根底にあることに思い及ぶのである。外国文学を翻訳するという目的においても、日本人の滋養になるよう、時代の思潮とにらみ合せた上で正しく紹介し移植した森鷗外もある。該博な知識と尖鋭で柔軟な鑑賞の下になされたそれら数々の翻訳は、今もって大きな意義がある。また一方、専攻する学問の必然からの翻訳もあり、たまたま知る語学の演練からする翻訳もあろう。また現今は購買と流布率をねらっての早い者勝ちの翻訳者グループも散在する。環境と時代という恩恵もあったであろうが、悠然と自己の趣向に従って作品を取りあげ味わい、それに合った言葉に移し、芸術品に練りあげて、いつの間にか独特の訳詩集が巻を成すということは、やさしいようで出来難いことである。「読書は漫然と読んではじめて血になり骨になり肉になる。」嗜読を忘れ勉強で読めば、本は楽しみでなく義務と化してしまう。いつかお聴きしたこの言葉は、学究者でも詩人でも翻訳を業とする者でも、まずもって銘とすべきものではなかろうか。

訳詩集には前出の漢詩訳二書のほか、『海表集』『英國神祕詩鈔』『東西古今集』『巴里幻想集』『イギリス抒情詩集』及び『ポオ秀詞』『大鴉』『ワイルド全詩』などがあり、いずれも独特な世界を形づくっている。そのうちの一巻『海表集』を開けてみると、そこに並ぶ詩人たちが古今東西じつに広範にわたることに気づく。英文学者であることから、自然キーツやコールリッジ、ロセッティ、シモンズ、ブラウニング、イエイツ、ポオと並ぶことはわかるが、ベルトラン、ヴィヨン、クローデル、マルセル・シュオッブというフランス詩人もあり、イタリアのダンテ、ドイツのデーメルとダウテンダイ、ギリシアのサッフォーらも並び、顔ぶれは西欧諸国にわたっている。そのうえ唐詩人たち、李賀、王維も十数篇入っている。これら国を異にし時代の違う作品は、それぞれにその持味に合った日本語の措辞・語法・調子のうちに再現されている。まさに和・漢・洋にわたる学究的知識と詩人の感性との結合と駆使とを見る思いがある。

『於母影《おもかげ》』はドイツ詩が主であり、『海潮音』も『珊瑚集』もフランス詩が主であった。『海表集』の序にこれらの訳者の選択の方向を示す次の言葉がある。「纖細微妙の巧緻を極めたる神經情念の內部世界をその僅かに露出したる一斷面に因りて示唆する一方法の文學の形而上性世界性を最も酷愛する」か、あるいは「去りて蒼然たる古色爛斑たる古鏽を靜謐沈痛の形態に放吟する昔ながらの意欲の文學の古典性を愉しむ」か、自分の詩歌に対する趣向にはこの二つの面があるというのである。前者はふつう浪曼主義とか神秘主義、象徴主義とよばれる詩であり、後者はいわば古典主義の作品である。専門家意識をもった学者ならば自己の立場を主張するため、一方を固守して他を顧みないであろうし、おのれの趣向に偏した詩人ならば、凡例にあるような「英浪曼史研究には重要の位相を占める詩」であるという理由から、自分の好みと異なる面から選ぶことは出来難いであろう。学匠であり詩人である『海表集』の訳者は、そうした狭いイズムの枠などは越えて、自在にわが詩集へと好む詩人たちの作品を各国・各時代から選びとっている。じつに大胆である。だが選ばれた詩人や作品はバラバラな玉ではなく、おのずと一つの体系ができ、はっきりした傾向を持つ独自な世界を形づくるのである。尖鋭な鑑識眼で選ばれ、詩人の審美眼と感性と技巧とで磨かれた数々の玉を一つにつないでいるものは、この訳者の趣向の強さであり、際立った個性であるのではないだろうか。

日夏耿之介の主体は翻訳にはない。いわば副次的な、訳詩集という面から覗いてみても、その世界の広さと独自性とはうかがい得るのである。だが単に幅広いというだけではディレッタントであろうが、訳詩集にみたとおり、その世界は独自の存在価値を有している。とくにポオやワイルドの世界などは読者側に好悪の感情をはっきりと喚起するほど独自な芸術品となっている。いわんや『轉身の頌』から『咒文』に到る詩人として、『明治大正詩史』や『明治浪曼文學史』などの研究家・評論家として、『美の司祭』や『英吉利浪曼象徴詩風』の英文学者として、また、『サバト佐異帖』や『瞳人閑語』以下数巻の随筆家として歌人として俳人として、その活動範囲の広さとそこにうち樹てられた業績の価値は大きい。雑誌掲載の作品類は言うまでもなく、百冊におよぶ著書のほとんどがこれまで絶版であり、古書棚のなかにもあまり見当たらぬ現今、日夏耿之介のそれらの幅広い世界のいくつかは、未だ閉ざされたままであり、作品業績への評価もこれからといえよう。

〔「出版ダイジェスト」一九七二年八月〕

# 日夏耿之介全集が復刻

今年は日夏耿之介が生まれて百一年であり、没後二十年に当たる。これを記念して、十八年前に刊行された全集八巻が、その後判明した著作目録の資料を補足し、河出書房新社から十一月初旬に復刻された。

日夏耿之介の名前は、近頃ではあまり聞き慣れないものになってしまったが、芥川龍之介、萩原朔太郎らと親交があり、若い頃は堀口大學や佐藤春夫、西條八十、そして画家の長谷川潔、石井柏亭、永瀬義郎らと親しく、ともに『聖盃』『假面』『汎天苑《パンテオン》』等の同人雑誌を中心に文学活動をした。森鷗外、上田敏、露伴、鏡花の系統をひく、詩人、批評家であるとともに、外国文学の研究・翻訳・紹介の方面でも高い業績をあげており、ジョン・キーツのオードと漢詩の賦の比較研究で英文学博士を得て、早稲田大学および青山学院大学大学院でも教鞭をとるなど、その活動は多岐にわたっていた。

あはれ　夢まぐはしき密咒を誦《ず》すてふ
邪神《かみ》のやうな黄老《おきな》は逝《さ》つた
「秋《さはきり》」のことく「幸福《さいはひ》」のことく「來《こ》し方《かた》」のことく

これは故郷の長野県飯田市のりんご並木に、谷口吉郎の設計で建てられたスウェーデン黒御影石の詩碑に刻まれた「咒文乃周圍」の一節で、碑隠撰文はフランス文学者の故齋藤磯雄氏である。こうした漢字の視覚の美と、やまと言葉の音の響きとを一体化させた詩人自ら名付けた「ゴスィック・ローマン詩體」で書かれた『轉身の頌』『黑衣聖母』から『咒文』にいたる詩集は、難解とされ、高踏派の詩人といわれる。その一方で、最近、復刻された『サバト恠異帖』といった作品からもわかるように、中世趣味、怪異趣味そして愛書趣味の持ち主であり、こうした特質が現代において、広い層の人たちからなお日夏文学の世界が関心を持たれている要因であろう。

故澁澤龍彥氏は全集広告パンフレットの一文の中で、「錬金の幻夢にこがれ……」の題のもとに、「西欧文明の隠れた大きな流れであるところの、世紀末デカダン文学やデモノロギア、神秘主義思想や魔法に関する前人未到の業績を残された日夏氏であった」と述べているが、日夏のこうした要素が澁澤氏自身や塚本邦雄、須永朝彦などに連なってゆくのであろう。三島由紀夫もまた日夏耿之介の世界の信奉者であり、オスカー・ワイルドの『サロメ』を自ら演出するに当たり、日夏訳『院曲撒羅米《サロメ》』を選び、それを生前すでに自らの死後一周忌の上演演目に、再び定めていたほどであった。

日夏耿之介全集完結には十二年の歳月がかかった。全著作目録は四千五百枚余のカードに及び、第一巻の詩集は、初出より初版、選集、定本詩集など八種類からの作品を基にして、約五万行を一行ごとに校訂していった。ワープロのない当時であったので、一つ一つ手書きの作業はいま思い出しても大変なことであったが、この全集の「受業者」(故齋藤磯雄氏の言葉)の一人としてまた門弟の作る「黄眠會」の一員として、日夏耿之介の広大な世界に触れることのできた貴重な一時期であったといまは感謝あるのみである。関係者は監修者の吉田健一氏、山内義雄氏、矢野峰人氏、そして編集委員の岸野知雄氏、松下英麿氏みなすでに鬼籍に入られた。残っているのは現在、関川左木夫氏、窪田般彌氏に私の三名と、、河出書房新社の嘱託として全集編集の実務を手伝われた小説家の池澤夏樹氏である。

日夏耿之介が晩年を過ごした故郷である長野県飯田市の愛宕稲荷神社境内に建っていた日夏邸は、その書斎の調度や骨董もおよそ生前そのままに、飯田市美術博物館の敷地内に、やはり同様に二年前に東京から移転された柳田國男邸に隣接して移し建てられ、今一般に公開されている。蔵書および全著作、また書家でもあった日夏の揮毫による書の作品などは飯田市立図書館と飯田市美術博物館に保存され、研究者の閲覧に供されている。しかし未刊行の原稿も別に保存されており、また未公開の資料も保存されているが、その一つに夫人となった故中島添子宛の三十通の書簡があり、このたび親族の松岡耿介氏の許可のもとに読む機会を得たが、いままでにない日夏耿之介の一面を見る思いがあった。たとえば、結婚の前後のもののうち大正十三年五月十日に、大田区馬込に当時あった文士村に滞在中の三十五歳の日夏から、飯田にいる添子夫人に宛てた一通に、次のような文面がある。

「雨の日は、あなたの手紙を日付け順によむのです。すると自然に涙がにじんで来ます。……二人はもう立派なをとなだから自由に結婚する権利がある。だから誰が何と云っても必ず岩をも通す堅い信念で二人は結婚迄努力するのだよ。決して途中でへこんではなりませんよ。蘇枝子！　あなたには此わたしがついてゐる。二人は死んでも決して決して決してはなれはしない。だから二人で共力して事に当たれば必ず岩をもとほす事が出来るのだ。いいかい。堅くわたしを信じてわたしにつかまってゆくのですよ。」(原文ママ)

こうした文章の間からは、およそ「狷介孤高の学匠詩人」と世間で言われているような日夏像とは異なる、温かい愛にあふれたおおらかな心が伝わってくる。清冽な厳しい芸術の世界を重んじ、書簡や日記など私生活面の公開のおよそ皆無にちかい日夏文学の世界であったが、これを皮切りに今後の個人的資料のいっそうの収集と公開を望み、それに拠ってこれまで晦渋とされ親しむ機会の少なかった日夏耿之介の詩行に血を通わせ、あらたな光を当て新しい解釈を生むことが期待される。もちろん全集には、処女詩集『轉身の頌』にいたるまでの前段階の初期の習作群、詩人自身のいう「黄金のエロス」時代の「春宵祕戲」や「わが愛人」「他界消息」「ある夜の戀人等」等多数が「拾遺篇」として収められており、こうした形成時代の観点からも、これまでとは異なる作品の見方も可能であろう。

この度の全集復刻は、新しい日夏像形成の礎を得るために意味があるのはもちろんであるが、それと共に、堀口大學全集（小澤書店）は完結し、長谷川潔生誕百年記念展が京都と横浜の美術館でこの秋には開催され、齋藤磯雄著作集（東京創元社）、西條八十全集（国書刊行会）も刊行されている現在、すなわち昭和の時代も過ぎ、その前時代の大正ロマン・大正ダンディズムの時代を創りそこに生きた文学者たちの意味を問い直す地点に来ているいま、その検討の大きな足がかりともなるであろう。大正時代は一サイクル前の前世紀をひきずっていた。それと似たゴシックやデモノロギー、オカルトや幻想文学愛好の傾向が強い今の時代に、すでにその道を歩みそこですぐれた業績をあげていた大正期の重要な一文学者の同じ軌跡を、いま一度われわれは振り返ってみる必要がありはしないだろうか。

〔「朝日新聞（夕刊）」一九九一年十二月〕

# 黄眠草堂の教え

昭和二十九年、その頃、日夏耿之介先生は青山学院大学の文学部及び大学院に於て、毎週、文学の講義を受け持たれていた。大学院の学生は毎年三名、提出した論文のテーマに依って全体のなかから選出される。人選に洩れた学生は涙を落すほど、その講莚に列したいとの学生の望みは切で、応募の数は多かった。幸い三名の中に加わることが出来て一年間、阿佐ヶ谷の「黄眠草堂」の扁額の元をくぐらせて頂けたことは、その後の私の歩む道を大きく決めることであったと、今更ながらそれらの日々を感謝と共に思い出している。「聴雪廬」を囲んでの密接なお教えの数々から受け得たものは、そんなにも深遠で、そんなにも貴重なものであった。

木々の青い庭に面した日本間に、紫檀の方卓が置かれ、その上の硯、水注、五鈷杵《ごこしょ》など様々な骨董や夥しい書籍に囲まれ、それ等を支配する如く端座なさっていられた先生の御視線を、上級生の肩越しに鋭いと感じたあの最初の緊張した日のことは、今でも忘れられない。一言も聞き洩らすまいとしたせいか、上気して喉はからからに乾いていた。一時間余り経ったころ、先生は側らの撞木を取りあげ朱塗の枠に下っている銅鑼《どら》を鳴らされた。すると隣室から奥様がお茶とお菓子を運んで下さった。「おあがり」と白く綺麗な歯を見せ、微笑されながらおっしゃるときには、ほっとする思いがあった。それからは砕けた話に移るので、この瞬間とその時々のお菓子はいつも楽しみだった。

「英米文学特講——詩」というのが講義課目名で、ノートの日付けは第一回目が五月二十一日となっている。非常に高度な内容のもので、二十数年経った今であったなら、或いはもう少し深く理解し得たであろう。Methodology《メソドロジイ》を主として講じられた。「メソドロジイとは与えられたる主題から出来得る限りの価値的認識を得んための文学的対象に関する研究の仕方である」と定義され、大方の日本の学問研究が、個人の印象を基にした観賞の域を出ぬ印象批評に過ぎぬことを指摘されて、「方法論のない処に研究は厳密な意味ではあり得ない。文学作品の歴史的位置、絶対的な位相というものを尋ねることが研究には必要であり、これは言い換えれば芸術作品のありのままの母体としての作者個人の環境と集団、時世との聯関という二者の有機的関係の考察が、印象体験の客観化には大切ということである」ということを中心に説かれた。それに連関して毎回、ウィンチェスターやフィードラーなどを基に芸術研究法や神話《ミス》と創作《フィクション》の問題とか、作家固有の資質の問題等を、具体的な東西各国に亘る豊富な作品の例証に依って説き展開されてゆくので、毎回、未熟な者が筆記するだけでも大へんな、密度の濃い一時間であった。

「ワイルドは劇に於て傑出しており、メーテルランクとの関係を見ることは興味ふかい。サロメは一度、岸田國士と上演を計画し彼の死に依って果さなかったが、このイスラエル王女は、線の細い良家の子女で、繊細な容姿とそこに強い情熱を秘ませている女優でなければいけない」とか、「T・S・エリオットは年老えるに従って詩作の境地並びに作品がより高度の段階に進んでいるが、これは日本の特に現代の一時的ジャーナリズムの波に乗っている詩人の行き方とは凡そ対蹠的である」とか、「フランシス・トムソンがもしフランスに生れていたなら、さしずめボードレールになっていたろう」「名声を得ているものにも未熟なところはあるので、世間の評価を鵜のみにせずよく見極めることが必要、例えば芥川文学にも一種青臭いものがある」等々、雑談に移られてもお菓子を賞味するのを忘れるほど、貴重な数々のお教えをいただいた。

ある時「これを読んでどう思うか、自由に感想を書いてごらん」と言われ、「蘭《らに》の香は薄雪の月の匂ひかな」の一句を示された。それが松岡青蘿《せいら》の句であることなど知る由もないわれわれは、印象批評にもならぬ感想文を書いてお渡しした。その後で青蘿が天明の俳人であったこと、播州姫路藩の家臣の家に生れたが、職を棄て行脚に出て加古川の地で俳林に入り、暁臺《きょうたい》・樗良《ちょら》・几董《きとう》等と交流があったという背景を教えていただき、改めて「蘭の香り」と「薄雪」と「月」を結びつける奇想《コンシート》の面白さ、ファンタジィの奔放さ、感覚の新鮮さが立体的に納得出来、より深くこの句を味え得たのである。これは先のメソドロジイを、具体的なやり方で教えて下さるものであった。ある時にはそれがロセッティの詩であったりしたが、後に『英吉利浪曼象徴詩風』でロセッティの「『閃光』に於ける輪廻思想に就て」という細心精緻なエクスプリカシオン・ド・テキストに拠る批評を拝読したとき、自らの無智さ加減を見せられると共に、この作品の世界がより強烈に印象づけられたものであった。

またその時床の間に掛けてある支那の山水画を指されながら、東洋の遠近法と西洋のそれとの違いを説明して下さったり、骨董の扱い方、硯と墨の話、抹茶の湯加減、玉露の入れ方味い方に至るまで、身辺近くおありの目につかれる文房書画骨董陶器、書籍類から話題は自在に流れ出た。われわれは大学院の師と仰ぐばかりでなく、日本の一流の詩人、洗練された文人のあり方を目のあたりに見せていただく思いがあった。そうしたとき、「その時の一ばん良いもの、一ばん美しいものを見ておきなさい」とおっしゃられた。「目きき」というものがあるように、美の感覚は修練され得るものだともおっしゃった。「美の狩人《かりうど》たれ」この言葉は先生がおっしゃったものか自分が作ってしまったものか定かでないが、これをHunter for Beautyなどと英訳してその時代の一級品に接しようと、その頃音楽会や展覧会、劇場などに足繁く通ったのは、先生のお教えを守らんとする若さの純粋さゆえであったろうか。

美の狩人の目指す対象の一つとして、先生の学部の比較文学の授業を時折盗聴に伺った。多くの学生には樋口國登教授が詩人日夏耿之介と重ならなかったようである。学校の車でいらっしゃる先生は、いつも羽織袴に白足袋を履かれ、その上にインバネスを羽織り、黄色い革に漆で虎の絵が描いてある小ぶりの合財袋にウイスキーを入れておられた。教室に入られる前に一杯飲まれ、神経を鎮めるための薬です、と言われていた。学長室で羽織を黒ビロードの上衣に代えられる。ポオの「大鴉」を講じながら腕をあげ窓の彼方を指差されるときなど、その丸くなっている黒い袖がまるで大鴉の翼を広げたように見えた。また入っていらっしゃるなりチョークを取り「しぐれは見るか、聞くものか、月寂《さ》び、鐘細《かねほそ》く、思ひ重ねて人ゆかし」と大きく板書され、それまでざわめいていた教室がしーんとなるや、やおらこの徳川の歌謡をめぐって話を始められるということもあった。時には掛けたままで、時には教壇を身ぶりを交えながら歩きつつ話されるその名優のような端正なお顔と表情と姿とその動きに見とれていて、しっかり内容を覚えていない若すぎたあの頃が悔やまれるが、日夏耿之介全集編纂のお手伝いをさせて戴きながら、やっと今になってあの時の教え、あの時の様々な印象が、一つ一つ立体的に理解されてゆくように思われるのである。

〔「本の手帖」一九七六年四月〕

# 飯田と日夏耿之介先生

水鶏《くひな》ゆくや此日宋研の塵を洗ふ

飯田の日夏邸の茶の間は、東南に障子が明け放たれる。坐るとちょうど庭の隅にある御影石の句碑が目に入る。その台石の下には「雪のした」の白い花が群れさき、上を柿の青葉が被っている。愛宕稲荷神社の静かな境内に地つづきになるこの一角は丘陵地帯であってはるか下方の伊那谷には天龍川の支流の松川が、絶えずひびきをたてている。夏には飯田名物の豪華な花火が弧を描き、冬には遠方に峨々たる南アルプスが白雪をのせ、くっきりと稜を青空に切るのが見遥かせる。

昭和三十一年の三月、岸田國士の一周忌の法要に出かけようとして倒れられ、右半身が不自由になられたことが、都を離れて郷里の静かな生活に切りかえられる契機となった。その年の九月に、信州のさまざまな木材を巧みに使った瀟洒な新居が出来上ると、日夏先生は阿佐ヶ谷の黄眠草堂をひき払われた。東西古今に亙る貴重な蔵書や書画や骨董類は、土蔵として建てられた離れの書庫いっぱいに移されたが、その際に欠けることを心配された奥様が、宋研や螺渓の硯を運ばれるというのをお手伝いし、車中ずっと飯田まで支那の石の重みを感じつつ、膝に抱きかかえるようにして運んだ。思えばそれから十五年の歳月が流れている。

閑静な故郷の山や川と親しい人々に囲まれ、先生は健康をとりもどされた。右手は不自由になられたが、元々左ききの先生は箸も筆もさほど苦痛もなく、左手で上手に使われていた。着物に白足袋、宗匠頭布をかぶられた先生は、気軽に散歩を楽しまれ、骨董屋に古本屋にいつも案内して下さった。休みを利用しては飯田に先生をお尋ねしたが、街を歩くと行き会う知らぬ人々が頭を下げ、先生はニコニコ挨拶を返していられた。飯田市名誉市民の第一号（昭和二十八年選出）として、市民に尊敬され親しまれていたのである。第二号は同じ早稲田大学の河竹繁俊教授であった。昨年の夏最後に伺ったとき、思ったよりお元気で境内の散歩に出かけられ、枕元の本を手にしておられ、奥様とお妹さんに支えられながら神社の鳥居の下でにこやかにお見送り下さったりした。

飯田市のちょうど中央にリンゴ並木があるが、その中ほどに谷口吉郎氏の設計になる詩碑が建っている。スウェーデン産の黒御影石に「咒文」の一節が刻まれているが、秋になるとその黒にリンゴの赤い実が映発して美しく、飯田市の名所になっていた。その並木通りと交差するように知久《ちく》町通りが走っている。その一角に先生の生家樋口家の古い土蔵造りの家と白壁の倉がいまも残っている。富岡鉄斎や佐々木弘綱らと交遊があり文芸に通じていたお祖父様や、信濃商業銀行や百十七銀行の支店長だったお父様、また歌人であられたお母様の話などを、この通りを歩きながらお聞きした。少年時代のことを一葉・鏡花ばりの美文でつづった自伝小説『竹枝町巷談』は、この知久町が舞台である。詩人として英文学者として批評家、文人として知られているが、先生に小説や戯曲のあることはあまり知られていない。戯曲は早稲田大学時代に雑誌に発表された「美の遍路」という時代ものである。来年の一周忌を期して全集の刊行がすすめられているが、それによって広く読まれ、先生の残された業績が正しく見直されて欲しいものである。

飯田市のどこに立って空を仰いでも、風越山《かざこしやま》が形のよい山頂を雲のあわいに見せている。その山腹に先生の句碑がある。ある夏「見ておいで」とおっしゃるので気軽く登っていったが思ったより高く、自然石に刻まれた丈高い碑のそびえる処は岩場であって、鎖をたよりに一足ごとに確めつつ登るのであった。岩見重太郎のひひ退治の気分を味わいましたと申しあげると、「ホホウそうだったかい。無事でよかった」とにこやかに笑っておられたが、先生御自身は行かれたことがないのであった。「秋風や狗賓《ぐひん》の山に骨を埋む」九天に登られた八十二の黄老は、いまや自在に山頂を遊泳し、句碑を眺め、狗賓と仙菜で汲み交しておられることであろう。

〔「早稲田学報」一九七一年九月〕

# 詩碑と記念館について

## 「日夏耿之介詩碑」の建立

日夏先生の詩碑序幕式が、昭和三十七年、先生七十三歳の時にあり、リンゴ並木に碑が建つことになった。その時、先生ご夫妻からご相談を受けて、私が式次第を原稿用紙に書いたものが、しまってあった箱から出てきた。以下のようである。

昭和三十七年十一月二十三日十時半　於リンゴ並木。

次　第

一．開会のことば　代田飯田市会議長
一．除幕　日夏先生御夫妻
一．事業報告　松井卓治飯田市長

一・工事報告　　設計者　谷口吉郎
一・感謝状並記念品贈呈　　友人代表　原久一郎
一・お祝いのことば　　黄眠會代表　岸野知雄
　　野田宇太郎
一・お礼のことば　　日夏耿之介
　　（花束贈呈　村松可津）
一・閉式のことば　万歳三唱　青島商議所会頭
祝電　辰野隆、鈴木信太郎、久保田万太郎、徳川夢声、林家正楽等
祝賀パーティ　　（於市役所会議室　正午より）
一・祝詞　　佐藤輝夫　齋藤磯雄　佐藤正彰
一・記念演奏会　「鎌倉の四季」　作詞　日夏耿之介・作曲　都一舟
　　唄　花柳寿三
　　糸　田村寿三八　高橋つる

しかし、残っている写真を見る限り、島田謹二氏がご挨拶されている。私は主人の陽一と共に式に出席したが、青山学院大学大学院同級生であった近藤（故柴田）泰子《たいこ》夫妻がその時は一緒だったことは忘れ難い。宿は飯田市が「三宜亭」に用意して下さり、部屋にあった白地にグリーンの地のマッチがいまでも手もとに残って

いる。

設計者は谷口吉郎氏で、スウェーデンの黒御影石が用いられた。詩隠は齋藤磯雄氏（齋藤氏曰く詩陰ではなく詩隠が正しいとのこと）、揮毫は飯田市長松井卓治氏である。詩は日夏先生最後の詩集『兕文』の「兕文乃周圍」の数連「あはれ夢まぐはしき密咒を誦《ず》すてふ　邪神《かみ》のやうな黄老《おきな》は逝った　「秋《さはきり》」のことく「幸福《さいはひ》」のことく「來《こ》し方《かた》」のことく」であった。（次頁の図参照）

昭和三十七年に詩碑建設委員会ができ、東京の龍土軒で、野田宇太郎、辰野隆、原久一郎、河竹繁俊、齋藤磯雄、小堀杏奴、豊田実、谷口吉郎、伊藤達也、岸野知雄、松下英麿などの錚々たるメンバーが建立の為に会を開いていたことは、当時の我々若い者には知る由もなかった。

赤いりんごが連なる下で、とがった黒石の詩碑は目立った。日夏先生の挨拶は飯田の先達の功労者のことを述べられたので、私には難しいというより分からなかった。松井卓治市長の挨拶のあと、デザインを担当された建築家の谷口吉郎氏も挨拶された。このスウェーデン御影石と同じ石が、金沢の犀川の畔に、室生犀星の詩碑として建ったことを知った。それで東京への帰り道、金沢に寄ってその詩碑を見た。同じ黒御影の小さな詩碑が建っていた。高踏派《アリストクラート》である先生にとって、室生犀星は好みに合わなかったらしく、あまりお親しくはないだろうが、「故郷《ふるさと》は遠きにありて思うもの、そして悲しく歌うもの」の詩などは、私の好きな詩である。余談になるが、後年、金山町の議員たちと話していて、この詩を口ずさんだところ、多数決で石川啄木作にされてしまったのを思い出す。恐ろしい多数決の民主主義である。

詩碑建立の当日と翌日に、「水月遠洲流」の「書と花の会」華道展が正永寺で行われた（龍翔寺の予定だったが変更）。主催は公木会、後援は南信州新聞社、南信州日報社、詩碑建設委員会。日夏先生の詩や句の一節などを花で表現したものであった。

詩碑設計図

設計　谷口吉郎
石工　関ヶ原石材
施工　吉川建設

建設場所
長野県飯田市りんご並木通町角

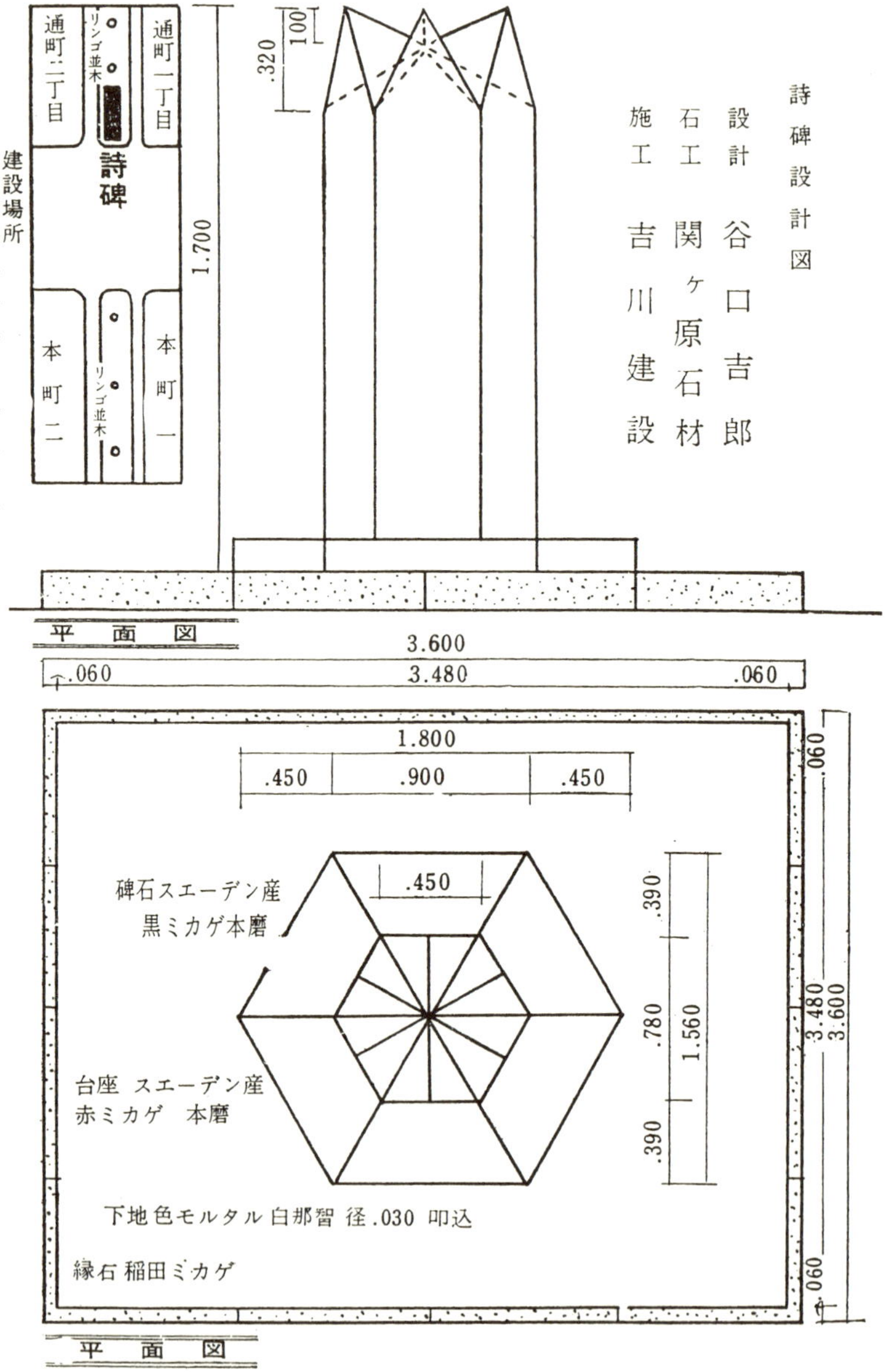

これより四年後、昭和四十一年、先生七十六歳の時に、飯田の仙寿楼で喜寿の会が催された。先生作の「めいぶつ唄」が綺麗どころの踊りとともに披露され、「わが所蔵展」としてご所蔵の書画骨董が展示された。また、飯田市有志の出品による展示会も同時に行われた。記憶を辿れば、この所蔵品は、先生の歿後に出た全集の出版後、その労に報いるためか先生を偲んでもらうためか、編集員や黄眠會の人たちに分けてしまわれたのである。奥様のご判断だと思うが、いまだ記念館の話がない時で、主な硯などは残されたようであるが。私の手元にも日夏先生の所有だった、「青蓮」と名付けられた中国製の茶色い小さな急須がある。（いずれ記念館に寄贈したいと思っている。）というわけで、日夏先生が趣味から収集された骨董は散逸しているのである。

これらの展示会は、先生の生前では最後のものとなった。翌年、追悼集『詩人日夏耿之介』（当初、題を『涓滴』にとの声もあったが、日夏先生には既に同題の随筆集が飯田市飯田図書館より出されていたため却下）が新樹社から出版されたが、東京でこの本の編集作製に夢中になっている間に先生は臥床となり、その一年後、老人性変形関節炎のため飯田でこの世を去ってしまわれた。昭和四十六年のことである。デス・マスクは、主治医の前嶋忠夫氏がとられている。

愛する生誕の地の飯田に、句碑が建ち、詩碑も出来、そこで所蔵展も行われた。そして、歿後まもなく「全集」も出て、記念館もできた。詩人、作家として、ある意味で充実した閉じ方をされたともいえるだろう。

日夏先生が、世を去られてから五年たった一九七六年の六月二十五日から七月四日まで、先生の回顧展が荻窪の「シミズ画廊」で行われた。二十六日の土曜日には、当時東大教授だった由良君美氏の「日夏耿之介の文学的趣向」と題する講演会が開催され、また齋藤磯雄氏と窪田般彌氏によるシンポジウムが私、井村君江の司会で行われた。日夏耿之介の文学世界を理解してその意義を認める先生方が、日夏文学理解の糸口を開いてくださり、批評研究への一本の線が引けたわけである。

しかし、今後その線上で、漢字を愛し、日夏耿之介先生の作品を面白く読んで理解する若い人びとが出てくるのだろうか。あるいは漢字が越えかねる壁となって読む人びとがいなくなってしまうのだろうか。私にはまったく分からない。日夏耿之介の世界は、そのままでは翻訳不可能な漢字や古語を使用したきわめて知性的な詩の世界であり、そこには書画骨董の古玩趣味もあれば、広大で深遠な西洋文学の世界をも含んでいる。日夏耿之介の世界を理解するのが、今後非常に難解になることを心配している。

## 「日夏耿之介記念館」の設立

『南信州新聞』の長野版に日夏耿之介の記念館がオープンという記事が、日夏夫人（添夫人、当時七十七歳）の写真入りで掲載された。「記念館が十五日（昭和五十四年五月）、同市大久保町の日夏氏宅に開館した」とある。

この家は、先生が亡くなるまで住まわれたカワラ葺きの平屋である。先生は最晩年、東京阿佐ヶ谷のお家からここに移られている。「この家はね、飯田の杉や檜、白樺などの古木を使って建てられたのだよ。見てごらん、わかるだろう」と、先生ご自身に玄関や書斎を案内していただいた。そのときプンと木の香りが鼻をついたことは、いまでも印象に残っている。別棟にある書庫はコンクリート造りだったが、本が並んだ書庫の中で、最後の詩集『咒文』の初版を見せられ、私が持っていないと言うと、「では、書いてやろうかね」と、サインをしてその本を下すった。実に貴重で忘れ難い思い出である。この家が解体されずそのままの姿で保存されるのだと思うと嬉しくなった。

家の庭には、黒い御影石に直筆の句が刻まれた自然石の碑が立っていた。「水鶏《くひな》ゆくや此日宋研の塵を洗ふ」。この先生独自の字の句碑も、そのまま記念館に移った。庭には松川の流れの音がひびき、そこから飯田市全貌が見渡せ、夏には市内で打ち上げる花火が見えた。生前の先生は、これらを、床の間の掛け軸（鉄斎や白隠など）を背に座って眺められた。炬燵のテーブルの上には、武原はんさんから贈られた、大きめの緑の花模様の湯飲みが置いてあった。小堀さん（鷗外の次女小堀杏奴《あんぬ》さん）のご主人の描いた「星月夜」の絵の額が掛かっており、その下にある、火野葦平氏が持参されたというテレビの前で、私たち来客に会われていた。火野葦平氏が学生時代の教え子だったらしいことは、昭和二十八年六月二十二日、日夏先生に宛てた絵葉書に、「大英博物館の昔の作家詩人の自筆原稿のある部屋が面白くて、そこで一日つぶしてしまひました。キーツのもあって、先生を思ひだし、学生時代をなつかしく回想しました。」（『日夏耿之介宛書簡集』）とあることから推測される。先生は時折り、炬燵の机の上で原稿の筆を走らせていられたという。テレビの脇から入る書庫には、ギッシリと本が並んでいる。和・漢・洋あわせて一万千冊ほど（「洋書千六百七十八点、和漢書八千二百四十七点」と新聞では報じている）が、整理されて本棚に並べられている。この他にも所蔵品として、「島崎藤村、永井荷風、北原白秋、与謝野鉄幹・晶子、萩原朔太郎らの手紙や幸田露伴や森鷗外の書」も入っていた。「なるべく早い時期に（独立して）記念館を建設したい」と当時の市長、松澤太郎氏の言葉が載っており、市や市教育委員会では新設計画案をたてていたようである。しかし、この家をそのまま博物館脇にひっぱっていき、柳田國男の家の隣りにしたのはかえっていい案だったと思う。

記念館実現に向けては、日夏門下生の集まりである「黄眠會」の諸先輩が動いて下さった。中央公論社顧問の松下英麿氏は、先生の本を寄贈のために分類整理して下さった。相模女子大教授の関川左木夫氏は、「黄眠會」と飯田市との今後の円滑な関係を保つための条件を、以下のように「要請事項メモ」として作成してくれた。これは、今まで印刷も発表もされず、当人もこの世を去ってしまわれ、原稿のままで私の手元にある。当時の市職員は見たかどうかも定かではなく、返事の控えもないが、この機会に写しておきたいと思う。

飯田市に対する黄眠会の要望事項メモ

1．飯田市からの公式の協力依頼の文書を要望
2．日夏記念館に関係する市側の事務担当者名
（とくに黄眠会との連絡担当者名）
3．資料展示陳列の指導に黄眠会員派遣に必要な費用の支出についての諒解
飯田市が開館に当り計上した予算とも関連して
4．市民あるいは入場者に頒布する文書の種類、形体、部数
（たとえば日夏耿之介の紹介パンフレットを例にとっても、判型、用紙、印刷、頁数、部数の企画）
5．講演会の規模、日数、講演者の人数

以上の事項について、飯田市の協力要望の意図に添う黄眠会の努力実現のためにも、市側の開館に対する企画と予算の概略を承知しておき度く、黄眠会として要望いたします。

平成元年六月十五日
黄眠会代表　関川左木夫

「黄眠會」は今も存在するようで、一部の会員はご存命らしいが、後継者は無いようだ。黄眠會は文学史上か

ら消えてしまうのだろう。関川左木夫氏が会の最後の代表者だったと思う。関川氏とご一緒に雑誌『古酒』を出し、『眞珠母《しんじゅも》』を出したが、確かにあの時は関川さんが主体で動かれ、私どもは寄稿者であり小間使い役であった。日夏先生は『古酒』には書かれているが、『眞珠母』には最早や寄稿されていない。

生前の先生を知る人達はみな、この世を去ってしまわれた。二〇一四年の今現在、全集関係者の方々で存命なのは、河出書房新社の編集者だった藤田三男氏、岡村貴千次郎氏と、池澤夏樹氏、井村君江の四名だけである。

日夏先生はこの飯田の家の地続きであった愛宕稲荷神社の石に腰掛けられ、東京から汽車で来る私たちをいつも待っていて下さった。「日向ぼっこしてたんだよ」とにこにこされ、今日は御幣餅《ごへいもち》食べに行こうとか、今日は骨董屋に行こうとかおっしゃられ、飯田市内を案内された。道行く人が会釈されるので、地方の名士なのだなと思った。「飯田の人はみな、東京の人には親切なんだよ、ハチノコが食べられると良いんだがね」と言われた。名物の御幣餅のようにはいかなかったが、後には旅館で出されても、飯田の人のように、ハチの子を太ったイモムシ状態のまま平気で食べられるようになった。だがある時、偶然に入ったレストランで、サーヴィスなのか、新宿ブルースを掛けられて戸惑ったことがある、その東京から逃れてわざわざ天龍川に来たのに。この地方の方言である「なもし」という語尾が耳についている。

「今日は自伝小説の『竹枝町巷談』の背景を見せようね」と、飯田の町をご案内くださったことがある。この唯一の自伝小説の主人公は、「光比古」である。小説がまだ刊行されない段階で、先生は表紙にする布の、小さな四角い見本を見せられ、「君が選んでくれたまえ」と言われた。私は飯田の町の雰囲気を思い出しつつ、黄八丈、赤に黒点、紺地の絣など三点の布を選んだ、昔の阿佐ヶ谷の書斎を思い出した。「ここが光比古の卒業した追手町小学校（旧飯田尋常小学校）だよ」と、案内された。この学校の校歌作詞は誰であろうか。日夏先生は、「下伊那農業高等学校」と東京練馬区の「大泉高等学校」の二つの校歌（作曲小松清）を作っていられる。「この辺りで光比古の下駄の緒が切れたのだよ」と白い土蔵が建ち並ぶ路地裏を示された。お寺に寄り、「ちょっと、墓まいりして行こう」と言われ、ご自分の黒いハットを妹さんの墓石にかぶせられたお姿が目に浮かぶ。

この自伝小説を読むたびに、私は樋口一葉の『たけくらべ』を思い出し、トーマス・マンの『トニオ・クレーゲル』を思う。そういえば、先生が天才ということを説明された時、「天才は学校などに行かずとも、自分のなかから表現が湧いてくる人だよ。明治時代では、泉鏡花と樋口一葉かな」と言われたのを記憶している。唯一の小説が『竹枝町巷談』なら、唯一の戯曲は「美の遍路」である。この戯曲の主人公は千姫であり、いわば先生にとってのサロメなのであろう。

愛宕稲荷神社がいつも先生とお会いする起点だった。ここは高台であり、木立に囲まれて奥深く広がっている。先生の祖父の與平光信氏はこの神社の宮司だった人であり、境内には衆議院議員で先生の東京時代の保護者であった叔父樋口龍峽氏の石碑もあった。遥かに南アルプスの連山が望まれ、近くには風越山《かざこしやま》が見えた。山頂に建った句碑の式典（昭和三十四年、先生六十九歳の時）には参列出来ず残念だったと言うと、「では、今日行っておいで」とおっしゃられたので、主人と一緒に登った。聞きしに勝る険しい山で、石を分けて行き、鉄の鎖を伝って登ったが、後年英国でアーサー王のティンタージェルの鎖を手にすると、いつも風越山を思いだした。

句碑は人の二倍ぐらいある大きな石に、先生の筆跡で「秋風や狗賓《ぐひん》の山に骨を埋む」と彫ってあった。足場は石だらけで、工事は大変であったろうと推察した。日夏先生は、この郷土飯田を愛されていたのである。

# 第三章　日夏耿之介の周囲の人たち

# 城左門（一九〇四―一九七六）

日夏耿之介先生より、「城左門君が、全詩を一冊にする場合、力になっておくれね」と昔から言われていたので、あるとき私は牧神社社長の菅原貴緒氏と共に城左門氏のお宅を訪ねた。

大森の馬込の城氏のお宅は、聞きしにまさる立派な門構えだった。四十数年経っても、坪庭から差し込む光に照らし出された、和服角帯姿の城左門氏と、側に寄添うようにはべる着物姿の夫人の面影が、鮮やかに浮かんでくる。数寄屋づくりの凝った小障子の居間だった。なぜか庭の椿の赤い花が、印象に残っている。出版の話は進み、膨大な詩作品を前に、編集の仕事は数年かかった。七つの詩集に収録された、半世紀に及ぶ百六十五編の詩作品と、訳詩（ポオ原作）二編の五百頁近い大冊であり、完成は昭和五十一年二月。私は四十代で、鶴見大学教授として教鞭を執っている頃だった。

「表紙はどうしてもワイン・カラーのマーブルにして、背は同じ色の布にしましょう」という願いが入れられた。瀟洒だが分厚い本になった。この全詩集を野田宇太郎氏は絶賛され、書評を雑誌『郵政』（十一月号）に書かれたが、千枝子夫人はたいへん喜ばれて感謝されている。それから四十年たった平成二十五年十二月二十七日、九十三歳の城夫人に老人ホームで再会することが出来た。貴重なお話をうかがい感激したが、開口一番、「あの全詩集の写真、裏焼だったですね」と言われて、そのご記憶の確かさと、四十年のあいだ沈黙されていたご態度に完全に圧倒されてしまった。そのことはこちらから謝ろうとしていた矢先のご発言だったのだ。

「全詩集」完成の時、御礼としてお二人より頂戴した、銀に光る白い真珠のブローチを持参してお見せした。夫人は喜ばれ、それをきっかけで話が弾み、城氏の貴重な生活の出来事にも話は及んだ。城氏は、私生活面のことはあまり作品にお書きにならない。雅号「城左門《さもん》」の由来も不明だが、奥様によれば、まず「左門」は十九世紀末のフランスの詩人アルベール・サマンの名前からとり、「城」は中学時代級友の犬山城主の持ってくる豪華な弁当が羨ましく、自分も城主になりたいとの思いからつけたそうだ。なんとその犬山城主は、第十一代の成瀬正勝侯で、私が東大大学院で毎週聴いていた日本文学の恩師だった。まったくの偶然で奇縁であるが、成瀬氏と城氏とは、同じ京華中学校出身で、成瀬氏が二歳年下だったらしい。だが城氏は、実質は学校で文学の教育を受けたのではない。ほとんどが独学で、その中心にはどうも蕪村があったらしい。そのことを私はいつも氏の作品を読むたびに思う。とくに、もう一つの筆名「城昌幸」の、密度の濃い散文詩のような幻想的な物語を読むたびにである。また、「朧銀」と野田宇太郎氏が言われた燻し銀のように古代的で幻想的な言葉が、急に「いやさ」というような近代的で劇的な言い回しに変わる詩を読むたびにそのことを感じるのである。枯れてわびわびとした芭蕉の俳句より、芥川龍之介の好きな「公達《きんだち》に狐化けたり宵の春」や「落ちざまに虻《あぶ》を伏せたる椿かな」などの句に見られる、文学と絵画がコラボしているような、劇的で彩り豊かな物語性のある蕪村の句が城氏は好きだったと言う。そして生活を楽しみ、らくらくと生きる蕪村の生き方が好きだと言われた。城左門は蕪村の伝記を、『半夜記』(昭和二十二年　青潮社)として書いているが、氏には珍しく自らの思いをその紙上に吐露している。

この本の出版頃までは、城左門氏は日夏先生監修の雑誌『奢灞都《サバト》』などの同人として、詩人たるべく、西洋文学や日本文学に研鑽を重ねていた。城氏は西洋のキーツやブレイク、ロセッティ、ダヌンチオやボードレールなどを日夏先生から学んでいた。しかし、「……それまで僕を教養してくれた西洋文学は、すこしも僕に、人生の楽しさについては教えもしなければ明かにしてもくれなかったのだ」。だが、突然に知った蕪村、「この人生の達人たる蕪村は、徒学浅才の僕に、如何に人生を生くべきか、如何に日毎を暮すべきか」を教えてくれ、

「……僕を救って展開させてくれ……僕の人生と文学の第二の出発点となった」と氏は述べている。最初の妻に先立たれ、親類たちと死に別れ、天涯孤独となるような実人生の「幻滅の悲哀」、味気ない日々から、愛する人と出会い、突然に明るい光が射してきたわけである。お仕事を見ると、それまでも小説の筆は執っていたが、以後その筆はより絢爛となった。幻想的で不気味で不可解な人間の心の動きをあばく「探偵小説」や、江戸の御家人の血を祖父から引くことから『若さま侍捕物手帖』などの「時代もの」を三百五十編ほども書き、幅広い分野に自在に才能を発揮された。

だが城氏は、ご著作によくサインされている言葉「詩酒生涯」にあるように、着流しで酒を楽しみ談論風発、詩をしたためる「粋《いき》で高等《こうと》で人柄《ひとがら》」な、ハンサム老人であった。長い白い眉毛が「全詩集」出版当時、印象的であった。つねにこの和服着流しの似合う姿は、日夏先生に似ておられた。居間にかかっていた扁額は、奥様の毛筆で「寂陽院」とあった。「寂」は机上に静かに向かわれ筆を執って空想に遊ばれていた城氏であり、「陽」はその側で明るく機知に富んだ返事を返される夫人のことだったそうである。奥様に日夏先生にお会いしたかを尋ねたところ、会ってはいないが、主人はよくお邪魔していたとのお答えであった。また、堀口大學先生の葉山のお宅には一月八日のお誕生日にはよく訪問して鳥肉の好き焼きをご馳走になったと言われた。（私もこの日はいつも堀口先生宅に行っていたが、夜のパーティなのですれ違っていた。）日夏先生のお宅に出向いていたのは亡くなった先の奥様であったらしい。

日夏先生と堀口大學氏の付き合いは、よく知られるように、日本に帰られた堀口氏が、日夏先生の『明治大正詩史』の中で批判を受け、同じ批判を受けた佐藤春夫氏の方へいってからうまくいかなくなっていった。決定的になったのは、日夏先生の弟子で獄中で早逝された『孟夏《もうか》飛《ひ》霜《そう》』の詩人、平井功氏の「堀口大學を避けよう」との言であったと、直接に城左門氏からある時説明され、驚いたことがある。洋行帰りで詩才ある堀口氏を、師日夏の寵愛から遠ざけようとしたのである。

城左門氏も日夏先生監修の雑誌『奢灞都』には色々作品を発表されており、『槿花戯書《はちすざれがき》』の詩篇をL'abbe St.Adrian、あるいは城昌幸という筆名で載せている。この詩集発行の広告が当時の雑誌に出ているが、日夏耿之介序・城左門著となっており、同じ頁に堀口大學氏の『月下の一群』刊行広告が載っている。大正十五年のことである。

城氏は「忘却の伽藍」とか「女王の秘密」という作品を『奢灞都』に掲載しているが、幻想的な詩作品というべきなのか、それとも十二頁にも及ぶ物語であるから詩的短篇小説というべきなのか断定し難い。氏はこうした短篇や怪しい話を詩的に語るのが初期から得意だったようで、ショート・ショートや探偵物の作家としての素質、『怪奇製造人』などの一連の作品集を出す傾向を、早くから持ち合わせていたようである。『奢灞都』の頃、日夏先生はまだ堀口大學氏と親密だったので、目次を見ると、佐藤春夫、岩佐東一郎・矢野目源一が日夏耿之介の名前と並び、執筆陣の顔ぶれには圧倒される。編集の「あとがき」の署名に「和尚」とあるのは、城左門氏と推定される。雑誌の「編集者」名は稲並昌幸となっており、第三巻第三号の「あとがき」には、城氏の弟武幸氏の不幸を悼む文が載っている。この『奢灞都』は、趣向と編集の必然からか、昭和三年には『汎《パン》天苑《テオン》』となり、日夏耿之介・堀口大學・西條八十の三つに分かれることになる。そして同年には、同人の若者達、西山文雄、木本秀生、堀河融、岩佐東一郎，それに城左門らが同人誌『ドノゴトンカ』を作る（全二十一冊）。そこでは、「旧来の文学、思想、時代へ対しての反逆であり破壊である」と宣言され、新しい都市文学建設の気概、意気込みがうかがえる。この雑誌には、『夜のガスパール』の翻訳が掲載されている。十九世紀のフランスの詩人アロイジウス・ベルトランが書いた『夜のガスパール』の翻訳は西山文雄氏との共訳であるが、重厚で巧妙な日本語は城左門氏のものである。城氏はこの他に、超短篇や時代小説や探偵小説なども書かれており、作詞もされ、俳句も『夜半記』巻末に「海波調」として数首書いている。じつに多彩な才能であった。

昭和五十一年年十一月二十七日、「火星人がやって来るから捕われないよう気をつけよ」と城氏は千枝子夫人に注意されたらしい。谷崎潤一郎と佐藤春夫の間の「細君譲渡事件」を意識して、奥様が捕われないかと、心配したそうである。だが、捕われたのは奥様ではなく、城左門その人だったのだ。十一月二十七日、火星人は天上に城左門氏を永久に連れて行ってしまったのである。ＳＦ物語ではなく、現実の話である。

## 堀口大學（一八九二―一九八一）

堀口大學氏の御尊父、長城九萬一《くまいち》氏が生前編んだ全三巻の稿本『長城詩稿』三百三十首の漢詩の中から、堀口氏が九十九首を選んで現代訳を付した『長城詩抄――父の漢詩・子の和調』（大門出版）が昭和五十年に出版された。里見弴氏から「御尊父の漢詩には現代語の訳詩を添えられたら」とすすめられ、長城氏の逝去に近い年齢八十を迎えたのを期に、「健剛院至道一公居士」の供養もかねて一巻にまとめる意をお定めになったとうかがった。

これより一年前、堀口氏は『若草』『令女界』の人気美人画画家蕗谷虹児《ふきやこうじ》氏との合作による詩歌と絵画の本の上梓を意図されたが、蕗谷氏と親交があり出版を引き受けた大門出版の社長が私の友人だったこともあって、「大門出版のお目付け役」（堀口氏の命名）として、編集・造本のお手伝いをさせていただいた。それが、「ピエロの白さ」の情感を漂わせたフランス風の瀟洒な、しかし豪華な白カープなめし革表紙で銅板題字入りの大判本『虹の花粉』になった。引き続き父君九萬一氏の御本も〈お目付け役〉にまかせるとの御沙汰を受け、表紙に使う紫の布地の染め絹（浅草の問屋で捜した）から、表題用箋や本文の和紙まで、漢詩の世界にふさわしいものをと心がけた。王陽明の詩を淡彩の山水画の上に揮毫なすった品格ある筆跡の雰囲気を、特別あつらえの和紙に刷るのには苦心をしたが、一応満足いく一巻に仕上がり、堀口氏に気に入っていただけたので安堵したのだった。「大學老詩生」とサインをされた家蔵本の拾参部内の一冊に、「井村君江の君にお世話になりました」と美しく書いて下すった。いま日付けを見ると、昭和四十九年十月二十六日となっている。

その日、鎌倉の料亭「御代川《みよかわ》」で祝盃をあげてから、微醺を帯びられた気品あるお顔をややひきしめられ、「折り入ってあなたに、お願いがあるのですよ」と、駅前の喫茶店「門」でコーヒーをいただきながら堀口氏はおっしゃられた。「日夏君に関することなんですがね」――

ちょうどこの時期、私は『日夏耿之介全集』の編纂を十年がかりで受業していた。すぐれた勁《つよ》い個性ある両詩人の、仕事を通して心情を傾けたその交遊のありようは外からは窺うべくもないのであるが、雑誌『奢灞都《サバト》』（大正十三年から昭和二年）を開けると、毎号のように堀口大學の軽妙な詩や訳詩と、夏黄眠日夏耿之介の玄秘探求道士然たる古雅な随想とが、巧みな対象をみせて中心にあり、両詩人の交遊のすばらしい成果を見る思いがする。しかし、つづく『汎天苑《パンテオン》』で、「ヘルメスの領分」（日夏）と「エロスの領分」（堀口）を分担担当した昭和四年あたりから、両詩人は袖を分かつことになる。二人が晩年はほとんど没交渉であったことは文学史上の有名な事実である。私が黄眠門下であることは、お近づきになった当初より堀口氏は御存じで、かえって懐かしそうに時折り「昔の日夏」のことをお話し下すったりしていた。すべては遠い昔のことであり、門下といっても孫弟子格の私などは、年齢、知力、経験のどれをとっても師からは遠い存在である。このことからの安心感がおありだったのであろう。

「もし日夏君の家に行くことがあったら、書庫の中にぼくが出した昔の手紙があるかどうか見てくれないだろうか。」これがお頼みのことであった。

外遊生活の長かった若い頃の堀口氏は、日記をつける代わりに親しい友人に手紙を書き、折々の感想や体験をそこに記していられたので、書簡が貴重な記録になっていたのである。外交官の御尊父と共に暮したメキシコ、スペイン、スイス、ブラジルの外地生活中に書かれた詩稿は、日本に送られ、『水の面に書きて』（大正十年）、『新しき小徑』（大正十一年）、『遠き薔薇』（大正十二年）と相次いで詩集となり、訳詩も『昨日の花』（大正七年）、『失はれた寶玉』（大正九年）、『月下の一群』（大正十四年）と出る。帰国された時には、斬新な詩風を持つ新進の詩人としての地位が、日本の詩壇にすでに出来上がっていたのである。「僕は外遊中、日夏氏が世話してくれた僕の自費出版及び其他の詩集や飜譯書だけでも十册はある。日夏氏が僕に關して書いてくれた好意ある批評の文章だけでもその數決して少くはない」（『讀賣新聞』昭和四年）。これと同じような言葉を、堀口氏は私に感謝とともに直接おっしゃられていた。手厳しい批判の言葉を後年には受けられたはずであるのに、昔の恩を素直に感じていられるその紳士的態度に、このときあらためて深く感じ入った。

それから間もなく、飯田市愛宕稲荷神社社畔の黄眠草堂に資料調査に伺う機会があって、書庫を調べたが、堀口氏の書簡は見当たらなかった。日夏夫人に堀口氏の御意向をお伝えして、お尋ねしてみた。「堀口さんの書簡は一時たくさんあって、整理して書庫にありましたが、あるとき主人は庭でそれらをみんな焼いてしまったようです。」この夫人の言葉をそのまま堀口氏にお伝えした。「そうでしたか、そうだろうとは思ってましたが、悲しいですね。」堀口氏はこうおっしゃられた。その淋しそうなお顔はいま思い出しても胸が痛む。火の中に燃えあがる過去は、一瞬に灰と化してしまったわけである。しかしこのとき、火を放った日夏先生の胸中にも、計りがたい複雑な、幾重もの感情の渦が巻いていたことであろう。当時の評論「堀口大學の藝術」で日夏先生は、苛辣と傷感との詩人、抒情詩人の佳たるもの、短唱詩人の雄なるものと詩人とその作品を賛美してから、かれの書翰は「暢達と生々と潑溂と辛辣と洞見」にみちているといい、「予は友人として他日彼の全集を編むの日あらば、先づ最初に予に當てた彼の天牘を第一編としたいと考へる。彼の手翰には彼の詩人的な批評眼の素晴らしいものが閃いてゐる。」（『明星』大正十年）と堀口氏の書簡の価値を認めている。だから、それらはある時期まで大切に保管されていたのである。

その大切だったものに火を放ったことは、訣別を意味している。それぞれの個性を峻厳とお持ちの両詩人の、詩に対する考え方や人生に対する態度の相違が、次第に亀裂となっていき、あるとき致命的なものとなったのであろう。また周囲の方々の語るエピソードのたぐいもそうしたことを裏付けるかのようであった。

ところが、昭和五十年になって、別の原因もあったことを知ることになった。その頃拙論「日夏耿之介のゴスィック・ローマン詩界」の載った雑誌『牧神』創刊号を、堀口氏の会でお会いした城左門氏にお送りした。「『牧神』御恵送を賜りありがたく厚く御礼申しあげます。以前の『サバト』が甦ったやうな気がしました（略）」昭和五十年三月一日付けの手紙でこうご返事を下さった城左門氏は、モダニズムの影響を堀口大學から受け、高踏的古典主義の詩風を日夏耿之介から受けついだといわれる『槿花戯書《はちすざれがき》』の詩人で、このとき『奢灞都』の数少ない生存する同人であったが、これを機会に私は、氏と共にこの雑誌全巻を復刻解題する作業を行うこととなった。氏からは、特色のある同人諸氏の人物や作品についての、興味ぶかい話を伺う機会がしばしばあった。城左門氏の中学の同窓に正岡容《まさおかいるる》がいたが、かれは詩人最上純之介こと平井功の兄であり、その紹介で城氏は黄眠草堂の門を叩くこととなる。詩集『孟夏飛霜《もうかひそう》』を出し獄中で夭逝した平井功は、日夏耿之介がその天稟の賦を認め、鬼才チャタトンの如しとして将来を矚目していた門下の若い詩人であった。師日夏の賛美を一身に集めていた平井功が、洋行帰りで知識と才智に溢れ、作品人物ともに洗練された詩人堀口大學の出現に羨望を覚え、師の関心がそちらに傾いてゆくことを感じてよしとせず、針小棒大な讒言を日夏先生に告げた。

それで先生は怒り、二人の詩人の亀裂が決定的となった。――これが城左門氏の直接知っている原因であるというのである。

「ある時期で交友はとぎれて、日夏君のぼくを見るのは厳しい眼に変わりましたよ。でもいつも彼の眼が見ているのだと思うと、かえってそれが励みになって感謝してました。」堀口氏は遠く過ぎ去った日々を懐かしむような、坦々とした口調でこうおっしゃられた。

二三の友に感謝せん
われに激勵《はげみ》を與へんと
よき言葉こそうれしけれ

四面の敵に感謝せん
われに油斷を與へじと
槍ぶすまこそ愛《め》でたけれ　（佐藤春夫「感謝の歌」）

そのとき、堀口氏がこの詩句をおっしゃられたのか、それとも私が言い出したのか。鎌倉の夕明かり射す喫茶店の一隅の十月のひとときを想うと、私の心の中にはいつもこの詩句が浮かんでくるのである。堀口氏の全集は完結しても、日夏耿之介宛書簡は永久に巻中には無い。出来得れば「柄長き箒に打跨りておぎろなき虚空を翔び」六十余とせの昔に戻り、うたげ酒ほがいありていと楽しかりしサバトの集いの末席に列なり、堀口氏、日夏先生、城左門氏ら同人たちに親しくお会いし、真相をお聞きしたいと思うことしきりである。

# 矢野峰人（一八九二―一九八八）

矢野「峰人《ほうじん》」とは雅号である。本名は「禾積《かづみ》」で、女性のように優しい響きである。「名は体を現す」を実感させる。目黒の柿の木坂のお宅にご指導を仰ぎに寄せて頂いたのは、つい昨日のことのように懐かしい。私の東大の恩師で、矢野先生とは台北帝大時代の同僚だった島田謹二先生が、帰途「あのお宅はお話を含め宝の山だろう？」と何度も言われ、頷いていた覚えがある。文字通り談論風発、溢れんばかりの知識に聞き入り感服し、いつも時間を忘れた。客間を見下ろしているようなレディ・グレゴリーの写真が入った額が、いつも印象的だった。イエイツとの会見のこと、シモンズと日本、ロセッティと有明、シングとアラン島、ルバイヤート原本収集のこと、上田敏の講義、平田禿木《とくぼく》とエズラ・パウンド、『文學界』の藤村とシェイクスピア、菊池寛のアイルランド、そして珍しい文献と貴重な文人のサインなど――矢野先生の尽きぬ興味深く広いお話、見せて頂いたものなどは忘れ難い。氏のみずからの読書遍歴を綴った「去年《こぞ》の雪」などは、いわば比較文学者矢野禾積の文学的自叙伝ともなっていよう。『矢野峰人選集』全三巻（平成十九年、国書刊行会）として集大成された著作に一通り目を通してみると、矢野先生が英文学者であると同時に比較文学者であるのは、極く自然の成りゆきであり、当然の事であるとあらためて実感した。

私が編纂した『選集』の第二巻においてこのことを具体的にみれば、日本の詩人蒲原有明と西洋文学、とくにロセッティとの関係を論ずるもの（『蒲原有明研究』）があるかと思えば、フランスの詩人ボードレールのわが国での波動に関する膨大な実証研究もある（『日本に於けるボードレール』）。また島崎藤村、北村透谷、平田禿木、馬場孤蝶ら『文學界』同人と外国文学との影響関係についての細緻精緻な研究（『「文學界」と西洋文学』）も見られる。

『日本に於けるボードレール』は、当時中島健蔵が会長をつとめていた「日本比較文学会会報」の機関紙に、昭和三十一年から昭和五十年まで、なんと十九年に亘り連続掲載された論考である。これだけの年月を連載する忍耐力はもちろん、三か国語を自在に操り専門家が舌を巻くほどの綿密な研究を続行することは、並の研究者にできることではない。

明治二十三年に、鷗外が『しがらみ草紙』に発表した一文が『悪の華』に触れた我が国最初の文章であると矢野先生は発見されている。そして、わが国でのボードレール移入期の重要人物として上田敏や永井荷風、岩野泡鳴をあげ、日本ではボードレールが初めは「デカダンスの詩人、悪魔主義の詩人」として見られていたことを具体的に実証しているが、この時期のこうしたボードレール観の底には心理学者ロンブローゾの弟子マックス・ノルダウの『退化論《デイジュネレーション》』（一八九三年）があったことを見逃してはいない。そして時代が下がるにつれて、趣向の変化がボードレール解釈に現われ、例えば芥川龍之介などはポオが好きで、ポオとボードレールを同系列の詩人とみて、ボードレールを「唯美主義者、耽美主義者」と呼ぶようになってきたとしている。あえて欲を言えば、こうした文学者たちの実作品などへの影響関係を、もう少し深入りし実証してほしかった。それが作品研究に繋がるからである。

とはいえ、例えば、蒲原有明がボードレールの散文詩を訳出し始めるのは、一般に大正十一年頃からとされるが、矢野先生が最も早いのは明治四十一年五月の『趣味』に載った「的中」と「描かむと欲する希望」との二編とし、共にスタームの英訳をもとにしたものとしているのは驚くべき実証作業で、蒲原有明を熟知している研究者のみが下し得る結論である。また、「荷風とボードレール」「藤村とボードレール」などの問題点を表示して取り組みの可能性を示していることなどは、後学の徒にとって示唆に富む箇所であるし、谷崎潤一郎や西條八十の訳文との比較による細かな指摘も興味深い。「翻訳は裏切りなり」とか「校正おそるべし」とか、生前に矢野先生がよく笑いながら言われていた言葉が思い出されてくる。大手拓次や後藤末雄（森茉莉のフランス語の先生）の仕事にも触れられており、フランス文学畑では辰野隆著『ボオドレエル研究序説』（昭和四年）にも言及がある。『日本に於けるボードレール』は著者の生前に単行本にされず惜しまれるが、全体としてこの一巻は、フランス語の原文からスタームやスコットの英訳までを縦横に操っての細心精緻な研究作業で、広い知識を著者自身が十分に楽しまれた営為のようである。

蒲原有明が「象徴」に至ったことを、矢野先生はボードレール、ヴェルレーヌ、ジョージ・ムアなどの影響とみているが、象徴論をやるには東洋の幽玄論の比較から始めねばならぬと結論し、有明こそは「東洋的なる心情を西欧的なる手法を借りて表現せんと試みた最も優秀なる詩人」と結論づけていることは、まさに傾聴すべきであろう。

かつて、私が『日夏耿之介全集』の実務を受業し、詩作の一行ごとに異版を付けるヴァリアント（異版校訂）作成を行う作業を始めようとしたところ、時間的な制限を考えてか関係者全員が反対したなかで、矢野先生だけが賛同された。結局は制限時間内でヴァリアント作成を遂げ、それが全集の特色になって有益だったのだが、矢野先生は自ら有明の詩数編のヴァリアントを作成し、その重要さを実感されての賛同であったことを、今回三十年経って改めて納得して感謝した。

かつて日夏先生に、英文学に詳しいとされるさる学者の名前を言ったところ、「ああ、あの先生は英文学の門の所まで行ったが、中には入らなかった人だよ」と言われ、驚いたことがある。一方、矢野先生については、日夏先生は自分の代わりに座談会に出てくれるよう頼むほどに、その正確で素晴しい英文学の知識を認めていられたようである。日夏先生や矢野峰人先生を除いては、島田謹二先生のいう「比較文学」を正確に語れないと私は思っている。

## 島田謹二（一九〇一―一九九三）

島田謹二先生と日夏耿之介先生のお二人に、私がはじめて出会ったのは同時期である。昭和二十九年青山学院大学大学院に入ったときで、お二人ともにそこの教授であった。どんな講義をされるのかと、大きな期待に胸をはずませ、同じ「比較文学」の講義課目を、生意気にもこちらが比較しようと構えたのである。三名の学生だけを選んで自宅の書斎に来させ、書画骨董の体験学習から理論までを学ばせる日夏流の講義。それにたいして、有明、敏、朔太郎、白秋、晶子、茂吉、蕪村の詩句を、教室で独特の節回しで滔々と暗唱されて教える島田流の講義。全く違う魅力に引き込まれ、比較文学の学問の面白さにも惹かれていく毎日であった。幸運にも、日夏先生の書斎の講義を受けられる三名の学生のうちに選ばれ、一年間、先生の阿佐ヶ谷の家に通えることになった。

一年ぐらい経つと、仕事を手伝って欲しいと双方の先生から頼まれ、清書や口述筆記をしに先生たちの許に通った。仕事をしながら双方の先生からより深く学問を学ばせていただく日々であった。日夏先生からは李白や倪雲林《げいうんりん》などを学び、自己流でもいいから漢詩を書かねばならぬと努力し、また、ボードレールやマラルメ、メーテルランク、ゲーテからニーチェ、カント等、世界の文学哲学を学んだ。島田先生からは、有明、泣菫から朔太郎、白秋等の日本文学をより深く勉強させられた。日夏先生が八十一歳でこの世を去られると、『日夏耿之介全集』の仕事が始まったが、島田先生は全集の編集委員になった私を励まして、その仕事に集中させて下さった。「日夏先生の和・漢・洋の知識はとても広いから、編集はそのことを考慮してやらねば駄目だよ。ダヌンチオからダンテにまで及ぶのだからね。」こう注意された島田先生の言葉は、いまも忘れ難い。

それより前のことだが、私にとって大きな節目があった。それは私が青山学院大学に残されて、助手として働いているときである。青山にはまだ博士課程がないから、もっと学びたいのに仕方なく助手として大学に残ったのだと言うと、自分の教えている東大の比較文学博士課程を受けなさいと、島田先生が勧めて下さった。その薦めに従い受験勉強をし、私は東大の学生として正式に比較文学を学び始めたのである。この頃より私は日夏先生とは離れることになり、島田先生の方にのめり込むようになった。そしてそのまた何年か後に、種々の反省とともに、いままでの生活は全て捨て去って、自分を取り戻そう、研究をやり直そうとして、私は日本を脱出することになった。三年間は日本に帰らず、英国で勉学し直したのである。今思えば、師離れの時期だったのかもしれない。

島田謹二先生が日夏先生に会われたのは、何時のことだろうか。島田先生が日夏先生の思い出を『詩人日夏耿之介』（昭和四十七年　新樹社）に書いていられるが、その文章によると、それは島田謹二先生が「二十歳の青年になり始めた」頃らしい。日夏先生は三十二歳で、第二詩集『黒衣聖母』を出され、有望な詩人として、すでに日本詩壇に知られていた。住まわれていたのは大森の山王で、『明治大正詩史』の執筆時らしい。二十そこその島田先生が訪れた客間にはすでに、鑑真和上研究で知られる安藤更生氏がおられたようで、ご一緒に三人で談論風発、上田敏や泣菫、有明、伊良子清白など、多くの詩人たちについての話となったそうである。「私の明治文学ことはじめは、この日のことであったといって良い」と島田先生は日夏先生の客間の座談の面白さを書かれている。島田先生が勤務していた台北帝大時代に、日夏先生に宛てた書簡（昭和十年十一月四

18. ［上］黄眠會の酒宴、神楽坂春日堂（昭和三十二年）
19. ［下］黄眠會のメンバー（昭和三十二年）
右より耿之介、石川道雄、岸野智雄、日夏夫人の添、
関川左木夫、本田安次、早矢仕宝三、渡辺琢二

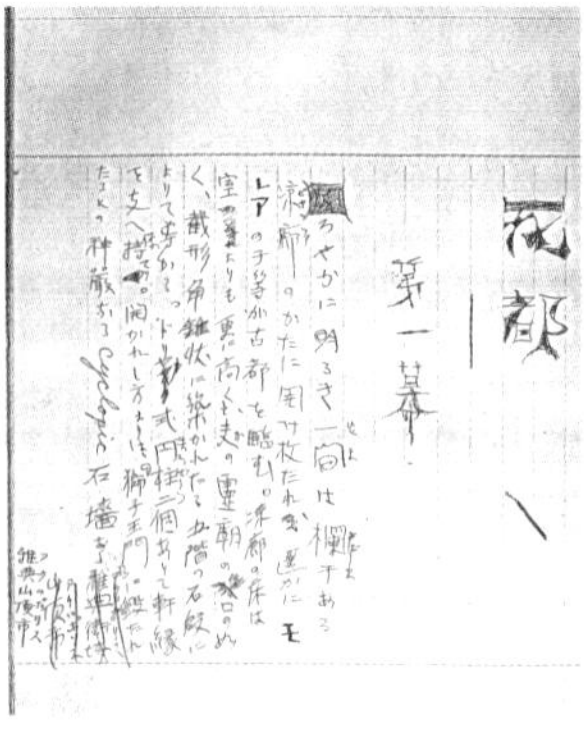
花都 一

第一幕

20. ［上］『轉身の頌』の出版記念会（大正七年一月十三日）
前列左より耿之介、三木露風、森口多里、矢口達、加藤謙
後列左より石井直三郎、齋藤勇、松永信、祖父江登、
柳澤健、室生犀星、北原白秋、芥川龍之介、
富田碎花、長谷川潔、稲田譲、北村初雄、熊田精華、
堀口大學、山宮允、水之江公明、加能作次郎
21. ［下］萩原朔太郎と耿之介

22. ［前頁上］十四歳の時、真中が耿之介
23. ［前頁下左］東洋大学附属京北中学時代（明治四十年二月）
24. ［前頁下中］早稲田大学時代
25. ［前頁下右］卒論にしたダヌンチオの作『死都』の訳稿

26. ［上］草野心平と耿之介（昭和三十四年一月）
27. ［下］辰野隆との酒宴、『週刊朝日』での対談（昭和二十二年十二月）
28. ［次頁上］飯田の詩碑前にて、齋藤磯雄と耿之介（昭和三十七年十一月）
29. ［次頁下］第一回読売文学賞受賞の会にて
左より草野心平、井伏鱒二、馬場恒吾読売新聞社社長、耿之介、青野季吉

30. ［上左］青山学院大学英文科の大学院生とともに、
右端が著者（昭和三十年頃）
31. ［上右］自宅玄関先にて（著者撮影）
32. ［中］晩年の日夏夫妻（著者撮影）
33. ［下］著者と長谷川潔、フランスにて

34. ［前頁上］左より平井功、城左門、野田宇太郎
35. ［前頁中］左より島田謹二、矢野峰人、富士川英郎
36. ［前頁下］左より西川満、谷崎精二、著者と堀口大學

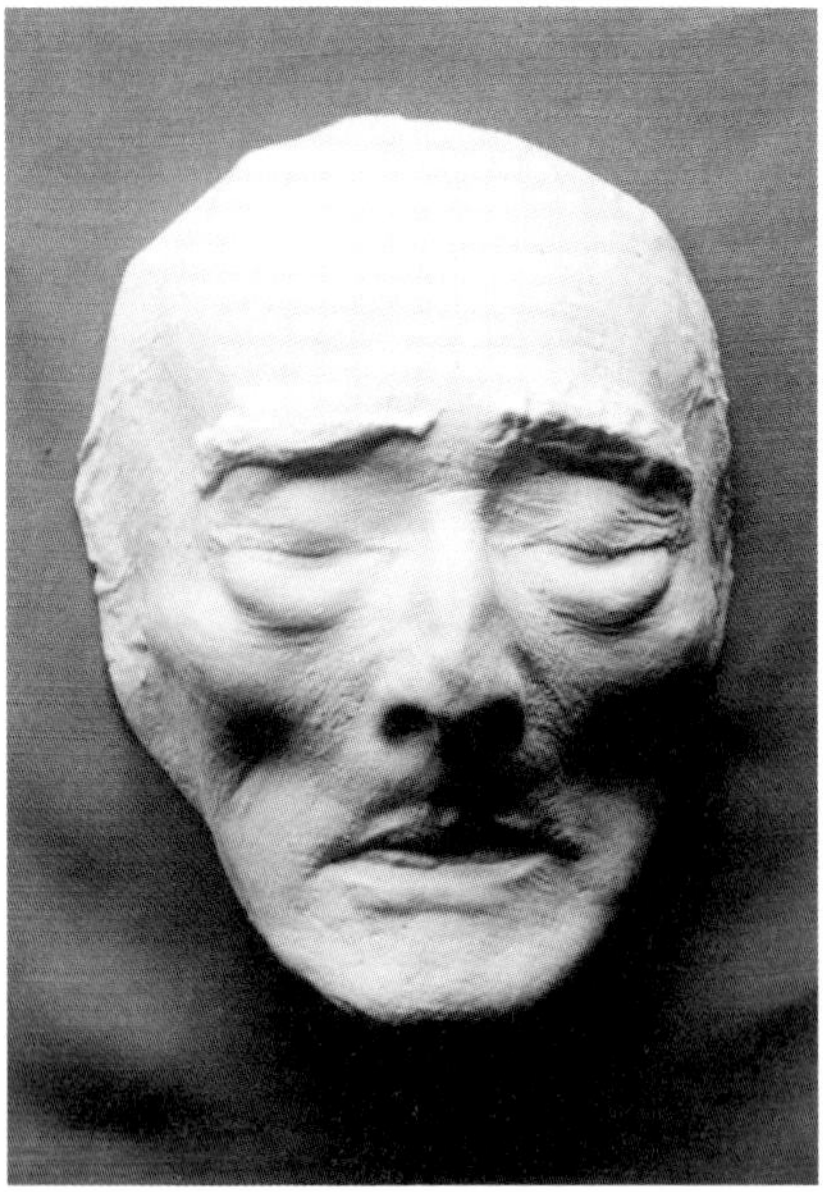

37. ［上］飯田市美術博物館内の日夏耿之介記念館
38. ［下左］耿之介のデスマスク
39. ［下右］日夏耿之介の墓

日）が残っているが、日夏先生を比較文学の先輩と仰いでいる箇所がうかがえるので、引用してみよう。

「……大体、此年末迄に「アンヂュリエの業績」、来年三月迄に「比較文学史の成立と発展」、——此二つを目標にしてをります。〔戸川秋骨氏の雑誌「文鳥」（六号）のために「於母影《おもかげ》の財源」といふ一考証を寄せました。今夏帝大図書館の鷗外文庫で調べたものの一端であります。〕それから中央公論の世界文芸大辞典でありますが、バルダンスベルヂェ F. Baldensperger やテクスト J. Texte などといふ比較文学方面の大家は一項目になつてゐるのでせうか。さういふものも洩らさないやうに御注意ねがひ上げます。……」（『日夏耿之介宛書簡集』平成十四年、飯田市美術博物館）

昭和二十五年、島田謹二先生は東京大学に初めて比較文学科を開いた。他大学にも先生のファンが沢山いたものの、弟子に当たる者は東大に大勢いて、一つの学風を形成している。「島田流比較文学」については、いずれこの中の誰かが書くであろうと期待している。しかし、大学では科を構成していなかった「日夏流比較文学」の中に、日夏論の書き手がいないのは淋しい限りである。日夏先生の弟子の集まりである「黄眠會」があったが、先生を敬愛するあまり、恐れ多い存在として遠ざかり、誰も伝記や研究は書いていないのである。

今後島田謹二流比較文学について書かれる方は、是非とも日夏耿之介先生の存在に留意されたい。島田先生の比較文学には、兄貴分として十歳年上の日夏先生の学風が入っていると感じるのは、両教授から親しく教えを受けた私の思い過ごしだろうか。「島田先生は博士でいらっしゃると思ってました」と堀口大學先生が言われた。日本に比較文学の新しい学問を築かれた先駆者で、数々の業績を上げられている島田先生を、既に博士と思っていたのは堀口大學氏のみではないようである。だが、こうした肩書きや身分、社会的地位には感心が無く、好きな文学の仕事に専念なすっておられたのは、島田先生が無欲なお人柄だからであろう。教場で作品同士の微妙な生き生きした連関などを説かれるとき、まるで俳諧のような「わび、さび、しおり、うつり、ひびき、おもかげ」を感ずる心が大切といわれた。文学の本質を捉える技は、日夏先生も島田先生も、目ききの至芸、一種の名人芸のようなものだったのかもしれない。お二人の先生とも、生涯の師と仰ぐにまさにふさわしい方であった。

島田先生は旅を好まれた。よく「研究室の民族大移動」と言われて、泉鏡花の『歌行燈』の世界や、伊良子清白の『孔雀船』の伊勢や志摩の国などを旅行した。本の中の知識が、その実地を体験することで、より深く立体的に理解されてくるのだ。つねに心におありのアンデルセン『即興詩人』の跡を世界各地で辿れば、なんでもない街角や家の佇まいが、意味あるものになってくるのである。随行するわれわれも、その恩恵に浴し、その土地その国の見聞が意味あるものとして体験された。未知のものへの島田先生の興味は、いつも若者のようであった。病床生活が多く、あまり旅をされなかった日夏先生とは、じつに対照的であった。

ある時、島田先生をはじめとした東大研究室の人たちと一緒に、飯田の日夏先生宅を訪ねた際、「君たちは、仲がいいね。井村のことをよろしく頼むよ」と、日夏先生は島田先生に直接に頼んでくださった。その時お二人に、もっと比較文学の話をいろいろ聞いておけばよかったと後悔している。しかし、すでに帰らぬ昔である。

## 富士川英郎（一九〇九―二〇〇三）

東京大学大学院比較文学・比較文化科課程の初代の主任は、日本比較文学の創立者で英文学専門の島田謹二先生だった。「若くて美しい学問」をわれわれは合言葉にして、比較文学の研究に頑張っていた。二代目はドイツ文学専門の富士川英郎先生。大学院博士課程は三年目で島田謹二先生が退任され、後の三年間は富士川英郎先生が主任だった。

その時期は六〇年安保の学生運動華やかなりし頃で、卒業式に安田講堂は水浸しで使えなかった。学生の講堂攻撃の時は、法学部教室でメルロ＝ポンティの読書会をしており（西郷信綱氏、志村正雄氏、笠井雅洋氏らが居合わせた）、鉄兜覆面姿で楯を構えた学生の群れが安田講堂を占領するのを見ていて、警察に危険だと注意されて撤退した。駒場の事務所の方で、修了免許状と製本した修士論文を一緒に貰った時のことを、昨日のことのように覚えている。日付を見ると昭和三十五年三月提出で、半世紀以上も前の事である。

富士川英郎先生は、性格が積極的で活発だったお父上とは逆で、物静かで学者然としていらした。父親の富士川游氏は森鷗外の友人で著名な医学者・医学史家であり、息子の富士川義之氏も東大出身の英文学者で、親子三代に亘る学者一家である。義之氏と私はいっしょに、『矢野峰人選集』全三巻の編集にかかわっている。

富士川英郎先生はおっとりとして、いつも笑顔を絶やさず、ハンサムで貴族的でさえあった。日夏先生の言葉を借りれば、「いきで、こうとで、ひとがらで」というような、アリストクラティックなご性格だった。日夏先生を直接ご存じでいらっしゃり、また詩人の萩原朔太郎と日夏先生とを比較した文章を書いておられる（「鎌倉と二人の詩人」昭和四十三年十一月『本の手帖』日夏耿之介特集）。ところで、この雑誌には日夏先生の原稿が掲載された。そこには「付記」が付いており、「伊藤信吉」と署名がある。「これは日夏耿之介氏の未発表の文章で（略）住谷三郎氏が所有していたもので、その住谷氏が筆写して、私（伊藤）に送ってくれたのである」となっている。しかし、調べたところによると、雑誌『覇王樹』（大正十一年一月）の一八六頁より一八八頁に掲載されていたものと同一と判明している。伊藤氏も住谷氏もすでにこの世の人ではないので申し上げようがないが、ここに記して未発表原稿でないことを明記しておこう。

さて、その雑誌『覇王樹』に、日夏先生の「萩原朔太郎君に」という文が載っている。その内容は日夏先生の萩原朔太郎に対する率直な言葉であるが、こうした文章が世間一般の目に触れていたということ（勿論朔太郎本人を含む）をここに記しておきたい。日夏先生の次の言葉は、実に率直明快であると思う。「私はそれ程自己に對して弱い男ではないのです。私は詩集「黑衣聖母」の序で私の詩的確信を公表しました。機會があつたら一度御覽置き下さい。率直にいふと、私は君の詩は大好きです。誰れ人にもいつ如何な場合でも讃美を忘れませぬ。然し、君の詩論はいやです。不快です。非論理な支離滅裂な論陣の中に、一人よがりや、まま子根性や、臆病者のみの有する空威張りが澤山ありますから、僕は一再ならずこの不快感を經驗しました。」朔太郎の詩論が支離滅裂であることは、富士川先生も感じていたようで、直接に朔太郎に手紙を出し、朔太郎からもそれを認めるようなハガキの返事を貰っていたようである（富士川義之『ある文人学者の肖像　評伝富士川英郎』新書館、平成二十六年参照）。日夏先生が転地療養で一年ほど鎌倉に滞在していた頃、ちょうど朔太郎も鎌倉の旅館に滞在していて、交友が生まれたらしい。二人の関係は、最初は密であっても、最後は詩風や詩論が違っていたことから離れていったようだ。初めは朔太郎も、詩風が共通すると認めていたらしい。「日夏氏の藝術に就いて私の特に興味と愛着とをもつ所以は、氏のもつてゐる感覺性が私のそれと極めて接近し、あまつさへしばしば相互に共通を發見することである。私が初めて「假面」で氏の詩篇を見たとき、世にもよく自分と似た幻覺の所有者があることだと思つて、且つは驚き、且つはまた此の未見の詩人をなつかしく思つたことを忘れない」と朔太郎は述べている。しかし晩年には、お互いに悪く言い合っているのである。

日夏先生が第一詩集『轉身の頌』に纏めた詩には、鎌倉で作った作品が多く、萩原朔太郎が第一詩集『月に吠える』の作品の試作をしたのも鎌倉である。「この大正時代の最も注目すべき二つの詩集が、ほぼ時を同じくして、同じ鎌倉で編まれたことは、過去五十年以上も鎌倉に住んで、この土地を愛している私にとって、やはり無関心ではいられないことである」と、富士川先生は述べられ、この二詩人の鎌倉での友好関係を調べあげている（前出「鎌倉と二人の詩人」参照）。富士川先生は生前の朔太郎は「由比ヶ浜を歩いていた後姿」を見ただけらしい。また、日夏先生を見かけたのも、日夏先生が青山学院大学大学院教授のときに一度だけだったと記憶しているという。（同僚だった島田謹二先生に連れられて、比較の研究室を訪れたときに会われた。）私は富士川先生に、日夏先生についての感想を聞いておけばよかったと思っている。富士川先生は日夏先生の詩にも大変関心がおありで、教室で富士川先生の口から直接聞いた日本現代詩人の名前は、朔太郎と耿之介のほかには無い。当時アルバイトとして、私は島田謹二先生の口述筆記の仕事をやっていたが、時折富士川先生と一緒になった。手紙の清書などを見て、「君は漢字が上手いね」と褒めて下さった。また、「日夏先生はお元気かな？」と、私が日夏先生宅に出入りしているのを知って、尋ねられた。

　在学中に富士川先生から習ったのは、ライナー・マリア・リルケの『ドゥイノの悲歌』と、漢詩人の菅茶山《かんちゃざん》『黄葉夕陽村舎詩《おうようせきようそんじゃし》』や、森鷗外の『伊澤蘭軒』、杉田玄白『蘭学事始《らんがくことはじめ》』等であった。リルケは恋する人に摘んだバラの棘で破傷風になり亡くなった詩人として、私の中で初めはロマンティックな詩人として存在していた。しかし先生の『ドゥイノの悲歌』の訳と解釈の講義を聴いて、すっかり打ちのめされ考えが変わってしまった。自然は、山も樹木も湖も、私たちより長く生きており、人間の喜怒哀楽をじっと何百年間も見つめており、かれらは我々とは別の生を生きているのだということを、リルケはこの一連の詩で知らせてくれた。人間を中心にものを考え、自然や動物は人間のために存在していると思っていた者にとって、実にショッキングであった。地に生えている木の存在に「嘔吐」を感じた実存主義者のサルトルが急に身近に思えたり（当時、サルトルやカミュが流行していた）、ニーチェの虚無主義が急に分かるようにさえ感じられた。山や木々など自然の存在が、かえって恐ろしく思えてきた。笑ったり泣いたりしている人間——百歳にも満たずに生を終える人間、その喜怒哀楽など、宇宙の自然物から見ればほんの微小な存在と現象なのだ。イエイツがリルケの詩集のマージンに、自分の墓碑銘を書き記した必然が、何となく分かるような気がした。この二人の詩人は、共に人間の生死を考えていたのである。

講義で聞いた菅茶山は、『江戸後期の詩人たち』という題で一冊の本となり、初めは麦書房（昭和四十一年）から出たが、数年経って筑摩書房（昭和四十八年）から再刊された。また、『菅茶山と頼山陽』（東洋文庫、昭和四十六年）や、『菅茶山』（「日本詩人選」20、昭和五十七年）ともなった。富士川先生は、日本の漢詩は明治以前の日本人が、中国に非常に強い影響を受けて作ったものであり、日本人によって作られた作品である以上、「それ自体、まさしく比較文学」であると言われた。富士川義之氏は、「富士川英郎にとって、儒者とは江戸時代の外国文学者にほかならなかった」と述べている（前掲書）。江戸時代の漢詩は、もともと余裕がある儒者たちのものであり、余技としか見なされていなかった。しかも名手だとされていた服部南郭《はっとりなんかく》や祇園南海《ぎおんなんかい》にしても、よく見れば唐詩の模倣であって、作詩術の一種の練習に過ぎない。本当に日本化された漢詩は十八世紀後半のもので、菅茶山がその代表であるというのが、富士川先生の説であった。日本人が漢詩で自分の個性や生活の感情などをまともに歌えるようになったのは、六如上人《りくにょしょうにん》であるという富士川先生の言葉は忘れ難い。その系統を、菅茶山の七絶の詩がひいていることをあげ、菅茶山は自分が生れ育った土地、すなわち備後の国の神辺《かんなべ》の風景や自然物を多く詠んでいることを説明された。

次の詩は菅茶山の代表作で、私が好んで暗唱していた日夏先生の『黒衣聖母』の中の「書齋に於ける詩人」を思い出させるものである。

「夜読書」　　菅茶山

雪擁山堂樹影深　　雪は　山堂を抱きて　樹影深し
檐鈴不動夜沈沈　　檐鈴は動かず　夜は　深々と更ける
閑收亂秩思疑義　　静かに　散らばりし本を秩に入れ　眞偽を思ふ
一穂萬青燈古心　　一穂の青燈　萬古の心

富士川先生によると、この七絶は「夜の読書の枯居《こきょ》体験」を歌った作である。山の中の僧堂に雪が深々と静かに降っており、木々の影をしずかに閉じ込めている。風は全く無く、軒端に下がっている鈴すら鳴らない。夜は深々と更けてゆくばかり。書斎にいる詩人は、いま周りに散らばっている書籍を秩に入れて片づけながら、思いはまだ現在にはなく、千万年ぐらい先の世界に遊んでいるところである……と教室でこんな説明をなすった。

私の女学校時代には、漢文は必須科目であった。李太白や陶淵明、李長吉《りちょうきつ》などを学び、漢文に返り点を打ったり、大声で『長恨歌』を暗記させられたりした。大学でも諸橋轍次先生に漢文を習った。（後には青山学院女子短期大学で同僚になった。）漢詩作成は、下手であっても、そこそこに作れた時代であった。今や漢字離れの時代で、その風潮に私も乗ってしまったのか、漢字は覚えていても、漢詩までは残念だがもはや正確には書けない。頼山陽の恋人、江馬《えま》細香《さいこう》の作った漢詩を、今でも全部暗唱はしている。〈我は岸上にあり、君は船にあり、船巌相臨みて別愁を引く……〉と。しかし正確に書けるほど、もはや漢字はよく覚えていないのである。昔、十六字令体の漢詩を都々逸調に訳した日夏先生の作品に感心して全部書き写し、そのため先生の生原稿が紛失しても、残っていた私の筆記を基に、無事二冊の本になったことは今でも大切な思い出である。けれど、佐藤春夫の漢詩訳詩集『車塵集』も、筆記できるほどには漢文は覚えていない。かえって英語やフランス語、ドイツ語の方が比較文学研究をやりやすいとさえ思えてくる。

三年間、富士川英郎先生の講義に出て多くを学んだが、とくに江戸時代後期に菅茶山という漢詩のすぐれた詩人がいたこと、この人が日夏耿之介のような詩人につながり、日本に近代詩が生まれる源にもなったことを教えて下さった講義は忘れ難い。日本人として、日本文学への漢文学の影響を、比較文学の立場からもっと重視すべきであろうと今も思っている。

## 齋藤磯雄（一九一二—一九八五）

三島由紀夫氏が、テレビ局から自分の好む人と対談をして欲しいと頼まれた時、齋藤磯雄氏に会ってみたいと言ったそうである。『日夏耿之介全集』の編集に携わっていたころ、全集についていろいろと御意見を聞くために、齋藤磯雄氏を自宅にお招きしていた。その時に氏から直接お聞きした。収録の日、東京12チャンネルのロビーで腰掛けて待っていると、自分の前を行ったり来たりしている青年がいた。その青年が「齋藤先生はまだ来ないのか」というのが聞こえたので、立ち上がって「齋藤です」というと、青年はそのまま壁のところまで行って深呼吸を始めた。やがてこちらに戻ってくるなり、うやうやしくお辞儀をし「三島です」と言ったという。大変気をつかって、ウイスキーはジョニ黒にせよと局の人に言ったり、帰りのタクシーにもじきじき見送りにきて挨拶をされたりで、「貴族の坊ちゃんのようだ」と思った、と齋藤氏は言われた。私は三島由紀夫氏の姿を思い浮かべ、齋藤氏の言われるとおりだと頷いた。

ではなぜ三島由紀夫氏は、齋藤磯雄氏を対談相手に選んだのか？　これは齋藤氏に備わる魅力を考えることにもなろう。齋藤氏はボードレールの詩集『悪の華』の名訳を手掛け、ヴィリエ・ド・リラダンの全作品の鏤骨の翻訳をなしとげたフランス文学の学者として、その名は知られている。三島氏は、特に齋藤訳のリラダン『残酷物語』を耽読して影響を受けたようだ。（ただし、この題名は出版社が付けたものであり、齋藤氏ご自身は「残酷」という語が暴力的であるため好きではないとおっしゃっていたのを思い出す。）パリで、版画家の長谷川潔氏にお宅でお会いしたとき、部屋に積まれた齋藤訳『ヴィリエ・ド・リラダン全集』を示されて、「こんな難しい文学をぜんぶ日本語に訳すとは、すごい人なんですね」と言われたことは忘れ難い。

日夏先生は、「齋藤君はわしの弟分でね。フランス文学者だけど、漢文も良く出来てね。阿藤伯海《あとうはくみ》君の弟子だからね」と言われた。私は齋藤氏を、「黄眠會」のお一人だと思っていたので、先生から「弟分」という言葉を聞いて、初めてお二人の深い関係を了解した。齋藤氏は日夏先生が逝去された時、阿藤伯海氏からの手紙を読んで「都門寂寞」を感じたと書いている。齋藤氏は漢文を解する外国文学者であり、そうしたところも日夏先生御自身に似ているのである。

日夏先生が逝去されてから二年近くたった昭和四十七年、『詩人日夏耿之介』という本が出た。先生のまわりにいた五十人ばかりが執筆しているが、殆んどが想い出話である。そんななかで、齋藤氏は、「黄治之術」と題して、日夏先生の詩法の根源について書いている（初出は『本の手帖』昭和四十三年十一月）。日夏先生の詩法を、ボードレールのSorcellerie évocatoire（降神の秘法）と同じものとしている。日夏先生の作法を、マラルメやボードレールに近いものとして論を展開しているのだ。

〈同じく煉金術と玄祕學の修驗者——「そのあたまの中に月光をいれてこの世にやつて來た男の一人」——ヴィリエ・ド・リラダンは嘗て文を論じて曰ふ、「予はすべての語を蜘蛛の巣のバランスに於いて商量す」と。『黒衣聖母』の詩人もまた、「形態と音調の錯綜美」を志し、異質の感覺の複雑な諸要素の間に保たれる黄金均衡を求めた。〉「黄治之術」の一節である。ここからは氏の訳文の本質も伺えようし、氏が日夏詩の本質をどう捉えているかも見られよう。日本語というものが「複雑の思想と多様の韻律を鳴り響かするに先天的の不具」であることを認め、審美的見地から確実にこれを把握し、練磨して、異常な「魔力《シャルム》」を発揮するに到った日夏先生の詩語の使い方を、齋藤氏は解説する。ここには、和・漢・洋の詩文を博捜して初めて得られる、審美的造詣が要求される。日夏氏の詩作はこうした背景をつねに求め、全詩作品を通観すると、その辛苦と精励の跡が見えてくるという。『咒文』を出版した四十三歳で一切の詩作を止めてしまった理由にたいする、齋藤氏の見方が伺えてくる。

齋藤氏は、日夏先生に似て、ダンディーな方であった。「先生はいつも素敵ね」とお茶を持ってきてくれる義母が、来訪のたびに変わる背広とネクタイをとても瀟洒に着こなしている齋藤氏を見て言っていた。家のピアノで、ドビュッシーを弾かれたときには、私は驚き、義母は賞賛した。ある時は、ボードレールの詩にデュパルクが作曲した『旅への誘い』や、フォーレがヴェルレーヌの詩に曲をつけた『月の光』などを弾きがたりで歌っても下さった。それからヴァンサン・ダンディのことなどを話されたが、中でも、「人間は物事をやるとき、いつもこの心構えでやるべきです、コンセントラシオン（集中）とヴァポリザシオン（拡散）とね」とのお言葉はよく憶えている。

もう一つ忘れ難い逸話は、フランスへ同僚の佐藤正彰氏といらしたときのこと。看板に「コレスポンダンス」という語が多く見られたので、さすがはボードレールの国だと思って感心されたそうである。しかし綴りは同じでも、ボードレールの詩では「照応」の意、看板にあったのは地下鉄の「のりかえ」の意であったと笑っておられた。博識なフランス文学者の失敗談であろう。

齋藤氏は一流好みである。山形の旧家の出身（清河八郎は祖母の兄に当たる）で、家の敷地の中を川が流れているという広いお屋敷のお坊ちゃんなので、当然であろう。私が東大大学院の博士課程を修了したあと、英国ではケンブリッジ大学客員教授（後にオックスフォードのモーダレン）を経験したことを、面と向かって、一度ならずまともに褒めて下さった人は齋藤氏の他にいない。三年間英国に行くときには、お餞別まで下さった。氏は、ご自分で枠を作られ、その枠に人を当てはめて考えられる傾向の在る方だなと思った。ダンディーについて、ご自身が言われていることを引いてみよう。「ダンディイDandyなる語は、もとより英語であり、かの霧と憂鬱《スプリーン》とブランディイの國、冷笑と尊大と自己統制の國民の一つの理想を示す語である。ジョオジ・ブラムメルGeorge Brummel（一七七八―一八四〇）を、その典型とし龜鑑とするこの不可思議な風流の教《をしへ》」（『ボオドレエル研究』）。氏は自らをもダンディーの枠の中に入れて行動する方であった。

昭和三十七年、飯田での日夏詩碑建立の祝賀会がすんだあと、フランス文学者の佐藤正彰氏と夫（井村陽一）と私の四人で、町の小料理屋で酒を酌み交わし談論風発の席となった。幅の広い話題と親しいお人柄、ダンディーな服装と物腰に、初対面の夫も私も魅了されてしまった。日夏先生は、「酒豪と酒仙は違う。酒豪はただ酒に強いだけだが、酒仙は飲むほどに酔うほどに面白い味が出てくる人のことをいうのだよ」とおっしゃったが、齋藤氏は佐藤氏とともに、まさに酒仙であるというのが、私の第一印象であった。のちに、『日夏耿之介全集』の編集が終わったあとなどでお酒に酔われると、古今東西の文学の話に花が咲いた。今思い出しても興味深いものばかりだった。あるとき、お酒にまつわる漢詩の話となり、杜少稜の詩の一節「濁醪誰造汝。一酌散千憂」を達筆な字でお書きくださった。まさに酒盃を傾けられる氏の心境であられたのだと思う。

齋藤氏は高名な仏文学者としての厳しさと同時に、たくまざるユーモアを兼ね備えていらした。フランスのエスプリと洗練された詩的情緒を身にまとったダンディーとは、先生のような方を呼ぶ言葉かと、いつも深い感銘を受けた。私は「一流の女」という枠であり、その枠からはずれてはいけないのだ。乱れてはいけないという人生様式、一流好みの氏のその鑑識眼に、日夏先生ほど適う人物はほかにはいなかったであろう。

## 三島由紀夫（一九二五―一九七〇）

オスカー・ワイルド原作、日夏耿之介訳の戯曲『サロメ』をめぐる一つの出来事である。『サロメ』を上演しようとした三島氏が、許可をもらうために翻訳者の日夏先生に手紙を送ったのである。当然ながら承諾され、数か月すると先生のもとに、手紙と招待券が送られてきた。その前にご相談があったらしく、「サロメの役は今日子ちゃんがいいと、言っておいたよ。杉村春子とかいう名優がいるらしいけど、年をとっているしお嬢様ではないから、サロメには向かないよ。」この言葉から、日夏先生のサロメ像が浮かんでくる。今日子ちゃんというのは、文学者岸田國士氏の娘さんで、俳優の岸田今日子氏である。彼女は日夏先生の軽井沢の別荘に小さいときによく遊びに来られており、浅間山が噴火したときには、日夏先生の奥様がおぶって逃げたということを聞いている。劇を見ずとも、先生にはすでにサロメの主役が見えていたのである。

三島由紀夫氏についてはいまさら説明の必要はあるまいが、私との関係を少し触れておきたい。観劇好きの私は、よく観世寿夫の「冥の会」の実験劇場を見にいっていた。日本の古典芸能と海外の新しい劇の混合による何かを求めていた、観世寿夫の演劇の会である。観世寿夫は、フランスの俳優ジャン＝ルイ・バローとも対談しており、伝統芸能の新たな可能性を試みていたのである。それはある時は、円形劇場だった。円形劇場といっても広いホールに椅子を円形に並べ、真ん中を舞台に見立てたものである。その時、私の席の真向かいに三島由紀夫氏が座っていた。当日の出し物は、アルベール・ジロー作詩、シェーンベルク作曲の『月に憑かれたピエロ』(日本での上演は昭和三十年)と、三島由紀夫氏の近代能楽作品『卒塔婆小町』で、演者の一人はもちろん観世寿夫その人であった。三島氏の近代能楽集と観世寿夫の能実験との関係は、今後の研究課題になるであろう。ラフな服装の三島氏が、やや照れたような表情をされていたのが印象的であった。これが三島氏との最初の出会いであった。

「三島君が対談したいそうだが、わしは行けないので矢野君を頼んだよ。黄眠會の連中も行ってくれると思うが、君は記録してくれるかね」と、日夏先生が言われた。先生は早速に、東横ホールの招待券を下さった。サロメの舞台を観ることが出来る上に、三島氏に会え、サロメ役の岸田今日子氏とヘロデ役の仲谷昇氏にも会えると喜んだが、同時に記録者としての責任も感じた。聞きもらしがあってはいけないと思い、女学校の友人だった文学好きの伊澤愛子氏(独身で逝去)を筆記役に誘った。このときの記録は拙著『サロメの変容』(平成二年、新書館)に掲載されている。三島由紀夫、岸田今日子、それに矢野峰人、燕石猷《えんせきゆう》(岸野知雄)、関川左木夫、太田博、伊澤愛子、井村君江の八名で、一幕と二幕の間の約十五分間であった。

このときの主な話題は、サロメの行動の解釈であった。お月様も欲しい、ヨハネの首も欲しい、あれも欲しいこれも欲しいと、サロメが「だだをこねる」ので(プラットルとは三島氏の言)、ヘロデ王は父親として、娘のその欲望を押さえようとする。だが、王権をもってしても不可能であり、言っている本人を消すより他はなくなる。それで「その女を殺せ」という最後の台詞になってしまう、というのが三島氏の解釈である。難しい漢字と言い回しを使っている日夏訳を劇に使ったのは、様式美を重んじたからだという。プログラムから三島氏の言葉を引こう。「日夏耿之介氏の瑰麗な翻訳に忠実な稽古をつづけているうちに、この字面のむやみとむずかしい翻訳が、耳から入って来ると、実になめらかな、わかりやすいセリフになってきこえるのにおどろいた。……今度の「サロメ」は、十九世紀のオリエンタリズムを、その裏側の極東の目から見たものにしたいと考えた。……長すぎる一幕物であるために、私はサロメの踊りの前に幕間を入れた。能でいうと、この踊りを境にして、サロメはいわば、前ジテと後ジテにわかれるからだ。そのほか能や狂言の手法をいろいろ演出に使ってみたが、「サロメ」という芝居の、内容も静的な構成もそういう手法にふさわしく思われたからである。」（昭和三十五年年四月、文学座公演、於東横ホール）三島氏が「サロメ」の演出にも、能の手法を取り入れていることがよく覗えよう。

時間の制限からろくろく質問ができず、「なぜいまサロメなのですか？」としか三島氏には聞けなかった。「証文の出し遅れみたいですね」という氏の返事は、ワイルドのように気が利いていて印象に残っている。薄青の背広に銀のネクタイも素敵だった。

三島氏の死後何十年も経って、突然『サロメ』上演の知らせと招待状が届き、驚いた。演出者は氏の娘平岡紀子さんとのこと。このサロメは歌舞伎仕立てであり、サロメ役を市川笑也が演じた。歌舞伎調の着物を着たサロメで、フランス調のものや、ピストルを撃つドイツ調のサロメなど、各国で幾つもこの芝居を観て来たが、これは日本でしか出来ない不思議な雰囲気のサロメであった。もう一度解釈を詳しく聞いてみたいと思ったが、紀子さんはもう日本にはおられない。親子が共に日夏訳を使ったサロメの演出を手掛けたというのは、なにか不思議なものを感じた。

三島氏は身体を鍛えられ、裸に矢の刺さった聖セバスチャンに扮したり、写真集『薔薇刑』を出したりした。『黒蜥蜴』の舞台を演出したり、映画『からっ風野郎』に出演したりと時代の寵児として活躍していた。道でふと黒い革ジャン姿の氏に出会い、先日お会いしましたと会釈をすると、ほほえんでお辞儀をされた。お会いしたのはこの時が最後である。いつも礼儀正しい方であった。

その頃、私はサロメの絵画を世界各国で集めていた。それが三、四百点になり、ロンドンで講演会や展覧会も開き、その後一冊の本に纏めた。この『サロメ図像学』(平成十五年、あんず堂)をお二人にお見せしたいと思うが、日夏先生はもうとうにこの世にはいらっしゃらないし、三島由紀夫氏もおられない。三島氏はその後、「楯の会」とともに自衛隊本部に乗り込み、割腹自殺を遂げられた。日夏先生のご自宅に伺うと、玄関で奥様から、三島さんのことは先生の耳に入れないで欲しいと言われた。このとき日夏先生は病床にあったのである。数か月後、日夏先生も世を去られたのである。

亡くなった日夏先生の枕元には、『サロメ』の訳本が置いてあった。娘を愛するかのように、人生の最期まで枕元で、しずかに朱をいれられていたのである。サロメが仲立ちとなって、日夏耿之介先生と三島由紀夫氏とは、密接に結ばれていたのだろう。

## 西川満(一九〇八―一九九九)

不思議な珍しい風貌の方だというのが、初めての印象だった。長髪をオールバックにし、髭をたくわえ、白い着物に羽織をかけ、白足袋に草履を履いた体の大きな方だった。時には黒いルパシカが似合った。趣味豊かなおおらかなお人柄であり、体も大きかったが、人物も大きな方だった。島田謹二先生の招待で、台湾時代に自らが作った本を数十冊担いで駒場の東大比較研究室にお持ちになり、私たちにそれを見せて下さったのである。その本には、並み居る学生たちは圧倒されてしまった。たとえば『傘仙人』という本の表紙は、本当に傘の匂いのする草色の特別油紙。『媽祖祭《マソさい》』の真紅の本には、真物の銀を使った台湾のお線香の銀紙が最後に付いていた。世界に一つと言われた白なめし皮製の本。これは西川氏が可愛がっていた猫の肩の皮をなめした猫皮製本。一冊一冊にその本との因縁があり、出会いや履歴があって、本作りというものはこんなに凝って楽しいものなのかと思った。父が当時台湾の炭鉱で儲けてくれたのでお金をかけた本が造れたのだと、西川氏は説明した。島田謹二先生や矢野峰人先生とは、台北帝大時代の文学研究グループでいっしょだったと言われた。この三人が台湾文芸運動の中心的存在だったようである。文学や芸術や学問が大切にされ、伊良子清白が台湾語で詩を作り、鷗外や白秋がこの地を訪れたという、文学にとってもよき時代であった。私たちは、台湾時代の日本文学をもう一度見る必要があろうと思う。

西川氏は、星占いも専門家で、「天上聖母算命学」を創唱され、「天中殺《てんちゅうさつ》」という言葉を世間に広めた。この星座の巡り具合をみれば、人の一生のあり方が見えてくるのだそうである。この「天中殺」から、ポオやランボー、ヴェルレーヌの生涯までが見えたことを、自発行の新聞『アンドロメダ』に書いておられる。西川氏は早稲田大学の仏文科卒で、卒業論文はランボーであった。私も星座と手相を見ていただくと、波瀾万丈の相であり、「百握ります掛けの手相」で、五万人に一人ぐらいしかいないという。女性としては珍しいから、知り合いの占い師に見せたいと言われ、その方にご紹介いただいた。この人は、「筮竹《ぜいちく》」と拍子木のような木を組み合わせて判断する気学をおこない、当時は名の知られた、「黄小蛾」という中国風の名前をもった美人占い師である。そのとき判定された運命は、いま思うとみなその通りになっている。しかし、占いを信じる、信じないは、その人によるのであろう。

西川先生ととくに親しくお話できたのは、新宿の台湾料亭の一夜であった。寒天でできた円い「愛玉《あいぎょく》」とか、虎の骨が入った酒「虎《こ》骨酒《こつしゅ》」など、日本にはあまりない、珍しい料理を味わいながら、西川氏がひそかに台湾独立の機会を伺っていることなど、熱が籠って話が弾んだ。台湾は「華麗島」という。昔は日本人にとって、美しくてよい島で、憧れの島だったようである。島田先生から教えられて、私は北原白秋の『華麗島頌歌』などをひもとき愛読するようになった。
このとき、西川氏は、早稲田大学時代（息子さんも早稲田大学の名誉教授で経済学者）から日夏先生の世界に心酔してきたと話された。阿佐ヶ谷に住んでいるので先生と家も近く、お宅にもよくいったとのことだが、偉い詩人なので平伏しており、余りよくは話せなかったのが残念だと言われた。ただし、両者の詩を読む限り、詩作の上での影響はあまりなさそうに思える。

西川氏のご邸宅に伺って驚いたのは、居間の中央に、台湾の女神「媽祖《マツ》」の優美な座像が祠ってあることだ。参拝し、台湾独立の成就を祈願した。西川氏は、詩のほかに小説も多く書いておられ、また、会を組織して会報紙を発行されていた。西川氏の周りには、氏を尊敬する信者のような人々がいつも沢山いた。「天中殺」教か「媽祖」教かわからぬが、何か人を魅惑するオーラのようなものがあり、カリスマ性のある方であった。いままで書かれた詩を一冊の全詩集としてまとめたいと言われたので、島田先生のすすめもあり、私がお手伝いして、感想をその本に書かせて頂いた。

「夾竹桃。花咲く崖下に、十六の花娘《ホエニユウ》は客を待つ。胡弓を弾きながら、歌ひながら、泣きながら。仰げば空に衆星朗朗《チオンシエンロンロン》。月ひとつ蓬萊閣《ホンライコウ》の上に出て、蕭蕭として南風吹く。」西川氏の詩は、こうした調子である。日本本島の花の菊とは違い、台湾に咲く夾竹桃であり、日本の三味線とは違って胡弓であり、月は蓬萊閣の上に出るというように、エキゾティックであり、ロマンティックであり、エロティックでさえある。植民地（一時期ではあるが）の地域文学としてみた場合、その詩は華麗島文学の詩情をみごとに表現した傑作であると言えよう。西川満氏の詩については、島田先生の詳細に亙る論評が『華麗島文学志』（平成七年、明治書院）に掲載されている。日夏先生の詩の世界とは、余りに異なる世界であると思う。日夏先生は西川氏を、互いに競い合う詩人とは意識しておられなかったように思う。西川氏というとすぐに「天空《チイコン》。地空《チエコン》。人亦空《ランイアコン》」と、歯車が、空しく、ニヒリスティックに私のなかで廻りだすのである。その詩風は、異国の雰囲気をもち、日本人としてはたいそう珍しいものだといえよう。

## 野田宇太郎（一九〇九—一九八四）

日夏耿之介先生から、野田宇太郎氏と森茉莉さん（鷗外の長女）と君の四人で昼食をするから、十一時半迄に阿佐ヶ谷の「聴雪廬」に来るように、との電話連絡があった。一九五〇年代のいつだったか、季節は六月で、先生の庭には紫のアジサイの花が美しく咲いていた。

客間にはすでに、『新東京文学散歩』で有名な野田宇太郎氏が座っておられた。「パンの会」や「木下杢太郎」の関係で、何度かお目にかかっていた。「アジサイの花の学名知ってますか？」野田氏に急に尋ねられて戸惑った。「じつはアジサイの学名は『オタクサ』と言うのですよ。辞書を引いて下さい。その由来は博物学者シーボルトが、アジサイは自分の日本の奥さん『おたきさん』のように楚々として美しいと言い、毎年アジサイが咲くと『おたきさん』と花を指して呼んだ。それで、近所の人々は、いつの間にかアジサイの花を『オタキサン』と名づけ、花の学名は『オタクサ』となったのですよ。」そう野田氏は教えてくれた。

日夏先生宅の庭に、「アジサイ」の花が紫色に咲き乱れていたのを思い出す。そして「アジサイ」の花を見ると、いつも野田宇太郎氏を思い出す。私はいま（平成二十六年）左半身が不随で、転ぶと全身の重みを左頬で受け止めることになる。頬は床に当たって切れ、傷は黒からピンクへ紫へ白へと変化して治る。以前これを毎週見ることになったさる女性編集者が、「先生は『季節の顔』ですね」と言った。うまい、六月なのでアジサイの花の色の変化と傷の色の変化とを重ねたのか。感心しつつ、アジサイの花の学名はと、野田氏に教えられた言葉を思い出して説明する。私のなかで、野田宇太郎氏とアジサイの花とはかくも結びついているのだ。

野田宇太郎氏とご一緒に隅田川河畔を歩いて、「パンの会」を催した跡や、木下杢太郎の兄太田圓三が設計した永代橋をたずね、右岸のつくだ煮屋「都川《みやこがわ》」やレストラン「メイゾン鴻の巣」、大正・昭和時代の文士（白秋や日夏先生）や画家（倉田白羊や永瀬義郎など）が集った「カフェー・プランタン」の跡などを歩いた。野田氏が言った。「『パンの会』の連中にとり『アカシア』はパリの『マロニエ』でね。『隅田川』はパリの『セーヌ川』ですね。」私は、「『あかしあ』の金と赤とが散るぞえな。かはたれの秋の光に散るぞえな。片恋の薄着のねるのわが憂ひ。曳舟の水のほとりをゆくころを。やはらかな君が吐息の散るぞえな。こう北原白秋が歌った隅田川ですね」と、白秋の詩を諳じた。「そうそう、白秋を思い出しますね」と野田氏は丸顔に笑みを浮かべて言った。

それをもう一度見たいと思い、隅田川河畔を数年前（平成十八年）編集者と訪れてみたが、「パンの会」の跡も雰囲気も残っていなかった。作家と土地との結びつき、文学背景となったその土地や自然を知ることが、文学と文化の理解には大切だと野田氏は言われた。それは島田謹二先生の学風に共通するものがあるように思う。しかし、本郷の路地と島崎藤村がよく行った店とか、団子坂と森鷗外の家とか、渋谷と斎藤茂吉脳病院跡とかは、もうどれも現実には存在しないのだ。茂吉がよくかよった鰻屋「宮川」に行ってみたが、内部は私の大学時代から非常に変わってしまった。私が四十年前に建てた中野の家にもむかし行ってみたが、かつて植えた蜜柑やシュロの木の緑はなく、庭はビルに変化していた。「桑田《そうでん》変じて人家となる」ではなく、「人家変じて高層ビルとなる」である。これでは、昔の文人の有意義な足跡を訪ね、環境や背景を探る野田宇太郎氏の「東京文学散歩」も成り立たなくなったのではないか。往時のままなのは、谷中の墓地と青山墓地、つまり文人最終の地だけか。墓地なら余り変化はすまい。と思えば、六本木にあった井村家菩提の寺院は移されてビルに変じている。墓地すら不安定な日本の現今である。どのように文化、芸術、学問を残していけばいいのか。野田宇太郎氏にこの現状を訴え、お訊きしたいものである。

しかし幸いなことに、野田宇太郎氏の専門には木下杢太郎もある。杢太郎が謳歌した青春の一こまが「パンの会」であった。これらは『きしのあかしや――木下杢太郎文学入門』(昭和三十年、学風書院)や『瓦斯燈文藝考』(昭和三十六年、東峰書院)、『木下杢太郎の生涯と藝術』(昭和五十五年、平凡社)等に結晶している。伊豆にある杢太郎の屋敷や土地を、四十年前に訪ねた。甥っ子の新田義之氏(東大比較研究室の上級生)が杢太郎の草木の絵画を集めるのについて行ったのである。これは二巻の『百花譜《ひやつかふ》』になっている。

野田宇太郎氏は杢太郎についてこう言っている。「瑞々しい近代の先端に停って歌った詩人は、又偉大な科学者であり吉利支丹《キリシタン》史の研究家でもあり、秀れた美術家であり作家であり、同時に鋭い批評家でもあった。……私の驚異であったと同時にその人格は尊敬の的でもあった。」木下杢太郎という作家を、野田氏は、鷗外同様に深く研究に打ち込む価値のある作家として見ておられた。野田氏は鷗外の「観潮桜」跡が荒れ果てたままになっているのを、日夏耿之介先生の所で嘆いておられ、「森鷗外記念館建築賛助上演」を日夏先生のところで私に渡してくれた。こうした努力で「観潮桜」は完成した。この頃、野田氏は雑誌『藝林閒歩』を編集しておられた。この誌上に日夏先生のことを書かれ、日夏先生もまた、寄稿されていたのを覚えている。

日夏先生の書斎には、トリプティークの黒衣聖母像が飾ってあった。『黒衣聖母』という名の詩集が先生にあるが、芥川龍之介にも同名の短篇がある。「この袟《ちつ》は堀口大學が海外から送ってくれた『黒マリア』でね」と日夏先生は説明された。もっとその袟の話を聞いておけばよかったと思う。南蛮趣味は、もちろん「パンの会」に強かったのだが、それは日夏一派にも波動しており、『聖盃』、『假面』、『游牧記』、『汎天苑《パンテオン》』等の雑誌を見ると、南蛮趣味が当時の風潮であったのがわかる。日夏先生が、よく上田敏や新村出《しんむらいずる》のことを言われていたのを思い出す。新村出の『文祿舊譯伊曽保物語』（私は西洋文学の日本最古の翻訳として論じたことがある）や、『南蠻記』（大正四年）、『南蠻更紗』（大正十三年）、『南蠻廣記』（大正十四年）等を買い漁った。上田敏の「聖教日課」から南蛮文学研究は始まったと聞かされた。私はどうも、日夏先生や野田宇太郎氏から、南蛮文学熱を吹き込まれていたらしい。

当時私は、天正少年遣欧使節に関する木村毅の本や野田氏の本に夢中になって、杢太郎の「古都のまぼろし」を読んで、支倉六右衛門や織田信長まで溯り、宣教師ルイス・フロイスやヴァリニヤーノの調査のために上智大学の図書館に通っていた。野田氏は、「少年使節天正遣欧使節旅行記」、「パンの会」、「日本耽美派の誕生」と、研究を重ねよい仕事を残された。現在、「野田宇太郎記念館」が建つほど、それらの資料が残り、その業績は認められている。

日夏先生のお宅で食事をご一緒した森茉莉さんは、野田氏が初めに話していた「アジサイ」のような楚々とした人ではなく、「ぼたん」か「バラ」のように、パッと明るく美しい人だった。野田氏の少し九州なまりの話し振りがとても懐かしい。

野田氏は最後まで、日夏先生のいわばスポークスマンの役をつとめられた人物であったと言えよう。晩年、日夏先生が公的な会を開かれる時には、先生はいつも、野田宇太郎氏に発表を頼んでいたようである。

## 谷崎精二（一八九〇―一九七一）

谷崎精二氏は谷崎潤一郎の弟であり、出身の早稲田大学で教鞭を執られた。大学行政に努められ、定年退職後は、鶴見大学で教えられて、私は同僚となった。ふくよかで和服の似合う兄潤一郎とは対照的に、痩せ型で背広がお似合いのいわばスマートな紳士であった。

昭和四十年「早稲田大学講師になり給え」と私に薦めて下さった折、かつて谷崎氏が使っていた研究室に連れていかれた。通された部屋には、退職された筈の谷崎氏の机が残っており、「早稲田天皇」という渾名がついていたのが納得できた。そして英文科の棚には谷崎氏全訳の『エドガア・ポォ小説全集』全六巻がずらりと並んでいた。「私の新版の『ポォ全集』の月報に何か書いてくれない？」と言われたので、私は「ポォの女たち」という一文を書いた。初恋の人ジェーン・スタナード、幼な妻ヴァージニア、それにホイットマン夫人、シェルトン夫人など、ポオが四十年の人生で愛し、思慕を抱いた現実の女性達を伝記的に辿ったり、ポオの七十におよぶ作品で扱われたベレニス、モレラ、リジイアなどの女性を「死んでも生き続ける意志を持った女性」と解釈するなどして、ポオ文学と女性たちの特色を述べてみた。この一文を、谷崎氏は気にいってくださり、全集の月報にはもちろんのこと、他の雑誌にも転載してくだすった。

「先生は、どんな女性の方がお好きですか？」と私が聞いてみると、「襟足の綺麗な人だね」と答えられた。洋服の女性には襟足は見えないので、どうも先生が思う女性の人は着物姿の粋な人のようである。「日夏先生は、好きな女性は『いきで、こうとで、人柄で』と言っていましたよ。女ってこうありたいものと、私に短冊に歌を書いて下さいましたが、それは、『子めかしさ夕顔の上出《いづ》るべし　明石《あかし》の上のおぎろなき目と』というのでした。」私がこう言うと、谷崎氏は、「また日夏ですか。歌はみな『源氏物語』の女性たちですね」と言われた。

谷崎氏は日夏先生に、母校早稲田大学で再度お教え頂くよう、いわば教授職への復帰を願うお手紙を出していられる。日夏先生は昭和十四年から二十年迄六年のあいだ早稲田大学で教鞭を執られていたが、その後は四年ほどどこでも教えてはおられなかった。当時の谷崎氏の書簡が残っているので引用してみよう（『日夏耿之介宛書簡集』）。

（消印）昭和二十四年一月二十二日

拝啓、過日は突然参上、いろ〳〵ご馳走になつて恐縮、久しぶりで快談の機を得て何より嬉しく思ひました。扨て、その節お願ひした母校教壇へ復帰の件、ぜひお聞入れ願ひたく、時間は一週二時間乃至四時間で結構です。（もつと持つて頂ければ尚好都合ですが、）小生学部長として在任中に何とかして文学部の陣営を強化したく、切に貴兄の御尽力を煩はしたく存じます。いづれ近日改めて参上、お願ひいたす所存ですが、取敢へず書中お願ひ申上げる次第です。

末筆ながら御令閨にもよろしく御鳳声願上げます。

敬具

一月廿二日

谷崎精二

樋口国登様

この手紙が日夏先生の手許に届いていたのは確かであるが、しかし、日夏先生は再び母校の教壇に立たれることはなかった。その三年後に青山学院大学と大学院に招かれ、九年のあいだ教鞭を執られることはあったが、昭和三十一年に脳溢血で倒れられる。昭和三十六年に青山学院大学を退任されてからは、一切教壇に立たれることはなく、故郷の飯田に移られてしまう。従って日夏先生の教職は早稲田大学と青山学院大学の二校でしかなかった。

この谷崎氏のお手紙は、実際のところ、実を結ばなかったわけである。谷崎氏は詩人ではなかったので、日夏先生は『明治大正詩史』で当然取り上げてはいない。後年になって、谷崎氏は、「僕は日夏君とは喧嘩しなかったよ」と言われたが、お二人の関係はいつまでも、早稲田大学の友人として続いていたようである。

## 長谷川潔（一八九一―一九八〇）

日夏耿之介先生は、二十七歳の時に、第一詩集『轉身の頌』（大正六年）を出版されたが、その装丁装画は長谷川潔氏が受け持たれた。それより以前、大正元年頃から、日夏先生や西條八十、森口多里といった詩人や画家たちが集まって、同人誌『聖盃』（翌年『假面』と改題）を出した。雑誌の表紙の絵は、初めは石井柏亭だったが、第三号から長谷川潔氏と永瀬義郎とが交代で担当している。

その後、日夏先生は大正十五年に定本詩集を帙入り三巻にまとめられたが、このときの挿画も長谷川潔氏であった。長谷川氏は「日夏のミューズ」をデザインされている。日夏先生の詩想を象徴的に表現した美女の絵で、日夏氏との深い交流があったからこそ描けた作品である。両者の付き合いは、生涯にわたっている。しかし長谷川氏は、大正七年、二十七歳の時にフランスに留学し、昭和五十五年八十九歳で亡くなるまで、一度も日本には帰ってはいない。
長谷川氏は、フランス滞在中に「マニエール・ノワール」と呼ばれる独自の版画手法を確立した。マニエール・ノワールとは、十七世紀にオランダで創始されたとされ、十八世紀にフランスで流行ったメゾチントの古い技法である。これを氏は独自の技術で復活させたのである。銅版画には、エッチング、アクアチント、ドライポイント、ビュラン、メゾチント等さまざまな技法があるが、氏は留学以前に学んだバーナード・リーチ氏から、これらの技法はすでに習得済みであったようだ。それ以前は日本画を、葵橋研究所で黒田清輝に学んだ。また藤島武二氏の本郷洋画研究所に通ったり、岡田三郎助の影響を受けたりしていた。当時の絵を、阿佐ヶ谷のお宅で、日夏先生が、黒い「つづら」を開けて見せて下さった。『竹取物語』の本もあったと記憶しており、とても印象ぶかかった。水彩、油彩、木版画など、長谷川氏の初期の絵画があったと思う。齋藤磯雄氏が日夏先生に送られた手紙が、長谷川氏の銅版画をよく説明していると思うので、次に引用してみよう。
「長谷川先生の銅版画はマニエール・ノワールであり、題は『飼ひ馴らされた小鳥』もしくは『種子と花』。野艸の花と種子の散らばふ紙片が、（略）微かな風にもひるがへり、行方知れず失はれ易いのを愁へ、国の東西を問はず昔から形美しき文鎮（プレス・パピエ）が造られた。画中の文鎮はいづれも玻璃製、一は仏国中世のもので琥珀色、一は現代のもので濃青色。この後者（結晶形多角形）の上に棲まる小鳥は画伯御自身であり、自然の神秘を知らんとする念願にみちて紙片の断章に眺め入つてゐるさまを描いたとのことでございます。技法精緻。情趣温雅。」（『日夏耿之介宛書簡集』）
長谷川氏は奥様や息子さんがフランス人で、日本には帰れないので、私は長谷川氏にはパリのご自宅や、レジヨン・ドヌール受章者の学士院別荘のあるシャールでお目にかかった。「刷り師のケンヴィルが去年亡くなったから、もう版画は制作を止めたんだよ」と長谷川氏が言われたのを思いだす。昭和五十年のことだ。マニエール・ノワールの作品を作り出すのはたいそう難しく、長い時間かかり、彫り師と刷り師の共同作業である。ケンヴィル氏も、長谷川潔氏のお陰でこの世界に良い作品が残せたと誇りに思い、そう弟子に語っていたそうである。「黒には七色の色がある」と長谷川氏は言っているが、その黒をだすのに、わざわざイタリアからとりよせた黒石の粉を混ぜて調合し、インクのテカリの無い黒色を作り出したという。黒といえば、日夏先生も黒を好まれた。黝、黟と多くの文字を使われ、ある時、「玄《くろ》」は神秘または宇宙の真理、万物の基本の意を表わすんだよ、と言われた。

長谷川潔氏については、忘れえぬことがひとつある。私の息子を連れてパリのご自宅を訪問したとき、部屋の真中の天井にモミの木を吊りさげたいと言われるので、息子が梯子に登っておつけした。しかし部屋は次第に暗くなり、隣の家に明かりが灯っても先生の部屋は暗いままだった。目の悪い氏の息子さんが隣の部屋から入ってこられ、バケツを蹴ってしまい凄い音をたてた。長谷川氏は困った顔をされ、「電気屋に払えないので、明かりがつかないんだよ」とおっしゃった。帰り道で、子供なのに私の息子は涙を流し、なぜ日本はあんな素晴らしい芸術家を援助しないのかと怒った。帰国後、堀口大學先生に相談したところ、美術評論家の瀬木慎一先生と一緒に文部省に出向くことになった。事情を訴え援助を願ったが、何のお役にも立てなかった。

長谷川氏の戦争中のフランスの収容所などでのご苦労を思うと、半世紀たった今も、日本人として申し訳ない思いである。それなのに、先生が亡くなるとすぐに、日本では回顧展が催され、盛況であったという。なんと世の中は皮肉であろうか。情けなくも申し訳なくも思うのである。

平成三年に「版画家長谷川潔　生誕百年企画展」が、京都国立近代美術館で行われ、私は最終日の六月三十日にどうしても展覧会を見たいと思い、前日、東京のコミュニティ・カレッジの「サロメの変容」最終講義を終えると、すぐに京都にかけつけた。その前の晩、英国から十八世紀のチャップ・ブック二百五十冊が到着した。友人と妖精パックの話となり、書棚に飾ってあったパックの絵を焼き付けたミントン・タイルを取り出したところ、それと一緒に長谷川潔氏が私にあてたパリからの手紙が、ひらりと落ちてきた。このお手紙をその棚にしまっていたことを忘れていたのだが、あたかも妖精が私のために見つけてくれたような不思議な気がした。

長谷川氏のお手紙は、夏を過ごされたシャールの別荘に氏をお訪ねしたあと、日本で計画していた回顧展と堀口大學氏が心配していらしたお手伝いのことに関し、私が出した手紙へのお返事だった。氏はそのときすでに八十五歳で、何をするにも遅く何をしてくださるにもすでに遅いことや、パリでの「ドラマティックな家庭事情」など、縷々お書きだった。末尾には、約束したビアズリーの『サロメ』の本を送るのが遅くなったこと、リラダンを訳した齋藤磯雄氏によろしく言って欲しいことが書かれてあった。

京都に出掛けようとして、この長谷川氏の手紙と、お送りいただいた『サロメ』の本を鞄に入れ、電車の中で目を通した。展覧会の会場に設けられたビデオ放映のコーナーで、隣りに座った見知らぬ紳士が、鞄から取り出した一冊の本は、奇しくも長谷川潔装丁挿画の日夏耿之介第一詩集『轉身の頌』の瀟洒な初版本であった。しばらくその紳士と、長谷川氏の絵画が映っている席の前で、日夏先生の詩の話などをした。よく出来すぎたことに出会うと、「セランディピィティ（偶然の幸運）だね」といわれてパイプを手にふふふと笑われる、日夏先生の弟分の齋藤磯雄氏のお声が聞こえてくるかのようであった。まさにこの瞬間に、長谷川潔展覧会へ私が東京から遠路駆けつけた運命的な必然の根源に、辿り着いた思いがした。

日夏先生のお供として銀座の「サヱグサ画廊」へ長谷川潔展を観に行ったのを皮きりに、その後も京都、横浜と、何度か氏の展覧会は拝見したが、ではいったい長谷川氏は、いま（平成二十六年現在）何処におられるのかという疑問が沸いてきた。パリなのか、日本での生まれ故郷の横浜（西区御所山）なのか？　パリのお宅を始末なさるのが大へんで、遺産のことでオークションに出されたり、ミシュリーヌ夫人の家庭と日本のご遺族とで、いろいろ苦労されたことは知っていた。今はどこに埋葬されているのかと捜してみると、東京の青山霊園第二十一号一種イ十三側一番であることが分かった。死の翌年には日本に帰られたようだ。日夏先生も長谷川潔氏も、ミシュリーヌ夫人も息子さんも、みんなこの世を去られてしまった。しかし黒を基調にされた、小鳥と透き通るボールの魅力的な「マニエール・ノワール」の葉書が、私の机の上に載っている。「人生は短く、芸術は長し」――それを観ながら、こうしみじみと思っている。

## 黄眠會の人びと――尾島庄太郎・燕石猷・関川左木夫・石川道雄・平井功

「黄眠會」とはどのような会か？　日夏耿之介先生が生きている頃から存在し、「日夏耿之介先生の弟子の会」であると言えばそれまでだが、先生の謦咳に接した者に限るなら、今から数年後には会員は全員がこの世からいなくなるだろう。日夏先生の学風や詩風を受け継いだ者の会というなら、未来の方々をも考えるべきだろう。大学で直接に、お教えを受けた学生も考えるべきか（早稲田大学、青山学院大学の二校）。ならば平成二十六年現在では、たしかに数人は数えられよう。しかし聴講生がすべて日夏先生の学風を継いでいるとは限らない。となると、やはり先生を直接に存じあげ、先生の書斎での集まりに出ており、文学や学問に集中していたお弟子さんたちの集まりの会を「黄眠會」というのであろうか。私が直接関係できた「黄眠會」の方々も、すでにみな天に帰られ、資料を使って調査すべき人々になってしまった。

会といえば会費が活動資金である。私の関係では現在フェアリー協会があるが、全国に百名ほどいる会員の会費で、会報を出すなどの運営をしている。しかし「黃眠會」の会費を、私は一度も払ったことがないのだ。私は「黃眠會」会員といわれ、日夏先生の生前には「黃眠會」の燕石猷《えんせきゆう》（岸野知雄）氏や関川左木夫氏と、日夏先生最後の同人誌『古酒』と『眞珠母《しんじゆも》』を出した。これらの方々の死後にも、飯田に「黃眠會」会員として二度ほど招かれ、日夏文学の特色について講演をした。だから「黃眠會」の会員のようである。だが、その会員の資格は？　会員の義務は？　条件は？　といろいろな疑問が湧いてくる。東京自由大学で「日夏耿之介の世界」というテーマで話をした際に、先生のご親戚の松岡耿介氏が講演を聴きにみえたのだが、氏も最近この世を去ってしまわれたと聞いた。故郷の飯田にも、先生を知っている真の「黃眠會」の人は、もはやいなくなってしまったことを痛感している。本や資料を継承する方々はいるだろうが。

阿佐ヶ谷の日夏先生の書斎で開かれた「黃眠會」に、数度出ることが出来たが、書や歌の会のような集まりであった。お酒の好きな日夏先生に合わせたのか、みな微醺状態で出席され、和気藹々の酒仙の会であった。こうした「黃眠會」の方々数十人にお付き合いを頂けたが、その方々のほとんどは故人になられた。高校の先生が多かったと記憶している。

日夏先生はお付き合いが広かった。若いころは国文学の山口剛《たけし》氏や小説家の林房雄氏等、晩年では仏文学者の辰野隆《たつのゆたか》氏や漫談家の徳川夢声氏等と、その顔ぶれは広くて錚々たるものである。そのなかで、私が実際に知っており、日夏先生にとっても大切と思える十一名の方たちについては、既に書いた。ここでは「黃眠會」の三名の方々、尾島庄太郎氏、岸野知雄（燕石猷）氏、関川左木夫氏、それに文献を通してしか人物を知らないが、重要と思われるドイツ文学者の石川道雄氏と詩人の平井功氏の二名の、合計五名について書いてみたい。日夏先生を囲んだ弟子の会であった「黃眠會」について、あらためて私なりに考えてみたいからである。

尾島庄太郎氏は、奥様の雪枝夫人も「黄眠會」の方だった。「黄眠會」は、会員同士の結婚はご法度らしく、尾島氏はそのため破門になったようだ。尾島氏ははじめ詩人として出発され、『薄昏薔薇《はくこんそうび》』（昭和三年）という詩集を出した。北原白秋や野口米次郎たちと交流があったが、結局は同じ早稲田大学出身者の日夏先生の門下生になったらしい。私が尾島氏と初めてお会いしたのは、東大の比較文学研究室であり、日夏文学のことを話すうちに親しくなったと記憶している。尾島氏の講演会にも私は聴きに行ったことがあった。教卓の前の氏の姿が思い浮かぶ。氏はW・B・イエイツの詩集を翻訳して本にし、『ウイルヤム・バトラ・イエイツ研究』（昭和二年）を出版し、『英吉利文学と詩的想像』（昭和二十八年）などの著書もある英文学徒でもある。今から数えて三代前のアイルランド大使と話した折り、尾島庄太郎氏は日本のアイルランド文学紹介者として早い時期に功績がある人なのだから、「尾島賞」を設けようかという話が出たことがある。

尾島氏は優しい方で、わざわざ私を奥様の勤め先の上野中学まで連れて行ってくださり、私は一年間そこで英語教師として働くことになる。その時一緒に上野中学で英語のアルバイトをしていた、慶応大学の女性の方の娘さん（当時は座布団の上に載るほどの赤ん坊）が、いま五十数年の時を経て、私の妖精学に興味を持たれ、長野県支部で活躍されていることは、運命の悪戯としか思えない。

「君はイエイツを研究し給え。君にイエイツは合うんだよ」と日夏先生は言われたが、尾島氏がすでに素晴らしい研究をされているので、私などは余計だと申し上げてしまった。日夏先生は早くから日本にイエイツを紹介されていらしたが、尾島氏のイエイツ研究が幻想面ばかりを強調し、オカルティズム方面の研究が欠けていることがお気に召さなかったらしい。先生の言葉どおり、先生の歿後数年経って、私は妖精学の必然からイエイツの著書を三冊ほど翻訳して世に出す羽目になった。先生にはこのことがはじめから分かっていたようで、まるで未来を見る予知能力をお持ちのようであった。後年の尾島氏と先生の関係はいかがだったかは知る由も無い。尾島氏は明星大学で教えていられたらしいが、私が明星大学にいたときより以前のことであり、いま一度お二人の仲を取り持つべきだったかといまさら思い悔やんでも、帰らぬ昔になってしまった。

＊

岸野知雄氏は、雅号を燕石猷《えんせきゆう》といい、三省堂に勤めていられた。生涯を通して日夏先生の門下におられ、初期の先生の雑誌『聖盃』から最後の『古酒』まで関係された。雑誌には、詩作は勿論、随筆も翻訳も評論も、先生と一緒に種々発表されている。『日夏耿之介全集』にも編集委員として参加されたが、第六巻『美の司祭』を編集中に病に倒れられ、その巻の解説を私に譲られ、帰らぬ人となってしまった。井村の署名入り「解題」にはこうある。「本巻を担当された編集委員燕石猷岸野知雄氏は、第一校正刷校閲後、病いを得て急逝された。氏は入稿原稿作製の段階から、本文の細心なる校正はもとより、厖大な量に亙る引用文とその原典との厳密なる校合等本巻の完璧を期して尽力された。筆者はその後を受け継ぎ編集に当たった。」『美の司祭』は、英国ロマン派の詩人ジョン・キーツが、一八一九年に書き上げたオードについての研究であり、その八篇を解釈した大部の論文である。日夏先生が大正十一年から昭和十年まで、母校早稲田大学で講義された論考に基づいて書かれた博士論文である。審査に時間がかかったため、辰野隆氏が心配され、早稲田大学が駄目なら東京大学に持っていくぞと言われたそうであるが、確かにキーツのオードの研究はこの本をおいては日本になく、また世界にも類がないほど、細心精緻な素晴らしい研究である。もともとこの本は岸野氏の勤める三省堂から出されており、出版にあたっては氏が尽力されたのだろうと思う。

岸野氏はもともと温和な人柄で、自分をお出しにならぬ控え目な方だったので、氏のご葬儀の時に奥様が、「主人は生涯に亙って日夏先生に仕えたみたいで、自分を出さず本も出さず可哀想です。原稿が一杯残っているので、一冊位でも詩集を出してあげたい」と言われたのが、心に残っている。（歿後十二年を経て、奥さまによって訳詩集『英詩撰譯琱玉集』（昭和六十一年、河出書房新社）が出された。）

確かに氏は、『奢灞都《サバト》』や『游牧記《ゆうぼくき》』『汎天苑《パンテオン》』『戯苑』等に素晴らしい作品を発表されている。それらを纏めるのは残された者の今後の仕事であろうか。これは実際に岸野氏から聞いた忘れがたい話であるが、芥川龍之介の憧れの人松村みね子（片山廣子）が、ウィリアム・シャープの作品を『かなしき女王』として日本語に翻訳していたとき、ケルト語の読みを確かめに、時折り氏の家に見えたという。『奢灞都』を開くと、「茶畑」と題された短篇や、「逴音」などの詩篇、「デアドラ姫譚」等アイルランドの神話や伝説の話の翻訳などが掲載されている。折込の「南柯叢書」一覧を見ると、燕石猷担当の本は四冊ある。『愛蘭《アイルランド》古代傳説考』、『全譯マビノギオン』、『王職古史』、『東西陰陽道』である。大正十年代、氏は文壇でアイルランド、ケルト文学の専門家と見られていたようである。

*

関川左木夫氏は、先に名前が出た松村みね子が使っていたシャープの原本のうち、所蔵の日本女子大学図書館では欠本となっていた一冊を、神田で買って持っているから今度見せましょうと約束された。だが、果たされぬままにこの世を去ってしまわれた。それは芥川の蔵書印のある本で、松村みね子が芥川龍之介に上げてしまった巻らしい。それを見られなかったのはまことに惜しまれ、ぐずぐずすれば時はすぐ経つのだと反省していたが、ごく最近になって、関川氏の弟子でもあった作家の南條竹則氏が現在この貴重な本を所蔵されている由を伺い吃驚した。

関川氏とは雑誌『古酒』の後に、『眞珠母』を出すときにもごいっしょした。関川氏はたいへん後輩思いで、そのころ氏は銀座の公正取引員会に勤めていられたので、よく銀座の松坂屋付近でお茶を飲んだ。日夏先生の詩を深く理解していられ、先生の死後に出た『詩人日夏耿之介』にも、日夏先生の詩の位置を日本詩壇に定めるすぐれた論文を書かれている。この本では、岸野知雄氏、齋藤磯雄氏、野口喜久次氏等が、日夏作品にたいする詩論を展開しており、みな日夏先生の全詩を丹念に読まれている。その本の編集を手伝った時、「君は客観的なものを纏めるんだね。論文は早いよ、先生ぐらいに知識がないと先生は扱えないよ」――こう関川氏に言われて、私は「枷《かせ》」を嵌められた気がした。若かった私は、言われるままに、本には「年譜」と「著作年表」を出して、論文を書くのを断念してしまった。爾来この言葉は、日夏論を書くときいつも私の「枷」となって意識にひっかかるのだ。

私はむろん日夏先生のようには学識を積めなかったが、齢八十を越して「死」と直面する年となり、入院中に先生の詩の一篇「鑾賓歌」(死の歌)の解説を試みた。本書の第一章に収録したエクスプリカシオン・ド・テキスト「「鑾賓歌」解釈」である。私に嵌められていた「枷」を、はじめて破ってみたわけである。思うに、「黄眠會」の会員は日夏先生の博学を恐れ、尊敬する余り、先生の学問や詩作品を正面きって分析するのを恐れていた。私は、今回このことをよくよく実感できた。「黄眠會」の人たちは、誰もまとまった日夏論や日夏研究を書いてはおらず、それがとても惜しまれる。私すらまだ呪縛は解けずに、中心へ正面からは切り込んでいないのである。『美の司祭』、『明治大正詩史』、『英吉利浪曼象徴詩風』、『日本藝術學の話』など、先生の主著に関する本格的な研究や客観的な論文はこれからであろう。

関川左木夫氏はお勤め人でありながら、自分独自の世界を持たれ、『本の美しさを求めて』という著書をもっている。ケルムスコット本やビアズリー本から、矢野峰人の「オーマー・カイヤム・コレクション」や佐藤春夫の漢詩訳詩集『車塵集』、日孝山房から大雅洞刊本の美本までそこで扱っている。美本蒐集を趣味とされ、美本愛好趣味の先駆者の一人ともなっている。『ビアズレイの芸術と系譜』、『夢二の手紙』、『ボオドレエル・暮鳥・朔太郎詩法系列――「囈語」による「月に吠える」詩体の解明』、『ケルムスコット・プレス図録』、『中川一政「野の娘」変容図譜』など、多くの著書を出されているが、これらをみれば、近現代の詩や英国ロマン派への関心が強かったように思える。関川氏はたいそう個性的であり、独自の趣向も持ち、それに追随する人もいられて幸いであった。日夏先生ご生存の晩年まで、われわれ若い者たちを指導してくれた、「黄眠會」の大先輩として、その存在は貴重であった。

＊

日夏先生は英文学がご専門であるが、漢詩はもとより近現代の日本文学にも無論お詳しかった。外国文学ではフランス文学がお好きで、その指南役の方に関しては前に書いておいた。ドイツ文学、ハイネやホフマンについてになると、その専門家で文筆を振るわれていた石川道雄氏が、「黄眠會」の同人であり、初期から先生を助けていられた。『ゆふされの唄』の詩人でもあった石川氏は、私が会員になる頃に亡くなったので、お目にかかることはかなわなかったが、回りにいた方々はよく氏のことを話されていた。特に岸野氏や関川氏から石川氏の活躍ぶりを聞かされた。日夏先生監修の雑誌『奢灞都《サバト》』は石川氏の編集であり、特に、日夏先生の意向を反映させた「南柯《なんか》叢書」の計画は石川氏が中心で作成されたという。全五十三冊の内八冊は石川道雄のドイツ文学の翻訳や著書になっている。五十三冊のうち二冊だけが実際に刊行された。石川道雄訳アマデウス・ホフマン著『黄金寶壺』と、龍胆寺旻《りゅうたんじあきら》訳アラン・ポオ著『タル博士とフェザア教授の治療法』で、両者ともに、表紙は金線付きマーブルで西洋本風であり、南宋書院発行であった。この五十三冊がもし実現していたら、日本文学史は変わったであろうと悔やまれる。その一欄表の複製を本書の巻末に掲げた。

「黄眠會」の人々は日夏先生の学識や人柄に魅惑され集まってきたわけだが、反対に、その人たちの学識や人柄に先生の方も大変刺激を受けていられたようである。先生の専門以外の仏・独・露等の研究者の方々が先生を支え、その知識はもちろん、先生がお持ちでない若い活力やエネルギーまでもを、刺激としてお与えしていたのである。したがって「黄眠會」は、いわば日夏先生がその詩風や学風を保存し維持していく母体であり、先生が博識の一部を弟子に与える代わりに、弟子からも先生のほうへ刺激を返す場であった。『聖盃』『假面』『東方藝術』『奢灞都』『半仙戯』『游牧記』『汎天苑《パンテオン》』などの諸雑誌は、先生とそうした人たちとの交流の舞台だったともいえよう。「黄眠會」という、先生を生かすこうした土壌があったことは幸いだった。だが、先生の死後、こういった会の意味がいつまで大切かは疑問であろう。

*

学問や知識ではなく、詩人としての日夏耿之介の後継者となると、それは唯一、平井功氏であろうと私は考える。明治四十年生まれで、府立高等学校の図書課に勤務したが、学校行政の理不尽さに反発してすぐに辞職している。兄の正岡容《まさおかいるる》に西條八十を紹介され、同人誌『白孔雀』に参加するが、八十より日夏耿之介を紹介され、『東方藝術』に参加して詩作品を発表し始める。持ち前の文学的才能を発揮して、詩集『孟夏飛霜《もうかひそう》』を出版し、日夏先生の斡旋により第一楼にて出版記念会を開いた。しかし、当時やかましかった特高に危険思想の持ち主として捕まって投獄された。釈放後に「蜂果織炎」を右鼻腔内に発症し、二十五歳の若さで亡くなった。日夏先生は「チャタトンのように」と、十七歳で世を去った英国の詩人にたとえて、いつまでもその死を惜しんでいた。

平井功の雅号は、最上純之介であり、平井爐邊子《ロペス》とも称した。先生のお口から何回も、この雅号が哀惜の念をたたえて発せられた。詩集『孟夏飛霜』の広告は、雑誌『東邦藝術』創刊号（大正十三年）に掲載されている。「早く詩集「孟夏飛霜」を著して雄麗瑰琦の荘麗體に少年の日の空想を誇りし作者は、此一巻に臻つてその高普なる詩魂の驕倣にした孤獨、狷介にして不羈なるを嘆けり。詩境は一展開して昔日の華麗絢爛は見るに由なけれど、しかも詩風の益々明澄にして典雅、詰法の流麗にして清新なるを覺ゆ。天賦の詩才は輝きいでて漸く未踏獨自の境地を拓かんとす。近刊」とある。

同誌の三巻二号広告欄には、平井氏の詩集『驕子綺唱《きようしきしよう》』の予告広告が載っており、「堀口大學氏の序、J・V・L著」となっているが、この雅号もまた平井氏である。平井氏は三巻四号に、「子供部屋」と題する詩作品を載せている。「夕ぐれ方のつめたい風に　しらじらと世にも淋しく夢がかかる　小さな微かな夢がゆれる──こゝろのひと隅に身をうづめて　しづかにしづかに過ぎてゆく　褪せはてた小さな姿《かげ》に見入るとき。」歌い出しの一連をみてみると、やわらかい幻想的な歌いぶりである。詩に付けられた挿絵は、よく見ると、ルイス・キャロルの小説『シルヴィーとブルーノ』の絵であることがわかる。大正時代に早くも、『アリス』ではなく、同じ作者による妖精兄妹の物語につけられた挿絵を用いているのは驚きである。この人がどれだけ英国の原書を読んでいたかが分かるというものだ。この『驕子綺唱』は、大正十四年に次のように広告が出ている。「此詩集ハ再度廣告ノコトナク、マタ一般書肆ニテ發賣セズ、直接申込者ニ限リ頒ツモノトス、葉書ニ住所氏名ヲ明記シテ申込マレタル方ニ限リ、製本出來ト同時ニPROSPECTUS贈呈スベシ。（南宋書院）」。発行所の社長が左傾しており、当局に睨まれていたことが、友人だった平井氏に悪く出たとは皮肉なことだ。

私は「蓮の花」を見るといつも城左門氏を思い出すのだが、「薔薇の花」を見ると平井功氏を思い出す。「泡沫《かた》に夢ありき　その夢に幸ありき　今日　薔薇《そうび》いろ褪せて　風白く葩《はな》の散る」（「RONDEL──薔薇を悼む歌《うた》」）。この一句を思い出すのである。平井氏は独自の詩語を用いていたようだが、後年になると、日夏先生のような

「ゴスィック・ローマン詩體」に傾いて、難しい漢字の使用が多くなってくる。生前の詩集としては『孟夏飛霜』一冊だけだが、彼の死後、実父の平井成氏が遺稿詩集『爐《ロ》邊《ベ》子《ス》殘藁《さんこう》』（昭和十六年）を編んだ。そして、それから七十三年経った平成二十六年、未刊行本になってしまっていた『驕子綺唱』を西荻窪の古書店盛林堂書房が発行準備中であるという。平井功という詩人の存在が、一部の熱心な人々の心を今でもいかに揺さぶっているのかが分かる。

『詩人日夏耿之介』(昭和四十七年、新樹社刊)執筆者及び題目一覧

第一部　日夏耿之介研究

象徴詩発展史における日夏耿之介の位置……関川左木夫
『転身の頌』のことなど……富士川英郎
『転身の頌』と『黒衣聖母』と……広島一雄
黄眠詩の展開……燕石　猷
黒色嗜好……野口喜久次
『咒文乃周囲』……秋山澄夫
『松岡青蘿の象徴句風』について……亀井新一
詩人としての日夏耿之介……池澤夏樹

第二部　詩人と作品

日夏耿之介……矢野峰人
『咒文』入門……佐藤正彰
素白私語……鈴木信太郎
黄治之術……齋藤磯雄
日夏耿之介氏を憶う……島田謹二
鑑賞のヴィルトゥオーソ……沢柳大五郎
直感の詩人、日夏先生……山脇百合子

第三部　詩人の印象

日夏耿之介の思い出……原　久一郎
苔水園の名付け親……河竹繁俊
二人だけの思ひ出……山内義雄
吉江・日夏両先生の思い出……佐藤輝夫
等持院のこと……金子光晴
白寿を願う……小堀杏奴
日夏耿之介先生の温容を偲ぶ……新庄嘉章
生涯の道をきめた詩集……関野準一郎
おけら会の記……島田洸耳
追憶……木下春雄
主治医としての追憶……前島忠夫
詩碑建設の思い出……松井卓治
日夏先生を偲ぶ……清水重美
長兄日夏を偲んで……樋口昌夫
日夏先生との旅……野田宇太郎

黄眠先生の書のことなど……帆足図南次
黄眠先生思慕……高森文夫
日夏先生のこと……本田安次
随想私語……印南　喬
日夏耿之介先生と私……花崎采琰
はかなきことども……星野慎一
デス・マスクを拝して……小城正雄
「咒文」のこと……小山田三郎
日夏先生の思い出……石川静江
日夏先生を偲ぶ……大河内　孝
さはきり……渡辺琢二

真にして美なるもの……向山泰子
深くきびしく尊きもの……清水一継
日夏先生と黄眠会……太田　博
先生と竹雨先生……多久弘一
日夏耿之介先生とアルバム……簑田長俊
日夏先生と校歌……小松　清
夏黄眠先生覚書……松下英麿
あの笑顔としぶい顔……柚　登美枝
日夏耿之介著作目録……井村君江編
日夏耿之介年譜……井村君江編
編集者・岸野知雄、関川左木夫、松下英麿

# 第四章　日夏耿之介年譜

＊この年譜は『日夏耿之介全集』第八巻（昭和五十三年）所収の「日夏耿之介年譜」を元に訂正・加筆したものである。改訂にあたっては、飯田市美術博物館の織田顕行氏に御校閲を頂いた。

**明治二十三年**（一八九〇）

二月　二十二日、午前十一時三十分、長野県下伊那郡飯田町八五八番地（現在飯田市知久《ちく》町三丁目一七番地）に於いて、樋口藤治郎三十四歳といし二十二歳との間の六男三女の長男として生れる。本名は國登（圀登は詩人が後年好んで使用した字体で、戸籍では國登となっている）。樋口家は数百年前木曾より伊賀良の三日市場に転住し、先祖は清和源氏に通じる名門。祖父の與平光信は飯田の今宮の郊戸神社、愛宕稲荷神社の宮司をつとめた人。座光寺欠野北原信綱氏より樋口みすの所へ養子に入る。富岡鉄斎・島崎正樹・佐々木弘綱らと交遊があり、文芸を好み書画骨董の鑑識眼を具え、また地方の考古学者でもあった。のち銀行家となり県会議員も勤めた。父藤治郎は高遠町伊藤家より樋口家へ養子として入り、いしと結婚。信濃商業銀行及び百十七銀行の支店長を勤める。いしは「神」「皇室」「家」を尊び、文学を好み読書家であり、和歌のたしなみがあった。

**明治二十九年**（一八九六）六歳

四月　飯田尋常小学校（現在飯田市立追手町小学校）に入学。『小学新聞』（北隆館）に投稿文が載る。小学校時代は文学や歴史を好み作文を得意としたが、天文学や植物学をも好んだ。

**明治三十六年**（一九〇三）十三歳

一月　祖母みす歿す（享年六十八歳）。

四月　高等小学校二年終了後、県立飯田中学校に入学（当時高等小学校は四年制）。

**明治三十七年**（一九〇四）十四歳

二月　友人数名と読書会を結成し、その会長となる。直筆書きによる廻覧誌『少年文藝』を編集発行する。創刊号及び二号に小説「不思議な因縁」を連載し、小文を数編発表する。雅号には風翔散人・萍翠迂人を用いる。

三月　飯田中学校長、島地五六先生の勧説により、両親の許しを得て上京。小石川白山御殿二〇番地にある叔父、樋口秀雄宅に身を寄せる。（秀雄は母いしの弟、龍峡と号す。明治八年五月十四日生。東京帝国大学出身。文壇でも知られ、明治、国学院、法政の各大学で社会学を講ず。欧米南洋豪州等を数度旅行し、衆議院議員としても活躍、民政党総務をつとめ、勲三等に叙せられた。昭和四年六月、五十五歳で歿）。

四月　東洋大学附属京北中学校二年に転学。翌年にかけて京北中学校発行の『校友會雜誌』に、評論「文章と繪畫の異點」や「蓬莱島」と題する詩やツルゲーネフの散文詩の翻訳などを毎号発表する。雅号には萍翠、風峽韻士を用いる。

**明治三十九年**（一九〇六）十六歳

一月　『中學』（博報社）に投稿、入選。「新春譜（雲雀に代りて）」

三月　神経衰弱のため、二年間休学ののち京北中学を三年で退学。

九月　「郷土藝術觀」を二回に亘り『南信新聞』に連載する。歸去來市隱のペンネームを用いる。

**明治四十年**（一九〇七）十七歳

三月　随筆「熱頭冷眼錄」を『南信新聞』に七回に亘り連載し、六月には「熱狂冷舌錄」を三回に亘り、「續熱狂頭熱舌錄」を二回に亘り連載する。

この年、逗子の養神亭に滞在、イプセンの戯曲の英訳“When we dead awaken”の全訳を試みる。

**明治四十一年**（一九〇八）十八歳

四月　早稲田大学高等予科に入学。当時早稲田大学には坪内逍遙、島村抱月、増田藤之助、高橋五郎、吉江喬松、片上伸、桂湖村の諸教授がいた。大正三年の卒業迄、下伊那出身の学生のための寮「信陽舎」や本郷台町や駒込の下宿で生活する。

七月　『交友會雜誌』（飯田中学）にツルゲーネフの新訳「戰はばや」を掲載。

八月　北海道を旅行し、親戚に滞在する（後に結婚する中島添の叔父の家）。その紀行を「雜感錄」と題し四回に亘って『北海旭新聞』に掲載する。

**明治四十三年**（一九一〇）二十歳

八月　『南信新聞』に「八月の中央文壇」及び「九月の中央文壇」をそれぞれ三回に亘り連載。同年九月まで。

**明治四十五年・大正元年**（一九一二）二十二歳

十二月　同人雑誌『聖盃』を創刊。同人には西條八十、矢口達、瀬戸義直、伊東六郎等がいた。表紙画は石井柏亭、のち長谷川潔、永瀬義郎が描く。戯曲「美の遍路」を皮切りに、詩や随想、評論を毎号発表する。日夏耿之介の筆名を用いはじめる。雅号には夏黃眠・雛津之介を用いた。後年までに用いた雅号は三十数種を数えるが、主なものは黃眠道人（—散人・—閑人・—醉人）・聴雪廬主人・姫城黄眠・風流易米叟・恭仁鳥・石上好古・溝五位などである。

**大正二年**（一九一三）二十三歳

九月　『聖盃』（一〜七号）は『假面』（八号）と改題され大正四年六月迄続刊される。

この年喘病を患い、以後十年間この病に苦しむ。

**大正三年**（一九一四）二十四歳

三月　愛蘭土《アイルランド》文学会を作り、毎月一回研究会をもつ。会員は吉江喬松（孤雁）、芥川龍之介、山宮允、西條八十、松田良四郎の六名。

七月　早稲田大学文学科卒業。同年卒業には三上於菟吉、原久一郎、宇野浩二、澤田正二郎等がおり、大正二年卒には廣津和郎、谷崎精二、白鳥省吾、大正四年卒には西條八十、青野季吉、直木三十五等がいた。同郷出身の河竹繁俊は大正元年卒である。

九月　九日、父藤治郎東京・神田駿河台佐野病院にて逝去（享年五十八歳）。父の死は詩人の生活態度及び内面に大きな転機をもたらした。

**大正四年**（一九一五）二十五歳

五月　同人誌『假面』二十八号が発売禁止となり、六月二十九号を刊行後廃刊となる（全二十九冊）。他雑誌への発表はじまる。とくに『早稲田文學』『文章世界』『水甕』等。萩原朔太郎の同人誌『卓上噴水』（四月）『感情』（五年十月）などにも寄稿する。

家の反対をふり切って自由結婚をしたのがこの年と推定される。相手は七歳年上の名古屋出身の芸妓（姓名未詳）。一年ほど結婚生活を続けたが夫人は病死。葬儀は飯田で行なった。

**大正五年**（一九一六）二十六歳

この年、相州鎌倉坂ノ下入地二〇七番地に居を構える。避暑中の芥川龍之介と親しく交際し、十二月、鎌倉の長谷坂下の海月館に滞在中の萩原朔太郎と初めて会い親しく行き来する。

十二月　同人誌『詩人』創刊（翌年五月迄、全五冊）。同人は富田砕花、柳澤健、白鳥省吾、西條八十、山宮允。この雑誌を介して堀口大學、富田砕花、柳澤健と知り合う。

**大正六年**（一九一七）二十七歳

四月　大森入新井字山王二七七九番地に移転。この年一月にベルギーより帰国した堀口大學が大森に移ってきたため、版画家長谷川潔を交えて親しく交際。佐藤春夫ともこの頃知り合う。ある会の席上、田村俊子に紹介されるが月日は明らかでない。

十一月　「詩話會」が設立され、第一回会合に出席する。出席者の顔ぶれは、茅野蕭々、灰野庄平、山宮允、川路柳虹、福士幸次郎、多田不二等。この会で大正八年に『日本詩集』（新潮社）を公刊する。

十二月　第一詩集『轉身の頌』（光風館）出版（百部限定、表紙が総皮製の特製本二部。装幀挿画家長谷川潔）。

この頃『假面』を中心とした人々の集まりが大森山王の大貫横町にあった長谷川潔邸等で開かれていた。現存している写真には北原白秋、堀口大學、森口多里、柳澤健、富田砕花、石井直三郎、大田黒元雄のほか、川端龍子、小林古径等の画伯たちの顔も見える。（この年二月、萩原朔太郎の処女詩集『月に吠える』も出版）

**大正七年**（一九一八）二十八歳

一月　十三日、『轉身の頌』出版記念会が京橋の「鴻の巣」にて催される。出席者二十一名の顔ぶれは芥川龍之介、北原白秋、三木露風、堀口大學、室生犀星、富田砕花、柳澤健、熊田精華、北村初雄、山宮允、矢口達、森口多里、加能作次郎、斎藤勇、長谷川潔等（大正七年二月『文學世界』に「『轉身の頌』の會」と題されて写真が掲載される）。

五月　北原白秋監修の雑誌『詩篇』に詩稿を寄す。同年七月まで。

**大正八年**（一九一九）二十九歳

この年の秋、京都の等持院にかつて有島武郎が借りていた家を借りて滞在。グリアソンの「近代神秘説」の翻訳に専念。その頃、花園妙心寺に起居していた矢野禾積《かづみ》（峰人）と知り会う。

十月　三十一日、京都四条通り万養軒にて開催された矢野峰人の詩集『默禱』出版会に出席する。この日初めてフランス文学者山内義雄と会う。この日の主なる出席者は、有島武郎、厨川白村、タカクラ・テル、柳澤健、藤代素人等二十名。

**大正九年**（一九二〇）三十歳

九月　矢口達監輯による『ワイルド全集』（天佑社）第四巻として『ワイルド詩集』を翻訳刊行する。この頃より大阪、東京の『朝日新聞』紙上などに文章が掲載されはじめる。

この年、大森山王二七二〇番地に家を入手し居を定める。「黄眠草堂」と名づけ、芥川龍之介らと共に菅虎雄（白雲）に依頼し扁額を書いてもらう。以後、転居先の住居をこの名称で呼ぶ。芥川は「我鬼窟」。

**大正十年**（一九二一）三十一歳

この年の春、早稲田大学詩学講演会にてトムソンの「天上獵狗」を中心とした講演を行なう。

三月　北原白秋、西條八十、山宮充、竹友藻風等と共に「詩話會」を脱し、別に「新詩會」を起こす。このメンバーに三木露風、茅野蕭々、柳澤健等が加わって『現代詩集』（アルス）を刊行する。

六月　第二詩集『黑衣聖母』（アルス）刊行（装幀日夏耿之介、シルエット長谷川弘、西洋木版画菊地武嗣）。

十二月　銀座の資生堂で開催された「児童芸術展覧会」に於いて児童自由詩の主任選者を務める。他の選者には阿部次郎、千葉亀雄、楠山正雄、和辻哲郎等がいた。

**大正十一年**（一九二二）三十二歳

一月　二十六日、横浜青年会館にて「詩に倚る離脱」を講演。

二月　二十六日、「神祕家としてのホイットマン」と題し、早稲田大学にて講演。

四月　早稲田大学文学部講師に就任。

五月　訳詩集『英國神祕詩鈔』（アルス）を出版。

六月　フランシス・グリアソン著『近代神祕說』（新潮社）を出版。

七月　増訂再刻版詩集『轉身の頌』（アルス）を出版。

十月　『中央公論』誌上に評論「日本近代詩の成立」が発表され、これを初めとして以後数年折にふれて掲載された近代詩に関する論稿が、のちに『明治大正詩史』にまとめられる。

十月　十五日、「詩歌の形態學」と題し『白孔雀』主催講演会にて講演。

十一月　東京朝日新聞社及び鈴蘭社主催日本近代詩書展覧会記念講演会にて「民族の詩的發言」を講演。

十一月　詩評論『日本新詩史』（近代文明社）出版。

十二月　選詩集『古風な月』（新潮社「現代詩人叢書」）を出版。

**大正十二年**（一九二三）三十三歳

二月　祖父樋口與平光信歿す（享年八十七歳）。

三月　『ワイルド詩集』（新潮社）出版。

四月　堀口大學の仏訳による *Poèmes de Konosouké Hinatz*（序三頁、三十一篇収録）がパリの Éditions du Fauconnier より刊行される。次いで詩作品が英・伊・露訳されて雑誌に掲載。

この春、女流文学会にて「詩歌による直観の世界」講演。

七月　二十二日、福島町に於いて「來るべき表現生活のために」を講演。

十一月　「民族の詩的發言」と題する講演を、東京朝日新聞社及び鈴蘭社主催「日本近代詩書展覽會記念講演會」にて行なう。

十一月　信越北陸地方に講演旅行。『白孔雀』主催にて「詩歌の形態學」を講演。

十二月　東京商科大学にて「近代抒情詩の特質」と題し講演。

**大正十三年**（一九二四）三十四歳

三月　伊豆の吉奈温泉・東府屋に滞在。このとき川端康成、岸田國士の来訪を受く。

四月　『神秘思想と近代詩』（早稲田大学パンフレット）を春秋社より出版。

七月　吉江喬松の媒酌により再従妹にあたる、中島徳三郎と千浪の二女中島添（明治三十四年九月二十三日生）と挙式。十一月十二日に入籍。

八月　同人雑誌『東邦藝術』（大正十四年二月に『奢灞都《サバト》』に改題）を監修し刊行する。執筆者は堀口大學、岩佐東一郎、矢野目源一、石川道雄、龍胆寺旻、城左門、燕石猷、佐藤春夫、矢野峰人等。

十月　評論集『詩壇の散歩』（新詩壇社）を出版。

**大正十四年**（一九二五）三十五歳

二月　レイン本に依る翻訳『壹阡壹夜譚』（『アラビアン・ナイト』）上巻（世界童話大系刊行会）出版。『東邦藝術』が『奢灞都《サバト》』と改題され昭和二年三月迄続刊（全十三冊）。

三月　随筆集『瞳人閑語』（高陽社）を出版。

十一月　『壹阡壹夜譚』中巻を出版。この月下旬、大森より杉並区阿佐ヶ谷六九六に転居。

十二月　二十日、第二回全国教育者協議会に於て「創作家の立場より見たる國語教育」と題する講演。

**大正十五年・昭和元年**（一九二六）三十六歳

九月　『日夏耿之介定本詩集』（第一書房）の第一回配本として第二巻『黒衣聖母』を出版（三三〇部限定、長谷川潔のエッチング三葉入帙入豪華本）。

この年、杉並区阿佐ヶ谷八七三番地に転居。のち漢学者阿藤伯海が近くに居を定めた為、親しく行き来する。

**昭和二年**（一九二七）三十七歳

二月　『日夏耿之介定本詩集』第一巻『轉身の頌』、『壹阡壹夜譚』下巻を出版。
四月　改造社の『現代日本文學全集』出版記念のため中国及び九州地方に講演旅行。
十一月　『日夏耿之介定本詩集』第三巻『黄眠帖』が出て完結。
この年、富田碎花宅に滞在中、西宮に薄田泣菫を訪ねる。

**昭和三年**（一九二八）三十八歳

四月　雑誌『汎天苑《パンテオン》』（第一書房）創刊。「ヘルメスの領分」「エロスの領分」「サントオルの領分」「テゼウスの領分」に分かれ、日夏耿之介・堀口大學・西條八十・長谷川巳之吉（第一書房社主）が担当（全十冊）。木下杢太郎、中山省三郎、松岡譲、三浦逸雄等の寄稿あり。詩集『咒文』の作品の三篇はこの誌上に発表。
五月　五日、長野県西筑摩郡木曾中学校女学校合同講演会にて「田を作り詩を作る」と題し講演をする。
五月　十二日、「D・G・ロゼッティ誕辰一百年記念祭」が早稲田大学英詩研究会主催で駿河台の主婦之友社講堂にて催され「コオルリッヂ、ポオ、及びロゼッティ」と題する講演。
九月　『上田敏全集』（改造社）第五巻を茅野蕭々と共に編輯・校正する。

**昭和四年**（一九二九）三十九歳

一月　『汎天苑』廃刊（十冊）。『明治大正詩史』上巻（新潮社）を刊行。
五月　評論集『明治文學襍考』（梓書房）を出版。『上田敏全集』第六巻を富田碎花、吹田順助と共に編輯・校正。
六月　二十九日、午後七時二十五分、NHKラジオにて「鷗外と子規と漱石と一葉と」を放送。
八月　雑誌『游牧記』を監修創刊（六〇八部限定）、十二月に廃刊（四冊）。編輯には平井功（最上純之介）があたり、執筆者は吉江喬松、辰野隆、木下杢太郎、折口信夫、柳田國男、矢野峰人、茅野蕭々、鈴木信太郎、嘉治瑠璃子（旧姓上田）、佐藤輝夫、柳澤健、石川道雄、尾島庄太郎、燕石猷等。
十月　十九日、小諸の中込にある高等女学校に於て「明治文學雜感」と題する講演を行なう。二十一日、小諸の小学校にて「郷土の文學」と題して講演を行なう。
十一月　『明治大正詩史』下巻が出版されると、詩壇・文壇に大きな波紋を起こした（例えば十一月二十四日『讀賣新聞』に川路柳虹が「日夏耿之介に與ふ――『明治大正詩史』の迷妄をただす」を載せ、堀口大學も同紙（十一月三十日）に「第三の聲――川路・日夏二氏論爭の傍に――」と題する一文を寄せる）。

この年、母や弟妹を飯田より呼び、近くに一軒構えさせる。

**昭和五年**（一九三〇）四十歳

二月　「日夏耿之介集」（新潮社『現代詩人全集』7）が刊行。

**昭和六年**（一九三一）四十一歳

二月　早稲田大学文学部教授となる。

九月　『吸血妖魅考』（武侠社）を出版。

この夏、北軽井沢・妹尾別荘に滞在。浅間山の噴火に会う。岸田國士一家と親しく交わる。三好達治、佐藤正彰との交友あり。

九月　帰京した翌日に発病し、発作性神経的の心悸亢進症と診断され、後七年間療養生活を送る。

この年、杉並区馬橋三六〇番地に転居。

**昭和七年**（一九三二）四十二歳

六月　フランソワ・ヴィヨン記念誦唱会に於いてヴィヨンと英文学について講演。

十一月　雑誌『戲苑』を監修創刊。寄稿者は阿藤伯海、鈴木信太郎、山内義雄、矢野峰人、辰野隆、石川道雄、尾島庄太郎、高森文夫、燕石猷等。

この秋、大患後の静養のため鵠沼海岸に転地する（下岡の円城別荘に滞在。一年後に八橋銭春荘に移る）。

**昭和八年**（一九三三）四十三歳

二月　詩集『咒文』（一〇七部限定　小山田三郎刊）を出版。

五月　雑誌『半仙戲』を創刊。編輯には石川道雄が当たり、寄稿者は高橋新吉、中原中也、山宮允、高森文夫、燕石猷等があり、雑誌の扉には谷中安規の自摺版画が附してある。

十月　『日本象徴詩の研究』（金星堂　分冊現代詩講座）出版。

十一月　『戲苑』廃刊（二冊）。

十二月　鵠沼より帰京し、杉並区阿佐ヶ谷六の一七七に居を移す。晁谷《あざがや》とも言い、住居前の路地が印矩《いんく》の形をしていることに因んで「印矩《インク》横丁」と呼び慣らす。

**昭和九年**（一九三四）四十四歳

三月　随想集『殘夜焚艸錄』（竹村書房）を出版。

七月　『半仙戲』七号をもって廃刊。

**昭和十年**（一九三五）四十五歳

三月　早稲田大学教授を辞任する。ポオ訳詩『大鴉』（一二〇部限定　野田書房）出版。
六月　母いし歿す（享年六十八歳）。
八月　歌集『病艸子』（石川道雄刊）出版。
十一月　十九日、妹保子歿す（享年二十四歳）。

**昭和十一年**（一九三六）四十六歳

三月　ポオ『大鴉』（光昭館書店）を出版。
八月　『アラビアン・ナイト』の一部を加筆推敲した『魔法の馬』（山本文庫）出版。
九月　普及版『明治大正詩史』（全二巻）を新潮社より出版。

**昭和十二年**（一九三七）四十七歳

一月　『溝五位句稾』（野田書房）を出版。
四月　杉並区阿佐ヶ谷四の四五五に移転。
五月　東西の訳詩集『海表集』（五〇〇部限定　野田書房）を出版。
十月　八日、本郷にある病院に一週間入院、発作性心臓急拍症（パロクシスマーレータヒカルジー）と言われていた七年間の病いが全快する。

**昭和十三年**（一九三八）四十八歳

六月　ワイルドの戯曲の翻訳『院曲撒羅米《サロメ》』（蘭臺山房　一五〇部限定。表紙総皮製、一部に銀板・銅板を嵌込んだ豪華本が数部ある）を出版。

**昭和十四年**（一九三九）四十九歳

三月　『美の司祭――ジョン・キイツがオウドの創作心理過程の研究』に依り文学博士の学位を受ける。再び早稲田大学教授に就任。
四月　母いしの遺稿集として歌集『貞心抄』を編纂出版（黄眠草堂家蔵本）。
六月　博士論文『美の司祭』（三省堂）を出版。

**昭和十五年**（一九四〇）五十歳

一月　六日、八日、午前六時、ＮＨＫラジオにて「新体詩について」を連続放送。
五月　随筆集『聽雪廬小品』（中央公論社）を出版。
七月　郷里飯田に帰り九月迄静養する（伊賀良北方入野の伊藤政吉氏宅）。
十一月　論文集『英吉利浪曼象徴詩風』上巻（白水社）を出版。
この頃津田青楓を中心とした骨董愛好家の集まり「雜炊會」が毎月一回海山里で開かれ、出席する（戦後は「おけら会」と名づけられて三十二年頃迄続く）。

**昭和十六年**（一九四一）五十一歳

一月　文学評論集『輓近三代文學品題』（実業之日本社）を出版。
一月　十四日、午後七時四十分、ＮＨＫラジオにて

二月　「大東亞將來の文學」を放送。
六月　論文集『英吉利浪曼象徴詩風』下巻（白水社）刊行。
七月　恩師吉江喬松博士（昭和十五年三月歿）の追悼記念遺文集『寂光集』（桃蹊書房）を編集刊行。
八月　日本中央雪嶺山脈南端育良山の大凪山荘にて夏を過す。
十一月　『黄眠文學随筆』（桃蹊書房）、評論集『文學詩歌談義』（実業之日本社）を出版。
飯田市愛宕稲荷神社境内に建立された「敬恭碑」の碑隠撰文を行なう。

**昭和十七年**（一九四二）五十二歳

一月　評論集『詩歌文章雜談』（実業之日本社）を出版。
五月　随筆集『風塵靜寂文』（桜井書房）を出版。
九月　随筆集『黄眠零墨』（擁書閣赤門書房）を出版。

**昭和十八年**（一九四三）五十三歳

三月　随筆集『耐病祕記』（東峰書房）を出版。
五月　『日夏耿之介選集』（中央公論社）を出版。
八月　講演集『文學講筵』（青年通信社）を出版。

**昭和十九年**（一九四四）五十四歳

一月　『鷗外文學』（実業之日本社）を出版。
三月　句集『婆羅門誹諧』（昭森社）を出版。

**昭和二十年**（一九四五）五十五歳

七月　飯田市山本村に疎開。親戚筋にあたる家（竹村央宅のち金沢山根荘）を借り、「栗里亭」「凝花村舍」「雪後庵」と名づけ、二十一年十二月迄滞在。当時岸田國士、森田草平、正宗得三郎らも飯田に疎開しており親しく交際する。
八月　早稲田大学教授を辞す。
十一月　末弟林公平、南京郊外にて戦病死す。

**昭和二十一年**（一九四六）五十六歳

十一月　『鏡花、藤村、龍之介そのほか』（光文社）を出版。
十二月　疎開先の飯田山本村より帰京。

**昭和二十二年**（一九四七）五十七歳

三月　随筆集『秋の雲』（関書院）を出版。
八月　歌集『文人畫風』（関書院）を出版。
九月　随筆『山居讀書人』（飯田市　平安堂姫城書院。一般市販本の奥附の発行日は昭和二十一年九月三十日であるが、著者保有本は昭和二十二年九月三十日と「一」が「二」と訂正されている。なお叙の日附は昭酉霜月とあり、二十年十一月である）。

十月　訳詩集『ポオ秀詞』（洗心書林）を出版。

十二月　一日、『週刊朝日』の対談を辰野隆と行なう（於聴雪廬）。

**昭和二十三年**（一九四八）五十八歳

二月　論文集『英吉利浪曼象徴詩風』増補版、上巻（全国書房　下巻は出版されず）を出版。

六月　雑誌『婆羅門』を監修創刊。表紙カットは谷中安規、寄稿者は阿藤伯海、矢野峰人、鈴木信太郎、渡辺一夫、高橋義孝、石川道雄、燕石猷等。

十二月　改訂増補『明治大正詩史』上巻（創元社、中巻は二十四年五月、下巻は同年十一月）出版。『サバト恠異帖』（早川書房）を出版。研究「松岡青蘿の象徴句風」を『論集　文学』に発表。

**昭和二十四年**（一九四九）五十九歳

一月　十四日、NHKラジオ「婦人の時間」にて「婦人の知性」と題し放送。

三月　二十三日、NHKラジオ「婦人の時間」にて「母の生き方」と題し放送。

三月　評論集『日本近代詩史論』（角川書店）を出版。

四月　評論集『重版　輓近三代文學品題』（実業之日本社）出版。

五月　六日「日本詩歌の諸問題」と題し『表現』主催の座談会に出席する。於星ヶ岡茶寮。他の出席者釈超空、三好達治、神西清。

五月　十五日『悲劇喜劇』主催の座談会「劇と詩との交流」に出席。他の出席者は久保田万太郎、深尾須磨子。於「晁谷草堂」（日夏家）。

五月　ポオ『大鴉』（冬至書房）を出版。

六月　『鷗外と露伴』（創元社）を出版。

九月　『近代英米詩選』（小山書店）を出版。

十月　『バイロン詩集』第一巻（世界文学選書、三笠書房）を編纂、出版。

十一月　下伊那農業商業高等学校の校歌を作詞する（作曲は小松清。制定十一月十九日）。

**昭和二十五年**（一九五〇）六十歳

三月　上野精養軒にて還暦祝賀会開かれる。訳詩集『東西古今集』（酣燈社）、『谷崎文學』（朝日新聞社）、『荷風文學』（三笠書房）を出版。

五月　『ポオ詩集』（創元社）出版。

六月　先輩・友人・門人等六十有余人の執筆になる論文集『近代日本の教養人』（実業之日本社）を贈呈される。

この月、『明治大正詩史』（改訂増補版　創元社）により第一回読売文学賞を受く。随筆集『母を偲ぶの記』（三笠書房）、『明治大正詩選』上（創元社　下は七月）を選、出版。

七月　『明治大正詩人』（要書房）を出版。

八月　『バイロン詩集』（三笠書房　二巻に「マンフレッド」を翻訳）監修、出版。

九月　『日本現代詩大系』（河出書房）、全十巻を監修（三好達治、中野重治、矢野峰人、山宮允等）。

十一月　『ワイルド全詩』（創元社）を出版。

この年の秋、鎌倉の林房雄宅に滞在中、蒲原有明を訪う。

**昭和二十六年**（一九五一）六十一歳

二月　訳詩集『巴里幻想集』（東京限定本倶楽部）を出版。

四月　二十六日、「谷崎文学と新譯源氏物語」と題する座談会に出席する。主催『中央公論』社、於新宿「ととや」。出席者は、久保田万太郎、辰野隆。

八月　『明治浪曼文學史』（中央公論社）を出版。

十月　『明治大正の小説家』（角川文庫）を出版。

十一月　『名詩名譯』（創元社）を鑑選（鈴木信太郎、石川道雄、神西清）出版。

この年、『日本現代詩大系』（河出書房）全十巻により毎日新聞出版文化賞を受ける。

**昭和二十七年**（一九五二）六十二歳

一月　『日夏耿之介全詩集』（創元社）を出版。

四月　青山学院大学教授に就任、大学及び大学院にて文学論及び比較文学を講ず。『明治浪曼文學史』及び『日夏耿之介全詩集』の二書により日本芸術院賞を受ける。『イギリス抒情詩集』（河出書房）を編、出版。

七月　十五日、銚子市黒生《くろはえ》に建立された国木田独歩詩碑除幕式に出席「メッセエジ」と題し、講演。「山林に自由存す」の揮毫する。

八月　『日本抒情詩集・近代』（河出書房）を編、出版。

十二月　末より翌年一月にかけ伊豆長岡に滞在。

この年、「飯田古意めいぶつ唄」を作詞する（作曲山田抄太郎、舞踊振付二代目花柳寿輔）。

**昭和二十八年**（一九五三）六十三歳

二月　新橋倶楽部に於ける林房雄「青春三部作」記念会にて「青春の價」と題して講演。

三月　十日、第一回飯田市名誉市民に選ばれる。

八月　『明治大正の詩人』（角川文庫）を出版。

十一月　『アメリカ抒情詩集』（河出書房）を編、出版。この秋、上飯田白山社里宮境内に「白山社里宮碑」が建立され碑文揮毫する。

**昭和二十九年**（一九五四）六十四歳

一月　十九日、『音楽新聞』主催座談会「花柳徳兵衛舞踊作品発表会を批判する」に出席。他の主な出席者は、町田嘉章、片山充、永田龍雄、秋山安三郎等。

二月　『薄田泣菫詩集』（新潮文庫）を編輯。

三月　練馬区大泉高等学校校歌を作詞する（作曲・小松清、制定三月十四日）。

五月　朝日放送にて「すべて世は事もなし」をラジオ放送。

七月　九日、森鷗外詩碑除幕式（於団子坂元観潮楼跡）に参列し講演する。

七月　箱根早雲山下千石下湯「萬嶽樓」に滞在し和歌連作をなし、漢詩訳出に専念。

十月　随筆集『書齋の中の嗟嘆』（元々社）を出版。

十一月　岡山県倉敷市郊外連島《つらしま》町亀島新田厄《やく》神社境内の薄田泣菫詩碑除幕式に出席。碑隠揮毫する。小唄「鎌倉四季」四景を新橋演舞場にて上演（作曲都一舟〔一中節〕振付花柳徳兵衛）。

**昭和三十年**（一九五五）六十五歳

四月　十九日、作詞した「飯田古意めいぶつ唄」（山田抄太郎作曲）が花柳寿輔振付により、飯田常盤劇場にて発表される。小学校の同窓会も開かれ九日間滞在。

四月　自伝小説『竹枝町巷談』（的場書房）を出版。対話形式文学論集『風雪の中の對話』（読売新聞社）を出版。

八月　箱根より富士山麓に避暑。

十月　二十日、成城大学文化講座にて「詩歌と人生の話」と題し講演。

**昭和三十一年**（一九五六）六十六歳

一月　四日「明治二人男」と題する「新春放談」の対談を辰野隆と行なう。『毎日グラフ』主催。

二月　『随筆』主催の「随筆寄席」と題する座談会に出る（出席者は徳川夢声、林髞、辰野隆）。『東西詩抄』（元々社）出版。

三月　五日午前六時、脳溢血の発作にて倒れる。この日、岸田國士の法要に出席予定であった。

九月　飯田市の愛宕稲荷神社境内に長坂民造の計画により新居完成し、東京より移転する（現在の住所名　飯田市大久保町二六六三の五）。

**昭和三十二年**（一九五七）六十七歳

九月　『日本藝術學の話』（新潮社）を出版。

**昭和三十四年**（一九五九）六十九歳

二月　飯田市にて古稀祝賀会が催され、席上講演をする。

六月　漢詩訳集『唐山感情集』（彌生書房）を出版。

九月　飯田の風越山の崖上に句碑建立される（巨岩に「秋風や狗賓の山に骨を埋む」の一句刻まれる。この句は昭和十九年以前の作『婆羅門俳諧』秋之部狗賓抄に収録）。

十月　黄眠會及び有志により雑誌『古酒』創刊される。

十一月　二十三日、庭内に句碑立つ（「水鶏ゆくや此日宋硯の塵を洗ふ」この句は昭和十六年七月の作）。

**昭和三十五年**（一九六〇）七十歳

四月　翻訳『院曲撒羅米《サロメ》』を三島由紀夫が演出して上演（岸田今日子ら文学座、於東横ホール）。

十二月　漢詩訳『零葉集』（一〇〇部限定　大雅洞）を出版。

**昭和三十六年**（一九六一）七十一歳

三月　青山学院大学教授を辞任。

**昭和三十七年**（一九六二）七十二歳

十一月　飯田市リンゴ並木に詩碑建立される（碑隠撰文・齋藤磯雄、設計・谷口吉郎。スウェーデン産の黒い御影石に「咒文乃周圍」の最終聯が刻まれる――あはれ夢《ゆめ》まぐはしき密咒《みつじゆ》を誦《ず》すてふ　邪神《かみ》のやうな黄老《おきな》は逝《さ》つた「秋《さはきり》」のことく「幸福《さいはひ》」のことく「來《こ》し方《かた》」のことく）。席上答辞を述べる。

**昭和四十年**（一九六五）七十五歳

一月　詩集『咒文』（冬至書房）復刻される。

**昭和四十一年**（一九六六）七十六歳

四月　喜寿の祝賀会が飯田の仙寿楼にて催され、「わが所蔵展」として所有する書画骨董が展示される。また飯田有志出品による日夏耿之介自筆掛軸の展示も行われる。

**昭和四十三年**（一九六八）七十八歳

十一月　三日、随筆集『涓滴』（飯田市立飯田図書館）出版。

同日、出版記念会が仙寿楼にて催される。二、三両日にわたり、市立飯田図書館にて全著作品の展示会が開かれる。

『明治浪曼文學史』再版（中央公論社）。

**昭和四十五年**（一九七〇）八十歳

十月　十五日、老人性変形関節炎のため臥床。

十一月　『黄眠詩撰』（家蔵本　大雅洞）出版。

**昭和四十六年**（一九七一）八十一歳

二月　二十四日、翻訳『院曲撒羅米《サロメ》』が三島由紀夫脚色により上場される。浪曼劇場三島由紀夫追悼公演・主演森秋子（三月一、二、三日と名古屋、大阪、京都で上演）。

三月　沈下性肺炎に罹り、一時危篤状態に陥る。

六月　十三日、午前零時十八分永眠　樋口國登大人命霊。密葬。

六月　十九日一時より四時、飯田市公葬行なわれる（於飯田市勤労者福祉センター）。葬儀委員長・清水重夫。弔詞は富田碎花、原久一郎、矢野峰人、燕石猷（「黄眠會」代表）。追悼公演会、講師は前嶋忠夫（主治医）、倉澤興世（彫刻家）、本田安次、野田宇太郎、原卓也、松下英麿。

# あとがき

本書は、私が折に触れて日夏文学について書いた評論・随筆等の旧稿と、今回新たに書き下ろした新稿を合わせて一冊としたものである。序章は私が骨折のためお世話になった介護施設で書き下ろし、第一章の最後に収めた「「蠻賓歌」解釈」もやはり同所で書いたものである。第三章は日夏先生の親しい方や弟子筋に当たる方についての文章で、ほとんどどみな生前私にも親しくして下さった方々である。一部以前書いた文も使用したが、ほぼ全面にわたって書き改めたので、この章も書き下ろしと言ってもいいかもしれない。

序章および第二章最後の「詩碑と記念館について」は、日夏耿之介先生との「出会い」と、「全集」を編集した必然や、「詩碑」建立や「記念館」設立の経緯など、日夏先生にまつわる思い出を、私の手元に残っている資料を使いながらまとめてみた。先生との思い出をただ感傷的に述べただけでは、伝記的、学問的な用をなさないので、客観的に資料としても使えるようにと心がけた。

私は現在八十二歳になるが、この一冊はいわば、一学徒（学生）が、日本の一作家（教授）より、教室でどんな教育をうけ示唆を与えられ、生涯にわたってどんな影響を受けたかの記録であるとみられたい。しかしすべてのことは意図的にではなく、ごく自然に起きた出来事ばかりであった。思うに一人の現代作家が、生きているうちに自分の「句碑」が建ち、「詩碑」も出来、「展覧会」も開かれ、亡くなってすぐに家が「記念館」となり、「全集」も出され、そのうえ「研究の道筋」も先生を知った取り巻きが付けるというのはあまりない。

そうした意味で、日夏耿之介は幸運な作家だと言えよう。

先生との個人的な思い出は語り尽くせぬほどに多くあるが、他の人にとってはどうでもよいことであり、伝記的事実や学問的記述の方が有意義であろう。私の主人故ジョン・ローラーはオックスフォード大学の教授だったが、学生時代の指導教官C・S・ルイス（日本では『ナルニア国物語』が有名）の思い出を書いており、近々私はこの本を邦訳出版したいと願っている。本の原題は"C.S.Lewis"、副題は"Memories and Reflections"（『思い出と考察、或いは反映』）である。この題名からも窺えようが、個人の昔の思い出（memories）だけでは、その人物に対する人間としての"Reflection"（反響、反映、影響、熟考、考察、感想、意見）は生れない。ローラーは「感傷的に昔の思い出を偲ぶ物語だけでは、本として社会に出す意味は無い」と言った。確かにこのC・S・ルイスについての本は現在、客観的な伝記・評論の一つとして研究者に用いられている。私がこの本で、日夏先生の思い出だけでなく、客観的な、人物・作家・詩人としての記述を目指した意味がお分かり頂けると思っている。

私は女性であり、当時の先生から見れば孫のような女の子であった。男性の弟子や男子学生が言うように、先生の厳しく怖い面はほとんど見えていなかった。だから、ただ私を「銀ブラ」に連れて行ってくれるお爺さんのような、優しい面しか知らなかった。こうした私のあり方を読者は考慮されたいと願っている。

無意識のうちに、私の人生は日夏耿之介先生によって、動かされてきたのかと思うと恐ろしく思えてくる。現在私は英国より郷里の宇都宮に帰って、「うつのみや妖精ミュージアム名誉館長」として美術館運営に関わり、講演などをしている。そうした成り行き、つまり研究の必然から、アイルランドの作家W・B・イエイツの著作を、三つほど翻訳し出版しているが、半世紀前に日夏先生より「君はイエイツをやり給え。君にイエイツは合うのだよ」と言われた。その言葉を予言のように思い出して驚いている。また日夏先生はオカルトやデモノロジーに興味をもたれ、その分野の論文を沢山書いておられるが、同じ超自然的な存在である「妖精」を専門にしている今の私の研究分野と、それが自ずと重なることにも気づいている。やはり、晩年になっても、呪縛のように師の言葉は私から離れないのである。封建的な環境に生を受け、日本的教養を身につけ、西洋文化を知りたい欲望に惹かれ、大学の専攻を東西の文学にわたる「比較文学」にした私であるから、詩人であり、日本文学と漢詩の奥深い素養があり、西洋文学、特に英文学に巨大な知識をもたれていた日夏先生を、人生の師として仰いだのは当然だったのであろう。

この書には、折に触れて書いた日夏文学に関する私見も多く集めてあるが、ほとんどが詩人論になってしまったようだ。主著の『明治大正詩史』や『美の司祭』『日本藝術學の話』等、先生のそうした類いの作品をも正面より論ずべきであったが、その力も余裕もなかった。しかし、先生の詩に評釈を加えた論文が皆無であったことに気づき、最後の詩作品の一篇「鑾賓歌」に、今回エクスプリカシオン・ド・テキストを不充分ながら試みてみた。この詩篇が収録された詩集『咒文』には先生のサインがあり、この本が先生から最後にプレゼントされた本であった。私が今回介護施設でこの詩について書くだろうと、日夏先生は既に分かっておられたのかと考えるとなにか不思議で、呪縛の内に起こったことのようにも思えてくる。本書が、今後とも、日夏耿之介研究をされる方たちの一助となることを切に祈ってやまない。

刊行にあたって、多くの貴重な写真の掲載をご許可頂いた飯田市美術博物館と同館学芸員の織田顕行氏に、また「『詩人日夏耿之介』執筆者及び題目一覧」の掲載をご許可頂いた新樹社の社長服部行則氏に、深い感謝を申し上げる。日夏耿之介先生は旧仮名・旧漢字を使われる。その面倒な編集を担当し、写真撮影のために先生の故郷飯田にまで行って下さり、資料選定や編集のために宇都宮まで来て下さった礒崎純一氏と吉村明彦氏に心より感謝を捧げたい。そして清書を手伝ってくれた氏家典子氏、私には不可能な様々な仕事を処理してくれた矢田部健史氏に、心よりお礼を申し上げる。

井村君江

平成二十七年一月五日

## [初出一覧]

日夏耿之介先生との思い出——書き下ろし
日夏耿之介の詩の世界——『日本文学における近代』比較文学講座第2巻（東大出版会）昭和48年7月
第一詩集『轉身の頌』について——『東洋の詩 西洋の詩―富士川英郎還暦記念論文集』（朝日出版社）昭和44年11月
『轉身の頌』序の意味するもの——「本の手帖」昭和43年11月
日夏耿之介のゴスィック・ローマン詩界——「牧神」創刊号、昭和50年1月
雑誌『奢灞都』につて——『「奢灞都」復刻版』（牧神社）昭和51年4月
『サバト恠異帖』について——『サバト恠異帖』（国書刊行会）昭和62年3月
『吸血妖魅考』について——『吸血妖魅考』（ちくま学芸文庫）平成15年9月
『院曲撒羅米』について——『「サロメ」の変容』（新書館）平成2年4月
「蠻賓歌」解釈——書き下ろし
雅号について——『日夏耿之介全集・第1巻』（河出書房新社）昭和48年6月
『聖盃』について——『日夏耿之介全集・第5巻』（河出書房新社）昭和48年11月
講義ノートについて——『日夏耿之介全集・第6巻』（河出書房新社）昭和50年6月
詩碑・句碑その他——『日夏耿之介全集・第2巻』（河出書房新社）昭和52年11月
日夏耿之介先生のデモノロジー——「ちくま」平成15年9月
日夏耿之介と世紀末——『フランス世紀末文学叢書・第5巻』（国書刊行会）昭和59年6月
日夏耿之介を悼む——「図書新聞」昭和46年7月3日
学匠と詩人と通人と——「出版ダイジェスト」昭和47年8月31日
日夏耿之介全集が復刻——「朝日新聞・夕刊」平成3年12月12日
黄眠草堂の教え——「本の手帖」昭和51年4月
飯田と日夏耿之介先生——「早稲田学報」昭和46年9月
詩碑と記念館について——書き下ろし
日夏耿之介の周囲の人たち——書き下ろし。ただし、以下の四篇を利用している。
「堀口大學と日夏耿之介」（『想い出の堀口大學』かまくら春秋社、昭和62年3月）
「矢野峰人選集　解説」（『矢野峰人選集・第2巻』国書刊行会、平成19年8月）
「齋藤磯雄と日夏耿之介、長谷川潔」（『齋藤磯雄著作集Ⅲ』東京創元社、平成3年10月）
「野田宇太郎氏の思い出」（『蝶を追ふ』野田宇太郎文学資料館、平成22年3月）
日夏耿之介年譜——『日夏耿之介全集・第8巻』（河出書房新社）昭和53年6月

## [図版所蔵先]

飯田市美術博物館蔵——白黒写真1～10、12～22、26～29、及びカラー口絵の全書籍。

書癡必誦 奢灞都南柯叢書

## 緝綴の辭

——春風や魔法つかひの人あつめ　木志——

『美はしきものは、げにや、久遠の怡悦なる哉』。その美しきものみな一切を載せて、われらが夢は忘却の地平の彼岸深くかの處女林に埋れたり。淳于棼が南柯のまぼろしは異聞集に殘りて事古りにたれど、もとより浮生暫寄夢中夢と李群玉の咏じけむ、ジヨアンナ・ベイリ女が『夢のなかに實相おびただし。』と言あげしその心根は遠く震旦の大哲が夢之中又夢其夢と道破せしに及ばざる歟。夫れ『責任は夢に昉まる。』空齋枯坐、飛花落葉を外に悠然として玄秘卷の强飮を嬉しみ、空華册の厚味に興じるは、末法の書癡わが徒が本願也。七罪にさんげの緒を悟る農人ピヤズが敬虔は事缺きたれども、希くば輓近派魔宴の道士等その最も重き夢を一卷の箇册にこめて、かのフィレンツェびとが奈落篇に濺ぎ盡しし泪のかげをも忍ぶにつけ、わが血わが肉わが泪わが命正しくこゝに在れと虔みて咒ふ。

大正乙丑春日　末法書癡魔宴同人識

## 奢灞都南柯叢書第一期刊行目録

堀口

卅七、愛經　ライムンド・ルルリ著　矢野目源一譯

卅八、クリングゾオル詩鈔　トリスタン・クリングゾオル著　岩佐東一郎譯

卅九、金驢篇　アプレイウス著　石川道雄譯

四十、インゴウルヅビイ譚　トマス・インゴウルヅビイ著　龍膽寺旻譯

四十一、東西本生譚考異（本生經《ジヤタカ》と「羅馬人事蹟」との比較研究）　日夏耿之介著

四十二、王職古史　フレイザア著　燕石猷譯

四十三、エドガア・アラン・ポウ全詩集　日夏耿之介著

四十四、巨人傳《ガルガンチユアとパンタグリユエル》　フランソア・ラブレエ著　矢野目源一譯

四十五、ミツシエル・オオクレエル　シヤルル・ヴキルドラツク著　岩佐東一郎譯

四十六、獨逸中世歌謠集　石川道雄編

四十七、ハフイツツのルバイヤツト　龍膽寺旻譯註

四十八、東西陰陽道　燕石猷著

四十九、ポリフエム　アルベエル・サマン著　岩佐東一郎譯

五十、佛蘭西遍歷詩人歌謠集　矢野目源一譯編

五十一、惡魔の靈液《エリキシール・デス・トイフエルス》　アマデウス・ホフマン著　田口水馬　龍膽寺旻　共譯

五十二、ルウルド靈驗由來　フランシス・ジヤム著　堀口大學譯

五十三、噩愕の解剖考證　日夏耿之介著

二十、古代文化散策　矢野目源一著

廿一、奇蹟　アレエン・ブウルニエ著　岩佐東一郎譯

廿二、カザノーブア漁色志　堀口大學譯

廿三、南歐金工傳《ベンベヌート・チエルリニ》　J・V・L・譯

廿四、アーサー・ゴオルドン・ピム物語　アラン・ポオ著　龍膽寺旻譯

廿五、ルーネンベルヒ　ルードウヰヒ・テイーク著　石川道雄譯

廿六、頽唐詩集（韓偓が香奩集以下晩唐諸家が逸作の近代詩譯也）　日夏耿之介譯

廿七、無何有鄕異聞《ニユース・フロム・ノーホエア》　ウヰリアム・モリス著　木本秀生譯

廿八、ヴエニス紀行　アンリ・ド・レニエ著　岩佐東一郎譯

廿九、全譯マビノギオン　燕石猷譯

三十、薔薇歌物語　ギヨオム・ド・ロリス　ジヤン・ド・メアン共著　矢野目源一譯註

卅一、小夜物語　アマデウス・ホフマン著　石川道雄譯

卅二、パラツエルスス傳　龍膽寺旻著

卅三、黃金傳說集　ジヤツク・ド・ボラジイヌ著　矢野目源一譯

卅四、尼僧法規錄（THE ANCREN RIWLE）　日夏耿之介譯

卅五、カツツエンベルゲル博士　ジヤン・パウル著　石川道雄譯

卅六、戀愛物理學　ルミ・ド・グウルモン著　堀口大學譯

一、烏有先生傳　日夏耿之介著
二、暴王バテック　ベックフオード著　矢野目源一譯
三、徳川恠異談説考　日夏耿之介著
四、其の夜の宿　スティーヴンスン著　J・V・L・譯
五、英國驛傳馬車　ディ・クインジイ著　龍膽寺旻譯
六、アマデウス・ホフマン全傳　石川道雄著
七、七日物語《エプタメロン》　堀口大學譯
八、愛蘭古代傳説考　燕石猷著
九、エドガア・アラン・ボウ全傳　日夏耿之介著
十、アルティス・アマトリエ　オビディウス著　矢野目源一著
十一、黄金寶壺　アマデウス・ホフマン著　石川道雄譯
十二、魔法史　ユリフアス・レヴヰイ著　矢野目源一譯
十三、男爵ミュンヒハウゼン羇譚《たびものがたり》　龍膽寺旻譯
十四、中世古傳鈔　J・V・L・著
十五、食卓美學　モオリス・デ・オンビヤウ著　岩佐東一郎譯
十六、煉金考　龍膽寺旻著
十七、椿説まぐだら聖尼まりあ繪詞　十四世紀伊太利亞無名氏作　日夏耿之介譯
十八、ティル・オイレンスピーグル　石川道雄譯
十九、フランソア・ヴィイロン詩集　J・V・L・譯

著者略歴＊井村君江（いむら　きみえ）
英文学者・比較文学者。明星大学名誉教授。うつのみや妖精ミュージアム名誉館長。著書に、『ケルト妖精学』『妖精の国』『ケルトの神話』等多数。

日夏耿之介《ひなつこうのすけ》の世界《せかい》
二〇一五年二月二〇日初版第一刷印刷
二〇一五年二月二三日初版第一刷発行
著　者　井村君江
発行者　佐藤今朝夫
発行所　株式会社国書刊行会
東京都板橋区志村一―一三―一五
電話〇三（五九七〇）七四二一　ＦＡＸ〇三（五九七〇）七四二七
http://www.kokusho.co.jp
印　刷　三松堂株式会社
製　本　三松堂株式会社
装　釘　間村俊一
ISBN978-4-336-05879-9

## 書物の宇宙誌

澁澤龍彥蔵書目録

*

蔵書一万余冊の全データと
写真が織りなす驚異の蔵書目録
ドラコニア王国の秘密がここに
9500円

## 巴里幻想譯詩集

日夏耿之介・矢野目源一・城左門

*

『戀人へおくる』『ヴィヨン詩抄』
『夜のガスパァル』『古希臘風俗鑑』
『巴里幻想集』の五名訳詩集を収録
7500円

## ルバイヤート集成

矢野峰人＝訳

*

幻の名訳と謳われた
矢野峰人訳「ルバイヤート」三種を
集大成した決定版
5000円

＊税抜き価格。改定する場合もあります。